关于告别的一切

路内 著

上海文艺出版社

卷 目

卷一 帝国时代的爱人 1
卷二 梦露,安娜,还有其他 71
卷三 试问从前谁误我 157
卷四 火车上的桑拿房 231
卷五 南方饮食 315

游云落何山

一往不见归

卷一 帝国时代的爱人

1

"他乡遇故人，是小说的经典开篇法。"在二〇〇六年出版的《青年名家谈小说》一书中，李白写下了这句话。十二年后，他再次听人吟诵，是在上海市陕西南路某咖啡馆，曾小然从背后轻拍他的肩膀。

"你脑后的伤疤仍在。"小然说。

李白站在账台前形如五雷轰顶。是的，为了遮住这道Z形的伤疤，整个青年时代他始终留着长发，或齐耳，或披肩，或扎马尾，在不同年代不同场合被定义为流氓、艺术家、潦倒鬼、性倒错。直到前年，受理发师蛊惑，照着街面上流行的款式剃了一个周围推平、顶部留有一丛的发型，有点像莫希干人，有点像鞑靼人，枕骨部位毕露无余。这道丑陋的疤痕经历了时光的调戏，终于变得时髦起来。想当年，在必须剃板寸的学生时代，闪电形的Z代表着他对曾小然昭然若揭、轰然落地的爱。Z，不是张，不是钟，不是周，不是赵，而是曾。

趁着自己半真不假发呆的工夫，李白的脑袋里快速计算了一下：小然比自己大两岁，他今年四十三，那么小然就是四十五；在他十七岁那年曾小然陡然消失在他的生命里，那么他们就是长达二十六年未见。他正想开口报数，曾小然先于他指出："二十六年了。"

账台的女孩向李白忽闪双眼，慌乱之中，李白指着小黑板说："大杯海盐拿铁。"小然站到他身边说："意式浓缩，double。"李白付了两份咖啡的钱，五分钟后，他双手各握一个纸杯来到靠窗的座位，小然没有脱外套，静静翻看手机屏幕，这动作多少令李白联想起甜蜜而不堪的往事，不由凛然。小然说："加个微信。"李白放下咖啡，掏手机扫了她的二维码，看到一行熟悉的签名：曾经小小地不以为然。那正是他十七岁时献给曾小然的情诗。

"小说还写？"

"写得很少了。"李白支吾道。

小然笑笑（那笑容中饱含着多少往事），端起咖啡往外走，李白问她去哪里。小然说："我是来出差的，等会儿还有一个会要开。"李白忙说："我反正也没什么事，尽可以坐在这里等你散会。"小然摇头，表示不必，又用食指敲敲海盐拿铁的杯盖，低声调笑道："咖啡加盐。"

她走后，李白独自坐在窗前，看着一辆辆汽车由北往南驶过，往事仿佛也在深秋的单行道狂刷一气。四十五岁的曾小然扎着高马尾辫，双颊虽生出细纹，但唇齿之间仍然湿润丰盈，这一微妙的生理特征（也可能是生理缺陷，例如玛丝洛娃的斜眼，小王爵夫人的短嘴唇）曾经被中学教导主任视为放荡的象征，与此同时，女教导主任本人那两条微微叉开站立的圆规腿也突然出现在脑海，那是被一众青春期少年反复观摩、普及、分析过的无意识姿态，以至于大家曾经迷糊，到底是汁液丰沛的曾小然更放荡，还是严厉到合不拢双腿的教导主任……

天哪，我走神了，全是往事的碎片，而刚才的重逢犹如单行道上的车祸，往事正在接二连三追尾。

就在窗外，一位穿白色修身长裤的中年大叔正与另一年龄相仿的阿姨交心，其左手频繁搭在阿姨肩膀上，又频繁落下，右手夹着一根香烟。大叔并不吐烟，随着谈话的节奏将烟气讲在了阿姨脸颊。阿姨没躲，头发上一片云山雾罩。李白面露微笑，假如由我来讲述往昔，听者想必也是这种视觉效果。

2

"咖啡加盐是壮阳的。"多年以前的一个深秋，李白在吴里县城第一百货商店南侧的蓝莲咖啡馆里，对曾小然说出这句话。

那时小然高三，李白高一，两人偶尔逃学去闹市区闲逛，一种轻度的背离与享乐。蓝莲是一间狭长形的卡座咖啡馆，门面三米宽，进深十几米，共九个卡座间，椅背极高，光线幽暗，常年坐几对中年男女。一座紧邻大街，九座紧邻洗手间。李白素喜八座，那是人生至为纯洁的幽深之境，九座则未免污秽了。小然钟爱一座，隔着茶色玻璃观察大街上的人群，犹如她反光眼镜片子后面的明亮双目。

服务员招呼他去拿咖啡，两个带把的玻璃杯，里面是黑色液体，用天鹅牌咖啡块溶解后调制的饮料，咖啡块的体积与麻将牌差不多。李白不满地说："长兴路的红燕咖啡厅已经用雀巢咖啡了。"没有获得任何回应。他要求咖啡伴侣，要求糖。"伴侣？你不是已经有了吗？"服务员从铁制糖罐里舀出一勺白砂糖，往两杯咖啡里洒了洒，李白分明看到一只蟑螂随之奔逃而出，光照之下犹疑片刻，钻进了抽屉缝里。在南方，蟑螂是极为常见的动物。

邻座是一对中年男女，他们占据了九座。男人正在向女人讲述自己的性功能障碍：每个男人到四十岁以后都会这样——虎鞭很难搞，我现在吃的是海马鞭，不不，海马，没有鞭，海马自己就是个鞭；眼下这种情况我老婆也不满意，如果我老婆满意，你就更不会满意；医生认为病因是我年轻时冷水澡洗太多了，不不，不是自来水，是他娘的井水，寒气太厉害……李白吸了口寒气，和小然竖起耳朵往下听，忽然，他伸出头，对隔壁中年人说："滚烫的咖啡加盐，最最壮阳。"

在卡座咖啡厅，只有一种情况允许介入陌生人的交谈或行为，就是提醒他们警察来了。中年男人愣了一下，站立起来，身高超一米八，黑铁塔一样的汉子，本地罕见之物。李白无论如何想不到性功能障碍者有这等魁伟的身材（否则，何以有底气洗井水澡），他像蟑螂一样企图缩回一道不存在的缝里，铁塔汉子伸手拍住他的肩膀，将其揪到账台，来自吴里农机厂的咔叽布夹克式工作服十分耐抓，百撕不破。

"有盐吗？"铁塔汉子问服务员。

服务员指了指街对面的饭馆。铁塔汉子再次拍李白的肩膀，意思是你留在这里不要动，然后出门向饭馆走去。李白回到八座，潇洒地甩了甩头，发现邻座的阿姨坐了过来，与曾小然相视而笑，双方都有点不好意思。那阿姨美艳绝伦，穿一身水蓝色的连衣裙子，以至于在他成年后用"热带浅海中的珊瑚丛"来形容之、虚构之（海马畅游其中），那时正用一种古怪的眼神看着他，好像李白孱弱的身躯是一个孔，孔里头有什么东西可以挤出来。接着，阿姨笑了。

"你还站在这里等什么？难道真的想被他掐住脖子喝下一杯加盐的咖啡吗？"

曾小然跳起来拉住李白就往外跑。

现在回忆时刻，想起那杯未曾喝下的壮阳之水，又想起蓝莲咖啡厅早已在一场浩荡的拆迁运动中夷为平地，李白躺在宾馆的床上，不无伤感地嘀咕,时代不同了,咖啡加盐是出现了,卡座咖啡厅却基本绝迹,甚至连火车上的火车座都难得一见,甚至,不同的时代都已经消逝远去,叠加过数次的新世界一再覆盖往昔,而我们竟然还活着,尚不需要壮阳,只是不再爱着。他看了一会儿书,那杯海盐咖啡没有起任何作用(指的是提神,不是壮阳),他睡着了。

3

太子巷距离吴里市中心不远,从民主路拐进红专街,依次经过邮局、居委会、烟杂店、干部招待所侧门、公共厕所,就是该巷的入口。以上是八十年代的格局。由于是死胡同,巷内仅八个门牌号。二〇〇四年出版的《太子巷往事》虚构了一条嘈杂、混乱的小街,生活着主人公和他的三位女友,最终毁于大火(象征着主人公玩火自焚的结局)。实际上,真正的太子巷十分安静,除了李白的父亲李忠诚不慎炸毁公共厕所粪池之外,从未发生过大小火警哪怕一次。

李白家住太子巷3号,两间低矮的瓦房,一间用油毡布搭起来的厨房,虽破落却是独门独户。曾小然与她妈妈俞莞之住在巷子落底的8号,一座阴森的南方古宅,有二十多户人家,拐过长廊、天井、客堂,沿楼梯爬上二楼,一间十五平米的小屋就是她家,四壁皆为木板,一排朝北的花式长窗,平日晒不到太阳,到了冬天冷入骨髓。

小然的父亲于一九八四年病故,她家是太子巷唯一的单亲家庭,不过很快李忠诚和李白这对苦命父子也加入了这个行列。

李忠诚原是农机厂的铸工,长着一个尖尖的脑袋,身材瘦削,常年穿两身同款劳动布工作服,家里那身较干净,厂里那身油得可以粘住蟑螂。一九八四年农机厂的火灾中,李忠诚疯狂地冲进火场,拖出一名昏迷的工友，这身油款工作服混合着他的腈纶毛衣在后背燃起大火，发出惊人的噼啪声，他倒了下去，满地乱滚还被工友们用扫帚打了好几十下，经人民医院抢救，背部留下一个锅盖大小的圆形伤疤，有点像乌龟壳。自此在工厂浴室洗澡，工友们都有一种冲动，想在那伤疤上写个字，比如"勇"，比如"拆"。八五年李忠诚荣获英模称号，在省城见到了大领导，同时破格提干，到供销科做了一名科员。两个月后，供销科因贪污公款、私藏小金库，全员蹲了号子，唯李忠诚呆头呆脑幸免于难，遂被提拔为副科长。此时他再去工厂浴室洗澡，大伙只想在他的伤疤上写一个"福"字。

然而李白的母亲白淑珍与人私奔了。

人们想不明白她为何在李忠诚升官后选择了离开，人们怀疑他烧坏的不只是后背（后经澡堂验身得以释然）。一九八五年，在一场海啸式的激烈争吵中，白淑珍举起李忠诚供在墙上的英模奖状，连同镜框一起砸在地上，一枚玻璃碴划过李白的小腿，留下一道血杠。李忠诚忍无可忍（为奖状，而不是为儿子），抬手给了她一个耳光，终结了他们长达十年的错误婚姻。

发生了什么？李白那年九周岁，刚刚吃过半个甜得发齁的十一虚岁生日蛋糕（是的，很多他认为发生在十七八岁的事，实际是十五六岁，这导致他的记忆总是出错），剩下半个放在五斗橱上，继续再吃，又被奶油里的另一枚玻璃碴子划破了嘴，可见白淑珍这一砸是多么大力，多么彻底。灾难，灾难是瞬间的毁灭，长久的寂灭。很快，家里关于她的一切痕迹都被李忠诚扫除干净，包括她在李白的作业本上签的名字，也被勒令擦干净。李白稀里糊涂，不明所以，是曾小然淡然地告诉他："你妈给你爸戴绿帽子了。"李白问："绿帽子是什么？"曾小然拍拍他的头说："就是和别的男人好了。"

多年后他在小说中写道：这故事，一开始就是高潮，其后才是漫长的铺垫。白淑珍没有回来，他一直等到夏天，家里脏衣服成堆，食物发馊，天井中的葡萄疯长却没结出一粒果实。整个暑假李白吃的都是拌黄瓜，有一天他问李忠诚："爸爸，黄瓜明明是绿的，为什么会叫黄瓜？"李忠诚听不得绿字，给了他一脚。又因李白的名字有一半属于白淑珍，李忠诚起意改名，给了李白几个方案：李胜利（与忠诚配对）、李小诚（听上去像李嘉诚的儿子）、李约翰（洋气大方）、李埊（从测字先生那里要来的方案）、李小也（很明显是抄袭曾小然）。后来居委会主任嘲笑道："白色挺好，要不然，你儿子想换成哪种颜色？"李忠诚奋起，与主任撕打起来，警察登门教育了他。

太子巷的李白，笔名李一白，自称李太白，人称吴里第二才子，但那是他成年以后的事了。在整个八十年代后期，他的名号是：李乌龟的儿子。

"他们喊你李乌龟，连累了我。"他将这一消息告诉父亲，这极其自虐，在痛苦的时候他会以这种方式要求一顿暴打，但这次他看到的是李忠诚瘫软在饭桌上。夜里，李白听到父亲在床上嘀咕：我要让太子巷所有的男人做乌龟。后又改口说：所有的适龄已婚男人。后又开解自己：太难了，睡吧。自从白淑珍走后，李忠诚养成了自言自语的习惯，有时是安慰自己落在墙上的影子，有时是和房间里弥漫着的某种气息对骂。

"你妈没有和人私奔，我和她是正规的离婚。"十二岁生日那天（没有蛋糕了），李忠诚羞惭地告诉李白。他恍然大悟，走出家门。

"婊子的儿子。"一群人笑着告诉他。

4

八十年代，吴里是县城，人口一百多万（含农村），全国百强，到九十年代升级为县级市。在开发区出现之前，全市的中心地带便是以第一百货商店为地标的商业区，也曾时髦，也曾标新立异、灯红酒绿。太子巷恰好在这一区域的边缘地带，从小巷出来，红专街一头通向民主路，直达光明影院，另一头较长，向南走八百米可达寿园，这座建造于清代的私家小园林仅有几堆假山，一间茶室，一个小池塘。两株紫藤长在东南角，春日间墙里墙外开满紫色花朵。另有一片竹林，里面有老鼠和黄鼬出没。这种格局，放在苏州就是个街心花园，放在纽约，是东亚艺术瑰宝。白淑珍当年即在此上班。

寿园对面是李白的母校，著名的吴里实验小学。当年李白穿着白球鞋、蓝裤子去上学，一根红领巾耷拉在胸前，每每走到寿园门口，不免黯然神伤。李白记得，白淑珍总是穿一件深紫色连衣裙，配白色围裙，拎着铁壳热水瓶在茶室前后行走，浅紫色的塑料凉鞋在石板上发出哒哒的轻响。这一挥之不去的夏日印象，被过于炽热的阳光照耀着，眼前发黑，仿佛眩晕。有一阵子，他幻觉到白淑珍回来了，就走进寿园张望一眼，风静花香，并无她的踪影。

"我要去上海找她。"他回到家向李忠诚宣布。

"她已经离开上海，跟别人去深圳了——坚强点。"可恶的李忠诚，他的语气非但没有伤感，甚至还有几分幸灾乐祸，仿佛可以用这种方式培养李白的男子气概。

他不定期地收到了白淑珍寄来的礼物，有时是足球，有时是衣服，却无只字片语。她的地址每次都换，他寄过去了几封信被尽职的邮递员原封退回，随后由李忠诚当着他的面撕成碎片。这就是南方，我入睡前侧卧面对的方向，在某些年里它象征着背叛，某些年里只不过是一声叹息。一九九〇年他收到了最后的礼物，一台游戏机和两张游戏卡，自此，她音讯全无。每当我摊开那些礼物，便感到命运有一种花里胡哨的冷酷，它让我知晓了答案，然后给了我一堆不太需要的安慰。

他来到寿园的紫藤下，那里有一股阴凉的气息，令他联想起白淑珍。天呐，正是联想让他感到自己陷入了遗忘。必须靠联想才能回忆起她，他的视网膜上仍留有她在寿园的身影但已经忘记她在离开前穿的是什么衣服，她脸上的痣到底是在左边还是右边，她每一次烫头发回家时分别是什么表情——当记忆蒸发干净后，他预感到自己会像干涸的池塘那样，由幻觉之雨来填补空白。他无可奈何地抱住紫藤，轻轻拽着枝干，轻轻说："带我走呀，带我走呀。"正是这无望时刻，俞莞之受命运之托来到了他的眼前。

俞莞之是吴里图书馆的管理员，面相柔和，一双睡凤眼（曾小然是更为艳丽的瑞凤眼），瓜子脸，像古画里的女人。李白还记得曾先生，相当白净斯文的男子，戴一副圆框眼镜，有点像徐志摩或者胡适。这一家子行事低调，讲话细声细气，经常用眼神交流问题，也不大和邻居交往。有一天李白听人说起，曾先生死于马上风，言者表情诡异，他便去问李忠诚，什么是马上风，李忠诚给了他一个嘴巴。他不死心，去查《新华字典》，没有任何阐释，又去问曾小然。她的回答是另一个嘴巴。

"我爸爸是心脏病去世，永远记住。"

"你也记住我爸妈是离婚。"李白捂着脸嘀咕。

他们几乎是同时失去了父亲和母亲，并为此结下友谊。两年后，一个闲着也是闲着的媒婆走进李白家，认为本巷两座单亲家庭拆铺并床，实为美事。李忠诚发了一会儿呆，凝视远方，像在虚空中揣摩俞莞之的长相。李白指出："曾小然的妈妈。"

"她的人品，可以嫁一个科级干部。"媒婆说，"不带拖油瓶的离婚男人都有可能呢。"

"我是科长，但我不是科级。"李忠诚抱歉地说，"厂长大概是科级。"

"哦，那就算了。"

"你去死吧。"李忠诚对着媒婆的背影骂道。

"你去死吧！"李白追出门加了一句，"不带拖油瓶，那我去哪儿？"

这天晚上李忠诚失眠了，不用猜，他在被某一道爱情的影子困扰。连续三天翻来覆去之后，李白要求分房睡，沿街朝北的那间屋子可以腾出来归他了。也许是为未来的婚事打算，李忠诚同意了，李白从十一岁开始拥有了他的独立空间。

"不，你爸爸配不上我妈妈。"曾小然告诉李白，"他长得太……滑稽了。"

"可他第一个老婆挺漂亮的。"

"他第一个老婆远不如我妈妈温柔。"

"只要肯嫁给我爸，她完全可以不温柔。"

俞莞之当时三十六岁，烫一个波浪卷的齐肩发，风韵雅致，全然不像寡妇。她有一件鸭蛋青色的绸缎旗袍，右肩至胸口绣一枝白梅，谓之落肩梅，是五十年代上海师傅的手工，小然外婆的旧物，平时不穿，穿出来必定是有礼仪活动，配一个白色羊皮手包，戴一条不算名贵的珍珠项链，可以令吴里县城为之空巷。人们为她物色的男人，除吴里本地之外，另有苏州的、上海的、杭州的、南京的，条件都不错，大部分可以让俞莞之拎包携女入住。她对此回应冷淡，终有一天，她对媒人说："我小时候算过命，命里要穿七件孝服。"媒人问七件孝服是啥意思。俞莞之掰手指说："父亲母亲两件，继父一件，先夫曾广贤一件，还剩三件，不知为谁而穿。"媒人无语。俞莞之一笑，说道："你回去吧。"

她的伤感与淡泊来自一个李白无法辨识的旧时代，像青衣沉迷于一个角色，这种感觉在白淑珍身上也有。她们时而光彩照人，时而隐没在黑暗之处，而李忠诚总是像一个跑错了场子的人，站在舞台中央让观众们大吃一惊。某些时候，我简直想替我的父亲去爱。

深秋的一个傍晚，俞莞之下班回来，经寿园门口，园林早已打烊，一大片竹子在晚风中籁籁作响。她见一少年正趴在那两扇油漆剥落的大门上疯狂摩擦，发出非人低吼，便走过去看，见大门上新刻六个字：白淑珍是婊子。少年自然是李白无疑，已经疯了。晚风凛冽，如在惋叹。俞莞之同情李白，劝其回家吃饭。李白回过头来，绝望地看了她一眼："是我同学刻的，为的是让我天天上下学都能看见。"俞莞之抱住李白，安慰道："好啦，好啦。"李白闻到一股花露水的气息（是的，只有她们，在深秋还让自己散发着香气），不由放声大哭。

俞莞之将李白送至太子巷3号，他撒谎说没带钥匙，她叩响门扉。李忠诚开门，因天色已晚，耽误了晚饭，本想一脚把儿子踢出去，看到俞莞之（还有藏在她腋窝底下的李白），到底还是愣了一下，换做赔笑。俞莞之说："不可再打李白。"随即像放生小鱼一样，将李白轻轻送入一潭臭水。李白从她的腋下来到李忠诚的腋下，相当不爽，抬头看看，李忠诚正久久目送俞莞之离去。

这天在宾馆，李白梦见了俞莞之，梦见她的背影，她的落肩梅。醒来后发现才晚上十点，他拿过手机，看到曾小然发来微信，只有一个笑脸，并无只字片言。李白发信问：俞阿姨还好吧，问候她。片刻后，小然回复：妈妈已于三年前过世，癌症。李白发愣，十秒钟后，眼泪夺眶而出。小然又发来一条：你这混账，竟在小说里编派妈妈，我都读过，没找你算这笔账。李白大哭。又过片刻，小然来信：但妈妈读到你的小说觉得不错。李白嚎啕捶胸，涕泪横流，回复道：小说，都是，虚构的。

5

"钟家那对父女还好吗？我以为你会娶钟岚，你的青梅竹马。"凌晨时小然又发信过来，"当年我家的洗澡水经常漏到她家。"

青梅竹马，这个词已经被扫入历史的垃圾堆，至少李白本人在小说中慎用。确实，曾小然并非他的青梅竹马，她八岁那年从城北搬到太子巷，他已经是街道上赫赫有名的小才子，会背七八首唐诗，家有上下册连环画版《茶花女》，穿市百一店（上海！）出售的翻领夹克衫，站在寿园门口唱邓丽君的"甜蜜蜜"。（不管李忠诚有多矬多傻，请记住李白的老妈是上海女人。）

那个从他记忆深处打捞上来的妹子是钟岚，像是在空白的纸上写上的第一笔：白淑珍；第二笔：李忠诚；第三笔：钟岚。她从小就爱他，立志要嫁给他，她大笔一挥在纸上涂满了自己的名字，而曾小然的出现等于是将这张纸撕得粉碎。六岁那年他发现人是可以移情别恋的。

"李白哥哥，你不要走啊。"他记得钟岚在太子巷深处发出的凄惨叫喊，不过他还是牵着小然姐姐手走了，等到他玩痛快了回来，她仍坐在门槛上痛哭。

"那个钟岚，小时候可真坏啊。"小然仍在回忆。

当年，钟岚就住在小然家楼下，两户仅隔一层木地板（也就是钟家的天花板），没有防水层这种东西。钟岚的爸爸钟高强，衣冠楚楚的环保局干部，后升任局长。有一天他躺在床上，感到一滴水落在自己鼻尖，睁眼一看天花板上糊的报纸已经稀烂，他冲上了二楼。

俞莞之母女与太子巷的大部分人家一样,在室内盆浴,用一个椭圆形大浴盆,冷水兑热水完成这一艰辛的日常卫生工作。当年没有自来水,亦无落水管,厨房在楼下公用大间,冷水热水都得用铅桶和水壶往上提,洗完后用一个铁皮勺子将脏水舀进铅桶,拎至天井倒掉,像搬家一样麻烦。

老钟没有敲门,他在二楼抽了根烟。因曾家的房门裹了一层白铁皮,并无门缝,钟高强什么都看不见,这一举动被邻居看在眼里。"你怎么偷看俞莞之洗澡?"有人发出质问。

"我什么都没看见!"钟高强争辩。

他看了。李忠诚闻之大怒,他看了!所以他会承认什么都没看见。

"他想看的是曾小然。"十一岁的钟岚告诉李白。到二十岁时,她又这么说了一次,是在他被窝里。那时李白感到自己又经历了一次轮回,曾小然已经变成前生认识的人,记忆消散后凝结成一些怀念,落在窗前。他用吴里方言困惑地念着她的名字,曾小然,舌尖轻轻摩擦门齿内侧三次,我的生命之光。我的欲念之火。曾 zēng。小 siē。然 zeǒu。

"睡着了?"天亮时,小然又发微信过来。

"钟岚。"李白回答,"也去世十年啦,是的,我没有娶她。"

6

究竟我编派了俞莞之什么?李白问自己。

一九八七年李忠诚对俞莞之的爱情犹如火山喷发,倒霉的是周围人,他们被岩浆烫伤,被火山灰覆盖,心惊胆战,四散而逃。李白感到,李忠诚对白淑珍有多恨,他对俞莞之就有多爱,这是一种能量的转移。首当其冲的是钟高强，在秋后一个雨后的午后，他骑着自行车拐进太子巷，忽然车轮屏死，被惯性甩出去并摔倒在石子路上。回头查看，李忠诚用冷冷的目光盯着他，旁边是李白，车后轮里被塞进了一根电焊条。

"谁搞我？"钟高强坐在地上徒劳地问道。

"当然是我。"李忠诚回答，并踏上一步。与此同时，李白攥着手里的一把电焊条，也踏上一步。钟科长被这对父子的气势吓住，没能爬起来，坐在地上向后挪动半尺，屁股下面是一个小水洼，他迅速地又挪回了原位。

"你要是再敢偷看俞莞之洗澡，"李忠诚从儿子手里抽出一根电焊条，"我就把它插进你的肛门里。"

"是的，肛门里！"李白加重语气，举起了所有的电焊条。

李忠诚回手捂住儿子的嘴，看钟高强没有反应（其实吓呆），继续描述："我会用电焊钳子夹住它，通上电。"他闭上眼睛，替钟高强想象他的肛门火星四溅的场面，然后意识到，这不可能，除非老钟是个金属人，否则电流回不去。等他睁开眼睛时，钟高强已经只剩一条逃窜的背影，自行车扔在父子二人眼前，及一篮桔子挂在车龙头上，部分散落在地。李白捡起一个桔子，被李忠诚一巴掌打落。

"这是我们的战利品。"李白说。

"桔子火气重，吃多了你也会变得像老钟那样。"

李忠诚挑中的第二个对手是太子巷8号的贾淑珍，她是一块难啃的硬骨头，可以朝九晚五站在街上辱骂她的仇人们，她运用脏话的技术将会间接影响李白的小说语言，并诠释了他小说中的一个生造词：街逼。但她既然与白淑珍同名，李忠诚早已看她不顺眼，在爱着白淑珍的年代，以及恨着白淑珍的年代。这是贾李双方的不幸。

双重的怨怼,加上贾淑珍站在天井里仰望曾家紧闭的窗户大声辱骂的不堪场面,令李忠诚怒火中烧,他闯进8号大门,手里仍然攥着电焊条,像电影里的大反派一样出现在贾淑珍面前。

"你想把它插在贾淑珍的哪里?"钟高强不免幸灾乐祸地问。

"如果你再敢辱骂俞莞之,"李忠诚不理钟高强,直面贾淑珍,"我就把你扔到井里去。"

"李乌龟,你不怕坐牢吗?"贾淑珍嗤之以鼻。

"他不怕。"李白凑过来,插嘴道,"他已经死过一回了。"

"来,把我扔井里吧。"贾淑珍坐在了井盖上。

"我们不会杀你的,有很多办法可以让你闭嘴。"趁着李忠诚犹豫的工夫,李白掰着指头款款数来,"用香烟屁股在你的奶罩上烫个洞,用钢钎戳穿你们家的马桶,把死老鼠扔在你们家的米缸里。还有你弟弟,在农机厂司机班上班,可以调他去掏粪。"

"你有屁个权力调他去掏粪。"贾淑珍骂道。

"我下个月就要升副厂长啦!"李忠诚狂叫,接着一巴掌把李白搡到了天井角落。众人集体凛然。钟高强科长再次宣布:"李科长升副厂长啦!"

是的,在这场与街逼的鏖战中,李忠诚提前宣布了自己的升迁消息,很不明智,缺乏政治经验,亦非吉兆。贾淑珍望着李忠诚——这个沉默的男人,这个怂到家的男人,他是乌龟,但他确确实实曾经把垂死的工友扛出火场,还曾经为了追回国家财产在保卫科参与了痛打盗贼(不,是在国家财产已经追回的情况下)。他不怂的时候极其疯狂,没有老婆,似乎也不太在乎儿子的死活。这个男人不仅说到做到,而且想到做到。"俞莞之你可以嫁一个厂长了,副的!"贾淑珍仰头大骂。曾家的窗户打开了,一桶洗澡水从天而降,浇在众人头上。大家惊奇地看到李忠诚的衣服后背冒出一股蒸汽,就在龟壳位置上。那是火山的中心,也是灾难暂时休眠的场所。李忠诚仰天长啸,接着,一个空桶扔了出来,砸在他头上,磬磬哐哐滚向墙角。李忠诚浑然无事,摸了摸头,看看二楼,窗户已然关上,几件女式内衣飘荡在上空。他恢复了理智。

此后一季,李忠诚站在太子巷的入口位置,像一个SAMURAI,微微低头,双手交互,抱着他幻想中的刀子,叼着一根竹牙签,令每一个进出的人感到窒息(伴随着不远处公共厕所的阿摩尼亚气味),而他并没有向任何人多看一眼,即使是俞莞之走过,他也不看,他用自己的气息影响着她。只有曾小然放学回家时,李忠诚才会严肃地伸出手,拍拍小然的肩膀。小然觉得不错,最近欺负她的同学也不少,可以让李忠诚去顶一下,而那个李白,坐在门口,忽闪双眼,正在向她示好。

一天下午,仍然在那个位置,李忠诚抽完了第三根烟,他将烟头弹向远方。弹得有点太远,烟头飞过一片草丛,飞过一辆自行车,落在地上,又弹了一下,做了个直体空翻,落进了化粪池水泥盖的裂缝里。集聚着沼气的化粪池毫无征兆地轰然炸响,气浪将李忠诚推向墙根,一块水泥板飞至半空,重重地落在他的脚背。这一次他终于倒下了。

"他又死了一回。"李白伸出两根手指,告诉曾小然,"等他再死一回,就可以和俞阿姨结婚了。"

7

一九八七年还有更多的故事。李白将记忆的准心校准一下,是的,让我暂先放下与曾小然那场荒唐的恋情(就像少年于连尾随着洛丽塔走过明亮的大街),继续在李忠诚的故事里徜徉片刻。

他被判拘留十天,在看守所过得不太如意,挨了打,糊了火柴盒,且没有一个人去探监。他自感仕途尽毁,始于一场安全事故,终于一场安全事故,他可能要回到车间里去做铸工。某一天,俞莞之出现在他眼前,一双甚难看出心思的睡凤眼,探监她还穿着落肩梅。他的英雄气概早已委顿至尘埃,爱情尾随而来,包括上一场天打雷劈的爱也在心头涌动……两人谈了一会儿,俞莞之问:"你怎么不问问李白的情况?"

"我竟忘了。"李忠诚有点得意忘形,"这小贼应该住在他堂叔家吧?"

"不,他住在我家了。"俞莞之说。

"让他给你们倒洗澡水吧。"李忠诚不知羞耻地说,"不能白住啊。"

俞莞之望着李忠诚,后者这么多年从白淑珍那双过于水灵的眼睛里总能读出内容,尽管可能是误读,但他真的看不懂睡凤眼在表达什么。他继续叹苦经:"我当不成副厂长了,可能要去做铸工,你考虑考虑。"他伸出沾满浆糊的手试图与之握别,俞莞之站起来就走。

"这个老蠢货,就在那一瞬间,他永远失去了俞阿姨。"李白始终为之耿耿,要不是他假扮清纯,骗得信任,很可能当晚就被俞莞之赶回太子巷3号了。

李忠诚出狱后(吴里人搞不太清拘留、劳教和劳改的区别),回到农机厂,厂里一时不知该如何处理他,到底是降级使用,还是开除出厂,总之在这个当口提拔他显得有点不合时宜,毕竟太子巷口的公厕还没修缮完毕,十分影响群众生活。几天后,一位省城的大领导来到农机厂视察工作,领导犹记得当年的火灾和救火英雄李忠诚,提出要见一见其人。厂长把李忠诚牵了出来,与领导握手,记者拍下照片，上了《吴里日报》头版头条。

那还是报纸印刷极为粗糙的年代，用现在的话说，图片像素极差，但不是马赛克，而是让人脑袋发晕的小圆点，必须拉远到一定距离才能看清人脸，有些是领导干部，有些是劳模英烈，偶尔出现通缉犯的脸。次日，这位和大领导同框的昔日英模被人们远远近近地比鉴了一番，随即接到通知：下个月开始，去副厂长办公室上班。

多么侥幸，如果老婆没跑掉会更好。这一天李忠诚骑车回家，看到沿途人们都拿着一张《吴里日报》，他是狂喜的，他想让李白将这一消息转告俞莞之，不过在巷口看到了曾小然和儿子一同归来。

"要不你自己去告诉我妈吧，"小然扭捏，"忠诚叔叔，我妈这个人心思不太好捉摸。"

"你应该再表现出一点英雄主义，"李白撺掇，"最近有几个轻工技校的学生在学校门口堵小然，讲些不三不四的话。需要你的时候到了。"

"让我来帮你摆平。"李忠诚很有把握，"轻工技校，对口分配的就是我们农机厂。"

那时小然在吴里第一中学念初二，李白仍在实验小学念六年级。这是一件痛苦的事，你喜欢的姑娘比你大两岁，而喜欢她的男孩又比她大两岁，你真的不能以小学生之身去和高中生对打，你会死。忘记提醒李忠诚了，你面对的是技校生，而不是技校生的父母，后者才操心工作分配的事。次日李忠诚在学校门口被一群发育正常、发育过度、发育不良的少年殴打，不但无人敢救，就连岗亭里的交通警察，都装作没有看见。李忠诚衣服被撕得稀烂，露出后背的伤疤，少年们在他的伤疤上留下了十七八个脚印，并将他抛入花丛，抛入自行车堆，抛入沿街晾晒的马桶群。最后当一个杀气腾腾的家伙将李忠诚的头发抓起,撞向校门口的宣传栏时,他看到了一份《吴里日报》张贴在其中,他的脸就在报纸上,随后放大,变成令人眩晕的波点。"不要啊!"李忠诚大喊一声,脑袋随即穿透玻璃,与自己的脸亲吻在了一起。

这天半夜李忠诚头缝十二针回到家里,前额的头发被剃去了一块,变得像一个真正的SAMURAI。他看见李白在月光下磨菜刀,这当然是要去砍人!李忠诚百感交集,这个孱弱无用的儿子终于像个男人了。他走过去,威严地问道:"想干什么?"

"砍了我们校长。"李白举起菜刀,看了看刀锋。

"为什么要砍校长?"

"因为他说,俞阿姨和文化馆的馆长有不正当男女关系。我要砍了他,为俞阿姨雪耻。"

李白听到一种奇怪的声音,像自行车轮胎骤然泄气,这时他抬头,惊讶地看到李忠诚头上的纱布,还有他渐渐萎顿的身体,像一只巨大的充气玩具恢复到了它实际应有的体积。月光照着这对父子,菜刀上有一个豁口是当年白淑珍将其扔向李忠诚而误斩到灶台上留下的,李忠诚问自己到底喜欢哪一种类型的女人,火一样的白淑贞,还是冰一样的俞莞之?最后他蹲下身子,从李白手里拿过菜刀,无奈地说了一句:

"你们就让我多活几天吧。"

是的,多年之后,我终于明白了一些超出我爸爸理解范围内的事物。李白发信给曾小然。

明白了什么?小然回信问。

我母亲对他的背叛并不是爱情创伤,而是他的童年创伤,而他对俞阿姨的爱是……

到底是什么?小然追问。

和你我一样，是初恋。李白将这两个字输入手机，发送出去，感到自己也在缩小，当它到达曾小然那一端时，多少浪漫的言辞都已经被接踵而去的时代阐释为废弃之物。然而我还得在凌晨做一个往事的拾荒者。我极为荒唐地征用了"初恋"这个词，将它称之为幻觉或许更合适些。

8

多年前，李白是唯一一个能进入曾府的男人，尽管当时他只是男孩，尽管，曾府只是位于幽僻小巷尽头古宅最落底的一间小屋。当他走上吱吱作响的木楼梯，从一扇小窗里望到远处干部招待所高大的雪松树冠，某户人家的收音机里传来每日午后的评弹念白，楼梯拐弯处堆放着笆箩、竹榻和一些捆扎起来的过期刊物，一件白衬衫晾晒在朝南过道，一滴未曾洗净的蓝色墨汁印子停留在衬衫胸口。李白感觉到自己进入了微观世界，一个不可退出的场所，此间事物正在放大，并将经历十个日夜的观看。

与他所猜想的相反，小然家里并没有挂父亲的遗像，墙上是一本好莱坞女星的挂历，当月乃是梦露，全幅黑白，酥胸半掩，用一种痴痴的眼神看着窗户。在那个位置上，也就是窗台前，有一张古旧的麻将桌，覆以构图繁复的白色钩针桌布，再覆以玻璃台面，有一只角已经敲掉，用橡皮膏粘在破损位置以免划伤人。桌面下也无照片，只夹了两张五斤全国粮票。桌上有一只蓝色玻璃花瓶，插了一束已经褪色的塑料玫瑰花。象征着爱情吗？李白寻思。屋内一大一小两张床，大床用的是暖色调的印花床单，小床是蓝白格子床单，李白躬身往下看，浴盆在小床下面。他注意到曾家的卫生设施拉了一道布帘挡住，并不是所有人家都这样！只有我老妈和俞莞之会这样!他在心里呐喊了一句,他妈的老李你果然有眼光。他兜兜转转,继续寻找,用鼻子嗅着,如今他家里已经没有一丝女人的气息。俞莞之问:"你在找什么?"李白撒谎说:"我掉了一个玻璃球。"

这是愉悦时光。饭桌上的一碟小菜,棉被经日晒后散发出的焦煳味,收音机里的电台点歌节目。到了夜晚,李白与小然两人坐在麻将桌前做作业,一盏台灯照在小然脸上,俞莞之则倚在床头打毛线,十天工夫,为他织了一条加长款白色围巾,平针密实均匀,又在边角上绣了一个"白"字。李白心想,这个字落在李忠诚眼里怕是会被立即连人带围巾扔进火炉。因此央求她在反面又绣了一个"之"字,作为落款,让李忠诚可以恢复理智。

夜深后,李白躺在小然的床上,曾家母女睡大床。他抚摸围巾,感到一种从未体会过的伤感,一种不想再活下去的空虚。有一瞬间他甚至希望白淑珍永远不要回来(这倒是真的),李忠诚永远坐牢(这也有可能但落空了),还有他那位花花公子式的堂叔李国兴永远被女人缠住。他悄悄坐起身,在一片昏暗中望着不远处的她们,墙上的梦露神秘地眨眼,远处轮船开过偶尔拉响汽笛,昂昂两声,随即低伏于黑夜。未来的世界也将是这样安静吗,未来的时间也将是这样缓慢吗?李白毫无睡意,他不想进入梦乡,任何美梦也不能与此际的感受相提并论,以至于俞莞之对他作出如下评价:这孩子什么都好,就是早晨有点赖床。

有一天小然起夜,看到李白的鬼样子吓了一跳,照例让他出门等着。他披衣出屋,趴在窗口看月亮。过了一会儿小然也出来,站在他身边,月光照得她脸色清幽。就是这地方,我们已经身处某一年代的尽头,我看到了你二十五岁,三十五岁,四十五岁,我还能看得更远,直至一片虚无景象。"要是我爸娶不了俞阿姨……"他想说,那你就嫁给我吧,但话到嘴边变成:"那可真是一桩伤心事。"

小然笑了笑，不予回答。他的一箩筐废话总是在她的深呼吸中化为沉默。

另一天下午，李白回到曾家，俞莞之不在，小然独自写作业。"你怎么了？"看到李白苍白的脸色，她问道。李白不语，轰然倒在床上，蜷曲身体打了个滚，活像一条挨了棍子的蛇。小然叹息，继续伏案。李白忽然又像眼镜蛇那样昂起上半身，用一种半跪半趴的姿势越过床栏，伸向小然的肩头。

"你在写日记！"他惊叹。

"不要嚷。"小然没有回头，照他脸上推了一把。"妈妈今晚值班，晚饭我来做，你现在要是饿了就去楼下厨房找点锅巴吃吧，随便哪家的锅巴都行。"

"我想看你的日记。"

"那可不行。"

小然合上她的黑色硬面抄，将其放进五斗橱抽屉里。黑色五斗橱第一格抽屉，十五岁的她专属的小小空间，李白注意到里面有一堆说不清道不明的物件，红色的发卡和棕色的手套，白色的垒球和花花绿绿的橡皮筋，一副扑克牌，一只陈旧的铁皮糖盒。日记置入其中，日记是这小小空间里的女王，一切物件围绕着她、诉说着她，一切时光也将温柔地为她吟唱。随后，抽屉推紧，调整了一下位置，锁上。李白闭上眼睛，幻想自己是手帕之类的东西，不，最好是个玩具小兵，被小然一同锁进其中，在一缕缝隙之光的照射下，舞弄着手中的塑料小剑，为日记本抵挡着蟑螂和老鼠的侵袭，或者，只是安静地守护，祈祷时光不要那么快地流逝。

"你在想什么呢？"小然问。

"我在想你的日记会写什么？"李白说，"你一定写到我了。"

"日记嘛，就是写一点生活中的琐事，你也属于琐事。"小然说，

"我喜欢写记叙文,不喜欢议论文。"

"你会抒情吗?"

"抒情?"小然愣了一下,"呃,有时候,会吧。"

"我想看你抒情。"

曾小然忽然涨红了脸,回身收拾起了书包。李白明白,自己提到了一个极为罕见的词:情。那是什么年代?一九八七年。情是一种小小的禁忌,一个脱离了诗歌和流行歌曲不能单独呼吸的词。李白怔怔地望着她的后背,接着他注意到她后颈深处一块小小的胎记,有指甲盖么大,磨圆了的三角形,一个尖端指向十点钟的方向。他忍不住伸出手指碰了一下。"别摸。"小然转身打开他的手。

"是蓝色的。"李白说,"一种很美的蓝色。"

"是吗?"小然说,"我不常能看见它,还以为是黑色的。"

"蓝色,但是我形容不好这种蓝。"

"好吧,请你保守秘密。我的胎记,我的日记。"

"可是你把我写进了日记里,总有一天,你会和你的男朋友一起看日记,他会读到你写的我。"

他的狂妄与哀愁总能让她露出似笑非笑的神色,与多年后重逢时如出一辙。在所有的回忆时刻,她的怪异表情,开心时,悲伤时,被老师罚去操场晒太阳时,咖啡杯里落进他的头皮屑时,都曾经出现过。我曾经追问她,这样的笑容意味着什么,可她却茫然地回答:并没有笑啊,刚才有点走神。

到第九天上,他生无可恋走出曾家房门,跌跌撞撞下楼,李忠诚就快放出来了,是他,将陪着李白度过未来的日子,而不是曾家母女。在未来李白将不再能听到静谧之夜的呼吸和远方的汽笛,他听到的依然是李忠诚打呼磨牙放屁的声音,甚至是古怪的梦话,混合着对白淑珍的诅咒和对俞莞之的爱恋的话语。父亲,父亲真是一个最糟糕的象征物啊。作为平凡的人，他们在文学中承担的总是控制狂、背叛者、可怜虫、精神病、人格残疾的职能。

钟家父女正坐在客堂吃饭，钟岚给了他一个白眼，端着饭碗回到屋里。钟高强望着李白，直至他的孱弱身影来到自己眼前，并在裤兜里掏啊掏的。老钟心想你他妈不会是又掏一把电焊条出来吧？李白掏出的是一包牡丹香烟，从李忠诚抽屉里拿来的，他拆开包装，拔出一根，递给钟高强，又拿出一根塞进自己嘴里。钟高强忍不住问："你几岁了？"

"十三。"李白说道，从桌上拿过火柴，划了两下，将一簇火苗送到老钟嘴边，随后又点燃了自己嘴边的烟，甩灭火柴，扔到墙角，并假模假样吸了一口，在嘴里含了几秒钟，两人同时朝对方脸上喷了口烟，那意思不言自明。烟气像魔法师的能量波，在空中碰撞，交融，消散。

"你装得不错。"

"装大人吗？"李白发笑。

"不，装小孩。"老钟道出真相，"在二楼你像只有七岁，到楼下你又变成了十七岁。"

9

次年秋天李白如愿升入吴里第一中学，与曾小然同校。这个白皙、矫情、喜欢在夕阳下漫步的少年，很快被同学指认出是李乌龟的儿子。他挨了不少打，并将其分为两种类型：起争执后挨打，平白无故挨打。后者总是令他迷失方向，想想看，一记耳光像一句诗那样毫无征兆地跳上嘴角，它们是超现实的，你来不及追问为什么。后来他们研究出了一种更奇怪的游戏方式——在他走向夕阳的时候，逆着光给他一嘴巴，这样他将难以辨识来者是姑娘还是凶徒，并且露一种精神分裂症才会有的光芒。

有一天当着教导主任的面，他被一个瘸子同学打了，瘸子骂道"你妈和人私奔"，瘸子脚长脚短扬长而去。李白捂着脸瞅瞅严厉的教导主任（根本没打算为李白张目），她的双腿还是没能合拢，心想他妈的为什么不是你和人私奔，偏偏是我妈？教导主任觉得他上下打量自己的目光十分淫邪，并且是在挨打的情况下，简直匪夷所思，很想再赏他一嘴巴。半个小时后，李白爬上了教学楼天台，并站到了悬崖边。

他没能迎来万众瞩目的场面，全校都在做眼保健操。一名校工发现了他，火速报告了校长。鉴于本校上半年刚有一个高三学生割腕，校长决定重视一下，把曾小然喊了过来。

"李忠诚的儿子因为什么事情想不开要跳楼，你去劝一下。悄悄地，不要惊动别人。"校长说，"劝下来就给你入团。"

小然跟着校工走到顶楼，天花板上有一个方孔，搭了竹梯可以爬到天台，李白就是这样上去的。然而竹梯已经被校工撤走了，理由是怕其他学生效仿。小然问校工："那他该怎么下来？"校工拍脑袋想了一会儿，跑回总务科扛出竹梯，小然抖抖索索爬上去，见天台上踱着几只鸽子，李白背对着她，手搭凉棚向远处眺望。平时他也爬到自家屋顶做同样的动作，声称这是望气之术。小然招呼道："如果不想死就跟我下去吧。"

"北方凶气弥漫。"李白说。

"趁别人还不知道你想自杀，要不然，你会留下终身的笑柄。"

他跟着曾小然下了竹梯，校长在那儿等着他们。"祝贺你，曾小然，明天去团委写申请。"校长说，又指向李白，"至于你，这么容易就被劝下来了，我要给你一个警告处分。"

"有人打我耳光你不管吗？"

"耳光这种东西，要么打回去，要么把脸送上去让他打个够。打到他手疼，让他觉得这辈子再多打你一个耳光都会良心不安，你就胜利了。"校长说完，转身走了。

永远不要用自杀来威胁你的敌人。曾小然告诫李白。

学会奋起吧，学会杀入敌群，提着板砖在夕阳下向姑娘们张望，为自己的矫情付出一次开瓢的代价，用一个警告处分换别人三个留校察看和两张勒令退学。"你的校长以前是我的数学老师，我从火场救出的工友是他堂弟，是他在帮你。"李忠诚解释，"你很幸运，有一个社会关系广泛的爸爸。"

"那是我自己挣来的！"李白厉声说，如果你前妻没跟人私奔就更好了。

"他们，那些嘲笑你的人，用不了两三年，他们就会去一所技校上学，更糟糕的是直接到社会上谋生。他们连一篇像样的作文都写不好，是人类之中的残次品，余生将受困于自己。忘记他们吧，做个有前途的人。"曾小然说。

我恐怕余生受困于自己的是我自己。"也永远不要幻想你的敌人会家破人亡、卖儿卖女，他们的倒霉不会比我们更倒霉。"李白回答。

这年冬天，李白头缠纱布目睹了一位女生站上操场司令台，这是教导主任用以惩罚早恋学生的办法之一。说到司令台，在六六年可谓声名赫赫，当年的校长和如今的校长都在台上挨过斗，现在它的功能未变，总得有人上去接受规训——福柯先生推广的这一用词将会延迟二十年被李白知晓，但实际发生则可能早于他记事前。由于课间围观人数太多，李白选择了逃课，独自走到操场上，抬头仰望这位高二的姐姐。她交叉两腿站立，脸颊上的羞耻之红已经褪去，冷风将她吹得苍白，一枚暗绿色的雨花石在她指间翻转揉搓，像动物的胆囊。

"你男朋友呢？不陪你一起？"李白问。

"笨蛋，怎么可以一起站司令台？"姐姐柔声说道，"我站上午，他站下午。"

"你真漂亮。"李白赞美，"雨花石是他送给你的吧？"

"猜对。"姐姐望了望四周，连个毛人都没得，索性盘腿坐了下来。李白打了个喷嚏，为了遮掩窘态他坐到了她身边，在其视线之外用袖子擦鼻涕。天哪，我真喜欢她，简直一见钟情，和她聊天就像交换一场梦。清风浮云，五湖烟波，李白踢掉了球鞋。姐姐问他做什么，他回过神来，说我一激动就爱光脚，但是光脚怪冷的，又跳下司令台捡鞋，再一抬头看见教导主任站在眼前。

"你站上去。"

"我又没谈恋爱。"李白满不在乎，"我才初一，以后有得是机会站。"

"不要以为你的后台是校长我就治不了你。你站上去，换她下来。"

他站了上去，那姐姐高兴得很，一道烟跑了。课间人们又来围观，错以为他是她的男友，扔了无数土坷垃过来。他像受虐狂一样享受着万众瞩目挨枪毙的感觉，冷风吹得他鼻涕挂了下来。"我就是喜欢她！"他得意扬扬向大众宣布。教导主任气不过，将错就错给了他一个严重警告处分：作为初一的学生，与高二女生谈恋爱。单子贴到校门口，他成名了。

10

有那么一段时间，我发疯似的寻找一枚暗绿色的雨花石，我不知道它具有什么意义。这种石头在八十年代末极其稀罕，到了九十年代，它就泛滥于各类旅游景点。这当然暗指了某种时代的特性，不过未必需要想得那么深，恰当的说法是：我在一个想要得到雨花石的年龄上，恰恰得不到雨花石，和所有人也都一样。

"你的整个少年时代就是发呆，倘若我拍醒你，你就开始吹牛皮。"曾小然发信过来。

"我认为这是一种遗传病，尽管我时刻警惕着与我的父亲合体，但在年轻时，总不免把矫情当成潇洒，把鬼鬼祟祟当成深情，把自暴自弃当作勇气。"李白回复，"好在我长得比他帅。"

"忠诚叔叔现在怎么样？"

"你终于问到他了。他似乎可能患上了一种常见病，早老痴呆，就是阿兹海默症。目前还在起跑阶段，讲话结巴，在家忘记关煤气，制造了一些小麻烦。三五年以后应该就不认识我了。你是医生，有啥好建议吗？"

"放家里不安全，找一家贵点的福利院吧。便宜的很容易受罪，他失忆以后没法告诉你。"小然又补了一条，"我不做医生好多年了，现在在一家外企做生殖健康 marketing。"

"不孕不育专家。"

"不止。高龄产妇、二胎、遗传病。阳痿也治，不管你有没有生育需求，阳痿总是要治一治的。"小然仍然幽默，"阿兹海默症有遗传可能，自己注意点，饮食方面我以后和你细谈。你们爷俩结婚了吗？"

"都没有。"李白回复，"我决定把遗传病阻止在我这一代，一旦我发病，立即送进最便宜的福利院绑着，免得有一天把整栋楼都炸上天。"

"我在开会，回聊。"

"我在堵车。"

李白无趣地收起手机，出租车在内环高架上停停走走，司机多次告诉他应该早一点出发，九点钟之前到不了松江大学城。李白看看手表，已经八点三刻，不得不给方薇教授发微信，抱歉堵车，小地方来的人，对京沪深的时间与距离缺乏理解度。李白生命中另一位充满幽默感的女性，方教授，回复道：没关系，我以为你会散步过来。

两人已有十年未见面，李白此次来沪是参加她的新书发布会，一部研究现当代女性叙事的学术专著。本不在邀请名单之列（一位已经过气、毫无学术基础的当代男作家），因与方薇相识多年，有知遇之恩（是方薇知遇他），软磨硬泡很久，在微信上大谈近年阅读福柯、弗洛伊德和拉康的心得，方薇觉得他的胡诌像一名致力于指挥交通的精神病人，有时竟比交警还像交警，便答应下来。当然，他开会迟到的恶习也在她的估计中，她不介意，无非浪费一张台卡而已。

回忆往事，十几年前《太子巷往事》发表，首篇文学评论即出自方薇之手，当时她硕士刚毕业，对风俗小说、女性人物作了一番讨论，认为此书有文本意义。李白到上海来见她，两人在大学边上的土菜馆吃了一顿，当时年代，饭桌上还有折耳根这道菜，李白头一次吃，吃完又点了一盆。方薇说，折耳根就是鱼腥草，是利尿之物。李白不知鱼腥草为何物，方薇就说，亏你还在小说里大谈花草名物，连鱼腥草都不知。饭到一半，李白就跑洗手间，吃了几口又去，再三如此，自己都觉得纳闷，正好看到马路上的广告，尿频尿急尿不尽，嘀咕自己是不是患上了尿路感染。方薇大笑，说你这个人虽然是个耿卵，倒也可爱。李白知道，耿卵这个词，只有苏州古城区的豪放女人才能说得出口，方薇想必是豪放的。

人生难得遇到两种人，一种是沉静的男性创作者，一种是豪放的女性评论者——这是从文本意义上而言，也是从生活意义上而言，更可以从象征意义上而言。下一部中篇小说发表，李白主动去请方薇写评论，方薇瞪眼睛说，你懂不懂规矩，难道我是你的私人司机，拉你走一趟不够，还要来来回回接送你？

现在回忆时刻，想到方薇当年的彪悍，固然令人倾倒，明亏暗亏也吃过不少，如今时代不一样了，除了在微博上耍性子，其余场合毫无必要。方薇几乎不再单独为在世的小说家写评论，而综论之类，不可能再有李白的位置。如今再谈《太子巷往事》，犹如凭吊自己的遗骨，当年它可是杠杠地卖了五万本，入围二〇〇四年度的"陈量材文学奖"，接受了北上广二十多家纸媒的专访（如今这些纸媒只剩一个零头了）。

车在沪闵高架上开了一个小时，李白再无耐心，这会儿到会场完全是去赶午饭，命令司机调头，去外滩。在匝道口这辆车又停了二十分钟。李白索性把发言稿传给了方薇，并问她晚饭怎么安排。

"我太累了，开完会只想回家躺着。稿子写得一般，堆砌概念，经不起拷问。"

"好吧，"李白回复，"我期待你睡醒以后，拷问我。"

11

九十年代早期，李白与曾小然在吴里闹市口目睹"严打"活动的成果，一辆大卡车押送罪犯们游街，人们指认其中一个光头青年：看，这就是××，吴里著名的流氓，罪名聚众淫乱，他被判无期徒刑。

"他没有犯强奸罪，你说奇不奇怪？那些女的没有一个恨他，居然还护着他。但凡有一个告他强奸，他就死定了。"在蓝莲咖啡馆,一位水蛇腰的阿姨向她的情侣大声介绍。

"我感觉她是在威胁他。"李白向小然耳语,"嗓门大得连警察都能听到。"

曾小然笑了起来。两名高中男生骑车经过,向她招手,她收拾东西跑出去,跳上其中一人的书包架,给李白做了个噤声的手势,意思是你别说出去。青春洋溢的一幕,李白早已手脚冰凉,抱着他的咖啡杯发抖。阿姨还在讨论聚众问题,只要是聚众,就没好事。孤独的李白必须穿过众人,回到他的家。

"她的初恋对我来说就是万箭穿心"——还有比这更难看的比喻吗?他在日记里写道:"他妈的,真的感到心脏剧痛,我必须平静一下,找个适龄的姑娘喜欢喜欢。"

他不喜欢跟踪女孩,他愿意做的事情是坐在她家门口等其归来,很像童年阴影所致。这种举动使他看起来身心俱废,死样怪气。在曾府门口,他久久徘徊,下午的时间一分一秒过去,他在无意义的流逝中回忆自己讲了多少废话,对于一切事物的不自信的批注。他十五岁,缺乏经验,分不清年轻和空虚,在狂妄和哀愁之间无序摇摆,他期待着曾小然指出这一点,毕竟她十七岁了,然而她似乎并不想对他的人格提出任何看法。

某个明亮的下午,他站在那扇曾经被月光笼罩的窗前,遥遥望向干部招待所,那里种满高大的乔木,以栗树和松树居多,没有花卉,两栋四层高的宿舍楼,没有池塘或凉亭。它像陵园,像肃穆时代的遗迹。他望见曾小然穿一身黑色连衣裙,在树木之间闲步,小腿闪闪发亮,深栗色的头发已经长到后背。他搬了一个板凳,站上去,继续观望。她缓慢行走,沿着一条隐约的小径,有时站立,低头负手。她是无边哀恸带来的女儿,在这条幻想中通往永恒的小径上,少年李白认为自己应该从哀恸的手中接过曾小然。可是就在这一瞬间，干部招待所花白头发的守门人提着长笤帚出现在他的取景框里，从窗户左上方挪到右下角，轻拍曾小然的肩膀，与之交谈，与之微笑。这个混账！李白跳下板凳，在木地板上绊了一跤，整间房子发出一声轰响（楼下的钟岚从梦里惊醒），随即爬起，向干部招待所狂奔而去。

"发生了什么？着火了吗？"钟高强大喝。

"滚开不要挡我路。"李白狂叫道。

在干部招待所大门口，守门人将李白按在了柱子上。"我这半生写了太多的守门人，他们都以同一面貌出现。"李白回忆道，"他们不得好死。"

他没能打赢这个家伙，倒是挨了一记成年人的耳光，结实，无情，摧枯拉朽，嗡嗡作响。有些耳光是凉水浇脸，另一些，按照他们的说法，可以把你直接揍回娘胎里。他五官挪位，鼻子眼睛将要掉落在地，这时曾小然从干部招待所里走了出来。守门人松开了手。他拉起曾小然的手往回跑，到太子巷口觉得自己的左脸已经像一锅汤药。

"你认识守门人，对吗？"

"问这个干什么？"

确实是多余的问题，因为你美丽、沉静、善于微笑，你可以走进那片冠以"干部"的禁区。一片树叶掉落在街道上，一只被压扁的旧手套紧贴着窨井盖，伸出三根手指，做了个 OK 的手势。李白摸摸脸。操你妈。

"天哪，你的脸。"小然说。

毫无疑问，一个掌痕，红色的，四或五根手指印，疼痛与麻辣仍在回荡，我的脸像木星一样夹杂着乱流和风暴，中间还有个大红斑。

"你也什么都别再问了。"李白怆然答道，一滴泪水终于挂在了眼角，经过拇指、食指、中指，在无名指印停留片刻，滑落到掌心。那他妈是我的脸。

何时缚苍龙，何时泪痕干。站在曾家门口的小窗前继续望向干部招待所，一次又一次，李白看到小然的幽暗身影，远处的守门人像卡西莫多守护着艾斯美兰达，恭敬，温和，忠诚。而只要李白近前，这老东西就变成了阶级怪兽，毒手尊前，专政机器砸向小崽子的铁拳。总而言之，在守门人面前，我什么都不是，孱弱的初中生，股级干部没出息的儿子，必须苦熬一些年，我的荷尔蒙发育出来，而他也垂垂老矣，我才能用菜刀剁了丫的食指和尾指。然而，这又有什么意义？

此后时光，站在窗前，他不必再搬一个板凳了。这年夏天他的个头急速拔高，先是一米六五，然后是一米六八，一米七〇……他的身体像一件浸湿后晾在半空的毛衣，从瘦小变为细长，并且湿答答挂下水来。变声期风暴使他讲话阴阳怪气，青春痘的先头部队攻占了他的下颚部位，乳头变得敏感，碰一下就像踢中了蛋。怎么会这样？

"你发育了。"曾小然回答。

12

"每个男性作家必然会写到这件事。"李白向方薇解释。

"并不是。你讲话总是那么绝对，还有你的小说。"方薇回答，"就连淘宝都禁止使用这些词了。"

"梦遗？"

"不，"方教授不耐烦起来，"最、超级、必须、第一、唯一、绝对——这类有 best 倾向的词。"

好吧。李白在手机备忘录里输入：三十年前，我的第一次梦遗是超级体验，它深刻地引导了我的写作，其唯一性，其必然性，其绝对性。接着，他翻看备忘录，自从有了智能手机以后，只字片语的灵感就不再需要小卡片了。他加了一句：每个男作家的写作都是梦遗的返照。又想想，确实不一定——而且这句话十分低级，也懒得删掉了。

李白首次梦遗是在夏令营，吴里各所中学选拔了优秀初中生，人数达到五十，地点是太湖西山岛。彼时他念初三，小然已升至高二，未曾同行。回忆童年，夏令营这个词美好且健康，是集体主义的伊甸园，里面奔跑着几十个亚当夏娃，然而在土逼城市吴里，它从未真实来临过，它只是一幕出现在儿童文学、电视剧、木偶戏中的伊甸园罢了。李白坐在一辆大公共汽车的尾部，梦想快要成真，他不由得唱起了"让我们荡起双桨"，身边一个女孩懒洋洋地斥责道："你是傻子吗？还在唱这种歌？"

她的苏州口音立即引起他的注意。周安娜，来自实验中学，与李白同年级，穿黄色连衣裙，黑色鬈发，长睫毛高鼻梁，琥珀色的瞳孔，个子不高，时时昂起头看着李白。他坐着，向下塌陷身体，她的眼风够不着他了，只能摆正头颅，继续斜眼看他。李白从口袋里摸出一枚泡泡糖。

"会吹泡泡吗？"

她接了过去，撕开包装纸。这个动作在多年之后幻化成她递上了一个避孕套，李白撕开了包装。当然，现在讲这一切还太早。他仍然怪里怪气哼着"让我们荡起双桨"，周安娜的舌尖舔出一个白色小泡，几经收放，越吹越大。李白伸出手指，想戳破泡泡，她推开他，迅速把泡泡吸进了嘴里。

"别碰，你的手指，最好洗洗。"

白淑珍消失后,李白早已从一个斯文白净的社会主义健康少年变成了邋遢大王,阶段性地在俞莞之等人的帮助下,恢复一点本来面目。然而这是夏天,最容易发臭的季节,没人能挽救他。他看了看自己的嵌满污垢的指甲,与周安娜的嘴唇形成巨大的反差。

夏令营的生活是丰富的,不过,并没有帐篷和篝火。学生们住在一幢简陋的招待所里,围着大圆桌吃饭,当晚在一间小礼堂,各自表演节目,魔术,小提琴,快板,二重唱。用现在的说法,才艺。李白看到周安娜用两片嘴唇吹奏一支银光闪闪的长笛,某一首西方古典音乐,他失神啃着指甲,啃出一点零星污垢,吐在脚下。轮到李白,他的特长是写作文,无法当场献艺,在一名粗壮的男性带队老师的要挟之下,不得不背诵了一首古诗。胡人吹玉笛,一半是秦声,十月吴山晓,梅花落敬亭。他变声了,完全丧失了清脆纯真的童音,像一把走音的二胡。周安娜大笑起来。

"傻子。"她对身边人说,"他来的时候还在唱'荡起双桨'。"

凭什么我不能唱这首歌?凭什么我不能念古诗?李白意识到,童年已经结束,清脆和纯真已经永远消逝在门外黑漆漆的走廊里,哪怕多一秒钟的沉溺也会让他被某种嘲笑撕开脏腑。他开始想念曾小然,那是他截至目前奔向成年的唯一途径。

次日清晨他被一个打快板的实验中学的小胖墩推醒,在五人一间的招待所宿舍里(厕所在走廊尽头),该男生低声告诉他:你搭帐篷了。李白揉揉眼睛,感到欣喜,问:"帐篷在哪儿?"打快板的小胖墩指了指眼前的凸起之物,天已经亮了,李白仍然懵懂。打快板的小胖墩一口童音,问道:"你会不会是遗精了?"李白彻底醒了过来。这个词他不是不知道。一个小小的秘密是,曾小然家里有一本缺头缺尾的《家庭生活知识大全》,关于这件事恰好在中间部分,李白细读过一遍。没错,短裤是凉的,说明那儿有液体,他伸手捞了一把，粘的。

"你到底遗精了吗？"

"你管太多了。"

"我还没有遗过。"

"不要告诉任何人。"李白看了看屋子里，还有三个男孩正在呼呼大睡。

"我不会的。"打快板的小胖墩说，"我哥也闯过祸，我告诉了我妈，后来我哥差点打死我。"

"你哥做得对。"

起床的哨声还没吹响，李白拿了一条干净短裤往男厕所走去，那儿有一排水龙头和几个坑位。洗短裤这件事他还是在行的，有时候李忠诚的短裤也归他洗。这时他生出一个怪念头，为什么我爸爸就从来没有闯过祸？尽管他的短裤——算了，不提了——五六天才换一次吧，可他却从来没有留下罪恶的证据。成年男人真是令人费解啊。

就在他弄干净自己、趴在水龙头上独自洗短裤的时候，犹如隔着太平洋的昨夜之梦，像海市蜃楼般升起。他梦见的不是曾小然，是周安娜，后者在一间无人的教室里吹响长笛，并穿着一身女子排球运动员的装束，并斜眼看着他，并将长笛放下对他说"傻子"。

这不是色情，而是道德上的震惊——我千百次梦见的是曾小然，但我的某种第一次竟然给了周安娜。算了，李白晃晃头，甩掉了一份属于十五岁的内疚，让自己从梦中清醒过来。无论如何，周安娜也很美丽，她有着浓黑的鬈发和长睫毛，讲话刻薄，会吹长笛（而我们的曾小然什么都不会）。他凑到龙头上，喝了几口生水。起床的哨声响起，一群男孩涌进厕所尿尿，发出巨大的喧哗。

13

在夏令营，一名叫少潜威的初三男生出现在李白视野中，高大，英俊，毛发旺盛，包括睫毛。他常伴周安娜左右。不用别人提醒，李白也能看出，这俩是般配的一对，尤其在参加划船活动时，什么泛舟五湖，什么左右芼之，诸多词句泛上他心头。他完全可以不看少潜威，但是那样的话，他也将看不见周安娜。可怜与他同舟的还是那个打快板的小胖墩。

"为什么我们会在一起？"李白问。

"因为我们在一个寝室啊。"小胖子诧异地回答。

"那他们俩也睡一间吗？"李白指向远处的那一对。

"他们……"小胖子说，"金童玉女啊。"

李白奋力划桨，左右开弓，小艇驶出游乐区，航向烟波深处。身后哨声传来，有人遥遥呼喊回来啊回来，他仍未停手。浪大起来，一层黑云正在水平面上涌动，升起。小胖墩终于感到害怕，拽过救生圈抱住。"你要是再不回去我就把你遗精的事情说出来。"他尖叫。

"我只是想发泄一下。"李白调转船头。他不想看到的那一对人儿正在栈桥上依偎而立。李白将船桨交给小胖墩，"累了，我躺会儿，你划回去。"

在回程时他望着明净的蓝天，差不多把少潜威和周安娜的事情扫听清楚了。两人都是实验中学初三（1）班的，少潜威担任班长，初中部小记者站站长，电视台小明星艺术团成员，少年演讲比赛一等奖，甚至在一部单集电视剧里串演过主角的儿子！这家伙是驾着喀秋莎火箭炮来的，李白被轰得粉碎，表示服气。"一个初三的男生已经有喉结了。"他点评道。

"他早就有了，"划着艇的小胖墩沮丧地叹息，"我也初三了……"

"你什么动静都没有,至今还是稚嫩的童音。你要多吃点猪腰子,必须是公猪的。"李白献出一道秘方。雄激素是个奇妙的东西,那些过早发育的男生将始终占据生理优势,直到秃头年代。

他上了岸,找到机会站到了周安娜身边。"安娜是个外国名字,取这样的名字不费神。"他说,"我们班上有个男的叫朱彼得,还有一个女的叫梁丽莎。"

"神经病。"

周安娜将嘴里的泡泡糖吐进花坛,讥笑着,美丽着。她换了一身衣服,卡其色西装短裤,有两根深绿色的背带,衬衫是浅绿色的。"你该去理发了。"周安娜说,"后面像鸭屁股,两边盖住了耳朵。你要像少潜威一样,好好弄一下头发。"

那该死的三七分头是他的心头大患,看看少潜威吧,鬓角整齐,前额一个小波浪弧线,头发微微凸出,像个屋檐。李白摸了摸自己的头发。他在这屋檐上已经下足了功夫,长达半年,不知怎的,鬼地方总是会塌陷下来。他用过发乳,效果不佳,有时垂下来一绺头发,像昆虫的触须,十分滑稽,有时用到过量则像被水泥砌过,散发着刺鼻的香气。他把这个困惑说了出来,周安娜大笑。

"你得用电吹风吹啊。洗完头,吹出造型,不必非要用发乳。久而久之,头发就自然分开了。"

"我吹过,头发全都竖了起来,像触电似的。"

"吹的时候用梳子卷住头发了吗?"

"没有,怎么卷?"

"你全都不会嘛。"周安娜继续笑,"你还是剃个板寸算了,傻小子没必要三七分头。"

你可能无法理解这种羞惭,我他妈搞不定我的头发,那意味着我搞不定我的一切。直到半个月以后,曾小然用一把细长的塑料梳子卷住他前额的发根,教会了这个动作,并说:"早不问我,多简单的事情。"是啊,多简单,那些女孩们教会我的事,那些爱与讥讽,有情和无情。此刻他怅然地望着周安娜的背影,远方密云涌动,湖面起了层层波浪。带队老师高喊收队,十级台风即将到来。

这是战栗的时间。李白心绪不佳,且早已厌倦了夏令营假模假样的野餐,被蚊虫尽情叮咬的山间行军,小礼堂内不入流的文艺表演,一群人挤在厕所洗冷水澡的滋味,他渴望一场摧毁性的事件,天灾人祸皆可,让夏令营变成一场夏季大逃亡。现在,台风来了。这天晚饭前,坐在食堂里,屋外风雨飘摇,树木狂怒。隔着玻璃窗,李白骇然看着,感觉它们活了过来。一间简易工具屋被飓风肢解,油毡布直飞上天,像苏醒的女巫,越过围墙投奔湖的深处,顺便从高空扔下一把铁铲。一切皆违背了地球引力的法则。

"晚饭以后,我们组织合唱……"带队老师宣布。紧接着,断电了,整个食堂黑了下来。众人齐声怪叫,四散奔逃。趁这工夫,李白从未及分发的大餐盘里拿过一根黄瓜,塞进了裤兜。

这个本应是所有人失眠的夜,同寝室的男孩们居然都睡着了,只有他在唏嘘不已,并满怀失落,提着手电筒走向室外,接受洗礼。大风一下子就把他的嘴吹歪,不得不用手推回原位。他注定会在凉亭里遇到周安娜,两个不眠的人,命运有理由让他们进行一场谈话。

"不许用手电筒照我。"她低声说。风声很大,她提高嗓门又嚷了一次,她的鬈发凌乱,沾着雨水。李白将手电筒照向地面,靠一点反光辨识她的模样。她的白色塑料凉鞋,没穿袜子,小腿与曾小然一样是闪亮的。他用力打了一下自己的脸,以确定不是在梦中,不会再发生昨夜的事情,不会有一个打快板的傻叉把他喊醒。

"你为什么坐这里?"

"吵,她们一直在说话壮胆,我睡不着。这儿凉快,起风了没有蚊子。"

"想吃黄瓜吗？"李白从裤兜里掏出那根东西，"嫌脏就算了。"

周安娜伸出手，将李白未曾握住的那半段黄瓜掰下，放嘴里嘎吱嘎吱嚼起来。李白大为欣喜，坐到她对面栏杆上，也嚼黄瓜。两人嚼得不亦乐乎，大风继续，听到远处玻璃或陶瓷碎裂的乒乓声，他恬不知耻地想：要是那栋楼被吹跑就好了，就只剩我和她了。

"你应该把自己弄干净点。"她开始教育他，这是一份惊喜，那意味着她至少注意到了他。"还有，嘴甜一点，讲话不要那么讨厌。"

"我妈以前跟我说过，男人不要嘴甜。"

"为什么？"

"男人嘴甜就能讨人欢心，得来全不费功夫，将来他就不会把人当回事，就会很轻易地去伤害女人。"

"你妈讲得有几分道理，我以后也要防着嘴甜的人。"她说，"听说你妈是街道上最漂亮的女人，后来跑了，很可惜我没有见过她。"

"你肯定见过她，寿园茶室里的那个女人就是她。"

"我不记得了。"她说，"对了，听说你初一就和高二女生谈过恋爱？"

"那并不是我，"李白幽默地打了个机锋，"但也可以是我。"

她没再追问。一阵狂风吹来，他在晃动中碰触到了她的胳膊。他体察到了她身上超乎界限的那部分，犹如狂暴的天气中意外静止的湖水。她站了起来，沿着长廊往回走，李白却不动，给自己点了根烟，然后用手电筒照着她脚下。她站定回身，看了他一眼。"给我也来一根，我还没抽过烟。"

"我从来没有给女孩派过烟。"他说，"早知道就带一盒摩尔或者沙龙，那比较适合你。"

"没有什么是适合我的。"

啊，这个古里古怪的、不合群却与人成双的、讲话也爱打机锋的少女，李白的心脏再次被轰平。少潜威一点也不适合你，那个只会念稿子的早发育男生，他白白地早发育了。李白心里暗骂，为她点烟。"意思意思，不要吸到气管里。"她已经咳嗽起来，并扶住他的肩膀，一绺头发被风吹至他的锁骨。

"你那个事，张奇告诉了少潜威。"

"我哪个事？张奇是谁？"

"打快板的。"

"他妈的。"尽管四周已经够黑，李白仍感到眼前一黑。

"你也就是遇到了我，要是别的女生，早吓跑了。"周安娜摇头，"你完蛋了，你一辈子都会被他们说的。"

"我早就习惯被人说了。"李白做出不在乎的样子。

"你这人，发噱。"

在吴里，"发噱"这个词相当严重，意味着无可救药的沉沦，低人一等的滑稽，世俗领域的怪物。那时李白尚年幼，不会为了一个词而跟姑娘翻脸，他只是听着。在他有限的经验里，"李乌龟的儿子"是人生巅峰，其他不算。然而此刻他明白过来，"发噱"指向的是他本人，与生俱来的气质，而李乌龟只是一种后天的偶然。

我们要突破无数词语的包围才能到达某种平庸的人生境界，那些吼出来的词，吐出来的词，写出来的词。如果突破不了，我们依然平庸，但却无法构成境界。（语出《太子巷往事·后记》）物体碎裂的乒乓声再次传来，人永远被这种高频的声音惊扰，打断低频的沉思与反省。他陪着她走回楼里，不发一言，将手电筒胡乱晃动，一团光在大厅里四处乱窜。周安娜似乎终于体会到他心乱如麻，扭头安慰了一句：

"好好照着你要走的路。别去找张奇麻烦，他会尖叫，告诉所有人。"

就在回到房间喘息疗伤的片刻（到底有没有受伤），他用手电筒照了照床上的张奇，小胖墩已经睡着，屁股朝外，蜷成一团，内裤上印着什么细碎图案，还有个破洞。李白想到了多种报复的办法，有些可以让他尖叫，有些不会。可他感到的是一阵厌倦，多么无耻的集体生活，即使是借住在曾小然家，他也未曾在半夜用手电筒照过她。多么恶心的肥胖的屁股，我看着它，想对它下手，让它的主人难堪，而我无法从中获得任何快乐。李白关了手电筒，复仇的光剑收入鞘中。他决定睡觉，忘记这件事，或者说，随它去吧。

两天后返城，公共汽车行进在一片狼藉的道路上，李白没有和周安娜同座，他缩在车尾的角落里，忍受着颠簸带来的晕车感受，胃里像有一条蛇要爬出来。人们欢愉，人们热烈。打快板的小胖墩站在车头位置，他正在表演节目。他唱道：

帐篷高，帐篷宽
帐篷里住着个萝卜干

李白动了一下，想走过去抽其一嘴巴，胃里的蛇先于他冲破了界限。

14

李白童年时代有一道选择题，流传于男孩之中：你是愿意被人打一个嘴巴呢，还是踢中蛋。尽管低俗滑稽，却深藏哀怨。就在他掰着指头计算脸和蛋哪个更敏感、哪个更疼的时候，冯江的回答是：我都不想要，男人的脸就是蛋，蛋就是脸。

关于冯江（还有他的混账家庭），多年以来，可以说耗尽了李白的笔墨，有时单独出现，有时组团成文，有时则是电视剧脚本中的群戏大混战。对此李白毫无愧疚，亦无任何报酬，成年以后每次下馆子照旧是由冯江买单，理由很简单——他脑后那条Z形伤疤是冯江的爸爸打出来的。

冯江与李白同岁，现定居上海。到达外滩后，李白给他发了一条微信，问什么时候能见面。冯江回消息说，正在医院里，膀胱出了点问题，要动手术。

"护士手有点重，这滋味让我回到了少年，那时我还是个色情狂。"冯江无耻地加了一句。

"我来看看你吧，就当找点素材了。"李白再次让司机调头。

回忆三十年前在农机厂的时光，这种经验是诞生于七十年代的城市男性共同持有的，工厂，医院，商店，机关。他们在这里跟随着家长，目睹父辈工作，见识到这里的各类非生产性配套设施，例如，俱乐部，幼儿园，图书馆，医务室，某些单位还有录像放映厅。在懒洋洋的国营企业时代（也是大机器时代），工作未必是苦刑，而是宗教仪式，一种在喝茶聊天打毛线之余需要去履行的义务。看哪，我的爸爸去工作了，他正在工作，他工作完毕。根据通俗心理学，一个人童年时接受的宗教教育就像味蕾的偏好，直接决定到他成年后的信仰。李白喜欢写国营企业，尽管在方薇教授的评价中，认为他是"时代的记录者"，但私下里李白坦承，这不是他的写作策略，而是深藏于心脏之下的一种光芒、一道旋律。那些机器轰鸣的厂房，在我的经验中就像天主教徒走进了巴黎圣母院。

在这个地方，他的玩伴是冯江。其父是保卫科长，叫冯虎，绰号冯老虎，早年当过兵，人不壮，筋骨极好，面露凶相，V型秃顶，像一台简单明了的杀人机器。到了冯江身上，可能是基因突变，筋骨没了，一双略具男子气概的桃花眼像克拉克·盖博，专属于女性的杀人机器，并且，头发浓密得有点不像话，随便梳一下就是个时髦的飞机头。

他们是这工厂里的官二代，干部子弟，普通工人都让着他们一点，这与他们在社会上的地位形成了很大反差——李白来自著名的荒谬之家，向来不受人尊重；冯家则是三个孩子加祖父母，户口本上七个人挤在单位分配的二室户中，过着牲口圈一样的生活。对他们来说，工厂才是象牙塔，在获得尊严感的同时，你也会铭记那种美学：粗劣，简明，节省，肮脏与整饬交错，远方轰轰作响，像公路片的场景，无数成年男女在此终老的必然结局，以及某个安静的下午让李白体会到些微荒凉与忧伤的质地。曾经的年代，全中国的国营企业都近似，一种从寒带到亚热带城市的共同情绪。

人们在这里共同工作，共同进食，共同洗澡。工人兄弟的感情不是纸上说说的，是靠具体行动维系的，相同的工资，相同的餐具和洗澡水，相同的语调和气味。"我多么想重写一次过去时代的国营工厂。"李白又给方薇发了一条微信，"哪怕是从浴室的瓷砖片写起。这些事物已经消失了。"

"在上海是消失了，内地省份有得是。"方薇回复。

"氛围，氛围，一去不返。"

"愚蠢的怀旧情绪。"方教授指出，"不过，这会儿写出来，正当其时。"

回忆浴室，请务必记住那是一九九〇年新贴的瓷砖，在所有年代剧里呈现出的陈旧色泽都是当下的视角，而实际上，浴室刚刚翻新。水管涂银灰色的油漆，莲蓬头还没来得及被拧走，浴台边沿贴上了弧形护角，比较恼人的是地砖偏滑，常把光脚的汉子摔成四仰八叉，然而咱们工人有力量，爬起来拍拍屁股继续洗，未曾听说有人向厂里索赔的。某日下午两点半,李白和冯江仗着自己的地位,闯入空无一人的浴室,浴池比从前更深了,这意味着可以游泳。冯江怪叫一声,在浴台上做了个不太完整的鱼跃动作入水,李白在更衣间慢吞吞地脱光了衣服,扶墙入室,用手捞了一下,水很清,也很烫。他确信只有冯江可以在暑期的下午畅游于滚烫的池水中。

李白抬头张望浴室的高大拱顶。光线充足,一切都是白色,多年后他在伦敦圣保罗教堂感受到了同样的圣洁。拱顶意味着什么?意味着回声,适宜交谈和吟诵,蒸汽凝结的凉水不会直接掉落在头顶,也意味着楼上不可能有女浴室。你知道平顶更廉价易造,可这农机厂的男浴室偏偏就是拱顶,它略微超出了你对工人阶级的预期,不足以言说,仅仅是存在。你是一个在拱顶之下度过快乐时光的小崽子。

冯江出水,这时李白惊讶地注意到,他已经长出了浓密的耻毛。

"看什么看?男人被热水泡过以后,那里是会变大一些。"冯江说。

"不是……"李白说,"你的毛,上个月没长出来,现在变得和大人一样了。"

"你也会的。除非你像老八一样天生是个白板。"

老八是一个钳工的绰号,他的另一个绰号就是白板,不过没人敢当面喊。他的状况没什么好描述的,总之就是大摇大摆出入于集体浴室。在某些年代,这是坦荡,某些年代是无耻,某些年代又变成了坦荡。对十五岁的李白而言,他才不关心老八的感受,他只是从一具成年男性轻微变异的躯体之上看到了自己。集体浴室是个有趣的地方,隐私?当然也有,在想象力的月球背面。隐私分两种,一种是你老婆才知道的,另一种是大伙都看得到的阴晴圆缺。他伸出手指,想趁冯江不注意,摸一下他的耻毛。冯江知道他手贱,早有防备,躲了一下。

"小鬼，不可以在浴室里摸来摸去。"有人呵斥。

冯李二人皆吓了一跳。一名白发老者光着身子走了进来，从年龄来看是退休职工，但还不算太老，眼镜片上正迅速蒙上两瓣蒸汽。他摘了眼镜，一脚伸进浴池，试试水温，然后用双手扶住浴台，屁股对着两个少年，跨入水池，缓慢地沉下去，身体像是融化在热水里，直至剩下仅有的脑袋。接着，他涮掉眼镜片上的蒸汽，戴回到脸上，发出悠长的呻吟——一种中老年男性能够理解的快感。

少年李白的一个小小癖好，是在工厂浴室里观察男性的身体，他们大部分是中青年，身材或壮或瘦，乏善可陈。有时会遇到特异现象，独臂，小儿麻痹症残腿，严重的皮肤病患，多毛症与无毛症，刺青，当然还有李忠诚后背的烧伤疤痕。包括他父亲在内，没人受得了他在浴室里直勾勾地看着本尊（李忠诚总是用一块毛巾披在后背），那是一种冒犯，即使在集体主义盛行的年代。小孩子的嘴往往更毒，十岁那年他在浴室里询问一个肚子上有巨大胎记的工人，你咋会这样？对方啥也没回答，直接给了个掏裆手，几乎掐爆他的蛋。是个男人都会长记性的疼。此后的方案只能是这样：隔着水雾，穿过众多身体，像是用天文望远镜观察某一颗遥远的星球。你会好奇，他们怎么变成这样，是自愿的，还是被迫的。更大的问题是：衰老是什么，是爬进浴池发出呻吟吗？

"我们将来也会变成他那样。"李白顺着冯江的话继续阐释下去，把声音压得很低。

"他的屌毛全都白了，像一朵蒲公英。"无耻之徒冯江大声回答道。

15

吴里一带，成年男子对于男童，向来有"摸一把"的风俗。小时候过春节，堂叔李国兴塞给李白三块五块压岁钱，然后会极具男子气概地嚷道："来！摸把卵！"孩子不懂事，自然见钱眼开。国兴动手，快速地掂一下，既不是把玩也不会掐爆了蛋，搞得像某种正规场合的礼节，真是费解。稍大一点，李白跟着父亲进了工厂浴室，脱得赤条条的，工人师傅也这么与他打招呼，然而没有钱。他这才意识到，此乃调笑，像一种权力游戏，但并不算猥琐，对方的语气总是很 Man。尴尬在于，无论你本人愿不愿意，送上去还是往后躲，你都不大像个 Man。

后来他一直寻思，这有什么好摸的，为啥每个人都他妈兴高采烈，简直不可理喻。有一次他去找国兴，后者正与电视台的同事打牌赌钱，已经输得面目皆非。见李白出现，国兴给了他两块钱，然后招呼都不打就摸了他一把。同事皆摇头说，哎呀，国兴，这算作弊。李白已经念初三，被摸得很不爽，骂了一声操，什么意思。国兴说，不要嚷，摸一下旺旺手气。李白说，你他妈不会摸你自己的吗。国兴奸笑着说，要摸那些从来没用过的才管用。李白顿悟，多年来被人在浴室里摸，原来暗藏玄机。缠着国兴要了十块钱整数方才罢休。

当他将其中原委分享给冯江时，冯江早已了然，并提醒："你不要瞎摸自己，摸自己是没有用的。"

"你被摸过吗？"

"没有，我很晦气，不值得摸。"冯江说，"难道你不明白吗，他们摸过你以后，打麻将都能赢钱。因此你是被摸得最多的那一个。"

坐在冯江的病床前，出于多年情谊，李白为他剥了个橘子。冯江表示自己不能吃酸的，李白只得一瓣瓣塞进自己嘴里。护士小姐进进出出，冯江向他介绍了自己的手术：一根加热的铁丝插进我的尿道（请注意这是一个严谨的医学用词），向内伸入膀胱，然后烧灼我的膀胱壁。李白被橘子酸得两颊收缩。"妈的，我的尿道也开始疼痛，这是什么样的酷刑？打麻药吗？"

"不打。"冯江说，"告诉你一件更爽的事。"

"什么？"

"这手术每周都得做一次。"

"我的妈呀。"

好素材，它联结起了遥远的过去，那个在滚水池里游泳的冯江，突然发育成熟的暑假。李白提起了一件往事：

"那个锅炉工人的儿子，我忘记他叫什么名字了。他听力有问题，从来没有去治疗过，具体什么病不知道。我们一群人在荒草丛生的废品仓库后面玩耍，你忽然提议，玩'插蜻蜓'的游戏。就是将狗尾草插进蜻蜓的……肛门（？）里，然后放蜻蜓飞走。这种游戏对昆虫来说有点残忍，不过也不会比烧死一窝蚂蚁更残忍吧。那天下午，天气很好，唯一的那只蜻蜓飞得很高。还记得吗？你建议我们扒下那孩子的裤子，将狗尾草插进他的……马眼里。"

"然后呢？"冯江问道。

"你不可能不记得。"

"我不记得自己任何丧心病狂的行为了。"

"我们就这么干了，你亲手插了。"李白拿过一根牙签，插在剩余的橘子上。"那孩子没怎么反抗，他听力不大好，不知道将发生什么。我们扒他裤子，他可能还以为是一种善意的羞辱，毕竟你只扒那些喜欢的人的裤子。在某个时刻，他尖叫起来。"

"听起来相当残忍，我爸没打死我吗？"

"你爸没动你，因为那孩子根本没敢告诉他爸爸。"李白回忆道，"一个很窝囊的锅炉工，总是在稍晚的时候去浴室洗澡，他身上的煤灰很重,近乎苦力,受人歧视。"

"没有挨过打,这件事就不会在我记忆里留下深刻印象。"冯江叹息,"我很抱歉,如果确实发生过这种事,我活该下地狱。我今年四十三,报应为时未晚。这种痛到升天的记忆会在我脑海中停留多年,直到我八十六岁死于膀胱癌。"

"相比之下哪个更痛?你爸当年打你,还是现在?"李白继续胡扯。冯江从枕头边取过香烟,拔出一根塞进嘴里,但并没有点燃。一名护士走进来,为冯江换了瓶药水,又指指他。冯江将香烟放在鼻下嗅嗅,并微笑,示意自己只是过过干瘾。等她走后,他说:"做手术的时候,她也在,有没有动手我就不清楚了。"

"好啊。"李白赞叹。

"都很痛。"冯江回答了他前一个问题,"想象一下,如果我爸爸当年不是用皮带抽贼,而是用这个酷刑——"

16

回忆起冯虎,李白的战栗感仍会从尾椎骨升起,到后背形成一个旋涡,像快感一样急蹿到后脑勺的Z形伤疤位置。一种奇妙的武器,皮带,随之感召而来。

九〇年代,世风日下,农机厂低矮且漫长的围墙无法阻挡盗窃团伙在深夜潜入。三五个老迈怯懦的保卫人员,除了张贴一些恫吓性质的标语以外,就只会用手电筒晃来晃去。一条用以在夜间壮胆的狼狗,不久它竟然咬伤了自己人,随即被送进食堂一半红烧一半卤煮了。这时,冯虎从培训班回厂(那培训班究竟是教政工还是刑讯,无人知道),他不屑于在工厂里与贼展开追逐,更何况,黑暗中的贼会掏出什么凶器,天知道。他的办法是敞开废品仓库的大门,等贼进去以后,将门反锁上。那是夏天,高温季节。二十四小时后,他打开门,拖出一个身心崩溃的家伙(通常已经热得主动脱光了上衣),并不立即扭送公安机关,而是在大庭广众之下,打他。

这种狂暴的训诫,无论使用拳脚还是棍棒,都显得过于小气,好像你是偷了我老婆似的。不,你偷的是国家财产。冯虎需要一种具有修辞意义的刑罚。一根三寸宽的铜头武装带,在一九六七年曾经抽打过市委书记的好货,现在蘸了盐水,晃荡在盗贼面前。它是皮鞭,是激情年代的余响,来自《第一滴血》,也来自《巴黎圣母院》。一鞭子抽到贼的赤裸的后背,那个爽啊。惨叫是必须的,没必要强忍,冯虎喜欢听惨叫,如果你不叫,他会打到你叫。

所有人都记得鞭打四姑娘那次。必须说明,冯虎不打女人,四姑娘是男的,一个长得娘气的值班电工,在事故中失去了左手拇指。这一绰号含有双重意义,体现了工人师傅卓越的修辞能力。某天下班,四姑娘在工厂浴室里偷香烟,被冯虎揪住,那不是国家财产,意义不够饱满,不过那时,冯虎已经打出了名气,因而冲昏头脑,认为吴里的一切违法活动皆应在他的鞭下经受洗礼,然后才配由公安人员接管。在保卫科,湿漉漉的四姑娘穿着平脚短裤和塑料拖鞋,坐在几乎同样打扮的冯虎对面。

"你偷了什么?"冯虎问道。

"香烟而已,我借来抽抽,这种事你也管吗?冯老虎。"

"抽"这个动词过于诱惑,"借来抽抽"则完全刺激了冯虎,他点头,掐灭指尖的香烟,对冯江和李白说:"你们出去。"两人正在角落里玩着安全帽和警棍,不明所以,走出去几步,保卫科的大门轰然关闭,接着是皮带破空的咻咻声。四姑娘在里面大喊:"你想干什么?冯老虎,我是厂里的职工!"

"转过去,背对我,不要躲。"冯虎指导他。然后才是啪和哇。

正是下班时间，工人们洗过澡，推着自行车纷纷经过保卫科门口，喇叭里播放着下班音乐，理查德·克莱德曼的钢琴曲，血色夕阳挂在天边，晚霞无限凌乱。四姑娘在尖叫。

"冯老虎抓了个……女贼？"李忠诚冲过来问冯江。

"不，是四姑娘，他偷了香烟，正在挨打。"

"他为什么要这样叫唤？"李忠诚不解。

人们撂下自行车，涌向保卫科。"女的，女的！"人们嚷道。李忠诚解释，不是女的，是四姑娘。人们高喊："要看，要看！"李忠诚拦不住。作为重要部门，保卫科位处一排窄长的红砖平房的正中，窗户是毛玻璃，里面光线很暗，啥都看不清。冯江掏出了钥匙（他私配的），打开门，人群涌进屋，李白像面条一样被揉搓着转了几圈，昏头昏脑挤到前排。四姑娘躺在地上，近乎全裸，他雪白的皮肤已经被打得通红，通红！红得就像晚霞！他抱住了冯虎的腿，死死不肯放手。这条腿的主人正在颤抖，颤抖！四个拖鞋全都不知去向，皮带垂挂在冯虎手里，他已经打累了，浑身是汗，同样通红，通红！

李白的目光落在了冯虎的短裤上，那里起着明显的变化。不再是《汤姆大叔的小屋》，而是《O娘的故事》。这本影片直至新世纪才被李白观摩到。多年后，冯李二人讨论此事，肾上腺素这个词已经成为常识。冯江说："这解释了他打我的时候也产生类似变化，并不是出于色欲。"李白说："但你当时不该喊出那句话。"冯江摸了摸李白的后脑勺。

"爸爸，你硬了！"冯江是这么喊的，与此同时，李白感到不堪入目，扭头打算钻出人群。冯虎再次狂怒起来，扑向冯江，他的左腿仍然被四姑娘缠绕住，后者感到他要离开，索性把身体重量全都压在他的脚背上。冯虎抡起皮带，没头没脸抽向冯江，冯江早已见识过这兵器的厉害，躲得利索。冯虎再次出手，用一种抖射的方式击打过来，冯江拽了李白一把。厚度1.5mm的铲形铜扣以极快的频率连续击中李白的后脑勺两次，他愣了片刻，抬手一摸，然后看着掌中的鲜血狂叫起来。

Z字形的伤疤就是这么来的。从那天起，李氏父子在浴室里能清楚地认出彼此的背影，从那天起，冯虎将注定以色情狂和暴君的面目出现于李白的小说中，在二十年后的影视化浪潮中李白甚至给出了冯虎的照片，让导演必须按这张脸选角，完全无视冯江的颜面。也是从那天起，谎言将一次次重复：是为了保护我的女人，被流氓打的。少年的鲜血曾与爱情相关，永恒而醒目的伤疤必须来自一场捍卫理想的恶斗，而不是他妈的无妄之灾。

17

在李白的青春期，冯江一度是旅行伙伴。就像踏上一艘远航邮轮，去往陌生的码头，片刻的孤身只影不足担忧，你总能找到可以解闷的人。志同道合是次要的，邮轮本身就意味着志与道。目的地也是可疑的，新大陆或旧世界，冒险之地或禁锢的牢狱，谁能说得清？忽而胆大妄为，忽而晕头转向，既是狩猎者也是处子，你们梦想闯入邮轮的高档酒吧，掌中持有的却是一张三等舱的船票。

为了安慰李白受伤的后脑，冯江向他展示了其作为一个少年色情狂的收藏品：床底的纸箱，内藏数件女式内衣，上面覆盖着一堆陈旧过期的少儿文学杂志。彼时的吴里正在经历一场疯狂的精神角力，一方面是反击资产阶级自由化、清除色情暴力的运动，另一方面来自海外的音像和图文制品充斥市场，到处都是靡靡之音和比基尼女郎的海报。开学之后，教导主任声色俱厉的斥责与语文老师白衬衫之下隐隐透出的粉红色小秘密终日敲打李白的脑壳。社会风气有点分裂。有一次在夜市，冯李二人站在地摊前，目睹着女摊主将一套蕾丝内衣穿在一具缺胳膊少脑袋的充气女体上，也许是看得过于投入，女摊主有点发毛，对两人嫣然一笑说："趁早去找个女朋友吧。"冯江壮着胆做出无所谓的样子问价。女摊主不予理会，说："你得先有一个女朋友。买这么好看的胸罩内裤送给你老妈是不合适的。"

有些事物，你可能需要通过一个合适的女性抵达，而不是绕过，但你并没有她。在冯江家里，那个偶尔清净的时刻，李白望着他手指钩挂住的蕾丝边文胸，像一条刚捕获的鱼在眼前跳动。"你买的吗？"李白傻傻地问。

"昨天偷的。"冯江回答。"你摸，还有点湿，从晾衣杆上摘下来的。"

只有最贱的贼才偷女人内衣。这是曾小然告诉他的，显然她也曾经有过内衣失窃的经历。不过这份无耻感勾起了李白的好奇心，他伸出手指戳了一下。"放心，它只是一块布料。"冯江鼓励道。李白指肚拂过它，又返回，捏了捏它，白色的，中间有海绵，似乎还有钢丝。接着，他无师自通地凑近去嗅，闻到一股洗衣粉的气味。冯江从纸箱里抽出一条粉红色的蕾丝边内裤，将其弹射在李白脸上。

"你就是这么玩……女人的短裤的吗？"李白将手中的胸罩扔到了冯江脸上，有一种无法解释的哀伤与愤懑。

难以想象，在回家的路上，李白骑着自行车稍稍走神。难以想象冯江这个家伙，在如此狭窄的两室户里，怎么玩弄这些赃物。一家七口人，半文盲的祖父祖母，凶暴的父亲和苛刻的母亲，还有一个成天练肌肉的哥哥叫冯海，一个念小学的妹妹叫冯溪。水是如此之多，照冯江的说法，即使起夜都会在卫生间门口排队。在这个环境里他该怎么玩，他甚至连玩自己都很艰难。"我羡慕你，有自己的房间，居然还有院子。我愿意和你换一下。"冯江曾经这么对李白说，又补充了一句，"如果你爸死了就更好了，或者我全家死光也不错。"

傍晚，李白再次来到夜市，新潮内衣困扰着他，那明媚的穿蓝色牛仔衫的年轻女摊主照旧捧上一具惨白的断头维纳斯。有时她站在充气模特后面，从某个角度望过去，她的脸填补了空白。旁边一个更明媚的卖磁带的中年女摊主拽了拽她，指指李白。牛仔衫笑了起来："又是他。"中年女子则朝李白招手，问道："你是喜欢内衣还是喜欢她？"

这些劲浪的青年个体户，往往时髦、有钱、不受管束，没有国营单位的小干部在规训她们的言行举止、思想品德，她们持有的自由就是冯江期待全家死光的那种解脱。牛仔衫走了过来，她娇小而成熟，大波浪头，圆脸，领子立在两腮，使脸型变得瘦削。李白慌了，跨上自行车，低头察看前轮，仿佛那儿出了一点问题导致他无法立即逃走。事实上前轮好好的。牛仔衫叉腰而立，鼓着嘴，似笑非笑，迫使他抬起头来。一瞬间，他简直以为她也会说出那句话，"来！摸把卵！"幸好没有。下一个瞬间他认为结识一位陌生的大姐姐也很不错，他已经厌倦了生命中全是知根知底的人，终于可以尽情撒谎了。

"你是不是叫李白？"牛仔衫问。

"你怎么知道？"

"我是你叔叔李国兴的女朋友。"她补充说，"以前的女朋友。"

李白惨叫一声，用力踩下脚踏板，几乎是撞开了她，遁入黑夜与人群中。小城啊小城，他在心里反复哀叹，熟人遍地。另外李国兴这个浪荡子，结识的女人未免太多——但愿他没有将"摸一把"的巫术介绍给她们。

18

次年夏天,一名女失主带着居委会干部、新村里的闲人,浩浩荡荡数十人,来到冯府。那是酷热难当的下午,冯江游泳归来,正在卫生间冲澡,李白与冯爷爷在楼道里赤膊下象棋,冯虎赤膊睡午觉,冯海仅穿一条三角裤在阳台上用温热的自来水擦拭着肌肉,仿佛擦拭一尊名贵的雕塑。冯溪坐在电扇前嚷嚷,为什么女人不能赤膊,不公平!这丫头蛮横而聒噪,总是爱学中年妇女讲话,觉得有气势。等到一群真正的中年妇女出现后,她迅速逃进了卧室。女人们跨过棋盘,涌入厨房,冯家的三个男人从三个不同方向汇聚到她们眼前,全都穿着小短裤,加之下棋的两位,一共五个赤裸上身的男人挤作一团。那冷静而残忍的女干部也不由得失色,嘀咕道:"你们能不能穿上一点?"冯虎拎过一条长裤,一边套,一边找皮带,一边问怎么回事。女干部介绍了情况:你的儿子,对,小的那个,以粘知了为名,在新村各家阳台上偷了数量不明的内衣,根据推理,这个夏天举着竹竿到处跑的男孩都在十岁以下,且成群结队,只有你儿子,小的那个,喜欢单独行动,他十六七岁了,没理由这个年纪的小青年还热爱知了。女干部言简意赅,冯江试图狡辩,冯溪在里屋快乐地喊道:"对,他一只知了都没粘到过!"

女干部刻薄地问:"冯虎同志,我很想知道,这些内衣到底是穿在你家女人身上呢,还是用来玩的?"

久经考验的保卫科战士冯虎首先撇清,他不知情,更未匿赃,甚至幽默地暗示了本府女人都是平胸,没必要戴这个,除非是久练胸肌的冯海。大家笑了几声,所有到场女性都瞥了冯海一眼,他仍然傻了吧唧解释,知了人人都可以粘,没有年龄限制。有一段时间大伙似乎被这个话题(或是冯海的裸体)迷住了,一个劲地讨论粘知了的技术问题。冯爷爷一直举着手里的炮,大声说,他在吃中药,需要晒干的知了入药。有人嘲笑说你可能是需要没晒干的内裤放一起煎。场面混乱不堪。

"有证人吗?"冯虎切中肯綮,并问失主,"你看见了吗?"

女失主被他问得很不好意思,说:"上午我看见你儿子在楼下,扛着竹竿走来走去,吃过午饭,阳台上的东西就不见了。"

"捉贼捉赃。"冯虎松了口气,拍拍女干部的肩膀。她极为嫌恶地撩开他的手。这是一个坚毅的、头脑清醒的女性,她很快讲出了一个事实:那些落在你冯虎手里的人,并不是每一个都拿着赃物,他们搞不好只是跑错了地方,最后也都招了。偷了一个螺丝或一台车床,还不是你冯虎的皮带说了算?冯虎觉得这话很有道理,没道理的地方是他必须打儿子,然而他也经常打儿子,并无不妥。李白注意到冯爷爷将电扇关掉了,炮一直没放下。屋子里热得像蒸笼,女人们的衣服全都贴在了身上,有人打开了厨房的龙头,往脖子上泼水。

"以后有这样的事,你私下跟我说就行了,不必带这么多人来。"冯虎对女失主说。

"你家这副样子,我怎么敢一个人来?"女失主壮着胆子说,"东西还挺贵的,有点不舍得。如果是个便宜货,你家的几十只手摸过,我是断然不会再要的。"

是这句话激怒了冯虎,他狂躁起来,女干部和女失主同时觉察,吓得往后退了一步。也恰恰是在这时,冯溪找到他的皮带递了过来,几名好事的妇女押着企图溜走的冯江回到屋里。像一部电影的低谷段落,在皮带和他儿子之间构成的关系将奔向完美的高潮,女人们的目光询问着冯虎:是抽几下给大家解气呢,还是打算抽到冯江招认?

地方过于逼仄，全是人。冯虎拽过冯江，嘱咐他："趴到床沿上。"围观者（现在男女老幼全都来了）噼噼啪啪发出油锅烧旺的声音，尖锐而空洞的快感袭来，即将虐待一只小畜生引发的生理上的奇怪反应。

"不要偷工减料。"有人提醒。

"你这是在侮辱我。"冯虎轻蔑地回答，并虚抢了一下皮带，让自己进入某种境界。

冯江曾经说过，跪趴在床沿上的皮鞭是最猛烈的，这一次他将无可逃脱，直至认罪。第一鞭货真价实，斤两十足，众人和冯江同时发出惨叫，同时颤抖。李白意识到冯江所趴的位置，床板之下就是纸箱——他在为自己的癖好而领受另一种癖好。即使招供也不可能豁免这顿刑罚。世人何曾饶恕那些交出赃物的小偷、承认自己不正常的色情狂？这是定理。剁指和阉割皆是忏悔的必要情节。

在第二鞭下来之前，冯江昂起头，问女干部："好看吗？"女干部不予回答。冯江对大伙说："你们是喜欢看我挨打，还是喜欢看我爸硬起来？等会儿你们都能看到。"

19

可怕。小然每次听到冯江的故事总会这么说。"我眼看着他爸硬了起来。"李白加了一点料。小然责备地看了他一眼。他已经念高一，出了校门就满嘴脏话，经常试探性地使用一些超限词汇，壮阳也敢提，走路摇头晃肩，成天在街边和退休老头下象棋。

曾小然谈起了恋爱，男友是她高三的同学，长得与少潜威有几分相似，干净，斯文，懂礼貌。多么乏味的优点！李白被嫉妒折磨得不成人形，这一类型的男生在心理上摧毁了他。他决定做一个坏男孩，可他才十六岁，最多坏得偷鸡摸狗罢了。世界无法给他一块称心如意的雨花石，于是他将自己抛入一堆乱石之中。

Z形伤疤现在已经留在李白的后脑，遭受了几次不太愉快的嘲讽以后，他留起了长发。教导主任抄起剪刀将他拖进办公室。"我分不清你是男的还是女的。"动剪刀之前，她略带几分矫情地训斥。

"我可以把裤子脱了给你看。"李白回答。

"你似乎心情不大好。"常年与他打交道的教导主任这会儿也看出他有点不正常。

请不要再把早恋的学生送上司令台了，李白在心里呐喊，把我送上去就够了。你的非法的、侵犯人权的手段，都他妈快变成爱情的额外奖励了，用不了多久曾小然就会走上高台，凛然俯瞰我在台下张口结舌的样子。到了下午场，男生站台的时候，我可能会扑上去一脚把少潜威踹下去——不，不是少潜威，是另一个人，他们统称为少潜威。在他们眼里反正也一样，李白们统称为李白。

曾小然与他疏远了，李白形单影只，独自上下学，另一方面还得甩开企图跟随他的钟岚——很显然，连钟岚都注意到，小然身边换了个男生。那辆酱红色的女式自行车，以往都是李白推她上桥，由于车后闸失灵，下桥他还得在一边拽住她，以防她摔飞出去。这一极具象征意义的举动，仿佛她在人生的每个起落之处都需要他的鼓励和安慰，现在，另一个人取代了他。

"我失恋了。"李白向他的堂叔李国兴寻求解决方案，"有没有办法追回她的心？"

"十八岁的姑娘有多大，有多成熟，你清楚吗？"李国兴劝慰李白，"甚至可以和我谈恋爱了。"

而你还要再过很多年才会成熟，在成熟之前你是一种废物，成熟之后是另一种。这就是你这类男人的命运。李白终于想通：她有男朋友这件事，就像春节的炮仗，这个不响，那个也会响，你无法阻止，你可以说自己有心脏病听不得响，但叔本华早就说过……啊，老奸巨猾的叔本华说过些什么。李白在床上躺了一整天，翻看一本来自地摊的哲学人生格言，其庸俗的透彻对他而言正逢其时。傍晚灰头土脸出门，遇上钟岚放学回来。她考上了烹饪职校，该校不大教语文数学，每天主练刀工，她书包里总是一把菜刀一把剔骨刀，走起路来刀吟剑啸。

"你这气色……"钟岚说，"一定是为了曾小然吧，我都看见她有男朋友了。"

"人性就像一副扑克牌。"

"讲话不要瞎打比方，"钟岚嗤之以鼻，"我听不懂你的废话。"

李白不想理会她，祝你成为一个笨嘴拙舌的厨子吧。沿着民主街走到十字路口，傍晚车水马龙，人们在此场景中倾听一首来自音像店的萨克斯乐曲《回家》，用的是高保真走私音箱，演奏者Kenny G，译作凯丽金。就连李忠诚都很喜欢他，认为他吹奏的是爵士乐。克莱德曼的钢琴已经不太流行了，叮叮咚咚，不如萨克斯性感。这是一个考验听觉的年代，从旋律节奏跨入声音的汁液，而李白的男低音也在渐渐成型。

"我要搬家了。"

李白回头，钟岚仍然跟在身后。"我爸爸分配到了一套房子，在梦梅新村。梦梅街上。"钟岚快快不乐，"搬走了就见不到你了。"

"烹饪职校离这儿不远，你可以天天见到我。"李白仍然看着街道，"等你毕业做了厨师，我每个星期都到你的饭馆来吃一顿。"

"我一点也不喜欢做厨师！那是男人干的活。"

李白没有听到她的叫嚷，他看到远处曾小然飘逸的身影，酱红色的自行车驮着她在慢吞吞行进的车流中快速闪动，像缺氧的水产池中奋力挣扎的鱼。这车速，一捏闸就得摔出去。为何如此匆匆，仿佛时不我待。接着，她果然摔了，坐在路肩上，没有人过问她。李白狂奔过去，到近处才发现她双眼通红，泪流满面。

那不是因为摔疼而哭，是一路上流下的眼泪，脸都哭肿了。李白替她扶起自行车。

"发生了什么？"

"你今天没来上学。"小然抹去泪水。

"我逃课了，我肚子疼。"

"我被罚在司令台上站了一个下午。"小然强作镇定，"丢不丢人？"

"通常女生是站上午场。"李白喃喃自语。

"他没站。"曾小然遗憾地说，"他在教导处写了一份检查，交代了所有，现在贴在校门口了。"

李白想了想，问："写到你的名字了吗？"

"不止名字，还有很多……事情。"

"我要杀了他。"

"你不用杀，在我心里他已经死了。"

总是那些鸡毛蒜皮的小事情，耗尽了你对人世的感受力。李白感到一阵意外的疼痛，像是被纸割破了手指，你只能怪自己不够小心，而不能指责纸张是锋利的。他推着自行车，与小然慢慢走到街口，看见钟岚泪流满面。

"你又是怎么了？"

钟岚不回答，继续哭。

"你根本没有注意到我伤心，你只看到了曾小然。"若干年后，钟岚回忆，"青春期爱走极端，我当时只想拔刀捅了你，手都伸进书包里了。曾小然恰好摔了下去，你像兔子一样跑掉了。"

20

"曾经小小地不以为然。"他将这句话写在烟壳纸背面,递给曾小然。在蓝莲咖啡馆,一只蟑螂正爬过墙壁,钻入壁纸缝隙中。那是不会有人厌弃你幼稚的年份,可以把情话写在废纸上的好时光。小然点起一根烟,自从站过司令台以后她就这样了,顺便提一句,那也是一个可以在咖啡馆和电影院抽烟的往昔,诸多禁忌尚未成型。两人喝着黑乎乎的咖啡,并肩坐在二号座,对闹市区的行人品头论足。太子裤,马海毛,高支棉——看,黑色一步裙正向你走来,转了个弯她又离去了,腰后的拉链没有对准尾椎骨,偏了一寸。"这种裙子让很多女人暴露了她们是罗圈腿。"李白摇头。小然的腿是笔直的。

"轻微的罗圈腿也很性感。"小然说,"我是指女的。男人必须完美,多留一截指甲都是恶心的。"

我不知道怎样匹配你所要的完美。十六岁那年,李白破衣烂衫,讲话缺乏逻辑,走路跌跌撞撞。她对我保持的宽容,也许仅仅是因为,她并不爱我。李白困惑地望着她。要说缺陷,她略为翘起的上唇才是,齿间的汁液像刚剥开的荔枝一样闪闪发亮,有时在片刻发怔后她会忽然抿紧嘴唇。我想说的是,这才是性感,罗圈腿请容我慢慢领会。

小然将烟壳做了宝石式的折叠,一种相当复杂的折法,李白的字迹被完美地包裹在中心,接着把它塞进了木制腰线与墙壁之间的一道裂缝中,该咖啡馆确实处处都在开裂,杯子,桌子,地砖,有时连倒找的人民币都是两瓣的。就这个举动,她没作任何解释。这道秘语将永远留在此间。

"如果我们再也不能相见,你会怎样?"小然问。

"我会来找你。"

"我指的是不能相见。"

"我们不会落到那步田地的。"

两人喝够了咖啡，骑自行车回家，她花了五元钱就彻底修好了后闸，犹如修复易于马失前蹄的恋情，她将不再需要他的鼓励或安慰。李白心想，很多比喻，就这样消散或粉碎了，比如说修好自行车只需要五元钱。

就在干部招待所的围墙边，那道永远不会打开、早已生锈的双开式边门，现在被人用白粉笔恶狠狠地写上了六个大字：曾小然是婊子。加感叹号，加×，加波浪式的下划线。李白撂下自行车，扑过去用袖子擦拭。生锈铁板上的粉笔字有多难擦，他算是领教了，竟然越擦越清楚。李白面红耳赤，恨不得把铁门啃下一块，回身望去，曾小然正抱着胳膊欣赏。

"你是在看我，还是看这字？"李白问道。

"我在看晚霞。"

"这肯定是学校女生干的，她们嫉妒你，"李白语无伦次，"以前她们也把字刻在寿园的大门上，白淑珍是婊子，她们就是这么干的。我根本不在乎。她们只要不喜欢谁，不不，随便想到谁，就会说那个人是婊子。"

小然不再说话。直到很多年后他才能明白，这种直白的羞辱，写在大门上的脏话，尽可以付之一笑、付之一炬、付之诉讼，相较于种类繁多的隐秘毁损，直白羞辱无须辨识，经由记忆的消化和涂抹将会在特定时刻消散于某一阵晚风或哭泣中。那时那地，她望着晚霞出神，忽然抿紧嘴唇，渐渐与他对视。李白意识到，自己讲得太多（隐秘毁损突然降临而他们并不自知）。此后很多年，当他难以自制滔滔不绝时，曾小然的这一形象常会骤现在视网膜上，令他燃烧的神经当场休克。

21

一个大雪之夜，李白身披棉被，抖抖索索玩着红白机上的坦克大战。这是他最喜欢的游戏，在一个固定平面上一关一关玩下去。那种纵轴或横轴的、带有一点故事情节的电子游戏始终让他头疼，他讨厌突发事件，只有疯子才需要在游戏里安置突发事件。

那时他和李忠诚已经明确，游戏机是白淑珍寄来的最后的礼物，一种后知后觉的突然，她中止了这一切。钟敲十二点，某种异常的厌倦感袭上心头，他松开僵硬的手指，披衣到院子里看雪，李忠诚还没有回家，他率先踩出了一串幽蓝色的脚印，空中的雪片坠速很快，没有风。相比于雨的轻微伤感，雪是带有毁灭性质的。

李忠诚开门进来，停好自行车，拍掉身上的雪。"你还不睡觉，"他温和地质问，"明天不用上学吗？"

"明天放寒假了。"

李忠诚摘掉双层回丝手套，从自行车龙头上取下沉重的提包，仰头看雪，嘴里嘀咕着数字，似乎是在掐算日期。李白骇然发现父亲的眼中荡漾着晶莹的光芒，一片细小的雪花甚至落在其睫毛上。李白决定轰掉这辆闪闪发光的老坦克。

"你今天这么晚回来，又是去跟踪俞阿姨了吗？夜校十点钟下课，你总不能跟了她两个小时吧？"

"你怎么知道？"

是的我知道，俞莞之知道，曾小然也知道。为了贴补家用，九月份开始，俞莞之在夜校教《标准日语初级》。谁能想到呢，她还会讲日语，还能教日语。再看看电视剧里那些娴静知礼、吃苦耐劳、为客人递上香喷喷的拖鞋的日本女性，与她何其相似。就在李白以为父亲必将自信尽毁的时候，城里发生了两起劫杀女性的案子，李忠诚作为一个男性，终于可以派上点用场。他在包里携带一根五斤重的大铁链（打算很自信地没头没脸抽向歹徒），日日守在夜校门口，护送俞莞之放学。惨遭拒绝后，改送为跟，铁链换成了八斤重，像隐身的夜行侠，不让她发现自己的行踪。可他没意识到，那辆自行车实在太破，夜深人静之际，半里地外就能听到他罄罄哐哐的动静……

李白解释完毕，问李忠诚："跟出什么名堂了吗？"李忠诚不语。李白继续挑逗："放寒假，夜校也停课了，你可以不用背这么重的铁链出门了。"

"有一个比较好的好消息和一个比较坏的坏消息，还有一个很好的好消息和一个很坏的坏消息。你想先听哪个？"沉默半响，李忠诚发问。

也就是有四个消息。难不成他已经把俞阿姨追到手了？那他应该打着滚回家才对。李白想了想，说："比较好的好消息。"

"我升任专职副厂长了，管销售。"

"你早就是副厂长了。"

"管销售是有实权的。"

"好吧，比较坏的坏消息？"

"为了效益，我以后也要跑销售，去外地，不常能管得了你。"

"很好的好消息是？"

"就是没人管你了。开心吗？"

李白很开心，他可以去曾家搭伙吃饭。"很坏的坏消息呢？"

"俞阿姨要结婚了，嫁到南京去，工作也调过去。你很快就会见不到她，当然也见不到曾小然了。"

李白感到一阵眩晕，雪正在没头没脸往下落，瞳孔凉凉的，不确定是否有雪片落进眼里。妈的，这辆老坦克，我和他同归于尽了。

"小然今年高考，她不会那么快转学去南京的。"李白嘀咕道。

"俞阿姨会嫁给南京市教育局的一个干部，手续全都办妥了。他们春节就走。"

"没嫁到日本就好。"李白凄凉地与父亲开了个玩笑，"那样你们将会永无相见之日。"

李忠诚从包里拿出那根粗大的铁链，黑色，环环相扣，长度近一米。李白强忍住震惊之后的沮丧，心想：我要是不安慰他几句，接下来他极可能会往我脑袋上抽一链子，毕竟我见识过他"丧妻"之后的失智表现。他伸出手，拍了拍李忠诚的肩膀。

"现在好了，我感觉我解脱了。"李忠诚看看手里的铁链，"它没用了。"

所有的爱都是锁链，但它们可以不必那么沉重。他温和地看看李白，没有失智，就像放弃了一页信纸、一片花瓣，撒手抛下。八斤重的铁链稀里哗啦砸在了李白的脚背上。

22

在李白与曾小然最后相恋的时光里，南方的雪和甜食在记忆中落下种子。离别前请落雪，离别前请与我吃甜食，在哽咽与欢愉中接受我们即将失去彼此的结局。李白戴上白围巾，像言情小说中的男主人公一样奔跑。围巾长达三米，像藏族哈达，由于毛线不够只能织成单层。这不重要，重要的是可以在他脖子上绕一圈，然后在骑车时逆风飞扬到快车道上去。有一天他被一辆错肩而过的卡车勾住，直接飞进了花坛，若非卡车前方有一个红灯，他就死了。

小然抚着他脸上的伤，替他拔掉嘴唇上的一根玫瑰花刺，然后吻了他。李白痛不欲生，小然吻得用力，他们同时品尝到了一股血腥味。

在雪和甜食之中谈到死亡，谈到失去，过于轻易的离别。"不要像我爸爸那样突然死掉。"她嘱托道。

"也不要像我妈妈那样消失掉。"他在一杯冰激凌前泪流满面回答。

他被一次次失控的情绪引领着走出密林，那个无可挽回的少年时代，它看似清澈的河流，但只有当你亲自喝下一口水才能理解其中含有多少泥沙。他看到自己直挺挺倒下，不是出于牺牲或虚弱，仅仅是这个世界忽然倾斜了一下。

别虽一绪，事乃万族。接下来的事情是安慰李忠诚，他的世界是大头朝下的。告别、话别、惜别、送别、吻别、握别、赠别、拜别、揖别、拥别、恸别、抛别、诀别……李忠诚想知道他与俞莞之之间是何种别离，李白答道：你俩是天壤之别。

除夕那天，他们得到了一份邀请：去曾府共进晚餐。小然特地说明，不在公共厨房吃，进卧室。李家父子曾经向往组织一场破碎家庭联欢活动，甚至连小然都暗暗使劲，俞莞之从未允诺。至于年夜饭这种特殊的场合，已经多年没见过女性，最多是李国兴带着一两个姑娘到场，她们的共同点是一张红扑扑的脸，有些是害羞，有些是喝晕，不同点是每年不重样。她们当然能带来一丝春天的愉悦，不过更多的是离去之后加倍的空虚感。李白思忖，曾府的这顿年夜饭，将是怎样的空虚，一定无边无际吧。

这天下午，李忠诚在毛衣外面套上了一件西装。自从做了副厂长，他也拥有了几件像样的衣服，西装是戗驳领的，青灰色底子，蓝灰色条纹，仿玳瑁的塑料纽扣，有一颗已经松了，将会在一小时后掉落。李白套上一件脱壳式滑雪衫，梳了梳头。李忠诚提醒道：

"你最好洗个头,你的头皮屑每天都在滋生。"

李白表示拒绝,天太冷了,"滋生"这个词也让他不快,他同样提醒李忠诚:"你最好洗洗脚,进门要换拖鞋的。还有,不要抽烟,俞阿姨不喜欢家里有烟味。你总是当着她的面抽烟,还以为很有男人气概,其实她讨厌这个。"

李忠诚默默地打了一盆热水,脱袜子,注意到袜跟有个破洞,随即换了一双。"我是为了不让你丢脸,你也不要让我丢脸。"毕竟做了几年副厂长,李忠诚这回颇有幽默感。天黑后,走入太子巷的深处,李忠诚的手流盼抚摸每一根电线杆,仿佛它们见证了什么东西。李白嫌他磨磨蹭蹭,一个人走在前面,进了8号,家家户户都在公共区域吃年夜饭,贾淑珍的铁锅里春卷吱吱乱叫,钟高强全家正在撕扯着桌面上一只未煮透的鸡(他们很快也要搬走)。年糕,蛋饺,蹄髈,整条的鱼,李白不作停留,一道烟爬上楼,没敲门,蹲在角落抽了根烟。李忠诚托着两个热菜爬上楼梯,俞莞之穿一件墨玉绿暗花锦袄跟在他身后。李白将半根香烟掷入窗外的黑夜。

"多吃东西少说话。"李忠诚最后提醒。

在微信上,李白与曾小然回忆当时,那是最后的晚餐,此后岁月,如露如电。小然说:"那顿饭实在是我妈妈厨艺最棒的一次,忠诚叔叔吃得摇头晃脑。"李白说:"忠诚叔叔是故意的,他不想谈任何关于告别以后的事,除了摇头晃脑还能怎样?"小然说:"如果他从一开始就这么懂事,也许我妈就不会嫁到南京去了。"李白说:"他比你所看到的更懂事。那天的青菜里有一根长头发,当然是俞阿姨的,为了不让她难堪,他把吃进嘴里的头发咽了下去。"

咽下一根头发是艰难的。李白的意思是说,唉,此生他们之间,就一根头发的情谊罢了。

当晚那颗扣子掉落在地,滚至床脚,饭桌忽然坠入沉默,只剩电视里一片哗笑。俞莞之推开碗筷，弯腰捡起，又从一个装得满满登登的旅行袋里摸出针线包。李忠诚傻坐不动，俞莞之乐了，说："怎么，还要我凑过来给你钉纽扣吗？"李忠诚像一幼儿园的孩子，脱下西装奉上，三人齐看她坐在床沿上，麻利地做针线活。衣服递回来时，李忠诚还在发呆。是某种柔情让他变得像个正常人，正常的丑陋与自谦，活得不好意思，曾经得到很多却失去得更多的那种羞惭。

"催眠，"多年以后，李白解释道，"他被那个场景催眠了。"

我的父亲是一个奇怪的人，他既暴躁，又猥琐，既懂事，又怪诞。所有的悖反都取决于他面对的是谁。我相信他的脑海里留下了俞阿姨缝纽扣的画面，庸常人生中的平淡一幕，恰恰被放置在永久性的离别之前。他并不总是承认自己庸常，毕竟他经历过妻子的决然离去，工厂火灾和厕所爆炸，受流氓暴打，遭警察拘留，很风光地做过几年厂长，然后这厂里所有工人都被遣散（极具时代感）。他只有在俞阿姨面前才会意识到自己的庸常，一种无法反省（反省了没啥鸟用）而确实如此的判决。他的痛苦是那种最容易理解、却难以共情的痛苦。

那天深夜，李家父子吃饱了饭，走出 8 号大门，远处烟花参天，空气里弥散着硫磺的味道。李忠诚似乎心有不甘，问李白："为什么你一点也不难过？你也见不到曾小然了。"李白憋得难受，不等回家就拉开裤子，朝着李忠诚抚摸过的电线杆撒尿，很直接地答道："我考南京的大学，还能见到她。我会留在南京，吴里会成为我的故乡。"

"你的成绩只配考一个本地的职大。"

李白抬头看看天空，黑色的，茫然的，无边无际。他继续尿着，仿佛逝者如斯。

卷二　梦露，安娜，还有其他

23

吴里并非小镇,而是县城。这几年"小镇青年作家"备受文学界关注,某学术杂志刊登的一篇综评将李白也列入其中(排在最后,几乎成为省略号),他不大高兴,在微博上致信这位青年批评家,声明虚构的"太子巷"坐落在县级市中心地段,并使用网络语言幽默地指出:兄之妙文,略不切当,我与小镇青年作家并无半毛钱关系,我这儿的GDP比你那个省会城市都高,无论总的还是均的。对方没理他。

方薇在电话里批评李白,这又是何苦,人家提到了你,也可以不提到你。言下之意,如今能记得你曾存在过的批评家不剩几个了。李白说:"我对所有的小镇青年作家提出的建议都是——稍有名气,立即去北京发展。真不能耽误人,我年轻时就耽误了。岂止青年作家,任何想做点事的青年都应该去北上广。"方教授则幽幽地回忆:"你年轻时的吴里……在我们苏州人眼中,不是小镇还能是什么?古镇吗?"

想当年,相识之初,李白听方薇自我介绍是苏州人,忙说自己也是。她面无表情。李白知道错了,他是县级市吴里,跟小妾似的。

问她是苏州哪里人。方研究生翻了个白眼，答复是：苏州市沧浪区沧浪街沧浪亭园子后面。李白服气。

方薇近期也发表了一篇文章，将所有二线以下城市的作家全部归纳为县城作家，只剩北京三环和上海中环以内。于是乎，她自己也成了县城评论家。这一极端分类令李白大为欢乐，由于概念混淆，方教授不得不调转枪头去解释什么是"县城"。

"你说得对，地级市是不存在的。"李白进入胡吹模式，"这是典型的资产阶级世界观，没有地级市，没有户口过渡区，只有都市和农村。就像美国，除了纽约以外都是农村。整个美国南方作家都是农村作家，跨境到达墨西哥就更是农村的农村。就像全世界，伦敦巴黎以外都是农村。这种分类法，比瞎鸡巴搞出一堆层级更简单明白，也是我们生活场域的真实图景。什么是县城作家？就是从乡下流窜到集市，犯了事儿又逃回乡下。"

乡下，乡下的乡下，乡下的乡下的乡下。我这么说你理解了吗？

24

吴里改县为市那段时间，李白念高三，各中学统一换招牌，与此同时，一座五星级宾馆开张，因坐落在太子巷不远处，经有关部门考察，定名为太子大酒店（这一店号全世界普适）。干部招待所撤了，经改建，有关部门抬杠，定名为皇后饭店，二星级。为了建停车场，把整片的栗树掘了，小然常常漫步的小道自此不复存在。那块曾经羞辱过她的生锈铁门，那个守护过她的怪物看门人，也随之风流云散。

喜庆。在这个无人喝彩的小城，李白和他的同学们被安排同时扮演表演者和观赏者，有时他们上台歌唱，有时在台下鼓掌，保持热烈以区别于那些呆头呆脑的成年人。至于李白本人到底是儿童还是青年，抑或处于过渡期，没有人在乎。在破旧的大剧院后台，一场全市中小学文艺汇演，李白参与的合唱表演在即，一名年轻的女教师将口红抹在他们每个人的嘴唇上，又擦了点胭脂。李白坐着，仰头看她，任由她在自己脸上胡作非为。

"抿一下嘴唇。"她说，并示范了一下。

性感的动作，嘴唇终于不再是吃饭讲话吐唾沫的器官了。李白爱上了她。"你还挺熟练的。"她嘉许地拍拍他的脸，作为额外奖励，又掏出一支6B铅笔给他画了画眉毛，然后走向下一个男生。李白找到一面发灰的大立镜，照了一下，发现她把自己画成了英武、励志、内分泌失调的儿童。候场时间，他溜出剧院，在后门夹弄里找了根消防栓坐下，点起香烟。冯江跟了出来。

冯江身高一米八二，作为九十年代的高三学生他发育得过于乐观，想想看，三兄妹，能在冯海和冯溪的饭碗里抢到足够的营养，并不容易。身高优势令他的偷胸罩事业发展得相当顺利，晾得再高也难不倒他。

"给我根烟。"冯江走近，吸了吸鼻子。

"请不要在我的头顶上吸鼻涕。"李白从嘴上摘下香烟，递给冯江。"就剩这一根了。"

"沾着你的口红，太恶心了。你们学校喜欢表演这种恶心的节目。"

我们学校禁止早恋，禁止活跃，推崇一种清教徒式的苦读生活，对于文艺表演缺乏想象力。相比之下，冯江的中学常年向社会输送流氓阿飞，要说表演节目，可以立即办一场集体婚礼，再立即办一场集体离婚。中学时代没换过三茬女朋友就不算是男人，这是该校的口号（公平起见，对女生也同样）。剧院里传来笛声，李白好奇，把烟头倒捏在手心，走进去看了一眼，是周安娜在吹长笛。

多日未见，还记得在飓风之下教你抽烟的那一幕。他们把你这实验中学的明艳少女拉到台上来，为冯江这种傻逼演奏莫扎特，简直是辱没了你的芳名。

"实验中学的美女。"冯江赞叹，"就像试验田里的稻子，美观，高产，小规模。"

"她叫周安娜。"

"我喜欢她，小模样不错，等会儿可以去后台搭讪。"冯江说，"我还第一次见到会乐器的姑娘。拉手风琴的不算，冯溪想学手风琴但我爸爸说她手指太短，后来勉强答应，去跟农机厂的工会主席学了几天。拉出来的调门比她的尖叫声还难听。"

李白不想再听冯江唠叨。可能是笛声过于催尿，学生们纷纷站起来跑厕所。周安娜没下台，整了整乐器，按照节目单开始吹奏第二首曲子。她有点慌了，看得出来，她吹错了，停了五秒钟。李白一阵揪心，现在连坐在前排的教育局干部都站了起来。冯江在李白身边发出感叹：就这水平，学音乐是非常浪费时间的，她需要我的安慰。

周安娜停止了演奏，环顾台下，有男生开始打唿哨。她捏着银色长笛，向手心拍打两下，仿佛那是一根警棍，接着她连躬都没鞠，径直走向后台。

"周安娜，好样的！"李白踩灭烟头，对着舞台大喊。

她冲他所在的方向比了个中指，步履不停，消失在帷幕后面。李白追了过去。啊我喜欢她的狂野，她的自尊，旁人无法理解的决绝。冯江拽了他一把："建议你去洗个脸。"李白意识到自己这副鬼样子不可能让一个正在生气的少女平静下来，他冲进厕所，拽开一个正在水龙头前搔首弄姿的小学男生，对着墙上的破镜子洗去一脸铅华，又把那男生拽回来，用他的红领巾擦了擦脸，奔向后台。

他看到的一幕是周安娜坐在道具箱上，站起来给了冯江一个嘴巴，出手如电，躲无可躲。她背着琴匣扬长而去，冯江极为委屈，与迟来的李白一同注视着她的背影走入暗处，忽然一亮，她掀门帘出去了。

"你对她做了什么？傻逼。"李白问。

"我什么都没做，我只是站在她面前笑。"

这就够了。十八岁少女的耳光，相当珍贵，我竟从未获得过这种奖励。冯江仍然在嘀咕，他暂时还不能理解：耳光不仅仅是惩罚。

现在开始合唱。合唱永远是正确的，合唱将抹去表演中的尴尬、无聊、惊愕，什么多声部合唱，见你的鬼去，除了领唱的那个女生是校长的小姨子的女儿，其余人等都请发出同一种音调。音乐老师注意到李白的脸上没有了妆，但合唱已经开始，绝无可能将他从一堆张着嘴的浓艳脸蛋中摘出来。更可气的是他居然连嘴巴都懒得动一下，甚至闭上了眼睛，仿佛来到了大型枪决的现场。

25

在李忠诚频频出差的日子里，生活的步伐细碎宁静，李白为自己做饭洗衣，晾晒夏季的凉席和秋季的被褥，缴纳水电费，迎接有线电视入户。这是类近老年人的时光，细如棉线，以往昔为针，缝合着渐渐四分五裂的自己。稍等，往昔在哪里？那就以空虚为针吧。既然老爸和老师都认为吴里职业大学是他的最高落脚处，他也就失去了作为高三学生的焦虑感，按时上学，随兴逃课，将一部分下午的时间浪费在动物园里。

吴里动物园在城市西侧，又叫西园，一片维护得相当不错的绿地，中间葫芦形的水域，较小的那片养着些水鸟，用竹篱笆隔开，较大的那片供人们划船。两排匣状混凝土房屋，分别关着恒河猴、非洲狮、亚洲黑熊、扬子鳄、赤狐、蒙古河狸、华南野猪、中国红领绿鹦鹉等等，另有一片围栏，养着两头青海双峰驼和不知哪儿来的狍子。小城市的动物园自然乏善可陈，充满了虐待感，所有动物都有点神经不正常，唯有骆驼除外。他喜欢骆驼，两头骆驼尽管都养脱了毛，但目光温驯，睫毛忽闪，眼睛还有点凸出。它们总是向着同一个方向站立，从来无视观众和一栏之隔的狍子，即使你用新鲜树叶去引诱它们，也不会得到任何反应，它们只嚼干草。沙漠里的素食巨兽应有的派头。他问驼舍内的饲养员："哪头是公的，哪头是母的？"饲养员回答："两头都是公的，一头是另一头的爸爸。"

那他妈的该如何是好？难道不应该一公一母关在一起，即使牢狱，无期徒刑，也能甘之如饴？饲养员说："母的那头，疯了，送走了。"

"骆驼也会发疯？我以为只有狗会疯。"

"温血动物都会发疯。"饲养员说着，抡起大叉子，将一坨干草举到骆驼眼前。骆驼伸嘴去叼，他的叉子左右摇晃，骆驼眨着大眼睛不知所以然。干草屑在空中飘洒，他唱起新疆民歌。这快乐的小伙子，疯得恰如其分。李白冷漠地看了一会儿（像一头大型变温动物），他决定去划船。

那是中午一点，他慢慢走到小码头，花三块钱买了一根涂红漆的竹签（代表着一小时的欢愉），售票口的阿姨看了他一眼，嘴很闲，问说你不去上学吗。上课时间是一点半。李白用普通话回答："我是大学生。"阿姨问哪个大学。李白答："华师大中文系。"这一谎话他已经重复了无数次，在大学生稀有的年代，他捞到过不少小便宜。几十艘破旧小艇堆挤在码头边，积着脏水和落叶，像饭馆里的残羹冷炙任由他选。他跳上一艘略为干净的，捡起木桨，坐到船尾。从阿姨眼中看来,这位落落寡欢的华师大中文系才子背负着巨大的哀愁,航向远方,像去寻死。

在湖中央,他停舟收楫,摸出两封信。它们是同时寄到的。不必再为信而寻找什么比喻了,现在是沉醉时刻。一封来自上海医科大学,曾小然考到了那里,是的,她将成为医生。他们兴奋了很久(主要是她),三天写一封信,至少两页,不过热烈终会褪去,频率已经降低到一个月一封,在单页纸上随便唠几句家常话作罢。另一封来自台湾,信纸信笺均考究,那是李白莫名其妙得来的笔友,台北市一位叫陈美伦的女孩,与他同岁,酷爱诗歌,一手漂亮的繁体字。她的邮包中夹带着精美的明信片和书签,李白则回赠人家很多枚压扁的树叶标本,声称这是来自故乡的景色。他半躺在小艇里读信,心情愉悦,陷入昏迷,任凭小艇在湖中荡来荡去。后来,他被人用木桨捅醒,起身一看居然是李国兴,他划着另一艘艇,身边是一个姑娘。

"你小子又逃课。"国兴大喊。

李国兴年过三十,苏州大学中文系毕业后进电视台,不爱写稿,做起了摄影师,如今调到吴里有线电视台。他经历过热烈而冷酷的八十年代,一直没结婚,住宿舍,已成大龄青年,奇怪的是他身边的姑娘年纪越来越小,真的,最初是姐姐型,后来是同龄人,今天这位看上去则像李白的同桌。他的女朋友们要是一起出现,这里的艇可能会不够用。

"你爸呢?"

"他出差去了。"

国兴想了想,说:"你现在不回家吧?钥匙给我一下。"

这已经不是第一次,可能是第二十次。每次国兴都把钥匙塞在墙头花盆里离去,每次他都把被褥叠得整整齐齐,以至于李白分不清他到底用了自己的床还是李忠诚的床，抑或两张都用了？每次他都留两包中华烟，每次他也都会打一会儿电子游戏。李白从腰带上解下钥匙，抛过去。他抛东西从来不准，钥匙串在船沿上蹦了一下，眼看落水里，姑娘手快一把捏住了，对他笑笑。

希望你手快到足够捏住李国兴。李白不乐意他们打搅自己，继续躺下，听到一阵猛烈的划船声，国兴与她急不可耐地航向了太子巷。天哪，李白意识到，如果不是遇到我，他俩可能会把小艇搞翻掉吧。

一点五十八分，他回到码头，把竹签还给阿姨。

"我真是有点为你担心，大学生，你没什么想不开吧？"

"我也没什么需要想得开的。"李白继续假装大学生。

时间还太早，现在是不可能回家打游戏了。李白有点累，动物园里一个游客都没有，他走回笼边，顺手买了一根棒冰，坐栏杆上看猴子。恒河猕猴，一种最普通的猴，用于街头杂耍、科学实验。心理学家哈利·哈罗著名的不人道实验，绒布母猴和铁丝母猴，静止的母猴和运动的母猴，他纠正了华生的错误理论，代价是产生了一大群行为反常的猴崽子，至成年仍然充满心理创伤。每当看到恒河猕猴，李白总不免会想，作为一个只有爸爸的灵长类动物，自己有否遭受创伤。答案是：有是肯定有，暂时还没发作。你要是严肃地看待这个问题，你就没法活了。

两点二十分，那快乐的饲养员出现在狮笼里。狮子已经被关进隔间，他换了高筒胶鞋，拉了根皮管过来冲水。隔着笼子，他喊了李白一声："你怎么还没走？"李白挥挥手，寂寞的男青年，彼此心意相通。接着看到一头毛发凌乱的雄狮出现在饲养员身后，没发出任何声响，以极快的速度立起来叼住饲养员的后颈。饲养员喊了一声，狮子立即撕咬。李白骇然，一个倒栽葱，由栏杆摔进草坪。

再爬起来看时，饲养员已经被雄狮按在地上。李白瘫了片刻，冲过去将嘴里的冰棍扔向笼子，狮子抬头看了他一眼，狰狞低吼。狮子脸上全是血。

这是轰动吴里的安全生产责任事故，动物园的狮子杀死了饲养员，作为唯一的目击者，李白经历了一场短暂的神经失常。他先是在笼子前大呼小叫，然后跑到冷饮摊前，又跑到办公室，被一群人裹挟着回到笼前。人们手里拿着各种武器，主要是担心狮子跑出来，所幸，饲养员把笼门锁了，他只是忘了锁隔离笼。李白注意到这些成年人全都慌了，且毫无办法，有位工作人员看到现场的血腥立即昏厥在地，引起了另一片混乱。接着警察到场，又把他拖回办公室做了笔录，李白结结巴巴讲清过程，顺带向码头阿姨解释了一下自己不是失落的大学生，而是失智的本地高中生，让这位心有戚戚的阿姨感到十分失望。

天快黑时，他被放了出来，饥渴难耐，然而他还想去看看狮子，吃过人以后的狮子。夕阳之下，一队武警战士围在狮笼边，李白想凑过去看个仔细，被两个拿着裹尸袋的医生制止。

"你们要把它做成标本吗？"

"我们是来给人收尸的。"医生粗暴地推开了他。

一名战士举步枪上前，枪口探入笼网，点射五发子弹。狮子悠长一吼。我以为会是麻醉枪，李白心想，他们用人类的仪式处决了它，就像海明威所吹嘘的，他们给了它有尊严的死。

26

在李白的听力还没受损的年龄，他乐于将一次邂逅比喻为不期而遇的音乐，令他驻足聆听，或是拔腿而逃。这取决于他听到的是什么，某间琴房传出的钢琴声，民舍内偶然有人唱起昆曲，也可以是一段来自家庭音响的卡拉 OK 前奏在街边升起，一个阿姨炸房子似的鬼哭狼嚎当头落下。

深受猕猴和雄狮刺激的李白继续骑车逡巡在大街小巷。方薇的编派是不对的，当时的吴里确非小镇，有六十万人口，此后更多。这里当然没有音乐学府，学个评弹都得去苏州，唯有一所幼教师范学堂，时时传出风琴声。她们弹奏妈妈的吻甜蜜的吻，弹奏没妈的孩子像根草，天上的星星不说话地上的娃娃想妈妈。每一首，李白都能跟着哼出歌词，然后头皮发麻，这些自诩为妈妈的小女生，她们似乎从未想过这世界有单亲家庭的存在，她们的抚摸在李白们身上完全是揭伤疤的举动。有一天他听到了"斯卡布罗集市"，然而当时，他并不知道这首曲子的名字。

他将自行车停在围墙下，那是一条幽僻小巷，被青苔渲染的石子路，墙头生锈的铁丝网上挂着一只麻雀的尸体。李白点起烟，作为一个声音的寻觅者，他过于严肃的肢体与五官总让人以为是要干上一票。一名女生走出校门，手拿扫帚，对着麻雀的尸体戳戳捅捅。她的怪异行为引起了李白的注意。

"你在干什么？"李白叼着烟问。女生不理。他愈发好奇，跑到她身边，仰头张望，继续发问。

"老师罚我清理掉它。"女生低头叹息，"可怜的鸟，已经挂这儿三天了。"

"做错什么了罚你？还有啊，为什么跑街上，完全可以在里面弄嘛。"

"你真话多。罚我是因为我上课爱讲话。到街上来是因为，里面有一片烂泥坑，走不到墙根。"

她个头有点矮，一米五的样子，即使跳起来，扫帚也只是拂过铁丝网。这个动作连续数次。李白说:"我感觉你是在猥亵尸体。"女生白了他一眼,把扫帚递给他。他吐掉香烟,跳起来拍了一下,麻雀落进墙内。

"里面弹的是什么曲子?"

"外国歌,斯卡布罗集市。"

"你会弹吗?"

"我不太会,我擅长书法。"

"什么书法,毛笔字咯。"李白大笑,"当心那些小孩甩你一脸墨汁。"

"你真流氓。"她气得鼓起嘴。一群女生打开窗户,对她喊话,她恼羞成怒转身就走。这是个忘性很大的妹子,扫帚还在李白手里。等她想起来时,李白已经扛着扫帚骑车远去。

当天黄昏,李白躺在床上做白日梦,大门敲响,他开门又看见她,觉得匪夷所思。她的回答让他得意,并带有一丝恐怖:我们班的女生全都告诉我了,你叫李白,你现在全城知名(李白心想我操,你又要说我是李乌龟的儿子),大家都知道你逃课了去看狮子吃人(我操,原来如此),要找到你一点也不难。

"你真残忍,把扫帚还给我。"

为什么是残忍?她已经给李白下了三次判断,实在太像幼儿园教师。他顿感无趣,把扫帚递到她嘴边,像递上一根立麦,嚷道:"幼教老师毕业以后就给孩子当后妈这是要有耐心的你到底行不行啊?"女生呆了片刻,眼泪汪汪,夺过扫帚就走。两颗陌生而又破碎的心洒得满地都是,难分你我。李白关门,带着一屁股懊恼打算躺回床上,发现拿走的是自己家的扫帚,她的那把还在院子里。但愿她不要再回来了!她果然没再回来。

这是一个微观的世界,仿制的时间。成年后他才会懂得,偏偏是在这样的时空里，你我使用的语言，像是意在永久的铭文，凿向坚硬的纪念碑，实际砸烂的却是一间迷你玩具屋。给我倾城之恋，给我绿野仙踪，而真实境遇却是在家门口和一个小丫头片子拌嘴，我还有点喜欢她，但我伤害并立即失去了她。

他在音像店找到有那首歌的磁带。那个集市，芫荽，鼠尾草，迷迭香，百里香，一束叫 heather 的花。在完整版本中，还有另一个世界的战争，正如她们所说的：你真残忍。

27

高三下学期，李白化身为行吟诗人、冒险家、侦探、田野调查工作者、考古队员。小城是沙盘世界，有时无聊，走到广阔农村去。我曾经见过拖拉机倾翻（一车斗的农民飞进了水沟），男的女的在寂静的公园深处野合（所幸不是李国兴），无需为高考烦恼的技校生爆发大规模械斗（为了女孩或泡女孩的地盘），过江龙入室盗窃被警察堵在楼顶（门口的野蛮人）。某个星期六的下午，在城西一间南货店门口听到了长笛声。

李白停了自行车，立即揪住南货店主，问这是谁。店主说，实验中学一个小姑娘，住这片。李白说她叫周安娜，问家在哪里，店主奸笑，让买两斤吃的才回答这个深奥的问题。李白心想，你要是开鲜花店的，两斤玫瑰老子也买，我要南货干什么？最后他拎着一袋散发着不正常的硫磺味的腐竹，拐了七八个弯，进了一条死胡同（和太子巷何其相似），叫做伽蓝巷，落底一户院子，陈旧敦厚的砖砌小洋房，大门上漆水锃亮，贴一红色小牌：五好人家。又贴一张白纸，以颜体字书就，在此小便者死无葬身之地，落款：姑苏周公韵。是此间无错了。

冯江早已为他扫听清楚，周安娜，家境显赫，祖父系知名评弹艺人，父母在文联坐办公室，有个姐姐叫周丽娜，也学评弹，曾登台表演。"这有什么显赫的，不就是吃开口饭的人家吗？"李白发问。冯江的逻辑是：想想你的爹妈吧，退一步想想我爹妈，再不济想想锅炉工之家。没错，即使锅炉工还能往后回望广大农村家庭。

周家独门独院，有两三棵大枇杷树，果实累累，枝杈探出墙外。笛声来自院中，仍未停歇，李白蹦蹦跳跳，企图向里张望，门开了，一名女郎走出来，随即喝止了他（还有笛声）："有人偷枇杷！"李白转身逃跑，她似乎更快些，揪住了他的书包带子，令他原地转了半圈。李白注意到墙上还涂着一行粉笔字：偷皮扒男盗女娼。

"有错别字……"李白指出。

"要死啊，你偷了一整袋。"女郎拧过他的脑袋，让他看自己手里的塑料袋。

"你要是喜欢，就拿走好了。"李白递上他的腐竹。

一群人涌了出来，其中有周安娜。很高兴这么快就见到了你全家，分别是：爸爸妈妈、爷爷（评弹艺术家周公韵本人）和他的第二任夫人、专管做饭的乡下娘姨。而揪住他的女郎芬芳四溢，正是周安娜的成年态——周丽娜。李白像一张琵琶似的倒进她怀里。

"老规矩，枇杷留下来，人赶了跑。"周公韵站门口用一口嗲软苏州话大声宣布。

"是腐竹。"周家姐姐推开李白。

周安娜高兴极了，这令李白受宠若惊。"这就是去看狮子吃人的那个李白，我和你们说起过。"她走到他面前，"你长高了。"

"让他进来，给我讲讲狮子吃人的故事。"周公韵往回走，"院子里坐。"

每个人都想知道狮子吃人是怎么回事，李白已经讲过无数遍。这位小有名气的少年作家，曾经在油印刊物《东吴少年》发表过诗作，小说处女作发表在著名刊物《故事会》，现在他感觉自己是另一个少潜威。他甚至为这故事加了一段虚构内容：被击毙的老狮子，身上五个枪眼，它扑向笼网后遗憾死去。事实上他未曾见过它的死状。周家的人围拢在他和一盆枇杷周围，听完之后各各摇头，好残忍，搞不清是在惋惜狮子还是饲养员。周公韵则说："武松打虎，也要吃十八碗酒，方有胆量。"李白翻白眼，心想这与武松有卵关系。周公韵又说："少年，口齿伶俐，声情并茂，会讲苏州话吗？"

"普通话冠绝江南，苏州话不会。"李白说。

"骨骼清秀，面目亦讨人喜欢，是唱评弹的料子。可惜。"

"现在学为时未晚。"李白说。

"吴里方言太土，十七八岁再学苏州话，也就是牛腔马调，可惜可惜。"周公韵转身回去，众人仿佛也都失去了继续观赏李白的理由，讪讪不知该如何处置。周安娜抓过一个枇杷，塞到李白手里，只说一个字，吃，又拿眼睛扫她家人。李白一头雾水，只觉得自己像被人拖上了戏台，两分钟后观众忽又散尽。周公韵回身，这次是审视："你叫李白。父母何处高就？给你取了这么风雅的名字。"

"家父是农机厂的副厂长，叫李忠诚，没什么文化，取名字凑我老娘的姓。"这种无所谓，李白实在已轻车熟路。"我老娘姓白，前几年跟人跑路了，不回来了。"

"哦——我好像听说过这档事。"

苏州评弹喜好讲轧姘头、吃豆腐、卖弄风骚的故事，才子佳人讲多了听众厌气，当代男盗女娼人人喜欢。李白心想你他娘最好不要给我编派进书场，再创作个中篇评弹上电台去讲我亲妈，老子可受不了。为了迅速岔开话题，他问周公韵："你会唱黄色评弹吗？"

感到周安娜踢了他一脚。周公韵不语，沉默片刻，又坐到李白眼前，让唱一曲黄色评弹，给他见识见识。

"就是那个瓜皮果壳莫乱抛。我只会唱这句，标准苏州话。"李白哼唱道，"瓜皮！果壳！莫乱抛——"

"你小有才气，我蛮喜欢。"周公韵制止了他（事实上他只会唱这一句），"但是今天你可以滚了。"

滚这种词，从男人嘴里说出来，对李白向来无效，他站起来拱手告辞。周安娜忍住笑，送他到门口，李白四下里找他的腐竹。那做饭娘姨告诉他，弟弟，已经扔了，硫磺熏制的劣等品，吃下去死全家。李白再次拱手表示佩服。

"我这腐竹是买回家药耗子的。"

"我以为你上门送的礼，我还想，谁会送这种货色。"娘姨表示遗憾。

"下回我送个老母鸡过来。"

"不要再贫嘴了。"周安娜推李白出门，叮嘱道，"明天我还在家，你再来。"

他敏感地意识到这个抽了冯江一嘴巴的吹笛少女不可能如此热情，她送他出巷，此前静悄悄的街道现在已成集市，到处是人，一名摆摊卖菜的乡下汉子冲进伽蓝巷，对着电线杆小便，露出极黑的后颈，浑然不顾死无葬身之地的诅咒。李白开了自行车锁，跨上去狂揿车铃，打算启动，周安娜跳上了他的书包架。

"带我出去逛一圈。"

"现在？"

"要不然呢？"她说，"你喜欢在自行车后面带女孩，这难道不也是出了名的吗？"

28

回忆当年,李白得承认,自行车后面载的都是些什么妹子,普高的,三校的,辍学的,普遍豁达、宽容,可以与夏季的晚风相融。他乐于和她们在某个僻静角落幽会,然后壮烈地驶过吴里的街道,将她们送至家门口。他对抵达这个词的认知是浅薄的,首先需要结伴同行,其次不必翻山越岭。

他终于得以登堂入室。这栋位于伽蓝巷尽头的小洋房,吴里罕见的西式民宅,周公韵在五十年代以八百元人民币买下,风雨数十载,为它倒过霉,一度成为大杂院,经政府斡旋调解,终在七十年代末完璧归周,号称周公馆,一大家子安居其中,种枇杷,养金鱼,吹拉弹唱。周先生本人拥有各种称号:本名周小发,艺名公韵(公字辈),绰号艺坛周郎,自谓不方便斋主、三果老人(酷嗜枇杷、杨梅、桑葚)、五琴居士(南胡、三弦、箫,居然还会马头琴,最后是口琴充数)、闲颠汉子(在特殊年代被打出了癫痫症,不定期发作,也因此告别舞台,只做点教学与创作工作)。上述名号,统统请人刻了章。李白甚是喜欢"闲颠汉子",好大一块鸡血石!

好多周末的下午,李白莫名其妙坐在周公馆院子里的石凳上,看着一只黑色的乌龟在脚下爬过。周先生告诉他,乌龟活久了会变成黑色,这只已经很老。李白搞不懂他为啥要介绍乌龟,心想你不会是在损我吧?后来发现周先生好像在各方面都有强迫症。以枇杷而言,周家那两棵是苏州东山的白沙种,属于极品,淡黄色,个头不大,甜,有浓郁的枇杷香气。多年后李白去看国画展,画上几颗枇杷呈深黄色,十分漂亮,但他偏要抬杠说这是二流的枇杷,因为极品应该是淡黄色的。又比如说,她家的金鱼养在直径一米的白色瓷缸里(还不能说是白瓷,此乃专用名词,同理是白色的包也不能喊成白包），六条皆为墨色水泡眼，个头一样大，问为什么不养别的品种，周安娜回答："墨色格调高雅。"凭什么其他颜色格调低下？这也没道理可讲。李白吃着枇杷，观赏黑金鱼，一脚踩住乌龟，在心里嘀咕：总的来说，这户人家惯于以貌取人（身段、嗓音、聪明劲儿）。有一个沉寂的词叫小布尔乔亚，那时他尚未将它从经验的辞典里抠出来。

"面条还是苗家桥的'同治方'最好。"有一天李白说。

"苗家桥在旧社会是妓院，乌龟王八蛋爱去的面店，开到半夜。"周先生的声音悠悠传来。李白遇到了抬杠王，表示服气。

与曾小然家相比，周安娜的府邸显得开阔、幽深，动植物俱全，亲友往来不断，甚至还有佣人。李白在客厅巡视一圈，墙上是一张油画，画中一位扎蓝色头巾的女人正提着一桶水走过街道，她瘦削的身形看上去不像是常干体力活的。他的手指拂过一只青瓷花瓶，根据介绍它产于康熙年间，但他没有胆量将花瓶倒个儿看看制款。一台高保真CD音响，日本山水牌，架子上是一摞盗版流行歌曲唱片。一个花梨木衣架，一张嵌入相框的艺术家证书，两根孔雀翎。对李白而言，这是珍贵的学习机会，踏入一个又一个少女的家中，看到她们或是简洁或是繁复的内部构成，有些甚至破烂得令人心酸，然而她们总是明艳的。

"我讨厌这个地方。"周安娜低声说，"不自由，一股老人气。"

李白正随手翻看一本小小的影集，那年夏天涌动的湖，她的黄色连衣裙和一个硕大的蝴蝶结，边上好几个男生。"少潜威——"他惊喜地说，"好久没见到他了。"

"别乱翻。"她抽走了他手中的影集，令他看着自己的掌纹发呆。

有一天她告诉他，真正应该坐在这里的是少潜威，没错，他们早恋过。不过那位英俊早熟的男孩，头发像屋檐的，他很不幸在高二那年证实小三阳，消息传开，他不得不去外地就读。他们的青涩恋情随之结束，小三阳是一件麻烦事，前来告别那天他甚至不被允许踏入周府。李白听了头一昏，我赢得也太容易了。

"我是你用来抗议管束的吗？"

"要是那样倒好了。"她又打机锋，"你能吗？"

他望着她。她正剥开一颗荔枝，送到他手边，他伸嘴去咬，她缩回了手。"你要死啊。"她把荔枝扔进碟子里，跑到厨房里洗手。墙上有一面旧镜子，她有一个固有动作是对着镜子长久地凝视自己，用沾湿的手拢住鬓发，梳理出光洁的额头。她的目光总是严肃的，似乎镜子里出现的不是自己，而是一个夙敌，一个在梦里追杀她的人。

29

一个关于广东人的传说，广东人来到了吴里。

广东人爱穿夹趾凉拖，大哥大握在手里，甩出人民币，或是港币，讲话粗鲁，丢你老母。不过也有斯文儒雅的，西装革履，头路分得清爽，讲半生不熟的普通话，夹着英语，喊年轻女人为小姐，你会误认为他们是香港人。传说中这个粗鄙或精致的广东人，在吴里的太子酒店里，包养了一个美丽的姑娘。

你第一次听说女人可以包养，她们不再挣工资，而是把自己变成了活儿。这当然也无可厚非，当你听说她们每月的包养费是五千一万之时，唯一的念头是去太子酒店看看她们，究竟有多美。

想获得一种现实的体验，而不仅耽于幻想，这是李白的罕见时刻。他和冯江坐在酒店大堂，要不是冯江的表哥在这里做领班，两人左顾右盼的样子必然被驱逐出去。"你俩就坐在大堂里看看，不许进电梯。"表哥吩咐。一些时髦男女经过他们身边,表哥指着一个衣着朴素的男子,低声说:"他是台湾人,做生意,收破烂。"问及何为破烂,表哥说,民间文物。李白对文物毫无兴趣,一颗流淌的心期待着穿睡衣的美丽女子走出电梯,伸个懒腰,最好露出无聊而苦闷的神情,以印证他对于金丝雀的想象。作为描摹者,李白深信自己将领会她的精髓,然而这一愿望落空,最终,无聊而苦闷的是他本人(一只站立在酒店大堂的贫困又年轻的麻雀),而另一边的冯江早已找到宾馆女服务员搭讪。

"这里似乎有很多广东人,但并没有广东人的女人。"李白抱怨道。

"我的天,你们再多待一天就可以做牛郎了。"表哥嚷道,"现在给我滚,去看狮子吃人吧。"

我会成为老板的,赚很多钱,住进太子酒店,然后让我表哥给我端屎端尿。冯江发誓。对于未来的展望,李白没有任何想法,他坐在街边栏杆上,渐渐意识到事物的速度。不得不再次提到狮子,是的,在狮子决定下嘴之前,有个瞬间我感到了一丝不安,不过它未及扩大,便已血流满地。事物的速度远快于一篇作文、一本电影,大约相当于两句诗之间的转换。

继续广东人的故事吧。这个人有一天失去了他所有的财产(可能是亏在了海南岛的房产上),吴里的生意亦难以为继,他给了女人最后一笔钱,回广东去找老婆孩子。可是这个名誉尽失的女人似乎昏了头,决定跟他走。没错,跟着一个失去财产的广东人。

这一流传于吴里的故事印证了人们对财富的原始(也是后现代)想象,钱来得快也去得快,暴富之人一定死得不像样。财富的逻辑(还有权力)在宿命论与量子力学之间摇摆。较为苛刻的说法是:在最初的年代,他们并不理解钱和女人(包括男人)之间的互换关系。

有一天周安娜对李白说：别再讲这个故事了，你兴奋得过头了。她解释道：这个女人就是我姐姐周丽娜，她原是唱评弹的，嫌苦嫌穷，去涉外酒店上班，后来就这样了。她确实决定跟着广东人走，她相信爱情，相信一个离钱很近的广东人再穷也胜于吴里那群找不着北的家伙，她就是这样决绝。

"难以理解。"李白说。

"你妈不也是这样吗？"

"好吧我理解了，别再说了。"

30

高考在连续多日的雨中进行，南方称之为"长脚雨"，这是难得年份。彼时考场里并无空调电扇，手绢都不许带一块，多有考生晕厥过去，且往往是成绩较好、有望进入高等学府的身心脆弱之辈。唯一可指望的就是每年七月的这三天下大雨，稍微凉快些。雨不会平白无故降临，大概率这就是洪水之年。

与严寒酷热一样，湿涝也会令人发傻。最后一门考试，李白率先交卷，扔下相伴五年的钢笔，旧物的意义像天亮时的烛光，已经无法牵扯住他投向朝霞的目光。旧物燃尽，熄灭，告别。他冲出考场，奔向雨中。

"这位同学你笔忘了。"一位监考老师喊住他，递回钢笔。

"我不想要了，我解脱了。"

"别这么说，考上大学也需要笔，万一你还复读呢？"监考老师冷笑，"你可以把雨披留下。"

雨在下大，他不得不接回钢笔，把破烂雨披（天蓝色，同样是旧物）兜在身上，像一名巫师（纯粹就外形而言），穿过积水的操场，跑向自行车棚。塑料凉鞋里灌进了煤渣。到操场正中央时，雨水像炸弹一样扔向他，李白喘不过气，懵头懵脑站在原地。白光一闪，有人往他屁股上踢了一脚，让他快跑。雷在头顶炸响，李白回头找人，一个穿鲜红色雨披的女生出现在他受限的视野里（他想给自己的眼睛装个雨刮器），她边逃边喊："你想站这儿被劈成烤鸭吗？"她带领着李白狂奔，像永恒指引他避雷的女神，不过她很快啪叽一声摔倒在水里，裹着一团雨披在地上翻滚。李白扑过去将她拉起来，感觉个头极高，分量不轻。两人惨叫着跑到操场边的一棵大树下。

"树下也不能待！"她又惨叫。李白已经被她吓到魂飞魄散，心想她这样冲出学校可能会被马路上的汽车撞死，又追着她跑。最后她跑进了自行车棚，与他的目的地一致。终于，可以摘了雨披相认，湿淋淋，半透明。

张幼苹，不用几年，这个名字将为人所知晓。其后没多久，她成为一名女模特（印染丝织厂时装队的），差不多可以算野模。两三年后她交了一点好运，参演一部电视剧，担任女二号，此后作为配角活跃在小荧屏上，直至二十九岁东渡日本。她的残酷青春被李白零敲碎打写成各种短篇小说，甚至连相貌都没改过：一个形似梦露的姑娘。"你可以写我，随你怎么写，好的坏的，忠的奸的。你唯一要保证的是我必须女主角，对，就在你的小说里。失信烂鸡鸡。"她是这么说的。李白的回答是：人之好我，示我周行，鸡鸡迟早要烂，到时候你还以为是我辜负了你——这样吧，让我屁眼也一起烂掉。

当日在自行车棚底下，仿佛孤岛，起初是脚下的水往阴沟里流，后来是阴沟往外喷水。闪电像巨型火柴一再划亮，一再让他看清张幼苹的脸，别的地方他也顺了几眼。问她是哪个学校的，她回答四中。吴里最差的中学，高考纯粹是跑龙套。"我作弊被老师抓住了，我就走了。"张幼苹快乐地叹了口气，"我成绩太差了，门门功课学不好。"

"我还以为你是个……物理很好的女生。至少电学不错。"

"物理老师说我个子高，还喜欢扎高马尾，全班女生站在操场上，打雷头一个劈死的是我。所以我就记住了：这叫尖端放电原理。"

"他是在嘲笑你。"李白忿然，"他讲杠杆原理的时候有没有用老二撬过讲台？"

"她是女老师。"

"她有没有用男生的老二撬过？"

"你这人风趣！"张幼苹捂脸，发出猫叫。李白心想你语文也不是很好，这不叫风趣，这叫低级。她说："可能她用来撬自己了。"好吧，你比我还低级，我终于遇到一个低级又漂亮的姑娘了。别那么早回家，让我带你去见一个更低级的人。

在蓝莲咖啡馆里，雨水浸了一寸高，冯江蹲在九号座对着天花板上的电视机高唱卡拉OK，他的夹趾凉拖已经漂到店门口。李白抱怨说，这鬼地方现在变低级了。店员还嘴：卡拉OK很时髦！店里没其他顾客。李白与之争辩，店员继续还击：难道你想让我在店里拉小提琴给你听吗，你配吗。这时，张幼苹已经和冯江拥抱在一起。李白大感诧异，蹚着水过去问。冯江解释说，他俩认识一年了。

"有一次我爬到她家阳台上偷胸罩，她一个人在家，就在窗帘后面看着。后来打了个招呼，聊了几句，我拿着胸罩从正门走了。我操，她当时只要尖叫一声，我就拘留了。"

"你不害怕吗？"李白问她。

"我大部分的尖叫只是配合一下你们。"张幼苹不以为然，"他偷胸罩全城出名，每个女的都认识他，冯老虎的儿子。再说偷的是我后妈的胸罩，我为什么要拦他？"

"天哪！我一直以为是你的胸罩。"冯江快乐地尖叫，拉住李白说，"她治好了我的病，自从那次我从正门走出去，手里拎着个胸罩，我就感到自己是真的有病。我再也没偷过一件内衣。"他冲到账台付了三块钱点歌费，顺脚找回了一只凉拖，对店员说："点一首张洪量的'你知道我在等你妈'！"

"我要唱刘德华的'再吻我爸'！"张幼苹站在九号座举着麦克风蹦跳，兴高采烈，像放烟火的小孩。应该说，是李白在她身上窥见了烟火。

我活在一个很小很小的地方，比村子稍微大点。李白心想，我喜欢的所有妞冯江都认识，甚至是刚结交的。我得离开这儿，到远方去看看。

31

"古希腊雕塑有很多情爱题材，比如变成月桂树的那一出。一种稍许矫情的美，人物永远留在了情欲的热烈和拒斥的瞬间。"李白向周安娜解释。他认为她在音乐方面的造诣很深，在视觉方面有点缺陷。不过此刻他面对的既不是雕塑也不是石膏像，而是一本印刷得相当粗糙的画册。

"挺好看的。"周安娜随手翻弄，看了几页，"我喜欢生活化一点的。"

"雕塑是没有生活化的。你再体会一下，矫情不是因为缺乏生活，而是恰好停在了某个瞬间，比如你刚才翻了个白眼。"

周安娜出神地看着电视，一朵菊花正在张牙舞爪快速开放，接着是大丽花、向日葵、紫罗兰，一朵接一朵。她像是被画面催眠。

"这叫延迟摄影。"李白很多余地解释。

"如果我死了你会记得我吗？"周安娜忽然问。

她一定是在高考之后的荒芜日子里读多了言情小说，某些少女必然会提出的终极问题，就像游乐场里一次令人尖叫昏厥的过山车游戏。想想看，曾几何时，曾小然也这么问过他。他的回答是干巴巴的，会的。假如周安娜死去，他当然会记得她，但面对两位不同的少女答案应该是有所差别的。"我会在某些特定瞬间记起你。"

"比如？"

"比如在我死的时候。"

周安娜扭过李白的脖子，吻了他一下。死亡是陌生而矫情的，带有芬芳的，死亡在李白的世界中并非终结，而是节拍。真正的死亡气息来自于告别，而此刻告别尚未来临。高考以后他像泡澡堂一样泡在周公馆，固定每周一和周四下午，每次两小时。雨水从伽蓝巷到太子巷落个不歇，水灾在远方，近处灾难式坍塌或漫漶的是周安娜。他感到一种纯粹的担忧和伤感，站在时间的门槛上静候有人在背后猛推一掌。这个吻纠缠得有点太久，周安娜轻轻推开他，他近距离凝视，她的鼻尖像军舰的舰艏，傲气挺拔，那支银色的笛子恰代表了她的形象，闪闪发亮地吹奏出一些低婉的音调。

"你会接吻吗？"

"像你吹笛子一样熟练。"

"那就是不太熟练。"

她拿出一张 X 光片子。"这是我的颅骨，从头顶拍下去的。"她指着左侧下方，"就在这里，长了一个瘤，我运气不错，良性的，不过它还在继续长。"

"脑瘤？"

"需要手术摘除。手术的死亡率是百分之五。"

李白哑口无言，死亡的伤痛之匣没能及时打开，他脑子里真正的念头是我他妈的最好也去查一下身体，这个不是说说而已，真的会挂掉。

"如果我死了就把遗体捐献了。"她淡淡地说。李白心想你搞不好落在我另一个爱人的手里，由她来解剖你，这又是何苦呢？"我脑子有点乱，我想回家。"他捧着自己的头仿佛那里也有一颗瘤。

"滚吧。"

第二天他沉迷在一片愁云惨雾中，夏季的雨水欢快烂漫，李忠诚在他房门口喊了一句，然后打伞出门。李白回忆了一下，好像是说出差去了。他继续躺着，随手翻看床边的印刷品，这份地摊报纸上登载的科普文章是说男人也会有经期，不流血，只是陷入无端烦恼。见你的鬼去，照这逻辑连一只菠萝都有经期。他把报纸团成球扔到墙角，接着听到敲门声，那节奏与声响，既不是冯江也不是钟岚，而是一个犹豫的人，一个摆脱了低级趣味的人。李白跳下床，雨已经停了，开门看到周安娜。这是她首次造访太子巷3号。

"陪我去看狮子。"周安娜说。

"狮子已经被打死了。"

"还有其他狮子。"

"下雨天的动物园比平时更臭，动物一动不动，不如进来玩玩吧。"李白拉开门请她进入。她穿着蓝色连衣裙，白色凉鞋，手拎一把破烂的折叠伞。接着她嘲笑道，你家这气味也跟动物园近似。李白迅速处理掉了一堆垃圾，两盆馊菜，大半个烂西瓜，挂在屋檐下的一条咸鱼，幸运的是夏天他从来不穿袜子。回到院子里，看到周安娜开着水龙头给自己冲脚，嘀咕说凉鞋上的一根襻快要断了。李白扔了一双女式拖鞋给她。

"你们家有女的吗？"

"我堂叔有时会带女人来。这拖鞋也许是她们的。"

"那我不穿。"

"他的女人都还挺干净的。"

"这叫什么话！"周安娜发笑，"你讲混账话的时候就像一只猪猡。"

她带来的消息是自己被上海的 F 学院录取，信息管理专业，与笛子没有任何关系。"我的通知书还没来，也许是职大吧。"李白洗了洗手，问她还冲脚吗，她说，不冲了。李白关了水龙头，注意到她的脚背被夏天的太阳晒得微黑，鞋襻遮盖部位是几道白杠。这让他联想起某些日本杂志上的海滩少女，比基尼什么的，当然也联想起了农机厂的装卸工。在开始第二个吻之前，各种联想使他发呆。

"你还没说喜欢我。"

"难道以前没说过吗？"李白又吻了她一下，就像一个追着火车跑的人在月台尽头向车尾的急速一跃。"我喜欢你。比任何人都喜欢你。"

"你肯定不是第一次接吻。"

"是第一次。"

"肯定不是。"

"你要是让我吻得久一些，就会知道，是第一次。"

他再次吻她，久了一些，长达三十秒钟。这三十秒钟他想起另一个吻，发生在很久以前，稀里哗啦的时间已经冲淡了它，他能记住的是自己嘴里的血腥味，这令人遗憾。"好吧，我信了。"周安娜睁开眼睛。李白心想好险，就这么一晃神的工夫连我自己都差点不信。他抱住周安娜，抱得很用力，以至于她的伞掉落在地上，并且自动打开，绕着他们滚了半圈。他试了试错过舰艏，从另一个角度吻她。好吧，让我们忘记那些短促的、愣神的、不成形的事物，专注于一个闭上眼睛的吻，还有我想知道一个把衬衫下摆束在裙子里的姑娘你该拿她怎么办。

"讨厌。"周安娜打开他的手。"我要回家了。"

"再见。"李白沮丧地挠自己的肚子。

"我明天再来。"

李白又高兴起来："明天我教你一种从后面绕过来的吻，我站在你身后，抱着你的腰，你扭过头来。这是电影里才有的吻。另一种是咱俩肩并肩，我侧过头来吻你，法国人很擅长的，他们在街上走路都这么吻，一边吻一边还能走。"他想到第三种，骑着自行车，扭过头去，与坐在书包架上的姑娘接吻。有一次他甚至被交警拦住罚了两元钱。算了，下雨天干这个会摔死。

周安娜捡起雨伞往门口走去，李白仍跟在身后喋喋不休，她扭头瞥他一眼。

"很多高中生谈恋爱在我们这个阶段已经分手了，咱俩却还刚开始。"李白像一个成年人那般困惑地问道，"合适吗？"

"我是一个随时都会挂掉的人。"她摇头感叹，"你这个猪猡肯定不是第一次。"

32

一封与录取通知书同时到达的来自上海的信，落在了李忠诚手里。李白的大学毫无悬念，吴里职大文秘专业，现在这所学校叫城市学院，听上去像一个叫土根的棒小伙子改名叫戴维。至于文秘，在李白的印象中是女性专利，李忠诚的经验则相反——秘书皆为男性，并鞍前马后，最终修炼成政府部门的一把手（个别人修炼到了监狱里）。秘书是有前途的。

信来自李白的外公，A 研究所的白致远先生。多年来，母系亲属早已断绝音讯,只知道他们住上海,还有一个姨妈和一个舅舅,都在机关单位上班,不知现在升至什么职位。根据李忠诚的说法,他与白淑珍的婚姻从一开始就受到了上海方面的阻挠,那语气仿佛他是一位富有魅力的落魄秀才。"白家是从江北逃过去的。我世世代代住在吴里,离上海只有六十公里。"

白致远的信中谈到:白淑珍去了沿海特区,久无音讯,现在他与夫人想起还有一个外孙(流落)在吴里,仿佛是到了考大学的年纪,也可能念了技校职校,安心做劳动人民。总之希望孩子趁暑假去一趟上海。信末留了地址、邮编,和一个021打头的电话号码。李白家中正在装电话,付了装机费,工人迟迟不上门。父子俩将邮电局咒骂一通,由李白执笔回信:外公你好,我已经考上城市学院文秘专业。李忠诚推搡他:"我现在是农机厂的副厂长。"李白说老头没问你的情况。李忠诚说:"要不是为了这句话,我会回信给他?"又恨恨地补了一句:"他从来就看不起我,以为我'做到死'的命。"

李白对外公外婆印象淡薄,一些陈年旧照早经销毁,李忠诚的恨是埋葬型的,如今又被勾起。经历了两次信函往复(电话机还是没装好),李白的上海之行确定无误,临行前他向李忠诚多要了一百块钱。"看不起你就是看不起我,我要给他点厉害看看。"李忠诚怆然,又给了第二张百元大钞,答复:"他们本来就看不起你,也看不起……你妈。"往事翻涌在李忠诚的脸上,好像有人在虚空中抽他耳光。李白并不关心父亲的感受,也不想对他的判断再下一次判断,只想去上海快活快活。

八月干燥炎热,经历了一下午的长途汽车颠簸,邻座陌生少女的晕车加剧烈呕吐,打扮可疑的美艳女郎和抽丝的黑色长袜,一位乡下母亲长久地奶孩子,奶得大人小孩全都睡着了——车进上海,所有人都精神了一下。"上海，人真多啊。"李白感叹了一句，确实，那是下班时间。车到站后他一眼认出了白致远，那个身高一米六的老头——李忠诚表达不清任何人的相貌，唯一能说清的是：矮。两人打了个照面，一开口李白就听到了浓重的苏北口音，老头把"白"发音为 bia，而不是苏沪一带的闭口音 bah。不管怎么说，在本地人听来，bia 这个发音有点好笑，并且老头自己就姓 bia。算了，我不应该取笑自己的外公，更不应该迎合本地人的低级趣味，数百年来以取笑苏北口音为乐。

白致远住田林新村，打车一路过来，向李白介绍：这是教堂，这是体育馆，这是地铁站，这是火葬场……李白看了他一眼。外公说，上海再大的干部、名流、知识分子，都在这里来办告别仪式。李白说，上海大，有两个火葬场。外公说，两个都不够，人口多，天天客满。两人唠嗑，仿佛多年不见的老友，却默契似的只字不提李忠诚和白淑珍。车到新村，房子款式都一样，曲里拐弯绕过一片花坛，两人下车。他外婆早就在位于二楼的阳台上候着，动静很大地跑下楼来，也是苏北口音，抱着李白喊"心肝"。他忽然一阵辛酸，外婆身材高挑，眼眉与白淑珍相似。

坐在白致远的小书房，李白翻了翻书，除一部分中国古典文学外，其余皆为政治类书籍，包括各国领导人野鸡八卦。墙上挂一幅江山万里红，左右对联，上联"位卑未敢忘忧国"，李白想下半句是事定犹须待阖棺，极不吉利，孰料下联是"情深难暖故人心"，这句应该送给李忠诚才对。李白扒拉报纸和内参，白致远进来，考了他几个中国古典文学问题：除了屈原之外楚辞还有哪些作者（答案是宋玉），诗经一共多少篇（诗三百，实际是 311 篇），如此等等，李白一一回答。事实上他在吴里就是用这种问题刁难同学的，感觉外公和自己是同一路货色，十分开心。又遛到厨房，外婆在烧菜，足够八个人吃的量，仍未停歇。这时门外一阵啰唆，亲戚们稀里哗啦走了进来，排队换鞋，并踩翻了蚊香。

晚餐就在书房进行（二室户，没有餐厅），终于可以具体讲解一下白家的组成部分：以家庭为单位，外公外婆是一户，讲苏北话；姨妈，姨夫，表姐一位，讲上海话；舅舅，舅妈，双胞胎表弟甲和表弟乙，长一模一样，部分上海话部分普通话。舅舅全家就住在楼上，也是白致远单位分的房子。一个人可以分到两套房子，李白感到自己的外公很有地位。开席之前，白致远吟诗一首，喜见儿孙满堂前，再看华夏展新颜。撞韵了，平仄也不大对，李白带头鼓掌。

"您是研究中国古典文学的？"

"我研究政治，古典文学是我的爱好。"

"你外公精通五国外语。"

经一番抚今追昔，李白大致听懂，来自长江北岸某座小镇的白致远在解放初期毕业于政法学院，携家带口定居上海，老家有一条街的产业（他是大少爷），俱归于他人。动乱年代遭到一些冲击，均安全躲过，承平岁月入党，旋即被派往国外学习考察。关于他的情况，究竟是学者、是干部、是地主，还是一个明哲保身的传统知识分子，李忠诚从来也没能讲明白，李白暂时也问不出所以然。饭桌上一片乱哄哄，外婆不停夹菜过来，姨妈让他不要拘束，吴里呀吴里，听说出产鸡头米。

"什么是鸡头米？"李白问。

"芡实，一种外形像鸡头的果实，剥开就是鸡头米。"白致远回答，又告诉姨妈，"他家不是农村的，不认识鸡头米也很正常。"

"我本来就五谷不分。"

李白很快就搞清，这一堆人中间除了外公以外，其他人都没读过大学。表姐高考只得了三百多分，托了关系在涉外酒店上班。两个表弟甲和乙，中考结果分别进了技校和职校，读大学无望。谈到李白的城市学院，白致远不免流露出一丝失落："竟然是你考上了大学，如果是本科中文系那就更好了。"话题又转向文学，这次是俄罗斯作家，李白不熟，勉强背了两句普希金。表姐表弟们面无表情，疯狂吃菜。白致远喟叹："想不到李忠诚……他还能培养出这样的孩子。"李白忙拍马屁说："我感觉自己是隔代遗传。"白致远大感欣慰，扫了儿女们一眼。舅舅全家依旧吃菜，不语。姨妈姨夫则穷夸李白有才，又给他夹了鸡腿。

"李白这个名字还蛮噱头的。"表弟甲终于从盘子里抬起头（天知道他是甲还是乙），"有没有人喊你大诗人？"

"我并不会写诗，只会写点小品散文，花鸟鱼虫，猫猫狗狗。"李白随手拿过一把折扇，给自己摇了几下。

"李白，李白，哈哈哈。"表弟乙像智障一样念叨。

"闭嘴。姓李的怎么了？我就姓李！"外婆忽然发作起来。

"原来您和我一样姓李啊。"

"所以我好喜欢你啊，姓李的终于排在姓白的前面了。"外婆伸出双手，用力揉搓李白的脸。

这天吃过饭，全家人散去，白致远方才坐定与李白谈心，长达两小时。李白在一本相册里看到了白淑珍各个时期的照片，包括一九八五年她离开吴里回到上海后的留影（那以后的白淑珍长成啥样，李白再也没见过），他默然合上相册，任由一种未经告别的暌隔感升起，落下。白致远说："几十年来，我忙于工作，或应付一些政治上的事情，对家人疏于照顾。你外婆不是知识分子，只能管吃饭穿衣，在思想上和学习上，儿孙辈不免落后。"李白仍然不语，心想你这官腔打得，比李忠诚还过分。白致远说："你妈妈的事情，我也无力管她，几乎是断绝了父女关系。也只能如此了，希望你不要记恨。"李白听出一丝哀怨,忙点头同意。白致远拍他肩膀说:"我观察了你很久,有点才气,也十分轻狂,只恐将来吃亏。我最近退休了,以后会时时过问你的思想和学习。"李白心想我操,原来如此。外公从衬衫口袋掏出了两百元,放在李白手心,继续叮嘱:"你表弟阳阳和飞飞也都放暑假了,明天一起出去玩玩,不要花你舅舅的钱。"李白大为感动,说:"我从来没拿到过这么多零花钱。有时买书都很拮据。"白致远摇头:"我知道李忠诚的格局。"又掏了一百给他。

这天晚上李白搭铺睡在书房,白致远的卧室有冷气机,特为打开房门,让冷气飘至李白头顶。他有点失眠,在台灯下数了数钱,又看看不远处的相册,没去碰它。母亲像一个封印的鬼魂。睡着后果然梦见了她,早上醒来,他迷迷糊糊,感到气血不畅,伸手到枕头底下摸出香烟和打火机,给自己点了一根。只听外婆嘀咕道:"不要在床上抽烟。"紧接着一只拖鞋扔到脸上,外婆将他一把头发抓了起来,大骂道:"你个小畜生竟然是你在抽烟!"

三天后李白坐长途汽车返回吴里(外婆将他押送至车座上),出站就买了包烟,对着嘈杂的街道吸了深深一口,那副少年老烟枪的样子令店主也不禁感叹青少年禁烟条令应该尽早提上日程。在遍游法租界和外滩之后(还去了趟白致远的母校,华东政法大学),吴里的一切都令李白感到乏味(乏味会在他的整个青年时代扩散生长)。他吐出一口烟。某些时候,我能十倍地理解白淑珍的心情。

他提着沉重的拎包回到家,包里全是书。李忠诚正搁下电话,怒视着他。李白还不知道家里的号码,走过去玩弄电话机,寻思是不是往周安娜家里拨一个。李忠诚说:"我刚往上海打了电话,是你舅舅接的。"李白准备好的整套谎话立即付之东流,不过还是保持镇定。李忠诚说:"他说你用了两天时间就教会了你的表弟抽烟,两个表弟，全都抽了。花光了他们所有的零用钱，在游戏房。然后你带他们去看了三级片，在一家秘密的录像馆，他们想不通你是怎么找到的，他们在那片住了十年都没听说过。"

"他的儿子们有点弱智，双份的弱智，但和我相处得不错。"

"我不想知道这个！"李忠诚大喊起来，"为什么要带坏你的表弟？"

"你奇怪哦？"李白躺到床上，讲话已经有上海口味，"难道你忘记了，我是去给你报仇的？所谓报仇，并不见得就要杀人放火。别生气了，让我在你脸上看到一点快感吧。"

33

另一张床，在八月，铺着篾席，比草席更凉爽，偏硬，假如后背出汗，会感到自己像在冰面上滑动。草席通常以经纬线编织，篾席是人字纹，中间部分纵向，四周边缘部位的箭头放射向外，看久了会眼花。不要去抠弄篾席的边缘，可能会抠出细小的毛刺。再次警告你不要手贱，李白，你不是一只鸟，一只猴，一只土拨鼠，不要成天挖挖抠抠的。

为什么枕席不是篾制？因为枕头需要柔软一些啊，篾席太凉，太凉的东西挨着脑袋容易偏头痛，偏头痛是女人常见的疾病，但不是现在，是中年以后。偏头痛会导致女人歇斯底里，幻听，沉闷，她所有的生命力将消耗在疼痛中。你说疝气，什么是疝气？

枕头底下，你伸手去摸，一盒龙虎牌清凉油，一把蒲扇。夏季必备，夏季快要结束。不要手贱去撕蒲扇，你想把它撕成济公的扇子吗。还有什么？一颗西瓜子。就是在床上吃西瓜留下的，没什么特殊的来历。对，它不会在床上发芽。

蚊帐是老式的纯棉纱布，没有网眼，不透明。睡觉时用两个木夹夹住帘子，蚊子钻不进来。铁夹不行，容易钩坏纱布。这是生活常识。帘子上洒过花露水，这可能是某一年代里唯一令人安神的气息。

难得有安静的时刻，她全家出去旅游。至于她是如何拒绝出行的，必然是想了很多理由吧。李白伸出头向床底张望，下面空无一物，棕色木地板拖得干干净净。周安娜说："我家规矩是床底下不许放东西。"联想到自己的床底填满陈年箱箧，灰尘扑鼻，时有爬虫出没，李白想，我诞生在一个没有规矩的家庭，准确来说，规矩是即兴的。他继续挂在床沿，周安娜打呵欠，在床上伸直腰腹，接着左右打滚，"我有点困了，借我肩膀。"她枕在他的右肩，闭眼养神。下午的窗口枇杷树影晃动。又说："睡醒了吹笛给你听。"

她在思考死亡，死亡不再是少女的终极零食，它渐渐成型，合拢为一个纯白色的立方体空间。他们谈到实验中学一个因落榜而割腕的女生，"她没死成，没有被死亡拯救。"周安娜评价道。又说起少潜威，"他休学一年，明年才高考啦。"她说，"我们似乎可以同病相怜，但我发现自己一点也不爱他了。"

"为什么不爱了？"李白傻乎乎地问，"哦，因为我。"

蚊帐里太热，她闭着眼睛胡乱摘自己的白色棉袜，李白将她的腿也抱到怀里，替她脱了袜子。接着他要求把自己的皮带也摘了，那根已经磨损生锈的廉价军用带，带扣死死咬合。周安娜同意，睁眼看他用屁股后面的钥匙串（挂着一把水果刀）在自己肚子上捣鼓，叮咚一声，撬开了。

"看起来有点危险。"

"有一次真的把钥匙插进了肚脐眼，我以为自己会死。"李白将皮带抽出来，扔出蚊帐，钥匙塞到了她的枕下。

"你要是觉得热，可以把长裤也脱了。"周安娜说。

有好长时间，她像是睡着了，李白摸摸她的额头，摸摸她的鼻尖，又摸摸自己。一句不知哪里读来的野诗跳进脑子里，枇杷都熟不知尝。周安娜睁开眼，光脚下床，从匣子里取出长笛，坐回到李白身边，盘腿在床上奏响一首哀伤的曲子。李白也坐起来，他穿平脚短裤并带有勃起痕迹的样子非常不适合在她眼前平躺。周安娜忽然放下笛子，垂头沉思。

"拍子找不准了。"

"多练练。"

"不不，这首很熟的。"她摆手，停顿了很久才用笛子敲敲自己后脑，"这个瘤长大了。"

李白从未学过如此近距离地安慰一个人，那简直像是我自己需要安慰。现在他换了个念头：我可能有点搞不定。他再次趴在床沿，伸手往床底下捞裤子。无论如何，我不能穿着平脚短裤安慰她。他把裤子扔得不远不近，离手指始终只有五公分。在这样一个奇特而荒唐的姿态之下，他听到一阵哭泣，像晚风中一丛孤立的竹子在摇曳。他心跳失律，滚落在地。

我预感到初夜将会是一个落雨的下午，而不是夜晚。夜晚太过成人化，饱含情色意味，而初夜是我在一条干涸的河床上划动小舟，奋力并慌乱，接着，洪水从高处涌下，我的一点点羞惭之心将被快乐淹没。在那个所谓的旧时代，我曾经怀疑自己是否充当了谁的替代物，谁的替死鬼，我被她即将死去的念头卷入漩涡然后迅速甩出去。瞬间的念头来不及被我辨识，奔流而来的确实是爱情。我感到最终是爱情将我和她隔开，而不是其他。当一切结束后，我们抽了同一根烟，她告诉我，避孕套不是她爸爸的，而是她爷爷的。

"我爱你。"李白说。我爱你的奇异的豁达，它跟母性没有任何关系，它意味着我将不会为某种天然的承诺负责。"咱俩谁先死还不一定呢。"李白安慰道。

又一个雨天，周安娜离开了吴里。李白没有送她，骑车在街巷中乱钻，听到什么地方传来台湾校园歌曲：木棉道，我怎能忘了，那是去年夏天的高潮。他跟着唱了起来，作为淫秽小调之一，现在他似乎唱出了一丝乡愁。

这个被判定为良性的瘤，这个需要打开颅腔切除的多余物，死亡率不超过百分之五的脑外科手术，成为植物人的风险，更高概率的脑部感染，术后的性格变化，偏头痛、孤僻、神经质、不再爱上任何人的自闭结局。作为一个向她观望的人，一个对活着也无能为力的小青年，他像是替她经历了所有可能。

34

二年制大专走读生活，在李白的履历表上是最为具体的一栏，此前此后，他都不太能讲清自己经历了什么。这段由课程、技能、军训、培训组合而成的生活，流连于大排档和舞厅的粗俗过渡期，一俟毕业，所有人即踏上家庭事业的正途。比之四年制本科，他们只有一半时间可供享乐或进化。

时间的速度在这里被提升了。"五年太浪费，两年太短暂。如果你再读个硕士可能会八年，那时我已经消失得一干二净。"他给远在医学院的曾小然写信，但她并没有回信。他们之间的联系中断在某个下午，他穿着迷彩服被军训教官罚跑圈，呕了一地，然后收到了一封退信，信封上写着曾小然收，晚上打开一看是致安娜的情诗两首。这么说来，在上海的另一所校园里，周安娜收到的应该是一篇关于旧日时光的三千字散文。

这一错误犹如李白的本质之光——发自内心,挥洒而就,衰得离谱。他迅速感到乏味。乏味不仅是单调,更是僵持,更是未予命名。你生长出新的器官,却不知道那是触手还是翅膀,你退化掉了一根尾巴,却还在水中摇动着空荡荡的臀。乏味啊,李白对着天空嚎叫,终于,一名叫舒茜的女生来到他身边。他将领会另一种爱情,看场电影,跑趟人才市场,讨论某公家单位的发展前途,然后,一种形神俱备的所谓生活从天而降,落在头上。

在城市学院,他结识了一对从初一开始就耳鬓厮磨的情侣,去年双双落榜复读,今年双双落脚至此,男的叫鲍亮,女的叫花苓,他们的恋爱期已经长达七个春秋,人称鲍大哥和花大姐。两人来自吴里市最为遥远的马台镇,得到了学校男女宿舍各一张床铺。

"我和花大姐在初二下学期发生了关系。"在食堂里,鲍大哥向李白介绍。李白差点把嘴里的米饭喷出来,他一直以为自己发生得够早。"马台镇就是我们的伊甸园,我感觉亚当和夏娃并不需要吃什么苹果,一男一女关在一起自然而然就会发生那种事。"鲍大哥继续白话。

"你这么理解《旧约》我感到很欣慰,"李白赞叹道,"至少你没有随便抓一条蛇过来把它办了。"

"蛇?那是魔鬼。"

"你想想蛇为什么不亲自去勾引亚当,说不过去啊,得手以后亚当就是蛇的人了。"

这个问题对鲍大哥来讲过于深奥了,他不应该提伊甸园的。"不要胡扯,我和你花大姐很相爱。没有一条蛇能把我勾引走。"这时花苓坐到鲍亮身边,两人同吃一盆饭,用叉子喂来喂去的。她不难看,小虎牙,水蛇腰,大圆脸,波浪长发带酒涡。李白对女性的观察通常是从轮廓到细节递进，在某个可以遐想的位置上（不代表肉欲）稍稍展开，但花大姐令人失策，像餐馆里同时端上十二道凉菜热菜。不知道是她出了毛病呢还是我自己，李白不敢再看，闷头扒饭。

"我们那里的人结婚早。在我这个年纪很多都抱小孩了。"花大姐指着鲍大哥，"我妈还好，他老妈特别小，才三十七岁。结婚太早很土，计划生育，生完一胎就没什么事可做了。"

"我听说你们马台镇特别浪，有一半人都胡搞男女关系。"李白问。

"这是造谣，有一半人胡搞的是农村。我们是城镇户口。"

"真想去体验体验，"李白遐想，"别误会，我是去找素材。"

舒茜端着空饭盆过来打了个招呼，"嗨，你还先吃起来了，也不等我。"她明媚地抱怨着，然后跑向人头济济的饭菜窗口。李白发愁，减缓食速。花大姐用叉子敲敲他的饭盆，拿眼风扫他，请他说出对于舒茜的感受，仿佛要他提供的是对于花大姐本人的感受。"我不想结婚，也不想上班。"李白张望了一眼，舒茜排在队伍末尾，暂时不会回来。"如果真的有伊甸园，我的苹果算是白吃了。"

"毕业了就结婚难道不是很好吗？"鲍大哥说。

"我连脸蛋都没亲过她，至多是在逛人才市场时候拉拉她的手，那里人太多，跑丢了不好找。"

"你是不是生理上……不大行？"花大姐问。

现在李白发愁地看着所有人。眼前这对初二就发生关系的健康男女，他们的故事要拍成电影是没可能公映的（无论中国美国），最多上一上法制报刊。"我和舒茜的结识纯属偶然，我们在同一所学校就读，想想看，这概率有多低，高考得是多么凑巧才拿到差不多的分数。我们都有点寂寞，她还挺喜欢教育我，近似消遣。我这个人,别的不行,面对善意的教育总是低姿态的,所以就像你们所看到的——我们还挺合得来。"

"你要认真对待舒茜。"鲍大哥说,"我是舒茜的表哥。"

"请你再说一遍。"

"我是舒茜的表哥。"

这天傍晚李白陪着舒茜在操场散步,也就是绕圈。"别信我表哥的,他是个白痴。"她冷笑,"他认为的结婚就是每天晚上躺在一张床上。"李白点头,松了口气。舒茜说:"生活比这复杂多了,你们都应付不过来。"李白一阵惆怅,心想这还不如每天躺床上呢,一起就一起呗。她继续说:"我知道你有童年阴影,你不想结婚。"

"什么童年阴影?"

"你妈妈……"

好了不要再说了,李白制止了她。让我带你去看一看城市学院每天晚上的固定节目吧,也就是鲍大哥和花大姐的性生活。

城市学院多为本地走读生,花苓的寝室就她一人独居,这给了鲍亮充分的、反复利用的机会。假如鲍大哥在晚上七点钻进了花大姐的房间,然后熄灯,到八点钟灯又亮了,男生就会说:靠,鲍大哥好厉害,六十分钟。亮灯后,两人神情诡异(男的疲惫,女的脸色绯红)去街上吃个宵夜,喝点啤酒,要不了半小时即恢复原状,很冷静地在九点以前赶回宿舍,拉上窗帘。九点半熄灯之前,鲍大哥再次很疲惫地出来。有经验的女生又会偷偷说:哇,花大姐好幸福,每天每天呐。李白看了看手表,六点五十,拉着舒茜到宿舍楼下,她不明所以,几个穷极无聊的男生早已蹲在树旁,边抽烟边仰望着花大姐的窗,等待鲍大哥拉上窗帘。"这才是婚姻生活。"李白向舒茜介绍,她已经惊得满脸绯红。到七点零五分,窗口灯灭了,众人欢呼一声,打算散去,却见鲍花二人挽着胳膊走出宿舍楼。李白说："我猜花大姐今天生理期，一早讲话就不在路子上，下午两人也没来上课。"远远看到鲍亮右肘绑着一圈白纱布。李白介绍："长期采用传教士体位的恶果。"

"恶心！"舒茜掩面跑远。

"你对她说了什么？"鲍亮走近了问道。

"我试图向她解释生活不用那么复杂，"李白叹了口气，"妹子其实什么都懂，确实只有她教育我的份儿。"

鲍亮指着右肘告诉李白，这里生了个囊肿，熬了一年，下午去医院动了个小手术。旁边同学说他肚子里有块息肉下个月也可以去割掉了。"这是什么路数，集体动手术？"李白问。

"难道你不知道读大学是可以免费看病的吗？"

这个李白确实不知道，他很少生病，更不爱长奇怪的东西，念高中以后连头皮屑都神奇地消失了。鲍大哥向他详细解释了体制内大学生（不含夜大、函授大）的各种福利，李白闻所未闻，以及按所在学校户籍就医的制度，最后讲了讲如何巧妙逃避大学期间的强制献血。

"要是我脑子里有个瘤呢？"他感到一阵抽象的头痛，想起了周安娜。

"那你就赚大发了。"

35

某天中午在水龙头前，舒茜拿过李白的饭盆，帮他洗净。一种惨淡的心绪将他笼罩，她是如此懂事，几乎承袭了曾小然身上一部分的特质，但她洗完饭盆就开始数落他的球鞋太脏——生活过早地教会了她一些不重要的东西，他在心里想，然而，我不能猪狗不如地指责她的某种浅薄，我们对于欢乐的理解是有所不同的，对痛苦的感受也都一样。

他拿着IC电话卡，去公用电话亭拨长途，打给一个永远不会与饭盆相关的人。周安娜，那个异地的风筝，她敷衍的声音——我要去上课了，我要去吃饭了，最近一次是我要去跳舞了。她使李白陷入另一种困惑：我一直以为我才是风筝，天哪，原来风筝是一个相对的比喻。

补充一句，冯江也在F学院念书。是的，我们的少年色情狂，以优异的成绩考上了本科经管系。色情狂总是有一点小小的天分，不得不佩服。经由冯江，李白了解到一些关于周安娜的真实状况。"相当受男生欢迎，附近大学也有人找她玩。"冯江说，"还好本校女生多，不至于让她太得意。"

他等了很久，在听筒里听到宿管阿姨拿着大喇叭喊她的声音，磨蹭长达十分钟，然后是周安娜慵懒的应答，听到是李白，她也未曾改变语调。爱已岌岌可危，他敏感地意识到，然后想，我是白痴吗，我在这种时候标榜自己的敏感吗？

"这个手术在吴里根本没有医生能做，必须来上海，和念不念大学没关系。就算不念大学，我也得来上海就医。"周安娜在电话里说，"你的想法真是奇怪。"

"什么时候动手术？"

"让我再享受一下人生吧，直到我变成一个大头鬼。"

"你想怎么享受人生？"

"人生太苦啦。"周安娜轻声嘀咕，随后挂了电话。

就算不苦，你也会想着什么时候去享受一下。就算享受了A，你也会想着再去享受B。这场单方面的异地恋，爱情既没有通往眠床，也没有通往厨房，它被一根电话线牵引，成为李白反复讨论人生的借口——像醉鬼一样讨论人生。李白叹了口气,我并不擅长这个。

另一个闲散无聊的日子里,他在本地电台一则新闻里很偶然地听说著名艺术家周公韵日前去世,一丝旧日(其实只是上半年度)哀伤袭来,他骑车到伽蓝巷探访。远远望见周安娜右臂套着黑纱,腰系白麻站在街口。

"不用进去了,本府谢绝吊唁。"周安娜说,"实际上是正在打架。"

"分遗产咯?"李白说,"那些印章还挺值钱的,越来越值钱。"

"还有一些人民币和美金,还有一个要被赶出去的漂亮的小祖母。"周安娜说,"你回去吧。"

"是怎么去世的?"

"脑溢血。"周安娜意味深长,指指自己的太阳穴。"他一直有癫痫。"

"我还挺怀念他的套子的,是我用过的最好用的。"李白说,"如果印章讨不到,剩下的套子送给我吧。"

"这份怀念还挺别致。"周安娜先是笑,随后勃然大怒,"滚吧。"

在街上跟一个戴孝的姑娘讲黄色笑话,这个笑话的主人公是她本人——你没挨一个耳光已属幸运。李白悻悻转身。他预感到自己再也没机会走进周公馆了,接着他像看电影一样看到了彼此的晚年(如果她没有死在手术台上的话)。根据国家的计划生育政策她不太可能儿女成群,她将独坐在枇杷树下,抚摸少女时代的笛子,并看着这座旧宅:一屋子逝去的人。对了,那只浑身发黑的乌龟必然还活着,即使死了也可以换一只来充数。在那样一个将来,他李白穿着平脚裤衩,秃头,烟不离口,坐在街边与人下象棋。那洋房里的老太太在上个世纪曾经是我的爱人,我们住得不算远,但已经五十年没见面。

这个有点像某一部南美洲小说的遐想搞得李白头脑发晕。"我们还是分手吧。"他转过头来,冲口而出。不过他看周安娜的表情(含笑,含嘲,含遗憾)就知道,他们从来就没有在一起过。"这句话,你说我说都一样。"她说,然后走进小巷。

我们还是分手吧!李白心中又呐喊一次,在精神上同她掰了掰手腕。他当然不会预见到,这句话像救生圈一样,将伴随他游过宽漫无边的爱情海。

36

对香烟和书本高度依赖的李白需要另一些元素的补充,有时是咖啡,有时是音乐,有时是糖。这些元素在不同时期到达,构成他的嗜好、性格、弱点,同时也构成迷障,以致众说纷纭。香烟属性的李白,书本属性的李白,咖啡属性的李白,大排档的李白,烂大街口水歌的李白,臭不要脸荤段子的李白……最终,一瓶烈酒涤荡了他的片面性(曾有人预言会出现海洛因属性的李白)。

经多次测试,饮下高度国产白酒50毫升,是李白的临界点,100毫升泪流满面,失去记忆,到150毫升则会出现三种结果:人事不省;脱掉上衣;脱掉上衣狂奔,没有一个同学能追得上。这是天赋异禀,喝醉的人通常跑不动路。花大姐的评价是:酒品不好。但也没有非常不好,不会划拳,不砸东西,不骚扰女人,心里完全只剩自己。

那时候,他们都没什么钱,上大排档点的是螺蛳、花生米、豆腐干,皆为块状、颗粒状食物,装在塑料盘子里。酒嘛,有什么喝什么。李白胃小,灌不下太多啤酒,又爱装逼,嫌廉价黄酒不够醇正。唯烈酒才能将他的本我发挥出来,唯烈酒才能让大伙看到他对着花生米放声大哭,或在马路上围捕其人。

"我讨厌酒鬼。"舒茜说,"我爸就是个酒鬼,喝醉了爱闹,折磨全家的神经。"

"在别的男人身上看到蛛丝马迹就联想起自己的爸爸,是个糟糕的习惯。"李白回答。

饮醉是停顿时刻。对李白来说,难以回答的是,为何要停顿。这是一种你在童年时不会体验到的感觉,它有可能比性高潮来得还晚。由于停顿,导致缺失,每一次停顿你都踩在一块凹陷的东西上,你想往上跳,但你实际上是失重的。烈酒使你心跳加速,肺部扩张,使你的缺失变成一个欲望的盆地,但不再是吸纳的欲望,而是喷。喷出去,跑出去,让自己变成一颗炮弹。

众人骇然地看着李白胡言乱语,他继续喝着,高潮时刻快到。不要在喝酒时分析醉酒,正如不要在小说里标榜文学理论,不要在做爱时讨论性学。一声锣响,他撂下众人向着一片闪亮的霓虹灯狂奔而去,闯入商业街,一头撞上美发店的玻璃门,该门爆裂(幸好是钢化玻璃),他晕了过去,荣获轻微脑震荡。

"除了关注自己以外,你还要关注一下周围的环境。"第二天他醒来,舒茜又谆谆教诲。比如,你有没有注意到,高空经常会掉下什么东西,有时花盆,有时整片的幕墙玻璃;又比如,这座城市街道上的窨井盖经常会消失,汽车并不必然停在红灯前,以及你可能遭遇到了扒手、警察或另一个醉鬼。"上次你喝多了,有个女的把你往巷子里拉,是我救了你。"舒茜咬着嘴唇说。

"我完全不记得了,外面太乱了,简直像旧社会。"李白说,"我居然跑进了美发店。"

"你没跑进去。玻璃门是外推式的,挡了一半人行道,属于占道经营,负全责。"

与他同时受伤的还有一位来自南方的洗头妹，当时她正站门口迎宾，玻璃爆裂，她返身逃跑，撞在另一扇门上。这次没碎，把她鼻子撞裂了。接下来一整个星期，事情进入扯皮阶段：美发店向李白索赔，李白出示了警方的裁定；李白反咬一口，向美发店索赔，美发店声称开业半年亏本六个月，拒不赔偿；洗头妹向李白索赔，李白指出这扇门就是你把守的，怎么能怪我头上。李白是本地人，美发店全员普通话，不管怎么说，这次他是做定地头蛇了。最后账台大姐（一位俗艳而亲切的孕妇）给了他一张价值三百元的洗头卡。李白盘算了一下，要美发店掏现钱是不可能的，在他撞花的脸和洗头妹撞烂的鼻子之间，差价到底多少，实在算不太清。他接受了赔偿，三百元可以洗三十次头。

那年月，吴里刚刚出现新型美发店，超大面积经营场所，包豪斯的装修风格，极具艺术感的灯光设计，雇佣外地女孩为客人服务，透过落地大玻璃皆能看得一清二楚。尤其夜晚，一个穿短裙的时髦女郎正在为本地的秃头、胖子、烟鬼、性苦闷、性亢奋、性错乱们敲肩捶背，仿佛他们居然经历了繁重的体力劳动。一束锐利的冷光照在他们身上，脸是惨白的，表情是残酷的，在外面观望的人是暧昧的。我应该试试进入其中，而不是做一个观淫者，这有利于我认识世界。最重要的是，甩掉那个常年给我剃头的、粗手大脚的本地师傅，此人每次都嘲笑我脑后的伤疤（你是逃跑的时候被佐罗划了一剑吗），现在他可以去死了。

摘掉纱布那天他直奔美发店，脑袋散发出烂西瓜的气味，是该洗一洗了。出示洗头卡，孕妇把他认了出来。"你还长得蛮帅气的嘛。"她说，"加十元钱就可以理发了，再加十元给你修面。"

"好啊，我恨不得一次就把三百元都花掉，有什么来什么。"

"其他项目要另付现金。"孕妇嘟着嘴，表示不乐意，"说好了只赔给你洗头的。"

"那就只洗头！"李白不想再次陷入扯皮，她太难缠了。孕妇也怕了他（面对李白等人的纠缠，她曾以流产相威胁），大喊7号过来伺候你的小主人。

鼻梁上贴着纱布的7号老大不情愿地走过来，将李白带至靠窗的座位上。李白想换一个。对，不是换座位，是换洗头妹，你看角落里有一个无聊地玩着手掌的金发女郎可能更合适。想想看，那些过路的人会怎么看待我，一个毁容的姑娘在给我洗头。他从镜子里看着她的鼻梁。

"你好，妹子。鼻子好点了吗？"

"叫我7号就行了。"她往他头顶浇了一坨洗发液，匀开，将他的头发卷成牛粪状，然后开始抓他头皮。李白给自己点了根烟，闭上眼睛，感到有点无耻，又睁开眼睛。

"痒吗？"7号问。

"实不相瞒，不抓还好，一抓简直痒得我想哭，是一种虫噬之痒，失去地球引力的痒。"

"你只要说痒就行了。"

"好吧，痒。"李白长久地闭上了眼睛。

搓完以后，7号把李白牵到水洗区，三张带冲洗盆和水龙头的皮面躺椅，有一位长发女郎正在中间的躺椅上做头部冲洗。以前理发，他都像挨批斗似的，含胸低头抱着一个脸盆，任由本地师傅在他脑后胡作非为，现在他知道，可以舒服点了。床靠得太紧。7号说："躺右边。"她要是不指示，李白在"躺到长发女郎左边还是右边"的问题上可能会犹豫一辈子，他手忙脚乱往上爬，7号又过来牵住他。

"你莫再摔了，我真的赔不起你。"

这句话勾起了李白的内疚感。事实上，他额头的外伤只是很浅一道口子，针都没缝，脑震荡亦十分轻微，晕一天就没事了，平时喝到这个程度就算不撞头也得晕一天。他平躺下来，仰望 7 号，心想这还欠自己二十九次呢。她一个月得洗多少颗脑袋才能挣出一份可以寄回家的工资？温水洒到头上，李白意识到，7 号一直注意避开他额头的伤口。随即想起那个可恶的小护士，往他头上涂药水的时候，她就像一个做错题目的小学生用橡皮奋力擦拭着考卷。那护士可是本地人……

"你应该去做护士。"李白喃喃自语，"那护士应该去洗头，不，应该去做木匠。"他感到 7 号的手停顿了一下，不过什么都没说。

"舒服吗？"孕妇走过来察看李白，并打断了他由下向上的凝视。李白心想，我该怎么回答你。孕妇说："如果舒服就说舒服，如果不舒服，我就用笤帚打她一顿。"说罢推搡李白。他不得不提醒：拜托了大姐，我重伤初愈，你又是个孕妇，何苦这样！现在轮到孕妇不依不饶：舒服吗，到底舒服吗，说出来。李白拒不开口，尽管没啥社会经验，他也知道，老子今天要是说了舒服，就会变成王八蛋。7 号对孕妇说："你去坐着吧，这里我来。"孕妇说："我今天就要他说一句舒服，不然我白赔给他三百块了。"李白依旧平躺，视野中全是她的肚子，不知道该怎么办，忽然之间，肚子动了一下，又动了一下，好像是有什么异物想要撑开那个饱满的球。李白吓得惨叫起来。

"胎动。"她冷静地说，"连我儿子都想踹你一脚。"

失魂落魄的李白回到座位，吹干头发，接受十五分钟的肩颈按摩。7 号的手很硬，下手后照旧问了一句："重吗？"李白未及回答，孕妇又跟了过来，看着镜子里的他。李白忙说："舒服，舒服。"孕妇终于满意，忽然又伸手拎起李白的耳朵，大喊："啊呀，全是耳屎，要掏一掏了，是不是已经听不清声音了？"李白的耳朵被她喊聋，这一瞬间他简直怀疑自己：我是怎么从她手里赢下洗头卡的？

"付二十块，给你做个采耳。"

"你刚才好像是说十块。"

"一个耳朵眼十块。"孕妇继续她的幽默，"如果你是六耳猕猴就要六十块。"

既然已经谈价，李白决定豁出去（或者说投降），花二十元疏通自己的两个耳孔。孕妇发出一声欢呼，立即在账单上写下了两个字，采耳，并且拎起账单在李白眼前来回晃动。

"看清了啊，是你同意的。"

"不用我按手印就好。"李白说，"采耳，这个词有意思。我们这儿就叫挖耳朵。"

"在我的老家，马路边都有人摆摊采耳。采耳很舒服，也很重要。耳屎多的人，都很有钱，耳屎代表黄金。"孕妇摇头，"不过你们这里的人没这个风俗，你们不在乎，平时是怎么挖耳朵的，自己挖？用手指挖？"

李白哑口无言。对，我们是原始人，我们的动词用得就像傻逼（名词很丰富）。7号拿过一根一尺来长的挖耳勺，李白吓一跳，这长度可以把他脑袋捅个对穿。他绝望地看了7号一眼，她会意，让孕妇躲远点——她真太闹了，并且摇摇晃晃，撞一肚子过来也有可能。李白已经非常倦怠，竹制的挖耳勺伸进耳孔，立即关闭了他的听觉。

在这漫长或者短暂的时间里，李白想到了一个远去的人，曾小然。想到她用一枚黑色的金属发卡为他采耳（挖……耳朵），一种不太能表述好的、与回忆拌杂在一起的生理感受，以及还有——夏天的气息，蝉在窗外鸣叫，桌上的凉茶或汽水，阴凉之处被稍稍遮挡的强烈日光。为什么会想起夏天，李白也解释不清。他扭头向窗外望去（窗外是早春的下午），7号抬手拧住他的下巴，让他停止。"不要动，你想死啊？"她凶狠地嘀咕了一句。

我承认，采耳是舒服的，仅此。

李白走到账台，7号递上了厚重的外套，他从衣兜里抄出五十元，希望账单上不要出现什么额外的费用。孕妇也累了，对着灯光照了照纸币，懒洋洋找给李白三十元。他套上衣服向门口走去，孕妇忽然说："我在广州待过好几年。"

"广州怎么了？"

"广州比你们这里好玩咯。"

他们同时沉默下来。李白想，我可以说广州那么好玩你来吴里干什么，我也可以说你在广州㗎搵食，唔㗎玩啦。可这种屁话说出来又有什么意思，我们都是社会经验极其匮乏的人，用一种姿态遮掩着自己的障碍症。在零零落落的"欢迎再次光临"声中，李白走向新换不久的大门，7号送他到街上。全程冷静的妹子，眼中未曾流露一丝嘲讽或同情，李白此刻已对她充满感激之情。我爱这样的姑娘，是的，像舵手一样，只有方向，没有态度。

"以后不来了。"李白掏出洗头卡递还给她。

"我要这干什么，我给自己洗头吗？"7号背着手，对他摇头叹气。

李白将洗头卡抛向头顶，骑上自行车，临走前未忘记给自己点一根烟。他喜欢抽着烟骑车。

37

一九九〇年代，我们经历了很多第一次。在某次访谈中，他对方薇说：打个比方，如果你细细推算，初夜只是一种笼统的认知，与身体无关的话语术，我们经历的感官刺激应该从初夜的话语术中分离出去，细分再细分，讲述再讲述，叠加再叠加。方薇翻白眼说，你讲得不错。在发表时，她把"我们"改成了"我"。

李白看到的第一场泳装秀，地点在吴里工人影剧院，张幼苹送给他一张入场券。那是无人观影的年份，连录像厅都衰落下来，原因是有线电视台每晚播放四部海外电影，周末连轴转，从史泰龙到周润发，尽管翻版的画质粗糙，人民群众并不在乎（李白的解释是生活更加粗糙）。放电影赚不到钱，剧院的收入靠明星走穴办演唱会，如果实在闲得慌，就用滑稽戏、评弹、流行歌曲来凑一场，其中压轴的是泳装秀。

李白坐在第一排正中，穿着一身从冯虎手里借来的厂警服，上衣扣子全敞。这种橄榄绿的制服与公安机关如此相似，在黑暗的剧院里难分真假，很适合坐这位子。当然它也会惹来不必要的麻烦（那几年吴里治安不靖），比如说，流氓在街上骚扰了哪位姑娘，姑娘看见警服，自然就会让李白挡到前面去。这种时候，李白是不舍得逃跑的，既不能辱没了制服，也不该让姑娘落单。他必须努力让流氓相信，敢穿厂警服出来招摇的人也有可能是难惹的角色，如果说服不了，就努力从流氓中找出一两张熟脸。这种时候姑娘倘若还没逃走，就只能认为她是爱上了李白。

此时李白歪在位子上，在音乐的轰炸中打瞌睡，直至全场安静，他被安静所惊醒。报幕员说，下面是泳装表演。李白回头张望，观众不少，有一百来个，其中有女的。坐在左边的汉子忽然发给李白一根烟（冲着他那身可疑的警服），他没致谢，掏出打火机为彼此点上。坐右边的姑娘踢了他一脚，仔细看是冯江的妹妹冯溪，听说她已辍学。冯溪从李白嘴里摘下香烟，吸了一口又塞回原处。李白觉得蹊跷。报幕员用港台腔提醒观众：男同胞们不要激动哟。

李白说:"汉之广矣,不可泳思。"冯溪又踢了他一脚说:"掉你姐的书袋。"

影剧院没有 T 台只有大舞台,略为扫兴,然而所有的泳装也都没有胸垫,是兴致所在。李白认出了张幼苹,妆化得太重,很瘦,不再像梦露。她走到舞台中央,向前跨步拧腰转身,她已经练就了轻盈的猫步,这种步伐对李白而言像教堂的钟声,神圣而且神秘,然而那时他也并未在现实中听到过。

"我看见葡萄干了。"身后有人大喊。李白也在看。没有胸垫的泳衣,这是张幼苹告诉他的,起初李白不明白是什么意思,后来张幼苹说,会透出来啦,难道你没去过游泳池。说出来糟心,李白根本不会游泳。张幼苹说,他们都喜欢看,他们都不是好东西。她吃吃地笑。

"现在我知道冯江为什么爱去游泳池了。"李白凑到冯溪耳边说。冯溪很不耐烦告诉他:这算什么,每个女人都有,比这更大的奶头都有。话语十分粗俗。"你就等着看更精彩的吧。"她说。

还能有什么更精彩的,泳衣而已。李白想着,随后看见四条雪白的大汉走到台前,皆仅着泳裤一条,肌肉纷呈,表情肃穆。"这他妈是怎么回事?"其中一个,李白认出是冯海,也就是冯江和冯溪的哥哥。"为啥会有男人,因为他们穿得更少吗?"李白大笑。

"女观众也要满足一下。冯海和你一样,讨厌体力劳动,他只喜欢肌肉,走一场给十块钱他还挺高兴的。"冯溪说,"可惜丝织厂只招女模特,他想去上海做男模特身高又不够,一米七五,看上去像块铁饼。有人介绍他去画院做模特,那是要把裤衩都脱掉的……"

"你来看冯海脱光了干嘛,你在家就能看。"

"放屁。我来看我暗恋的男人,旁边那个,一米八二。"冯溪一指,李白看清,烫头发的裸身男子,形似巡海夜叉的那位,正与张幼苹并肩走着台步，然后，摆了个健美的姿势。李白觉得撞了鬼，好吧，这是工人影剧院，上一次他在这里看的是马戏，一位同样穿泳装（不但有胸垫还有亮片）的女郎耍弄三条哈巴狗长达半小时。不要过度质疑表演者的审美，他们只想挣点钱罢了。

"这男人怎么样？"冯溪问。

"当你这么问的时候，我知道，你内心是满意的。"李白站起来，捡回座位上的一本书，拔腿就跑。

按照约定，他穿过剧院后台，到后门的小夹弄里找张幼苹。关于她，李白始终记得如下形象：在影剧院后门，夹弄里弥漫着饭馆厨房喷射出的油烟味，她披了一件黑色的马裤呢大衣走到露天，瘦了不是一点半点，涂着暗红色唇膏的脸，看上去苍白凛然，与其年龄不符。脚上是一双白色的酒店拖鞋，如果穿上高跟鞋她会比李白高出半截，现在持平。她高高兴兴的——高高兴兴是个俗词，以李白的能力找到一个更贴切的用词不难，然而贴切却并不能给她带来额外的光彩。

"我只要长一斤肉，就会被主任臭骂一整天。"她说，"他骂我小婊子。我说你不如骂我婊子养的吧，他还是骂我小婊子。"

她也曾谈起自己的父母，一个常年浸泡在麻将馆里的父亲，一个不断提醒她"你会去做婊子"的继母，一个重组家庭后对她漠不关心的生母，一个与生母厮混在一起曾经朝她动手动脚的野汉。这些人进出于她的生活。践踏，双倍的践踏。李白为之颤抖，心想我要是处于她的境地，可能活不过十六岁。然而在她高兴的时刻（不是片刻，大部分时刻她都高兴)，偏偏就像一个被宠溺着长大的姑娘，疯癫癫，心直口快，天性里自带的妙语曼姿。对于痛苦，她的回避几乎是不被觉察的。李白望着她，痛苦不在眉心，痛苦不在嘴角，痛苦只在那双酒店拖鞋一尘不染的白色中。

里面喊了一声收工，张幼苹拍手往回跑。"我去换鞋，你等我，咱们一起走。"

"是你女朋友？"一名保安在远处向李白喊问。

"当然。"

"你小子当心，她们哪个不是老板养着的？"

老板，正是这个词，使贫穷感像灰尘一样扬起，飘满这座不知魏晋的小城市。人们逐年置办缝纫机、电视机、洗衣机、电冰箱，以为它们会构成一种便捷、愉悦、独立的现代生活，最终发现自己真正缺的是钱，就在这时，有钱的老板像神仙一样走来（如果不是魔术师的话）。"我也会做老板。"李白的不屑态度引来更不屑的笑声。不屑就像回旋镖，扔出去总会飞回到自己头上。

张幼苹换了高帮马丁靴，拎着大旅行袋。李白推过自行车，将旅行袋放在书包架上。绕到影剧院正门，他缩至树后，稍停片刻，让冯溪穿过街道走掉——她东张西望，看上去应该是在寻找他。我可不想被冯溪逮住，冯溪象征着乏味易怒、神经质、踩不上点儿，至于真实的冯溪是什么样子李白完全不感兴趣。"你家里可以让我搭住几天吗？两天，不超过三天。"张幼苹拍他肩膀，"我要去广州走秀，然后可能就不回来了。这几天我不想回家。"

"不和家人告别一下？"

"我情愿和家里的蟑螂告别。"她终于露出一丝厌烦，不过又立刻跳到李白面前，"没有说你是蟑螂啦！"

那段时间李忠诚出差的频率相当怪异，出门一两天，回家一两天，不好捉摸。保险起见，李白找公用电话亭往家拨了个电话，没人接，又往厂里打电话，办公室告知去崇明出差，何时回来不知道。李白盘算，让她睡哪间房，算了，哪间房都可以。"去我家。"李白说，"我可以做饭给你吃。"张幼苹高兴，挽住他胳膊。李白忽又想起,她有工作单位,吴里丝织厂的模特队。那个搞也搞不清是正规还是野鸡的地方,二三十个高个子姑娘,在主任的带领下常年游走于外地城市,住招待所,被有钱老板开车载到金碧辉煌的酒店,有时候她们冒充是上海或苏州姑娘——关于这些故事,全都藏在她的白色拖鞋里。

"你所谓不回来,指的是辞职了?"

"我已经把自己赎出来了。"张幼苹说,"永远不再回来。"

38

如果李忠诚此刻回家,我就从门缝里塞二百块钱出去,让他住旅馆,这样我们就扯平了。李白寻思。

上个月一起事故性的遭遇又被重提,他以为李忠诚出差去了,下午逃课,骑车返家,而李忠诚以为他在上课。到家门口李白就觉得不对头,推门之后碰倒一个水桶,接着看见一辆破旧的女式自行车停在院子当中。李忠诚跑了出来——衣衫不整,下胯显著,并掩紧房门。备受鲍大哥花大姐熏陶的李白早已猜出端倪。自从俞莞之离去后,李忠诚的感情生活一片干涸——他该找个女人了。"你出去玩一会儿。"李忠诚递给他一百元。李白开了一个极其可恶的玩笑:"学校要求戴校徽,在你房间,我得进去找,要不然罚我二百。"李忠诚又给了他二百。

当李白想到李忠诚时,后者真的回家了,他背着一个旅行袋,站在院子里与张幼苹面面相觑。李白从厨房出来,将父亲拉到一边。"出去住两天,四十八小时。钱我就不给你了。"

"你不可以带女的回家,你还在读大学。"李忠诚嗫嚅道,"而且她看起来……不大正经。"

长期出差让他见了一点世面，连不正经的女人都能辨识出来。李白心想，上次那个玩笑让我对他有一丝内疚，我的更年期的爸爸，搞不好被我吓出阳痿，真罪该万死，但你既然爱管闲事，我决定追杀你一把，让自己下地狱。

"上次那女的，是你们厂里的会计吧？"李白发了根烟。李忠诚慌不择路，企图拎包逃走，李白拽住他，继续教育："你要注意自己的政治前途，任何厂长睡会计，最后的下场都是两人一起坐牢。况且对方是有丈夫的，好吧，有丈夫的正经女人。"李忠诚嗫嚅："你怎么知道她有丈夫？"李白大吼："没丈夫你怎么不睡她家里去？"李忠诚已经跑远了。

这天吃过晚饭，看了一会儿电视，李白感到很困，回自己房间躺着。片刻后张幼苹进来了，蹲在门框上凝视他。她像某一本美国小说里将要离开乡下鬼地方的漂亮姑娘，启程寻找 American Dream，成为宠儿并埋葬过去。李白从未被这种氛围缠绕过，白淑珍走的时候连看都没看他一眼。保持一种即将被写入回忆的友谊，或在此时此刻与她做爱，这两个念头同时奔袭而来。李白的目光越过她，投向正处于晨昏线的夜空，仅仅在院子上方，那个被屋檐限定出的多边形框架中，一种深邃的蓝色正在形成。必须承认，即使年过二十，他仍然缺乏从容提出性要求、性企图、性建议的能力。十五始展眉，愿同尘与土——是尘土而不是欢愉带来了某种豁达。

"我得过性病，现在已经治好了。"张幼苹说，"你要是不在乎，可以和我一起睡。"

李白愣了一会儿，踢掉那床发硬的被子。"我没有性病，你大可放心。"

"别给我说出去，混不好了我还得回吴里做人。"

"到时候你就嫁给我呗。"李白说，"哪种病？"

"乙肝。"

"乙肝不是性病，但它的治疗难度仅次于艾滋病。"李白对此早已熟知，从床头捞过一本翻旧了的生活常识杂志，"就这段。在很苛刻的标准下，乙肝才算是性病，戴个套子就没事了。咱俩一起吃过饭，该传给我早就传了，不在乎多睡一场。"

"反正小三阳已经不传人了。"

这样的话题已经无法阻止李白奔向泛滥无度的床笫之欢，没有明天，只有当下的尘土。有一天你会回忆这种经验：一个身高一米八的姑娘，一个模特，她教会你一些前戏、一些体位、一些感受，奔放的呼喊声毫无疑问传到了街上（不要紧，邻居必然认为是李国兴在欢浪）。这种经验里饱含自我，也饱含他人，且难以分离，且难以言述。"靓仔，教你一些别的。"李白被吻得遍体鳞伤，欲火中烧。"靓仔，你不是第一次了。"李白晃了一下，请不要有处男情结。"你爱我吗？"李白点头，我对你的爱既不是书本上的爱也不是生活中的爱。"床要塌了，你的挂钟好像停了。"李白告诉她不用担心，床底下全是箱子，塌了也撑得住她，至于挂钟，已经停了好几个月。"真娶我？"李白晃了第二下，抬头看挂钟，它一动不动，三根指针构成了一个勃起男子的侧影简笔画。

爬上一个姑娘的床，和让一个姑娘爬上自己的床，是两种相当不同的心理感受。后半夜三点，李白从她的臂弯里醒来，下床喝了口凉水，跨过地砖上的一堆衣物，像跨过四分五裂的我和她。一种无疑是青年时期的悲情掠过空洞的心头，他来到院子里，顶着早春的寒冷看星。恒星在被无数光年之外的肉眼所看到的距离与它们之间的实际距离，正如爱情——但这个比喻太过庞大，太过费解。他感到身后有动静，回头去看，只是夜风吹过厨房顶上的油毡布，张幼苹并没有醒来陪他一同看星，她直睡到下午，那时候李白已经在乒乒乓乓地做菜了。

将一场长时间的离别演变为短暂同居，或者是李白的行事方式，或者是一种经过观星式的思考的结果。吃饭，看电视，睡觉，其间羼杂着他的八次性高潮和张幼苹天南海北的故事。还有件尴尬事不得不提一句：李白家里至今使用古老的木制马桶，每天早上由一位王姓老太上门收取，倒干洗净送回。卫生设备不能进入文明时代让人头疼，尽管他家已经接通了电话和有线电视。

"怪不得你爸娶不上后妈，这房子里没法住女人。"

"我爸娶不上女人是因为他没法和女人相处。"李白不想再谈他的父亲，他预感到将来可能要向另一个打算搬进这房子的女性无休止地解释此类问题。但愿那位女性是我爸爸的妞（搞不好是那个会计？），而不是我的。

第二天中午李白与她在床上披着棉被共进裸体午餐，她跑到院子里，大叫道："哇，好凉。"抱着胳膊又跑了回来。李白心想，若我把她娶回家，真是万分荣幸，我才不管她爱不爱文学、有没有品位，当务之急是把李忠诚赶走。忽然又有人敲门，李白问谁，答曰李国兴。国兴这个王八蛋，我再不能让他的女人光着屁股在院子里跑，这场子归我了。李白高声喊道，滚。国兴在门外十分诧异，说你他妈的是不是喝醉了，大中午的。李白大怒，端饭碗冲到院子里，隔着门裸身大骂，可是国兴已经嘟嘟哝哝地走了。

他提了一桶热水在厨房冲澡，她高兴得很，说我帮你搓背吧。这你都会！李白大喜，多年来他受够了李忠诚在后背瞎搞，他的大力搓背，必须得抱住什么东西才不会被他搓飞出去。他坐在小板凳上，她在毛巾上蘸了些肥皂水，往他后背轻搓。"老板，舒服吗？"

"你在说什么呢？"李白大喊起来，他意识到这一动作中含有其他男人的成分，然而他也没有什么本钱抗议，更难堪的是他居然感到一种经由生活凌辱后产生的欢愉。说她是个小婊子这很过分，但我们之中必有一人是小婊子，那就由我来充当吧。

"说错了？"

"喊老公。"

"不，"她说，"你不是。"

"喊老公，等会儿我给你搓背。"

"不。"她说。

"好吧，老婆。"李白无奈。

难以启齿的伤感时刻在第三天中午降临。"你还想做爱吗？"张幼苹问。她的意思是告别之前还能再来一次，李白摇摇头，双腿打飘，看着自行车发愁，该怎么把她和一个大行李袋驮到长途汽车站（去往上海，转火车至广州）。张幼苹说："我坐出租车啦！"李白松了口气，就此被离别的缠绵悱恻所吞没。

"你到底爱我吗？还是把我当朋友，很好的朋友？"临走前，她问了一个幼稚而尖锐的问题。

"我喜欢和你做爱。"李白承认，又莫名其妙地说，"简陋一点也不要紧。"他猜想自己要表达的并不是"简陋"，而是"危险"，但后者可能引发的一系列追问是他无法回答的。

"到底是哪一种？友谊还是爱情？"张幼苹继续追问前一个问题。

"在性爱的世界里，你说的那种友谊是硬通货，像美刀和黄金一样硬。至于爱情嘛，不能说是假钞，只能说是很原始的以物易物，在任何一个时代也都行得通，假如你不肯换，也在情理之中。"

"你说的我完全听不懂。"

"我的意思是，为了爱情不一定要做爱，为了友谊也许可以。"

"要这么说的话，我和冯江也是硬通货一样的友谊。"

李白脑袋晕了一下，我竟没意识到自己和冯江做了连襟。未及他开口追问（冯江到底行不行之类的八卦），张幼苹说想借电话用一下，李白插上电话线，在院子里站着等，听她轻声讲话，天气好得出奇，他忽然想到多年前看过的一份地摊杂志，梦露在三十六岁那年实际死于谋杀，凶手是中情局的特工。等到张幼苹挂了电话，走到院子里，这一不祥的念头也随即在温暖的阳光下消散殆尽。

她走以后，李白打扫房间。电话铃响了，是李国兴。国兴抱怨说一整夜都打不通。李白说，为了防着你电话骚扰，老子把线拔了。国兴大笑。

"你再也不会被人摸一把了，你破瓜了。"

"滚你的蛋，老子早就破了，小学就破了。"

国兴更是高兴。"告诉你一件喜事，你爸前天晚上被派出所抓走了，经我斡旋，就不通报他单位了，家属去领人，准备三千块钱吧。火速办妥，你要让他再多关一天的话就涨到五千了。"

"你不能垫付一下？"

"我刚花光了所有的钱，还倒欠三万，买了一辆桑塔纳。"

"他犯了什么事儿？"

"你猜。"

39

三李桥派出所，辖区范围内包括一个商业中心、四家大酒店、三所技校职校，在过去年代，它主要打击本地流氓团伙。所内院子里种了三棵大槐树，穿牛仔裤或军裤的不良少年们蹲满树底下的场景历历在目，李白也蹲过一回，一条毛虫落在了他的脖子里，他站起身试图伸手去挠，被戴红臂章的联防队员一脚踹在膝盖上。

到九十年代，犯罪高发区域挪到了汽车站一带，本区多为偷自行车、溜门撬锁之类的案子，基本没有破案的。派出所的主要任务是不定期冲击各种洗头房和酒店，根据李国兴的介绍，除了太子大酒店可保平安之外，其他所有的，都靠不住。

太子巷即属三李桥派出所辖区，当年炸毁公共厕所，李忠诚进去过一回，此后太平了几年，不再犯事。现任副所长是花大姐的表舅，彼此都有点认识，李忠诚要是打了人砸了东西的话，请客吃顿饭也就放出来了，然而这回他犯的事情，除了让大家哈哈大笑之外，必须再掏点钱出来解决。

"那天晚上，"李国兴在槐树下抽烟，回忆道，"我扛着摄像机，和兄弟们一起蹲车里。你知道，这种事情无凭无据，我们是法治社会，必须拍下录像才能作为呈堂证供。我的任务就是拍他们，我也很喜欢拍他们，将来我要把这些内容剪辑成一本纪录片，肯定能去柏林电影节拿个奖。晚上十一点，我跟着兄弟们进了皇后饭店，先按住了前台服务员，然后摸上楼，开房门冲进去，打了大灯往床上推了个大特写，然后我就拍到了你爸。"

"我爸是不是吓瘫了？"

"没有，你爸都没起身，他喊了一声我是李忠诚，还在办。其实不用喊，他后背上的龟壳伤疤，警队全都认识。"国兴叹了口气，"是条硬汉，软不下来，佩服，最后警察把他拖了起来。"

"我以为他会去住招待所，二十块一张床的那种。"李白愤愤然。"要早知道他住皇后饭店，我干嘛不住进去呢？那里的卫生间都不错。"

"那就是你被抓了，笨蛋。可不管男男女女是什么关系，都拖出去先审的。就算有我保你，你经得住那瞬间的惊吓吗？很狂暴的哟。"

"说得也是。"

李白从腰包里掏出三千元。他提议给花大姐打个电话，找所长再谈谈，能不能降到两千。国兴摇头，兄弟们都是倒了夜班出来干活，面子再大也不能让人家白出差。况且派出所已经放了一马，没有通知单位和妻子，做人要知足。"罚太便宜的话，我怕他会报复性地去干第二票。贵点儿好，吸取教训。"国兴语重心长。

"你确定他干的是第一票？"

"他对警察是这么说的。"国兴说，"这年头，每个人都谎称自己是第一次。"

李白绕着院子转了一圈，所里很热闹：一名中午喝醉酒抡菜刀要砍厨子的乡下人正铐在椅子上睡觉；一对因家庭纠纷而大打出手的妯娌；数十位群众送来一名意外失手的偷车贼，已被打落牙齿并捆得像个粽子；最后狂奔而来一位惨遭精神病人袭击的少女，该疯子就在街口撒野，未及民警出动，那数十位群众已经扔下偷车贼，举着棍棒和绳索冲向事发地点。"我的理想也是做一名人民警察，不发工资都行。"李白感叹，随后揪住李国兴，"让我和你一起去抓嫖吧，我可以给你打灯、举话筒，做啥都行。"

"那活儿挺没出息的，不适合你这种年轻男子。"李国兴拍拍他肩膀。

两人进去交了钱，收账的女警官看了李白一眼，他脖子上有两个草莓印，合成一个心形，要到下星期才会褪去。没关系，下回可能就是我爹来赎我，一门无耻，三代有种。直拖到中午，李忠诚吃过饭才被放出来，似乎三千块还能再搭送一顿午餐。秽行甚彰，又关了一天两夜，此刻他脸色有点糟糕。在李白看来，嫖是对于自由的一种嘲弄，而抓嫖是对于嘲弄的嘲弄，后者对李国兴来说恰恰也构成了生活的嘲弄。现在，三千块钱就像宗教税，涤荡了他们身上的罪恶感。三李在三李桥派出所门口抽烟，国兴终于有了一丝抱歉

133

之意，这使得他看起来像个神经正常的人。

"回头我坐下来跟你解释，不是我不保你，是我保不住你。上车吧，我开车送你们回家。"

李忠诚没理他，冷冷地问李白："你的女人走了吗？"

"走了。"李白补充道，"永远走了。"

这句话对李忠诚是具有杀伤力的（对李国兴来说则相反，意味着新的爱情起点），他象征性地掸了掸身上的灰，某种内化的羞辱，或是事了拂衣去式的潇洒。"那女的现在怎么样了？"他问国兴。

"女的？哦。"国兴回过神来，"我也不知道，可能遣送可能劳教，可能放走了，看她运气了。谁管她呢？"

"你真是丧尽天良。"李忠诚撂下他们，独自踏上回家的路。他当然不会回头，在飞弹出烟头的一瞬间也没有多看一眼，要知道，多年来他都是谨慎地将其踩灭在脚下。

"他这样子就像是我俩嫖娼被抓了，酷。"国兴摊手。

"不，他这样子，就像我俩白嫖了他。"

我相信，假如有地方可去的话，他也会永远走掉。李白望着父亲的背影。我从未幻想自己是另一个人，但有的时候，真的会幻想我的父亲，帅气，睿智，社交广泛，甚至还有一丝伤感的、孤独的气质。现在我收获的仅仅是我自己的伤感。别了，浪子，晚饭时我们还会在太子巷3号再见，就当那是另一个时空吧。

40

李白大专毕业那年恰逢教改、房改，像一辆载满货物的卡车，却不幸抛锚在路边。他学会了电脑和办公软件、公文撰写和速记、做账和演讲、西餐礼仪和斗地主、围棋和书画、四级英语和初等日语。这些技能足够他成为一名文武双全的实习秘书,也许还需要学一学高尔夫球,再考个驾照,不过下岗时代隆隆而来,紧接着是遥远的、无法理解的亚洲金融危机。那些倒了霉的人在电视上看到更倒霉的人,一时不知道该怎么办才好。

照李忠诚的想法,李白本应克绍箕裘,在农机厂做一个小科员,这条路显然行不通了,工厂先是发不出工资,接着濒临倒闭,李忠诚不再出差,整日念叨着还有一叠发票没报销。

无论李白是怎样藐视大历史事件,下岗这件事却无法绕过,它在全国几乎所有城市同时爆发,如果劳动力是一种货币的话,该币种现在跳水了。农机厂地段不错,沿街厂房迅速改造成建材批发市场。作为工厂领导,李忠诚没怎么吃亏,他低价拿下了一大一小两个门面,暗暗做起了房东。这一行径尽管稍显卑劣,却基本合法,甚至可以认为是对李忠诚的补偿:他就是在那片地段上被烧成重伤,把屁股上的皮移植到了后背。

我无法假惺惺地为那个年代唱哀歌,我父亲,你懂的,一个在任何年代都是笨蛋的人居然聪明了一次,好在他没有参与侵吞国家财产,只是捞了点小便宜,让日子好过一些。作为单亲家庭,他甚至不需要养活一个丢了工作的老婆,哀歌还是留给那些饱受摧残的工人子弟吧。在访谈中,李白这么回答方薇。这段后来被他主动删除了。

窃喜,这是李忠诚最擅长的,并且总是被人们看在眼里。他做起了房东,两间门面房很快被外地商贩租下,一间五金批发店,一间火锅店。从倒闭企业的掌权者迅速转身成为地主老财,比他的婚姻成功多了。他日日在家里晃荡,李白感到厌烦。"你什么时候结婚?你可以找个女人了,这样我能搬出去。"李白说,"找个下岗的单身阿姨吧,或是单身的下岗阿姨。她们需要你。只要给生活费,她们可以听你叨叨一个月,顺便帮你洗衣做饭。记得续费,还有下个月。"

"到底是'她们'还是'她'？"

"抱歉，我使用了一种文学语言，令你困惑了。"李白对父亲的销售员式的油滑毫无兴趣，"她们之中的某个她。"

现在，有必要描绘一下吴里的下岗时代，这是李白前半生罕见的凝视现实的时刻。大多数时候他都秉持一种稀里糊涂的"内在经验"——这是方薇教授授予他的词，意谓李白的写作不够开阔，浪漫型小镇作家，在虚无中度日的修辞好手罢了。

追忆下岗那天，李白记得的是：工人们一哄而散，带走他们趁手的工具和劳保用品，剩下几个发呆的留在原地，被告知澡堂还能开放最后一天，这些人也都回到更衣室，拿了毛巾肥皂去洗最后一个告别的热水澡。澡堂门口贴着附近浪淘沙大浴场的招聘启事，搓澡，递毛巾，烧锅炉，还有女技师。脱光的男人们各各握手祝福，一切井然，一切低徊，像蒸汽龙头发出的沉闷轰鸣。李白也脱光了想泡一会儿，一名工人忽然惊呼自己价值千元的金戒指滑进了池子里，大伙用脚趾在水底探索，遍寻不着，最后是冯虎闯了进来，勒令众人不得离去，也不得穿衣，然后放空池水。大伙光着屁股等待着金戒指露面，漫长的二十分钟，屁股都凉了。它出现后，冯虎说蒸汽与自来水皆尽告罄，想再续一池已经没可能，这就穿衣回家吧。大伙一时不忿，昔日仇恨翻涌而起，在李白的带领下像丧尸一样扑向冯虎，撕烂了他的衣服，直至光腚，一脚踹到了外面街道上。

41

无所事事的早秋让人产生幻觉，有什么人即将叩响大门，会是一张陌生的脸，还是一张熟悉的脸？淡巴菰就是烟草，玄鸟就是燕子，知了就是蝉，青少年的隐秘罪行就是自慰，南柯就是白日梦。午后时分，李白靠在沙发上梦见了一头狮子。狻猊入梦，贤人将至，醒来后拖着酥麻的胳膊去查周公解梦，正解却是说：将有不可一世的仇敌降临。昼寝果然不是什么好事。

一个来自上海的电话将他彻底唤醒。对方是一男性青年，用尖利的嗓音说出了周安娜这三个字，何其遥远的姓名，就连自慰都不常想起她了。李白的第一反应是，她死了，那颗从十七岁开始就埋在她头颅里的种子现已结成命运之果。悲恸升起，他又回到两年前的夏天，那时她预言自己会有三种死亡可能：手术失败，脑瘤破裂，或某种形式的自戕。她让李白帮着猜测，哪一种可能性更大，仿佛死亡是一件漂亮并廉价的衣服，在她的消费能力之内。她的态度中所包含的现实与矫情，极度抵触之物的完美融合，恰如李白此刻的悲恸。不过，尖利的男嗓谈到了周安娜最近交往了很多男人……

"等等，请把你的讲话逻辑梳理一下，周安娜怎么了？"李白擦了擦眼角不存在的泪水，想起她曾要求他保守的秘密，小心翼翼问道，"她最近身体还好吗？有没有住医院？"

"她？她很健康，活力四射。"

"那你管她交往什么男人呢，你又是谁？"

"我是她的现任男朋友。"对方提高了嗓音，"一个被周安娜玩弄、背叛的人。"

经过了至少二十个回合的交锋，话筒在两耳之间换了三次，最后开成免提（李白恨不得用砂皮打磨一下他的声带），长达四十分钟的通话（长途话费，不惜成本），终于搞清状况，并捋清时间线。此人叫费奖，就读于F学院工业制造系，本科四年级，与周安娜恋爱十六个月，有过亲密关系。没错，对方的用词是亲密关系而不是性关系，也许他是想说明性关系之中还有亲密不亲密的等级划分，也许他只是自恋。十二个月后，费奖发现周安娜与不同的男性保持着性关系，他窃取了她的通讯录和日记本，并实施跟踪四个月，最后锁定的男性名单有五十二个。这一惊人的数字让李白在床上打了个滚，对着免提快乐地大喊："五十二？"对方沉默。李白说："天哪，那岂不是三教九流的男人都让她给办了？"

"大部分都是我校学生，我的同学，我的舍友，也有戏剧学院、音乐学院、财经学院的学生。其中四十六个是有女朋友的。"

"有没有教授和校长之类的有妇之夫？"

"没有，她偏爱年轻的、未婚的。穷一点也不介意。"费奖总结道，"他们几乎全都认识我。我是周安娜的男朋友。"

好吧，他们——你的同学们——占了你的便宜。仿佛有一架失控的飞机在头顶盘旋，李白从床上坐起来，意识到事态的严重性。"你打我的电话是什么意思？难道通讯录上有我？"

"当然有你，第一页第一个，吴里的区号。"费奖说，"在最近一年半里，你和周安娜有没有发生过关系？"

放你妈的屁，你有什么权利审问我？李白大怒，再一想对方好像还真有这个权利。尽管如此，"但我没有义务回答你。"李白说。

"你听着，"费奖冷冷地说，"所有的人都已经被我查清了，日记写得清清楚楚，通讯录有他们的联系方式。他们的女朋友，我也逐个通知到了。你是最后一个。"

"我是她的第一个，拜托。"

"你不是第一个，少潜威是她的初夜。她跟我讲过。"

我日你全家。李白暗骂了一句。此时此刻，他告诉自己要保持冷静，保持潇洒和幽默，至少不能和这家伙一样像个狂躁症。他点了根烟，暂时忽略了电话里伴有嗡嗡和咝咝杂音的话语。是的，我早该猜到少潜威是她的初夜，我当年没什么经验，不好意思问，不过，即使我问了，也没什么大意思。我只是有点担心，和五十二个男生发生关系，她的灵魂是否能承担这份狂乱记忆。

"难道你不知道她有病吗？"李白失去耐心，他憎恨这个反复向他做出提示的家伙，打断了又一阵伴随嗡嗡声的喋喋不休。

"什么病？"费奖警惕起来。

好吧，李白决定什么都不告诉他。"不是艾滋病，别他妈想歪。一种类似除夕放烟花时的眩晕症，必须在天亮前全部放完，留到第二天就会失去意义。"

"你在说什么？"

"没什么。"李白掐灭香烟，搓搓手，从衣兜里翻出自己的钱包，数了数，有五百多块钱，另有一张未及兑现的稿费汇款单，三百多元。"费奖，我马上买车票到上海。我要会会你。"他最后说。

幸运的是冯江也在F学院经管系，李白打电话过去，宿管阿姨喊冯江下楼，与此同时传来一阵惊人的哭喊声。冯江来后，十分无奈地告诉李白："费奖比我高一届，他没骗你，事已经传开了，件件属实，只多不少，很多人在闹分手。刚才有个女生威胁要杀了她的男朋友，我们已经把男的藏了起来。"

"你是五十二分之一吗？"

"很遗憾，我身边所有长得还有点人样的男生都被她办了，独独没有我。为此我苦恼了一整天，到底我是哪儿做错了。"冯江长叹一声。

"屁话少说，周安娜情况怎么样？"

"她不见了，学校打电话到她家，也没回去。可能找个地方避风头了吧，有人试图搞她。用你青年作家的想象力列举一下，有多少东西可以叫一个女人毁容，刀子，硫酸，碱水，碎玻璃，指甲，发卡，回形针……"

"洗干净屁股等我,今晚我搭住你宿舍。"李白挂了电话。

42

失业青年李白在九十年代后期的浪游始于一场劈腿大混战,而非基于理想主义、浪漫主义、虚无主义、后现代主义。在多年后的一些访谈中,他声称自己落拓不羁什么的(出世型的写作者是出版市场永恒的宠儿),离开闭塞的县级市追求某种事物,这当然不是事实。"我总不能对着媒体大谈初夜情人引爆火药库的故事吧?"

爱情就像战争,无论多少城邦参战,最终只能形成两派对打。咱们打的是世界大战,邪恶轴心国周安娜,还有我李白,现在就看你的了。一见面,李白就这么告诉冯江。

"你为什么穿西装,还打着花领带?"冯江从夹趾凉拖里抽出右脚,蹭蹭左腿。

"如果我被群殴致死,希望能死得体面一点。"

"我中立。"冯江说,"想不通你为什么讨厌费奖,他是受害者,那几十个遭到背叛的女生也有权知道真相。"

"我正是讨厌他对于真相的贪婪追求。"

道德领域中,凡人掌握了大量的片面真相,最终信仰了片面性,放弃了真相——李白试图向冯江解释这个问题。忠诚的情侣,越轨的情侣,炸了半个学校的情侣,都是片面性的体现。他没提脑瘤的事情,离真相最近的是这颗瘤。

踏进F学院,著名的阴盛阳衰大学,女生比例超七成。李白就像观摩了一套当代女性文学丛书,或妖娆,或沉静,或冷酷,其间夹杂着闪烁而过的男性,他们是不可或缺的配角。尽管重要,仍然是配角,换一个不是问题。一瞬间李白明白了,周安娜破坏的不是爱情，而是情侣之间对于爱情的信仰（说好了不跟别人上床嘛）。她实在是太不给人留面子了。

到得寝室，烟味扑面而来，四个男生在打牌，三五人观战，一名和李白一样留着长发的男生与大伙告别离去。冯江指他的空铺说，这位兄弟是上海人，逃回家了，你可以睡他的铺，不用和我屁搭屁眼的。又指寝室里诸位，他们都是事主，并介绍，我兄弟李白，周安娜的初恋。大伙本来蔫头巴脑，闻此忽一振奋，两三根香烟同时递了过来。牌局上赢钱的那位名叫丁波，生就一副姑娘眉眼，瘦如柴秆。冯江夸他手气不错。丁波叹气说，因为我压力较小，没女朋友，费奖只通知了我家长。

"这种情况，贵校会开除她吗？"李白问得直白。众人沉默，牌也不打了。丁波说："搁以前遇到严打，最高能判枪决，现在是自由时代，没人管。学校不愿意给几十个怨妇张目，你说是逼她自杀好呢，还是处分她好？重了出人命，轻了不解恨。"另一人补充说："今天下午学校强调了一下，动手打架立即开除。"众人松了口气。正说话间，又一男生吹着口哨进寝室，冯江问："分了吗？"男生说："谈妥了，分手。"冯江问："你眼镜呢？"男生从裤兜里掏出一副眼镜架子说："一耳光拍飞了。"问到底挨了几个耳光，男生说："不多，就四个。"

"有经济纠纷吗？"李白问最后一个问题。众人面面相觑，他不得不讲得通俗一点："周安娜花你们钱了吗？收你们钱了吗？"

"据我所知没有，有时候还是她掏的钱。"丁波摸着鼻子说，"听说工艺系有个男生把订婚戒指送给了她——本来是要送给未婚妻的。周安娜拒绝了。"

"那就好。"

冯江拽走了怒火中烧、已经失去幽默感的李白，此刻他需要喝一杯,或是十杯。两人来到延安路上,找了家平价饭馆,进进出出都是学生,冯江打了一圈招呼。李白率先饮下一杯呛肺的二锅头,并看着冯江。这位旧日连襟,无耻之徒,女性内衣博览会的主办者,如今变了不少,至少看上去正派、沉着、擅长社交,还有几分未老先衰。"你像是坐了两年牢。"李白发问,"是什么让你变好了?"

"我没法不变好。我现在很穷,家里两个老的也都下岗了。突如其来的贫穷最能教育人。"

"突如其来的爱情,突如其来的战争。"李白抬杠,"凡是突如其来都能教育人,你也用你的突如其来的恶作剧教育过别人。"

"你喝太快了。"

饭馆的电视里播放着MTV,一个美丽的女人在为爱而幸福,下一首也许就是悲痛欲绝。李白已经坐上了酒精的敞篷跑车,他无端地想到自己会在暮年的酒馆里继续观看电视上的幸福或悲痛。MTV是个好东西,它将故事浓缩为情绪,经验则跨过一切因果关系直达泪水,唯一的缺点是你不能把上一首歌的哭泣延续到下一首,尽管它们同样悲痛、未费周章地接踵而来。

丁波独自晃了过来。李白对他印象不错,他的著名诗句发表在校刊上,"我熟悉你,如同熟悉自己阴囊上的每一道皱褶",令李白无语很久。你好,写诗的弗龙斯基,坐下一起喝点吧,谈谈我们那位玩得过火的安娜,摊上了一个有狂躁症的卡列宁,这是你们所有人的不幸。

"叫我阿波吧,不要叫我弗龙斯基。"面对李白的嘲笑,丁波面不改色。"你来得很及时。"

"怎么讲?"

丁波不语,由冯江解释。那个傻×费奖,现在占据了道德制高点,有避雷针那么高,阿波不得不每天从他的鼻子底下走过。阿波试图让费奖明白,周安娜并不属于某个人,周安娜是自由的,对于一个仍未走出青春期的偏执狂来说,这道理无法讲通。现在,李白作为论据出现在F学院。

"你是周安娜的前男友,你至少可以证明两件事:第一,周安娜并不天然属于费奖,第二,费奖是从你手里抢走的周安娜。"

"你们他妈的幼稚死了,一群书呆子。"李白骂道,"你俩的心理年龄加起来有二十岁吗?"

"我们只是希望你和费奖谈谈,他思路有点不正常。"阿波说。

"不,我要宰了他。"

"我们不希望发生暴力事件,整个事情从头到尾已经够暴力了。"

"我要让他知道随随便便给我打电话是什么后果。"

有四个女生走进饭馆,坐在角落,还没点菜,一个已经哭了。冯江偷偷介绍,这位是苦主,男朋友是那枚戒指的主人。李白的注意力落在其中穿T恤衫的短发女生身上,看起来气质非凡,今晚应该是她买单。她叼起了一根烟,四处找打火机,接着招呼冯江:"老冯,借个火。"冯江也没带打火机,李白站了起来,走向她。短发女生则安慰哭泣者:"冷静点,周安娜这小婊子交给我。"

"你们敢动周安娜,我一个一个弄死你们。"

李白对着短发女生点亮打火机,火烧在她鼻子前面。哭泣者捂脸痛哭,另外两个全都尖叫着跳了起来。短发女生生恐毁容,跳起来大骂:"你是哪儿来的傻逼?"哭泣者抱头痛哭。冯江和丁波冲过来抱住李白,将他倒拖回去。短发女生扑到饭桌上,企图抓住李白的领带。"哪来的小乡下人?"她质问冯江。

"他不是我们学校的。我老乡,周安娜的初恋,不,说错了,初恋是周安娜。"冯江仍在贫嘴,继续拽李白。李白大为不服,追问道:"你竟然说我是乡下人?"短发女生大骂:"你穿成这副操性就是个巴子，马路上有你这样的吗？"李白狂怒，酒精上头，脱西装，但两臂被冯江扣住。MTV已经切换成一个披着轻纱赤足奔跑的女人，她在奔向悬崖。"老娘学服装设计的，说你穿得巴子，你就是个巴子！"短发女生不依不饶，踢开凳子走向李白。冯江撒手，意思是让他快跑，然而李白还在脱西装。冯江不得不拦住女生，解释道：让他脱，他会把内衣也脱光的，然后在夜晚的快速路上狂奔，赤条条被车撞飞，你就如愿了，何必亲自动手。

一条人影夺门而出，是哭泣者。天哪，她会被车撞飞。两个女生追了上去。短发女生两头不是，李白的西装已经撂在饭桌上，此时正在和自己的领带搏斗。女生无奈，抬手给了冯江和丁波各一个耳光，骂道你们也不是个东西，追着同伴们跑远。李白大喊："等等我。"这次他们被饭馆老板娘拦住了。

"你们三个先请结账。"

"为什么在MTV里她们只会哭泣，却从不考虑自杀？"李白看着电视机，呆头呆脑问冯江。

"因为哭泣是自杀的替代形式。"丁波回答。

"你们不是醉了，你们是疯了。"老板娘举起电话，"要我报警吗？"

43

一个狂奔之夜，一个耳光之夜，此后的记忆被绞碎，委弃于划过两颊的风中。翌日李白醒来，发现自己侧身躺在寝室床铺上，面对着挂在蚊帐上的八开美女海报，他看了看手表，中午十一点。接着他感到有人坐在床沿上低声哀哭，是个女生。李白发出一声呻吟。

"我这么爱你，你为什么要背叛我？"她说。

"我想你可能是认错人了。"李白翻了个身,面对她,"对不起,我是昨晚搭铺睡这儿的。"

再一次尖叫,再一次夺门而出。李白长叹一声,坐了起来,感觉自己长了个反刍动物的胃。寝室没人,他找自己的衣服却只摸到了领带和一件发臭的衬衫,西装和裤子不知去向。丁波拎着两瓶啤酒走了进来。

"我干了什么?"

"你暂时还没干什么。"丁波说,"昨天把你架回来的路上,你一直在高喊要杀了费奖。"

"对啊,我要去找费奖。我衣服呢?"

"你不用去找费奖了,他很害怕,已经逃回家了。"丁波开啤酒,给自己倒了一杯,"你要来一杯吗?"

"我不能再喝了。我不会杀人的,放心。"

"你很具体地陈述了,要用锤子敲开费奖的后脑,像敲开一颗并不是很想吃的核桃。非常具有文学性的比喻。如果是很想吃的核桃,会敲得温柔一点。"丁波喝啤酒,讲了一句更具有文学性的话,"片刻的疯癫暴露了一切。"

"他报警了吗?"李白捂脸。

"这种事情报警没啥用,拘留你五天,出来以后你会敲开一颗极其不想吃的核桃。总之,现在全校都知道了,有一个不怕死的吴里来的兄弟打算弄死费奖。"丁波脸上露出一丝快意。"现在,事情已经颠倒过来,费奖希望我们能和你谈谈,请你不要这么暴力。"

"让他滚远点。我的衣服呢?"李白又问了一次。

"被冯江穿走了。你可以去食堂找找,他今天很阔气,大概把你的钱包也一起穿走了。"

李白不得不套上了冯江的沙滩裤,穿上他的夹趾凉拖,与衬衫领带很不般配，干脆从晾衣绳上捞了一件不知是谁的汗衫搭在肩上，跌跌撞撞出门，走向水房。

"你很爱周安娜，"丁波在身后说，"但她却是这样的。"

"普遍的人性并不能囊括你所深爱的人，她们理应在这世界之外，不被生活的常理所判断。所以有时，难免会有一些伤害错进错出。"李白回答。

这是为所有人准备的季节。在等待周安娜的二十四小时里，李白随意搭上一辆电车，去往市区。秋光令一切变得熟悉、扁平，脚上的夹趾凉拖也舒服起来（他总算拿回了自己钱包），光面人造革座椅摸上去像某人的额头，起初凉凉的，然后产生温度。有那么一段路，平静狭窄，布满梧桐的阴影，一些黄叶飘下，停车时几乎可以接住。出于懒惰，出于对无以名状的情绪的节制，李白没有向车窗外探出手。一个穿黑色半透明睡衣的女人走过人行道，这是上海独有的风景，没有人制止她们。李白无端地想到，在多少小说和电影里，她们奔向自由的结果往往是不幸，然而这种不幸也很难用现实去衡量。

他跳下电车，在一家包子铺买了两个湿漉漉的、温热的大肉包，显然是早上的存货，已经在蒸笼里放了好几个小时。不算难吃，不过还是将他噎在了马路牙子上，平均二十秒钟打一个嗝，每一个都伴随着一次翻白眼。那个穿睡衣的女人又走了回来，李白注意到她穿着珠光白的塑料拖鞋，手腕上套黑色橡筋发绳——她似乎决意要在马路上打扮成卧室里的模样，又或者，是从卧室直接来到了马路上。她走进玻璃橱窗一样的电话亭，拨号，通话，将话筒夹在右肩，食指缠绕胸前的电线，用一条腿支撑身体，另一条腿则交错着，踮起足尖，姿态近似波提切利的名画"维纳斯的诞生"，在不远处打嗝并凝视她的李白则像画中那位鼓着嘴的风神。

"朋友，你翘起来了。"一位过路的花花公子式的大叔提醒李白，并指指他的沙滩裤，随即踏着恰恰舞的步伐潇洒离去。李白羞愧，钻进弄堂里，找了个倒马桶的角落点起香烟。他想到昨晚冯江扔出的一个问题：在这所学校里，有哪个正常的男生能拒绝周安娜的邀请，即使他们已经有性伴侣（就不要谈女朋友这个词了）。

是的，没有人能拒绝。李白回答自己，即使是最幼稚的、直观的身体诱惑，也无法否认其中有着超乎享乐的一面。他走回街上，穿睡衣的女郎不见了，电话听筒悬挂着晃悠，她像是被空气中不可见的事物劫走了。

"我已经不爱她了，但我无法解释这种心碎的感觉。"李白看着一棵树，像是回答了树的诘问。他走至街对面，登上返回的电车。秋光未散，鸽子飞得很高，这是自由的季节，也是和平的季节，他爱这世界散发的淫逸气息，近似肤浅又悦耳的流行歌曲的回响，那意味着事物在终结之前尚有一小段时间可以流淌。

他没有在车上睡觉，半个小时后回到校门口，见到周安娜，她戴着一副墨镜，看不清喜怒哀乐。

"你就穿成这样来上海，叫嚣着要杀人？"周安娜摇头，讲话语气和那短发女生一模一样。"天哪，老娘到底是不是你曾经爱过的人？"

44

经常性地，你不能判断，告别是否成为永别，永别是否仍是暂别。你在每一次告别中努力嗅着永久的气息，它形成了习惯，表面看起来像某种关于人生的游戏。"游戏被你玩成战争了。"李白评价周安娜，"没想到咱们还能再见面。"

"咱们住得不远，总能见面。办喜酒搞不好都在同一个饭馆，太子大酒店。"

"不要学我说话。"

"发自内心的，就这么说话了。"周安娜伸出手，摸了摸李白散乱的长发，"好吧，是学你，这种语调让我觉得平静。以前我还挺讨厌你这么讲话的。"

李白嗅到了永别的气息。他费解地望着她，从明星少女一路走来，在某一天，她终于使用了李白的方式讲话，但这丝毫不能让他信服。因为时光的漫长略为超出记忆的限度，因为易怒、沮丧、忽远忽近，你变成一台调焦失灵的相机，无法准确讲述，甚至连她的基本轮廓都变成旧时代矫情的柔光。说到矫情，有多少人都在矫情地憎恨着矫情，仿佛那道柔光曾经在旧时代鸡奸过他们，不，应该说，被庞大的带着柔光的旧时代鸡奸了。

"说说那些男生吧。能说吗？"李白问。

"说。"

"你最喜欢哪个？"

"毫无疑问是阿波，就是丁波。和你一样，也爱写点诗，写得很矫情。有一次我讲了出来，很伤他自尊，从此诗也不写了，炮也不打了。"

"你要永远记住一件事，我不写诗。"李白说，"简直是冒着阳痿的风险。"

他们走到一家小宾馆的账台，李白出示身份证。由于阳痿这个词喊得太响，服务员看了他一眼。周安娜的房间在二楼，一口立柜，一张硬板双人床，一张旧课桌，窗外就是一幢石库门洋房，距离不过五米，越过老虎天窗可以看到F学院的教学楼。出事以后她就躲在这里，还算干净，没有可疑的气味和不洁的痕迹。李白踢了拖鞋往床上一躺，周安娜坐在书桌上。

"很显然这是你常来的地方。每次都是这里？"李白说，"居然没有被查房。"

"我去的酒店要比这高档，倒是和阿波来过这里。"

李白忽然问不下去了，他望着她，关于她，汽车上嚼泡泡糖的她，舞台上吹笛子的她，风雨中的她，席子上的她，多重印象叠加在一起，每一个都很有说服力，拼在一起却失去了维度。那时候她说过，脑瘤会改变一个人的性格，每长一毫米就会让她变身一次，等到它被切除，又会彻底改变她。最终结局只有天知道。有时候，我希望这颗瘤长在我脑子里。我希望自己睡几十个女生（男生也可，如果都像阿波那样的），往脑子里打一管麻药然后被剁碎了扔大街上去。李白伸出手，隔着两米远，抚摸周安娜头颅中的瘤。

"它怎么样了，还好吗？"

"下个星期动手术，华山医院。它长大了，手术死亡的可能性，现在是十分之一。"周安娜说，"必须摘除了，它让我变疯。费奖说我应该自杀，我决定试试，十分之一的自杀。"

"十分之九会文静些吧？"

"也许文静也许更疯，也许变成一个洁癖，也许恪守道德，出家去做个道姑——被我们猜到就没意思了，李白。"

"我想知道少潜威的事……"李白小心翼翼地问，"那个才是我没猜到的。不不，他妈的，我其实猜到了。"

周安娜大笑起来。"你再追问下去就变成另一个费奖了，当心我狂怒给你看。"

好吧，我讨厌对于真相的贪婪追求，我说过这话。"费奖就是上帝奖给你的。"李白揶揄。"那你就是上帝白给我的。"周安娜反击。李白跳下床，走过去拥抱她。这是无意义的拥抱，既不像安慰，也不像表白，它只是修补了一个未被履行完整的告别。它才是真相。在那个缺损的位置上，旧时代用它的诡异笑声召唤了李白一次又一次的梦游，现在，它变得部分地圆满。下午的阳光已经斜照在对面红墙上，有人在笨拙地拉着小提琴。周安娜走到立柜前，取出一个窄长的匣子，黑色荔枝纹皮面，尖角处略有磨损。那是她的长笛，他的旧相识。

"就当是我自杀之前给你的留念，请好好保存。"

"你不会死的。"李白觉得自己的心脏被划了一刀。

"我会消失。"周安娜说，"手术以后我退学去南方找周丽娜。"

又是南方，李白恨不得蹲在地上画圈。南方已经从一个模糊的说辞，变成比喻，变成现实，变成逻各斯，最后变成陈词滥调。南方究竟是什么，摩天大楼开发区，珠江香江，明星艳星，穿拖鞋的人，早茶午茶，电子产品，女人，骗子，艾滋病，海洋更南的赤道上的城市……假如我真的爱你就会陪你去南方，顺便找一找我那不知所踪的老娘。现在我将抱着你的笛子，返身走回旧时代。

"如果不是因为动手术，我还挺想和你做爱的。"她说。

"这是个好主意。"李白说，"虽然我穿得很不成体统，连条像样的长裤都没有。"

"你又长大了一点，肩膀宽了。"

李白放下手里的匣子，伸手去摸她的长发，她至为钟爱的自然卷，某年暑假她曾说过终有一日会剃个大光头来见他。你是我的病妹子，他不胜伤感地嘀咕，被回忆揪住头发倒拽入境。门敲响了，外面传来丁波的声音："我刚刚听说了你患脑瘤的事情，开门。"

"不是我告诉他的。"李白对周安娜说，心想等这小子进来了我是不是应该嘲笑一下他的诗艺，让他泪奔而去。如果周安娜的嘲笑是子弹射穿心脏的话，我基本上可以把他轰成废墟。

"是我告诉学校的，我得请病假啊。现在他们都知道了，好不烦人。"周安娜推开李白，一把拉开门，场面有点惊人，除了阿波以外，还有冯江，走廊里又蹲着好几个。靠，他们像生命通道的守护者，一群弗龙斯基阻挡着安娜去卧轨。李白心想，我的告别被搞砸了，现在它变成了聚会。其中冯江显得尤其快乐（他穿着西装），进门就拉李白。"欢迎成为安娜俱乐部的会员。我们正在选主席。"

"滚出去！"周安娜大骂，并指着李白，"你也滚。"

"好，我滚。"李白抱紧匣子。"笛子是我的。"

45

从 F 学院出来，为了更彻底地杀死自己，李白在上海转了一圈，最后钻进了医学院。似乎是配合心情，天上落了一阵雨，把他浇透之后，乌云高高兴兴地散去。这一年曾小然念本科五年级，他们已经失联很久，夸张地说，像隔了一辈子，不夸张地说是隔了半辈子。

李白像一个刚从澡堂爬出来的人，头发湿漉漉，脸上散发着不正常的欲火，在学校里随意拉住人问讯。一个女生告诉他宿舍号，指了指方向，又告知曾小然实习去了，晚上才能回来。最后这好心的姑娘提醒李白：你可以把领带摘了，它在往下滴水。

"曾小然现在有男朋友吗？"

对方费解地看着他，然后发笑说："从来没见过你嘛。"糟糕，我这副操性可能有点像李忠诚。他解开领带，对她眨巴眼睛，这是一个圆脸女生，有两个醉人的酒涡，她很快就将从女生变成女医生。我印象中的女医生都是长脸。"你和她一样是内科医生？"李白套近乎。

"我麻醉科。"

你的酒涡就足够麻醉我了,在我痛苦的时候请给我注射一管吗啡。"唉,"女生叹了口气,"曾小然刚和她男朋友分手,如果你追求她,就不要站这里对着姐抛媚眼了。"李白闻言撒腿向宿舍楼跑去,五分钟后被宿管阿姨挡在了楼道里。此地禁止任何异性踏入。

长达两小时,李白坐在门口台阶上等待曾小然,交互双臂抱着自己,像伤寒病人一样抖着,猜想有人会走过给他冲一袋板蓝根。最后他认定,这帮学生,医德有待提高。宿管阿姨给了他一杯热水,喝下去以后他渐渐意识到自己在赌气,为爱情,为等待,为雨,为任何此刻存在的事物。他失去了某种行动力。

那个圆脸女生抱着一摞讲义又出现在他眼前。一页纸从她胸口飘落,李白捡起,递还给她。"我帮你去问问。"她跑上楼,片刻即回到他眼前,讲义已经没了。"确实不在。"她遗憾地说,"这栋楼下经常有苦闷的男生坐着,但坐着晒干自己的不多。"

如果不是由她陪伴,这个下午剩余的时间里,李白相信,自己将会变成一个傻逼雪人。她叫卓一璇,住在小然对门寝室,来自西南地区遥远的山城,距离吴里两千公里——火锅、背篓、吊脚楼,热情美丽的女子,揣着火药枪四处晃悠的悍匪——李白被这些鲜活而陌生的象征物唤醒,十分兴奋,仿佛即刻来到了异国他乡。然而她仍属于那个 Z 字打头的招牌式情愫,并向他展示了另一类爱情的轨迹:不是邂逅,不是五雷轰顶,而是在追寻的小径上分岔出去的意外旅行。在走向餐厅的路上(他饿了),他讲了一些关于曾小然的往事,不过很快意识到卓一璇对此不感兴趣,没关系,咱们可以聊点别的。"你的酒涡真好看。"

"我这是梨涡。"她说,"嘴角的,梨涡。脸颊上的,酒涡。"

"难怪书上写梨涡浅笑。"李白说,"还有的姑娘笑起来眼睛下面两个小涡。"

"那叫印第安酒涡。"

"你懂得真多，做过……人脸解剖？"

仅仅掌握了些许办公技能的李白对任何专业知识都抱有尊崇之心，将面相学误认为解剖学，也是他一生中所犯的根本错误。"不用解剖，这叫隐性遗传，"卓一璇答道，"必须父母双方都有梨涡，才能遗传给你。显性遗传则是父母任意一方，明白？"

"也就是说你家有六个梨涡。"

"八个。我还有个哥哥。"

"爷爷奶奶外公外婆，天啊。"李白想象这一大家子聚会的场面，男男女女，每人咧嘴的欢乐劲头。"往你祖上数，每个有梨涡的男人都得娶一个带梨涡的女人，真不容易。"这个关于梨涡的不逊玩笑，使得卓一璇靠在椅背上，拉远距离看李白挥动筷子干掉了一盆扬州炒饭。他又去冰柜拿了一听可乐。"太咸了，我要补充点糖分。"卓一璇告诉他，糖使你兴奋，不过小心中年以后患糖尿病。李白继续乐不可支，说："在我的家乡没人害怕这个，他们酷爱白糖，对糖尿病有免疫力。只是容易得痛风，随便吃点火锅就挂了。这也是一种遗传基因。"现在，喝光了可乐，他点起香烟，面对一位未来的麻醉师吞云吐雾。我猜你又要谈肺癌了。

"你刚才像死了一样，现在又活过来了。"

"人每天睡觉醒过来，都相当于一次复活。"

她决定干掉这个不知道是哪座县城跑出来的爱讲怪话的轻狂小崽子，毫无理由，陪着他浪费了一个下午的大好时光。多年后，卓一璇这么告诉李白。李白的回答是：我当时注意到你的眼神，但不太理解，现在我理解了，那就是一个麻醉师在揸摸着给对方用多大剂量的药。

一个简单的谎言就能让李白跟着她屁颠颠地跑掉。"来吧，我带你去医学院最好玩的地方。"

"我不想去看福尔马林里泡着的人。听说有个大池子，用一根带铁钩的长杆子把他们扒拉到池边，捞上来解剖。"

"那个地方你进不去，带你去看新鲜的。"

李白跟着她走进一栋安静的教学楼，过于安静，与外面那个喧嚣的世界格格不入。喧嚣的是你自己吧？卓一璇提醒道。在一条黑暗的走廊里，李白不慎将手里的可乐罐头滑落在地，发出叮当一声，四面八方的回音涌来，他吓了一跳，低头去暗处找。"不用管它。"卓一璇继续走路。

"它变成一只老鼠逃走了。"李白追赶她。一男一女从对面无声地走来，男的戴着口罩，看不清脸，女的吊眼梢，并笑了笑，她鼻翼两侧有酒涡。李白已经对酒涡产生了莫大的兴趣，甚至想起李忠诚的屁股上方也有两个酒涡，不知道有否遗传给自己，没注意查过。他想知道屁股上的酒涡会否遗传到脸上，这些极其无聊的念头缠绕着他。接着，吊眼梢女生将钥匙递给了卓一璇，带着男的走了。

"里面空着。"

拐过弯去，走廊落底一间教研室，卓一璇打开门，空荡荡确实没人，四张带轮子的不锈钢单人床，两张板凳，气氛阴森森。她拉开厚重的窗帘，下午的阳光照进来，隔着防盗网能看见远处的操场。李白笑了："你吓不倒我，这是停尸房。小然写信跟我说过，她在停尸房复习功课。"

"可惜今天没有尸体。"

"我还以为是地下室。"

"这里没有地下室。我爸爸倒是医院停尸房的工人，在我老家，你想去的地下室里。"

即便如此，李白仍然没有害怕。此刻他听着卓一璇讲她父亲，一个数十年在地下室陪伴、看护尸体的人（李白想到他有两个梨涡感到一丝寒意），由于冷静寂寞，他和同事在停尸房养了一群鸡（那鬼地方绝不能养狗养猫），最久的一具尸体在冰柜里放了有一年零两个月，以及偶尔发生的抢尸大战。"有没有尸体复活？"李白问道。

"没有，尸体复活从医学上来说是可能的，实际概率很低。"卓一璇说，"比尸体复活更可怕的是尸体不见了。"

"自古以来，偷尸体就是一门生意，可得好好管着。"李白打量这屋子，他忽然觉得困了，想睡觉。"居然可以随随便便进来，比女生宿舍管得还松。刚才那对在这里干什么？"李白打呵欠问道，"他们不会在停尸房野合吧？这似乎有点变态。"

"他们只是谈恋爱，复习功课。"卓一璇答道，"这里是医学院，不是妓院。当然，偶尔地……"

我想继续听下去，但这故事断了头。李白感到严重的意识恍惚，坐在板凳上前后摇晃。"我走不出这扇门了，我要睡会儿。"他听到卓一璇说，那儿有四张床呢，都干净的，消过毒。"这床不错。"他走过，随便找了一张躺上去，不锈钢床面向下凹陷，一个半死半睡之神正在将他拽离世界。"曾小然来了你就喊醒我。"李白用最后的意识跟她开了天黑前最后的玩笑，"如果我死了就把尸体捐献给你。"

卷三 试问从前谁误我

46

李白醒来发现自己躺在一张雪白的床上，一个穿着雪白睡衣的女子正坐在对面沙发上，翻弄着他的钱包。昨夜的酒气仍然顶在后脑勺。啊，昨夜，无数个昨夜，昨夜究竟是哪个昨夜。他开口问时间地点。

"你在我家，现在是二〇〇二年十二月十一日上午十一点。"她说。

"抱歉，我失忆了。此前我们干了些啥？"李白左手伸进被窝，摸了摸自己，不用说，他明白了。"是我跟你来的，还是你带我来的……"

"没什么区别。昨夜你和老冯、阿波、小羊、莉莉，在一起吃饭，给你过生日。饭后你们又去喝酒，我在酒吧等的你们。阿波和你都喝多了，阿波大哭，你在街上跑了一圈，被揪了回来。后来你就和我回家了。"

"昨天才认识。想不起来你叫什么名字了，抱歉。"

"我叫叶曼，我们不是昨天才认识。很多年前的一个晚上，我曾经说你是个穿西装的乡下仔，还想打你一个耳光，最后打到了老冯和阿波脸上。还记得吗？"

"想起来了。"李白说,"你至今还是短发。"

"你至今也还穿着这件西装。"她说,"花领带没了。"

"有个朋友要上吊缺根绳子把领带借走了就没还我。"

但他仍然没想起昨夜的事。他从床边的椅背上抓过自己的西装和羽绒服(一定是她安放妥帖的),一通乱翻掏出手机,看了看时钟和备忘录,确定当天下午与出版编辑的约会还没错过,可以从容地在她家里刷牙洗脸,甚至洗个澡,去去酒气。他住的小旅馆热水温度不够。叶曼提醒他,内衣全都卷在被窝里呢,自己找。"不要紧,有外套就行了。通常这种情况下我是套上长裤就逃。"李白边穿衣服边说,"啊,开个玩笑。可以把钱包还给我吗?"

"钱不多,照片不少。"她翻弄着钱包里的三张照片,并将它们从夹层里抽了出来,"这位我认识,看来是她手术以后的照片,剃光头很帅气,我再也没见过她;这位是一个似曾相识的女演员,叫不上名字;这位小姑娘看来年代久远,是你的初恋?"

她们分别是周安娜、张幼苹、曾小然。不过李白并不打算在一个刚刚发生过关系、遗憾地被酒精打散了记忆的女性面前为她们作出解释,如果有必要的话,还是回忆一下最近十个小时到底发生了什么吧,事前酒一壶,事后泪四行。他点起一根烟,坐在床上抽,以此测算她对自己的容忍度。她递上一个干净的长方形烟缸,瓷的,图案是拜占庭风格。"好看。"李白赞美,往里面弹烟灰。

"仿爱马仕的。"

"看得出……"他环顾四周,决定使用书面语言,以便拉远距离,"你的生活品质很高——而且是一个人住。这些年你从事什么职业,做了服装设计师?"

"昨天我都说过。"

"我已经记不清昨天的事,倒是对一个多年前辱骂我是乡下人的姑娘念念不忘。请把钱包给我吧。"

她将钱包扔回给他，留下三张照片。"这个姑娘后来毕业，没有去做裁缝，做了一家奢侈品代理商的公关经理。包啊，鞋啊，皮带啊。"

"皮尔卡丹金利来。"

"比那要贵很多。"她说，"嗨，不许涮我。"

在礼貌征得同意后，李白爬进浴室洗了个澡。过了一会儿，她拉开门，送进来一条干净浴巾，又扔了一双塑料拖鞋在地上，男式的，并指指台盆边的电吹风。李白不得不躲在浴帘后面表示感谢，心想这是她故意的。出去时她演示了一下，门该怎么锁。"我锁了，但似乎不太管用。洗澡锁门是基本礼节。"李白从浴帘后面探出头，热水正喷在他后背。

"算了，那就别锁了，进进出出怪冷的。"她说，"我去给你倒杯咖啡。"

洗头时刻李白意识到自己话太多了，经过了这些年，我还是没学会怎么讲话。讲话的艺术这类书籍最多教育到求欢为止，对于事后该讲什么，少有完整的范式。话语通往性爱到达终点，而不是倒过来——做爱以后让我们得以愉悦、真诚地聊天，聊够了散场。他花了五分钟吹干头发，穿上短裤热气腾腾走出浴室，来到客厅。这屋子是内阳台，头顶晾着女式内衣。打开窗，冷风袭入，他发现自己位于城市很高的位置，可以瞭望至远处的城市公园，南方的冬季应该钻被窝、喝咖啡，而不是工作。他从下至上数了数对面高层公寓的窗户，自己现在应该是在十八楼。

"这是哪条路？"

"长宁区江苏路愚园路。"叶曼递上一杯速溶咖啡，另一杯是她自己的。

"我得走了，我约了出版编辑。"李白穿衣套裤，她在一边呆立观看，那姿态又令他想起了什么雕像或名画，可能是执握长矛、托举胜利女神的雅典娜，现在被置换为左右手的两杯咖啡，并抿着嘴唇盯他。"这是我第一次出书，终于遇到一个赏识我的出版人，我得唬住那家伙，尽管他（它）只是个工作室。"李白此刻的语气像一个忙于应酬的中产阶级丈夫。也不错，至少可以沿着这个路子走下去。他穿戴整齐，抱着羽绒服走过去，不确定是否要像丈夫一样吻她脸颊，然后开溜。这个动作太虚伪了，他选择了更礼貌、合理的方式：接过咖啡，喝了一口。可能是慌张和犹豫，可能是运气不好，咖啡洒在了他的白衬衫上。

"抱歉，我这儿没有男式衬衫给你换。"叶曼退回到了窗边，喝咖啡。"大门在你后面，看见鞋柜左转就是。顺时针拧一下把手，它就开了。出门右转是电梯。"

"再见。"

他踏入昏天黑地的楼道，西装被自行车把手勾住，脚下踢到纸箱，与屋里的装修形成反差。一部老旧电梯艰难来到，经由撞击、叹息、铰链发出的咔嚓声，门开了，里面油漆剥落，空荡荡弥漫着烟味。他闪进去，站稳脚跟才按下底楼键，电梯剧烈震动了两下，合拢铁门，一阵尖叫，向下急速坠落，李白胆战心惊，四处找把手，可惜没有。电梯在到达三楼时猛然减速，停了有十秒钟之久，缓缓落在底楼。门向两侧缓缓展开，李白连滚带爬被这个钢铁怪物吐了出来，站在两个神情冷漠、见怪不怪的妙龄少女面前。

47

李白的处女作发表在大学时代。"处女作"这一措辞系英语转日语转中文，处女处女的，多少显示出国情不同。"外邦视处女为纯美象征，欣赏之，呵护之，故称处女作。国人想到的则是给她来一下子，她（他）的痛经就治好了。"李白是这么说的。

当年，在经历了几次失败，收到或未收到公函式的退稿信之后，李白将稿子寄到了《××文学》期刊，一家中等威望的文学杂志社（主编寄语：青年作家怎么写不重要，重要的是有胆子写）。这回他狠了狠心，写了个老妈私奔儿子哭昏的短篇小说，果然又遭退稿。初审编辑复信，居然给了评价：无病呻吟。这四个字可谓纵贯中国文学史，李白怒吼：我没有呻吟！第二篇小说写了大专校园内糜烂的性生活和一个不幸患上尖锐湿疣的男生。编辑复信：肮脏！李白复信：他们都这么写的，包括贵刊！自此与《××文学》的编辑较上了劲，一口气寄了十篇小说，有呻吟有肮脏，有都市有城镇。我的天，我感觉自己是射向伦敦的 V-2 导弹，轰不掉白金汉宫也要让平民们遭点罪。最终，有一枚幸运地击中了目标，三个月后发表在期刊最末——一个关于动物园狮子吃人的故事。

为什么会选中这篇？在一次笔会中，李白终于得以请教编辑。"因为中国作家没写过狮子吃人。海明威写过打狮子的小说。"女编辑耸耸肩，如此回答。她是一位美艳嚣张的时髦女郎，四散飞扬的波浪长发，裹着大披肩，完全超出了李白的想象，编辑不都应该是戴袖套、穿旧衣服的驼背知识分子吗？（那是校对！操。女编辑这么回答。）

七年后，在出版公司，李白再次看到打印纸上这个关于狮子吃人的故事，要不是小说太短，他简直想辩称已经忘记了它。女编辑（不是期刊那位）案头放着亨利詹姆斯、亨利米勒和亨利菲尔丁，玛格丽特杜拉斯、玛格丽特阿特伍德和玛格丽特米切尔，让保罗萨特、让皮埃尔热内和让雅克卢梭。李白抽出一本书页发黄的弗拉基米尔翻了翻，不是纳博科夫，是列宁。她已经打了快二十分钟电话，处理某件棘手公务。列宁说，必须有勇气正视无情的真理。李白决定扮演一回讨好型人格。"你桌子上的书比我家还多。"

女编辑终于挂了电话。这是李白第一次进民营出版公司，一个迷人的新词：工作室。轻盈，随性，弹性时间，慵懒的工作状态，充满神秘感的人际关系。办公室里还有其他人，李白能做的只是深沉地看着她，仿佛洞悉了她的秘密。顺便说一句，她也是短发。

"你其实不用来，我把协议寄给你，签个字寄回来就行。"她说。

"我以为你要出版《太子巷往事》，谁想到只是一个拼盘选集，选的还是我的处女作，大学时候写的。"他表达一丝哀怨。

"你此后写的小说都没有这篇好。"女编辑说，"你爱写过去年代的故事，九十年代啦，小城镇啦，题材很过时。"

"九十年代才过去了两年。狮子吃人也是九十年代的事情。"

"狮子吃人还挺新鲜的，海明威写过。"女编辑说，"写点都市爱情吧，我们老板好这口子。他想要一个已婚女性和事业型文艺中年男子的故事，从一夜情开始，后面怎么样随你展开。"

"海明威没写过狮子吃人吧？"李白不耐烦起来。Fuck 海明威，Fuck 工作室，Fuck 九十年代。老子刚刚经历了一场都市爱情，喝昏过去和一个卖名牌的姑娘419，现在老子应该赶紧跑回吴里的破房子里，把这段露水情缘写下来，然后就可以变成时髦作家了。"《太子巷往事》你觉得怎么样？"李白已经失去底气。

"我还没看，稿子在老板手里。这类纯美的江南故事实在太多了，再说一遍，都市爱情，火辣的，悲剧的，缠绵的，如果能写出深度就更好了。纯美的不要。"

"你都没看过怎么能说纯美？可以告诉你，这是一部色情小说，火辣，喜剧，缠绵。"李白感到有点绝望，这稿子没戏了，不得不用火辣喜剧缠绵的眼神看着她,继续他的胡言乱语。"二十一世纪的都市里绝不可能发生这么淫乱的故事,它只能是乡下。"

"对不起,我们没有办法出版淫秽小说。"

"把淫秽的删除掉就是纯美的了。"

"我刚才说了,纯美的不要,你怎么又绕回来了?"女编辑递过来一份协议,"在这儿签字,狮子吃人。稿费我可以立即支付给你,七千字的小说,拼盘选集,按千字二十元是一百四十元。身份证给我登记一下。"

她从钱包里掏出一百四十元,李白也掏出钱包,抽出身份证的一瞬间他发现三张照片不见了,走得太急,忘在了叶曼家里。看来我还要再坐一次地狱电梯。

"我不卖了。再见。"李白收回了钱包,眼前的A4纸他不确定是否该撕掉,那不是他的财产,不过也还赔得起。他无端地想到,无纸办公任重道远,纸承担着发泄情绪的功能。

"不要这么任性,选集也能让你攒点名声……好吧,再见。"

李白走出工作室,身后的防盗门重重地关上。这是一栋相当不错的商住两用楼,巧合的是,也在十八层。他站到窗口打冯江的手机,问叶曼的联系方式。屋子里两位编辑的对话传入耳中。

"一个写作者为自己辩解,真是可怜可笑。看起来一副没工作的样子。"

"你应该让他多辩解一阵子,很精彩,我都想把他的话录下来了。"

"明天还有两个要来,比他写得更差。"

48

说起一夜情,李白就地回忆起九十年代末,准确地说是上世纪的最后一年，更准确地说是三年前。奇怪，像是迟暮时光。一位来自北方的女子到达吴里，造访李白。她是文学期刊的读者，因为一篇署名李一白的平庸爱情小说，她的信经由编辑转到了他手中。这种充满必然性的相识总是给他带来心理负担，不过在世纪末这年，笔友和旧恋皆已断绝音讯，空虚的李白期待着任意方式的问候（冯江曾经嘲笑他是个"信生活很丰富"的人）。他的复信开启了一场轻微的冒险，谈到他乏善可陈的生活，每季度买一张硬座火车票去陌生城市逛一圈的癖好，还有吴里，他将其描绘为宜居、懒散、弥漫着古代情调的江南小城。"所谓古意，多多少少是一种言辞的骗术，懒是真的。"李白解释道。她回信：可惜人生，不向吴城住，我下星期去上海，途经吴里，来看你。那是一年中最热的季节。

他留在了她的住处，太子大酒店副楼朝北的一间房，暗红色的丝绒窗帘遮挡了一场大雨。"途经"是一个令双方心动的用词，似乎道路可以为瞬息流逝的爱情提供某种依据，究竟是落在爱情还是落在流逝，却无法细究。事实上他们也都清楚，吴里位于主干道的分岔小径上，它无法途经。她身上有着北方女子的温婉和大方，三十二岁的年龄正当其时，一双略带惊恐表情的大眼睛，一种被相声和评书稍稍带歪的利落语调，以及来自异国的薰衣草香。在平静之中，她道出了对于这座小城的不适应，过热的天气，宰客的三轮车，狡猾而庸俗的人。李白同意，并讲到她的家乡，一座浩荡而无聊的北方城市，市民们在街道上愁苦地行走，冬季的户外冷得让人发疯，药味弥漫，了无生趣。她也同意。他们平静地诋毁，以至于谈论爱情也变得有点难，事后，他们一致建议拉开那道暗红色的帘幕，坐在床上看大雨，像看电影。"除了雨，吴里还有什么？"她并非提问，只是叹息。李白却多余地反问："对这儿失望吗？"

"对一切失望。"

李白想起冯江说过的：一夜情，总是建立在某种遭到压抑的失望情绪下。正是失望，使人们掐断了情感的延续可能，将成本降至最低，也正是失望使人们想要获取一点什么。又想起丁波说的：你无法了解一个内心弥漫着失望的人，但这也不影响你爱她。

第二天她走了。愿我们在下个世纪相逢于某座干燥、明亮、气温适度的城市吧。李白暗自惋叹，为疲倦和匆忙、没能花大钱请她吃一顿而遗憾。不出意外，通信就此中断。

到了深秋（啊，一个又一个深秋），舒茜请他喝酒。在市中心一间酒吧，昔日大学校友已在开发区管委会任职，吴里经济发展的前沿阵地，她看李白的眼神就像看后方医院里的伤兵（如果不是残骸的话）。这一次李白没让自己喝醉，在经济面前感到茫然，他曾经将简历邮寄至开发区管理处，谋求一个秘书职位，没任何答复，说实话，他情愿寄点小说稿子出去，还能有个响。离他最近的工作是一份花木公司的销售职位，那位热爱绿化也热爱文学的单身女老板相当欣赏他，看上去一副要做他金主的样子。舒茜指出，你这个人就是不理解工作的意义，偏要扯什么男女关系。李白辩称，每份工作都有不同的意义，无法一一理解，但男女关系是差不多的。舒茜喝下一口甜酒，满眼柔光看着他，伸出左手给他看中指的铂金戒指，下个星期，这枚戒指将移到无名指。"我从没恋爱过，现在要结婚了。你是我曾经喜欢过的人，我本来可以容忍你的一事无成，但思前想后还是算了，哪怕你会做点家务活呢。"

一个不会做家务的废物不值得你期待。对舒茜，李白可以说是了解过度。上进，坦荡，讲义气，花大姐和鲍大哥撮合了他们两三年，问题是，她实在太爱教育李白。在这奋进的年代，如果说舒茜对人生有所失望的话，唯一的失望就是李白，不过，这道难题下星期就解开了。李白一时高兴，对舒茜的暗示给出了十分明确的答复:"没问题,就算我是女的你是男的,你在结婚前向我提出这种要求,我也会答应你。"

"你简直混账嘛,我对你提出了什么要求?"

"好吧,你什么都没说。"

在走出酒吧的时候,一首老歌从街对面KTV的大屏幕上袅袅飘来,两人揽住,在街上接吻。已经是深夜,方圆二十米内很多接吻的人,舒茜将自己贴在墙壁上,混入这一群吻大派对。"你是个笨蛋,李白。"她叹息道,"没女朋友,没工作,以后怎么活?"

"不要再教育我了,要不然就养我。"李白抬手摘下了她的近视眼镜,立即将其改造成目光散乱、茫然失措的贴墙少女。"这样好多了,不用摘戒指。希望你不会觉得我是一口隔夜饭。"

仍然是在太子大酒店,仍然是暗红色帘幕,李白走到窗前,想看一看星光。舒茜提醒他,这不是反光玻璃,对面的人会注意到你的裸体。李白关了灯,打开窗,让自己的上半身融入黑夜,感受到足够的凉意。"明天她要嫁给别人啦!"喊完这一嗓子,他回到了帘幕后面。

"你这是什么意思?后悔吗?"

"不,某种告别仪式。"

"我是和自己告别,又不是和你。"

"确定咱俩是一夜情吗?"李白说,"未来还能见面的、喝一杯的、由你来买单的一夜情。"

"确定。别告诉花大姐他们,喝醉了也别说。"舒茜仅有的要求是这个。

"万一不小心说出来,我就解释说这是我对你长期以来的性幻想。是的没错,我对你的性幻想是真的。"

第二天李白醒来,舒茜已经走了,没留下任何东西,除了枕头上的几根长发。每当这种时候,我总是感到难过,像泥泞后被晒干的土地。请认真体会一下,一夜情之中含有的告别性质,越是接近欢愉就越是面临永别。这种爱的回响超乎生活,舒茜表达得很准确。问题是我,一旦超乎生活,就会发呆。李白抄起电话,拨了个长途,找阿波。

"炮王,告诉我,你是怎么做到超过三十次一夜情的?"

"我……是靠互联网……这一新兴媒体。"阿波还没醒。

"说的不是这个,是你的情感容量。情感容量!"

"大哥,这是现在最流行的社交方式,不需要情感容量。互联网的每一个BBS都在约,都在谈,都在想。对,每一个,读书的,军事的,政治八卦的,左派右派,文艺青年和乡下人,概无例外。"阿波说,"让我猜猜,你是不是昨晚发生了什么?现在是早上六点半,姑娘走了是吗?没留姓名地址电话是吗?"

"不用留。那是我的大学校友,她去结婚了。"

"你那根本不叫一夜情,你那叫埋雷。"阿波不顾李白的尴尬,在电话里大笑起来,而李白的念头是:我会让你小子死于切开心脏的浪漫的。

49

大学毕业那年,丁波和冯江进了一家金融软件公司,做产品销售。李白去过一次,该司一位打杂的大叔是九十年代初上海滩的股神,后破产收手,留给李白深刻印象。两人一起在门廊里抽烟,互相看着对方的潦倒样子,写字楼里来来往往都是穿西装打领带的年轻人,他们是第一代白领。"野心勃勃的小囡。"大叔点评。那是人人都想在写字楼赚薪水的年代,阿波在这里一直做到销售主管。相比之下，冯江命途多舛，他干了两年即返乡回到吴里，在开发区搞了一家广告公司，没创意，没策略，仅一个会做电脑设计的小姑娘陪着他，主要贩卖开发区沿途公路上的广告牌，靠喝酒与贿赂维持生计，没赚到大钱。到二〇〇二年夏天，软件公司被收购，阿波分到了四百万，可以不用再上班。与此同时冯江的一块广告牌被台风吹飞出去二百多米，落在一辆奔驰顶上，好在车里没人，赔了一万多，随后因安全生产责任事故被开发区管委会罚了十二万，经李白介绍，走舒茜的关系疏通，十二减八得四万。李舒二人恪守原则，没有将一夜情做出加法来。以李白当时的状态（缺钱，缺爱，自信心涨落不定），未尝不想和她再发生点什么，她拍拍李白的脸蛋，回答：我在备孕呢，生一个是你的，你养吗？

时代如此，以各种方式将你抛弃：同侪挣钱，旧恋怀孕，敌人春风得意。除了冯江可以共吊往昔，然而他是个倒霉的色情狂，在李白的参照系中以其无足轻重的方式证明了不可或缺。

继续说丁波。这个被冯江私下调侃为"被玷污的阿多尼斯"的青年诗歌爱好者，在周安娜投身于茫茫人海后，竟与李白结下了友谊（还得加上冯江，构成一个三角）。他家在杭州，人皆以为他的俊美、傲气带有江南才子的特质，不过他最终坦承，自己只是萧山下面一个镇的农村子弟，父亲嗜酒，母亲凶悍。"我对婚姻爱情的认识，就是酒神和日神的持久混战，初级版本的那种——酒鬼和大头鬼？"阿波自嘲，"大学时代，我根本不相信爱情，连做爱都不相信，所有的快感都是我脑袋里的化学反应。"

"希望你的痛苦也是。"李白追加调侃，"你会达到一种中产阶级禅修的境界。"

冯江经常回忆他与阿波的穷困年代，刚刚毕业，囊中羞涩，身份低微，合租一套二居室的朝北房间，南间则是两个女性同学，从事品牌公关业。这一配置不含任何情色意味，其阶级意味（蚁族、沪漂、月光）也因为奋进的时代气息而遭忽视。他们过得快乐。麻烦的是，这个公寓里的任何一人想找伴侣，都没法带回住所（就像一道二元二次方程式）。有一天，冯江终于一不做二不休，决定解题，与南间的一个姑娘谈上了恋爱，两人商量妥当，选择征用朝北的房间二小时。另一个姑娘不得不与阿波在阳台和厨房之间来回打转，二居室十分狭窄，冯江的动静大了些，阿波和姑娘关上房门，走到阳台，又关上阳台门。姑娘抽着烟，望着延安路上的灯火与往来车辆，她的短发被风吹得凌乱，没错，她的名字叫叶曼。她瞥了一眼阿波，在夜晚，他看上去是固执的，不通情理的，没有方向的。"你还在想周安娜。"叶曼指出。在朝北房间做爱的冯江听到阿波惨叫一声，感觉他是遭了电击。冯江冲了出来，阿波已经摔门而出，留下叶曼扼腕叹息。"天哪，我真以为他会从六楼阳台上跳下去。我就提了一句周安娜。"

"你就像一个心理医生在背后偷袭了精神病患者。"冯江数落叶曼，"何必呢？你要是喜欢阿波，把他灌醉了脱光光就好，何必提什么周安娜呢？"

失去周安娜是阿波的致命伤，不，慢性自杀的开始。在那个冬天，周安娜手术成功，病愈出院，唯一与之告别的人是李白，随后不知所踪。她像一个赌徒随意抛弃了手中的扑克牌，造成一种漫天飞舞的视效。在一首掐头去尾的诗中，阿波写到了想象中的她，飘散长发离去的背影，一个萧山农家子弟看多了港片以后的不自觉反应。李白立即纠正：你太浪漫了，不是这样的。她离去的时候剃了一个大光头，头上还有一道疤，她还说要永远剃光头，人潮人海中，易于相认。阿波被这一光头、受伤、毁损、离去的周安娜的形象逼疯了，追问李白："她有没有提到我？"

"恪守承诺起见,我不能告诉你。"

不要再谈论她,不要再回忆她,作为一个象征物,不要让任何人阐释或修正她。一种由空间和时间混合浇筑的壁垒已经生成,光头女郎的形象是自足的、圆满的,她所有的故事可能都是幻觉,她不再为过去的一切负责。这一形象经由李白的描述,彻底粉碎了阿波脑子里的港片意象,差不多变成了法国新浪潮电影,显然更具毁灭性。阿波啊阿波,李白感叹,一个反应弧过长的情种。又过了半年,他主动劝慰阿波(也可以说是撩拨),以李国兴举例:"我叔叔和你相反,总是在姑娘爱上他之前就逃跑了,有时甚至都没来得及上床。"

"波仔,讲讲你的一夜情。"冯江大笑道。

"一夜情这种事,止于口舌。上半句很难听,不说了。"阿波翻看手机,"今晚我要去希尔顿。"

"哦,是吗。"李白张口结舌。

根据冯江介绍,就在阿波惨叫着离开出租屋的那晚(还冲回来一次,拿钱包),他晃进公司,打算通宵加班,开电脑上网,在某个上海地区的聊天室里发了发神经,一个署名卡桑德拉的姑娘主动给他发了私人消息。具体讲了什么不清楚,卡桑德拉是一个正在经历情感困扰的姑娘,住徐汇区,半小时后他们在某间酒吧相见。"漂亮吗?"李白问。冯江摇头表示不知道,阿波从来不谈姑娘的姿容和年龄,事实上他应该庆幸,卡桑德拉不是男人,也不收钱。他们去了一家中档酒店,不会被警察踹开门的那种。"并不是每次都希尔顿,太贵。"冯江说,"第二天早上卡桑德拉都没理他,直接走了。"

"以阿波的姿色至少可以要个电话吧?"

"谁愿意和一个在网上瞎钓马子的男人保持友谊呢。难道各自讲一讲乱搞的历史,你是我的第五十个,我是你的第一百个?"冯江说,"阿波觉得她直接走掉挺好的,胜于他直接走掉,反正是直接走掉。你可以不用为他担心了,他把自己治好了。"

"我觉得他病得更厉害了。"

冯江不以为然。在冯江内心,性是用来治愈的、完全无副作用的特效药。到了新世纪,阿波的一夜情根据他回忆已经超四十,接近周安娜的极限。冯江终于坐不住了:"你说对了,他确实病得不轻,根本不谈恋爱,只猎艳。这是要和周安娜比赛吗?"

"周安娜最后提到的人是他,也许可以视为施咒。"

阿波与李白同龄,二十七岁赚到四百万(再说一次,那是二〇〇二年),像一个童话写到了结尾,揣着大钱,他决定消失。有一天他来到吴里探访冯李二位,顺便逛了逛伽蓝巷,隔围墙看着枇杷树,枝繁叶茂,一群麻雀绕树而飞。倘若早两个月来,树上还能有枇杷。李白沉默地做了一回导游。阿波终于发问:"周安娜临走前说了什么?"

"她失去了记忆,但还记得几个人。"

"她到底说了我什么?"阿波嗓音嘶哑。

"抱歉我不能告诉你。"

那天中午阿波牙疼,在吴里找了一家诊所,经查,有四颗智齿,左上方那颗发炎。阿波决定就地拔掉它,医生不干,请他回家先消炎,否则麻药失效。阿波坚持要体验一下那种痛感,据说痛入骨髓。医生摇头说:"你当我是吃素的吗,拔就拔。"在一片鬼哭狼嚎声中,李白与冯江骇然看着一颗血淋淋的大牙被钳子瓣下来,落入盘中。

"你果然不吃素,今天我让你开大荤。还有三颗没发炎的也给我拔了。"阿波捂着嘴巴,含混不清地说道,"它们迟早也会疼。"

冯李二人不忍再看那场面,跑到外面去抽烟。幸好这回麻药是管用的,没再听到惨叫,只有叮叮当当的凿铁声。"经过狂蜂乱蝶的青年时期,阿波仍然在想着周安娜。她临走前到底说了什么呢?"冯江感叹,"不要再折磨阿波了,给个痛快吧。"

"阿波实施的是一种象征意义上的自我阉割行为,"李白摸了摸自己下巴,他的智齿正在长出来,"一个浪漫而幼稚的人如果发了财,他就永远不会长大了。"

"什么意思?"

"现在的周安娜并不需要一个幼稚的男人。"李白说,"我猜是这样。"

50

在进电梯的片刻时间里,手机信号没了。出电梯后李白继续拨冯江的号码,后者正在客户公司谈广告牌生意,没说几句就掐了。半小时后,冯江又回拨电话。李白正在咖啡馆里,信号微弱,一路喂喂,跑到慢车道上才听清冯江的声音。操蛋的年代,讲点事情相当费劲。

"昨晚上的事,你还记得吗?"冯江问。

"记得,我去了叶曼家。"

"我并不知道你去了叶曼家,靠,你居然去了叶曼家。她是有男朋友的。"冯江说,"你可能会有麻烦,不过我先请你回忆一下晚饭时,自己对阿波说了什么?"

"忘了。"

"你讲了整整一小时的周安娜。今天早上阿波叫了一辆出租车,直接去伽蓝巷了。"

"我讲了她什么?"

"用你的话来说,一次告别。"冯江用前所未有的忧郁语调说道,

"在阿波赚到四百万、拔掉四颗牙以后，你终于把故事结尾告诉了他。"

李白站在街上抽了根烟，极为仔细地将烟蒂投进窨井孔，回到咖啡馆，一个姑娘占了他的座位，正在读文件。桌对面还有一张空椅子，他没问有没有人，直接瘫坐下去，呆看着姑娘。在她作出厌恶表情之前的短暂时间里，他经历了一场时光漫游。

不要随便讲述你做一件事的动机，即使已经被人估算到结果。这是告别时周安娜对李白说的话。一张去往广州的飞机票捏在她手里，不必为她担心，南方将展开双臂拥抱她，一手梦境，一手现实，挂满琳琅之物。"我有一部分记忆消失了。"摘除脑瘤的周安娜变得安静而忧伤，像一匹将要回归深林的独角兽。"我记得你在我家吃枇杷的样子，昨天晚上梦见你裤兜里揣着根黄瓜。记忆就像在吴里的小巷绕来绕去，我追踪它们，追得相当辛苦，有时运气好，在一个转角又会撞见它们。"李白闻听此言不胜悲凉。放心吧，我和你之间没有太多的回忆可以追索，写出来也就两页纸。征得同意，他举起傻瓜相机，以冬季的街道为背景给她拍了几张照。假定我也会跳入深井找回记忆，这些照片将是凭证。

"还能记得起来谁？"他问她。

"有一个叫阿波的人，他为我写过诗。"周安娜最后向他微笑，"不要把我们的告别告诉任何人。"

——我把这件事说了出来，也许正当其时。这一跨世纪的低吟之语，相爱，离别，哭泣，痛得满地打滚，爽到四颗智齿都挡不住的激情和愁绪。那个要命的九十年代啊，李白在咖啡馆里猛烈揉搓自己的脸，像是要把某一年龄段上的、膨化食品般的矫情揉搓成一个实心面团，也可以比喻成宇宙黑洞对物质的无情压缩。再过一些年你会怀旧的，把面团重新扔进油锅里炸酥了，那将是你的中年。他这么告诉自己。半数情况下，他会不由自主将内心的独白念出来

(遗传了李忠诚)，十分之一的概率会念得很大声。现在就是。对面姑娘惊异地瞟了他一眼。李白可怜巴巴地将手掌托腮，露出眼睛。姑娘低头看手机。李白忽然想与她说话，从肝脏升起的强烈搭讪念头。

"抱歉，我有点失态。"他说。

"没关系，你看起来是失业了。加油。"姑娘把手机放进提包，收拾收拾桌上的文件，走了。

她一共说了十三个字，我以为她最多撂下两个字就走（白痴，滚蛋，嗯哼），这已经相当不错了，超出了我们坐同一张小板桌的友谊。接着他感到口袋里的手机在振动，掏出一看是一连串的短信。第一条是冯江发来的：真他妈的想看到你和阿波一同去寻找周安娜的局面，她也曾经是我心目中的女神啊，堕落女神。李白回信：少说几句吧，何必苦苦挖掘内心。第二条是编辑发来的：你的长篇真的写得不行，故事破碎，矫情，粗俗，还经常倒叙，让读者不知所云，换一家出版商试试吧。李白回信：你不是阅读障碍，你是人格障碍。第三条是阿波发来的：我见到了她父母，拿到了她在深圳的地址电话，她现在单身，我还没想好怎么和她说，我在感情上是个迟到的人。李白回信：想开点，你早几年去找她，那四百万就挣不到了，现在祝你好运。

感谢阿波，他将自己化作一封信，投递到了南方，这封信中未尝不含有李白的片言只语。一切都落定了。经历了不短不长的时间，无法归纳的转折，可知与未知的际遇，终于可以不再提起。她是我用一颗泡泡糖换来的银色长笛，此外的所有都已经不存在。李白努力让自己轻松下来，一口气喝光了纸杯里残存的咖啡。第四条短信来了：我是叶曼，三张照片在我手里，你打算什么时候来拿呀。

李白回信：很多人只能接受日常生活中轻轻的、更轻轻的小玩意，像害怕手表停掉一样害怕倒叙，一种根植于沉默的茫然，茫然继而抱怨，抱怨继而讨价还价。把讨价还价的结果标榜为完美，并力求做一个精神上的全科保健医生，对任何病症都是内行，既知晓动机也明了结局的交易专家。在我看来，这才是人格障碍。

叶曼回信：说什么呢，发错了吧？

李白回信：没发错，晚上我来拿照片。

51

一次倒叙就能让你失去十分之一的读者，再来一次，逃走一半。对于倒叙爱好者李白来说，这样的局面合情合理。倒叙就像喝酒，有人能喝爱喝，有人能喝不爱喝，有人爱喝不能喝，有人全他妈完蛋。他还想到第五种可能：有人压根不知道酒是什么。

在一堆绕口令似的念头中，李白为他的一夜情做出解释。"喝醉了上床与喝醉了打老婆并无本质不同。"他告诉叶曼，"至少都需要道歉，或忏悔。"

"你想太复杂了，昨天我也喝多了。"叶曼说，"当然，没有你多。"

接着，倒叙开始了，两人又做爱一次。"昨晚上你浑身冰凉，像条冻鱼，今天相反，人形电热毯。"她满意地说。李白心想，看起来我是真的喜欢你，否则我是不会发烫的。回魂酒，回魂爱，多巴胺被刺激后，日间的抑郁感有所缓解。李白半躺在床上，抽起事后烟，开始贩卖他的二手知识。人类学家认为，从远古时代起，聚众饮酒就是对人际关系的重塑，部落成员在饮醉中忘记恩怨，重启彼此之间的信任。想想那个没有法律惩戒只有血亲复仇的漫长时代，一群嗷嗷乱叫的原始人哪能理解什么叫"我者"，但他们在酒精驱使下竟然也辨识出来了，并且因为有了"我者"，他们理解到"他者",然后一棍子敲开了他者的后脑勺。

"什么意思?"叶曼问。

"我的意思大概是说,酒后的一夜情比普通一夜情更令人难忘。"

李白专注地看着叶曼穿衣服,她有一个完美的背部,像是被雕塑家甄选出来的。等她穿戴整齐打开吸顶灯,他又将目光投向房间,有很多未被注意到的细节,也可以说是景观:一摞时尚杂志,两瓶威士忌,墙上是霍克尼的油画仿品,羊绒毛衣搭在沙发上,羽绒被子,浅灰色五件套床上用品,宜家靠垫,皮靴,手提电脑,波西米亚式的窗帘,保养得当的名牌包。大体来说,二十一世纪初的居家时髦生活,除了审美之外,也必须体现一点职业色彩。端一杯威士忌站在高楼阳台上俯瞰城市,这一动作并非没有意义。李白捞过一本画报,发现是日文的,又捞过一本,法文。"你懂法语和日语?"

"你手上这本是意大利文的。"叶曼说,"不懂,看看图片。"

"读图时代来了。"

"那也要读得懂才行。"她说,"讲讲你今天的遭遇吧。"

"没什么遭遇,遇到几个二把刀,不太懂行的。"

"我也遇到个二把刀。开口跟我聊《玛丽嘉儿》,摇着肩膀念成Maly-juer,我不得不纠正他:Marie Claire。"

"你喜欢纠正别人,而我就不会这么干。"

"念准名字并非没有意义,你不是写小说的吗?大卫科波菲尔该怎么念,叶甫根尼奥涅金呢?你们总是学着亨伯特亨伯特的口音念洛、丽、塔,对吗?"

"我和你一样痛恨外行、二把刀、山炮,但我的矛盾是:既痛恨误读,又瞧不起准确。"

"我要去参加一场派对,你呢?你看起来很疲倦。"她起身在衣柜里挑衣服。

"我回旅馆,我不太擅长和小圈子的人打交道。"

"这次是上千人的大场子,你可以去玩玩。据说你的文笔做个时尚记者绰绰有余。"

"这是冯江的污蔑,我是个性取向正常的男人。"李白说,"我很乐意去体验一下,今天有个文学编辑让我写写时尚界的乱交小说,看来这个题材会极其时髦。"

"别胡猜,这行业里的人把身体当筹码,相当洁身自好。"叶曼冷笑,"用冯江的话说就是很难搞。"

这天凌晨,李白想,算了,让我迅速了结掉与叶曼之间的孽缘吧。一场马拉松式的时尚派对,位于恒隆广场一楼,没有自助餐,没有座位,所有时尚人士的腰腿都有一把子力气,他们站了足足三个小时。李白头昏眼花,膝盖全软,睾丸隐隐作痛,他已经找不到叶曼。这伙人真应该去坐绿皮火车,一张站票天涯海角(不,按照叶曼的说法,他们就是站在绿皮火车上来到上海的,并且再也没回去)。他跌跌撞撞跑到外面,找了个不起眼的台阶坐下抽烟。他喜欢这些人身上散发出的对于一切的冰冷嘲讽,那是上一个时代未曾出现过的况味,坚决地否定而不是肯定,坚决地唾弃而不是共情,一种混合着工人阶级和殖民地买办的气息,既熟悉又陌生,但它实在是太不适合谈恋爱了,而且对腰腿的要求太高(还有睾丸),确实很难搞。一名高挑出众的男性时尚主编在他不远处抽烟,叶曼偷偷介绍过:他是同性恋,外地来的,他的哥哥开出租车的,把他送到火车站时还向他索要了车费。啊,他怎么可能不唾弃一切?这个行业里最大的笑话人尽皆知:月薪三千块的人在教育着月薪三万块的人怎么穿衣服。这很正常,李白说,月薪一千块的殡仪馆工人将把所有人送上天。

"他们根本不需要我来写,他们自己就会写,一群纠正狂。"李白决定不再寻找叶曼,他爬进了一辆出租车,回旅馆。

"干你们这行也不容易。"司机问,"今晚挣了多少?"

"陪酒三千,口活两千,现在出台,一晚上能挣一万。"

"轻松,爽快。"司机说,"听说有一种传染病,从广州传出来的,你要当心。"

李白并不爱和司机聊天,也不想讨论什么传染病(他以为是性病)。在凌晨的出租车上很适合意识流,他看了一会儿计价表,像心跳一样平稳,确定司机没做手脚。这些年来,他在不同的城市之间晃荡,多数时候没有什么目的,没有事可做,但就像写小说一样(或者说就像人生),在无事可做的旅程中你总要找到一点意义,哪怕只是为了离家更远。陌生的城市像陌生的题材,除了当头炮一样的抢劫和诈骗,你还有机会遇到卧槽马式的艳遇。他考虑过落脚到别处(除了广州),最适合的是北京或上海,但此时此刻,他告诉自己:到旅馆睡一觉,明天收拾收拾回吴里。

叶曼发来短信,问他在哪里。他回复:我困了,回旅馆睡觉。然后呢?然后回家,冯江那家没前途的广告公司有份差事等着我去做,至于你的建议,很抱歉,我能理解自己去广告公司坑蒙拐骗,但不能理解自己为何要做一名时尚记者。就此,再见啦。

很好,叶曼回复。又发来一条:冯江的公司与我有生意谈,我们很快会见面,以甲方乙方的身份。"我操。"李白骂了一句,收起手机。出租车在高架上跑得很快,未及听完两首电台夜歌,已经停在旅馆门口。司机忧心忡忡地提醒李白:"朋友,你到这种小旅馆来出台?你今晚搞不好被人抢走五千,酒也白喝了,那个也白舔了。"李白发笑,递上车钱,司机连看带甩,以确定它不是(或者正是)假币。

52

　　《太子巷往事》发表于非典之年,那份折磨李白数年的《××文学》仿佛突然开了天眼,决定让他压卷,并勒令大改。与此同时,吴里的城市化改造之手指向了现实中的太子巷,令人又想又怕的拆迁运动最终没来,倒是很贴心地接通了下水道系统,现在李氏父子可以用上舒心简便的抽水马桶和电热水器。李白得以将对付拆迁办的那点心思用在对付编辑上。

　　某种程度上,修改文章就像修改人生,除了错别字以外(把它们想象成一记又一记的耳光),其他任何改动都是被迫的,它的严重程度远远超过耳光。女编辑在QQ上说:请不要用阉割这种词,这是一个医学术语。李白同意,这同时也是一个哲学术语,法国人最爱用的,但它确实不是一个修改小说的术语。女编辑说:砍头和阉割之间,你总要选一项。

　　李白在写一篇关于拆迁的小说,不是压路机碾平老大爷的那种,而是常态的,市民生活的,有高额补偿可拿的,其中当然也牵涉到一些投机分子的吃拿卡要。太子巷没动静,他不得不走访其他小巷,托了李国兴的关系打入拆迁指挥部,只见一片狼奔豕突,灰烟四起,虽不强拆照样进入了战争状态,有人敲着脸盆大骂拆迁办主任,一些抗拆同盟因为奖励措施而迅速分崩离析,变成群众之间的互殴。"国人最擅长内斗。"一名拆迁官如此解释。

　　"只要是人类都经不起这种利益诱惑,先签字多给两万块呢。"李白为变节群众申辩,"你用的是孙子兵法。"

　　女编辑来信:你的人物性格特点不够鲜明。李白还击:伊格尔顿说过,二十世纪作家的重要任务就是把人物刻画方法从十九世纪作家那里解脱出来。女编辑说:那就把你自己当成十九世纪的作家，我是十九世纪的编辑。李白回答：十九世纪没有女编辑。女编辑说：你这会儿要是在我眼前，我就把手里的桔子扔你脸上。

她说这房子从十九世纪就是她家的，我提醒她，家里有一男五女的户口是去年冻结之前迁进来的，都不知道哪来的亲戚。拆迁官向李白抱怨，十九世纪的女人根本没有财产继承权。我算是和十九世纪干上了，但我们全都没见过十九世纪。李白说："你不能阉割别人的继承权。"

女编辑来信：冗余章节就像违章建筑，要拆除。这么糟糕的比喻我简直难以置信出自一个文学编辑之口。拆迁官说：违章建筑就像你小说里的冗余章节，想拿补偿就是骗稿费。好吧，你和我的编辑是失散多年的兄妹。女编辑说你的长篇简直是在平房上面又盖了一层。拆迁官说他们一听按面积补偿就连夜加盖违章建筑，按人头补偿就连夜怀孕，快死的老人也送进了急救室。就在前天，某家某户，喜迎双胞胎出生。李白说："是你的游戏规则有点蠢。"女编辑和拆迁官一致反驳：这不是游戏！

无聊死了。对李白来说，无聊是一件需要被呐喊的事，这样的话，呐喊也被纳入了无聊。有一天他又端着速溶咖啡瓶子改装的茶缸走进拆迁指挥部，这位深具文学功底的拆迁官正唉声叹气往外走。"我要去说服一个刚死了老婆的男人。他很难搞。"

"请尊称他们为鳏夫。"

"各种琐事。约了十点钟，现在都中午了。"拆迁官说，"希望这位鳏夫有点耐心，我快烦死了。"

这句不祥之言在十分钟后得到了印证。拆迁官走进鳏夫的家，后者在院子里坐着等他，没有讲一句话，站起来朝他脸上扔了一包石灰，然后用屁股底下的小板凳敲烂了他的脑壳。这个提着沾血的板凳的刚死了老婆的男人走向拆迁指挥部，李白正哼着歌出来，看上去非常像另一个该死的拆迁官。他注意到鳏夫满身石灰,一脸杀气,尚未来得及仔细看板凳,在一种小说家的敏感直觉驱使下,即刻扔掉茶缸,撒丫子狂奔出二百米。警察擒获了鳏夫,在他杀第二个人之前。

他说得对,这不是游戏。日常生活的痛苦本质总会揭开面纱,露出麻风病人式的脸,但你不能预料是何时何地,你只能凭本能瞄见某个人要动手而逃远点。你谴责这个,谴责那个,但你的本能是逃远点。一名报社女记者试图就此事采访李白(她看起来像是李国兴的某一个前女友),李白问她,我能什么都不说吗。女记者说,你是写小说的,总该说点看法吧。

"你去找个虎背熊腰的专栏作家来说吧,最好学过空手夺白刃的。"李白说,"他杀人仅仅是因为他很苦闷,他杀了另一个苦闷的人。"

有关这件事,他和女编辑在QQ上聊了一夜。"你在骂我吗?"她问得直接,"改小说就是拆迁?"

"两者当然有本质的区别。"

"那么呐喊几句又何妨?讲庸俗点,你就是吃人道主义的饭的。觉得表达是一种表演?"

"表达一下当然也行,但我当时走神了。我想的是,一只马戏团的老虎在学会跳火圈之前,得先挨过多少毒打。"

53

不用多久,李白就会忘记非典之年的种种细节。整个春天该下雨下雨,该天晴天晴,戴口罩的人们四处遛跶,让他想到了万圣节。他回忆起童年时,冬季很冷的日子,白淑珍出门总是戴一个棉纱口罩，仅露出眼睛，像个医护人员。李白厌恶口罩，他无法揣测她的表情，表情所代表的心情。两人走在路上，他不断仰起头看她的眼睛。"你在偷偷地笑。"他说。

"我没有笑，我板着脸。"她说，"我天生长着一双带有笑意的眼睛。"

"我也是。"

"你长得像李忠诚，眼睛有点耷拉，三十岁以后会是三角眼。"

这是他最常想起的一段对话，他厌恶那个洁白的口罩所代表的空缺和虚无，并憎恨其顽固地嵌在她的脸上。作为一个累赘得庞大的隐喻，白色口罩像具有引力的无底洞，可以在瞬间吸干他所有的伤感或怀恋。那口罩后面扭转而去的究竟是一张怎样的脸，他毫无把握。

四月份钟岚打电话给他，让去她的私房菜馆，在已经消失的蓝莲咖啡馆后面一条小巷中，是她姨妈的私宅，门面局促偏僻，一个小天井，屋里只能摆一张圆桌。开张之前，她曾让李白给饭馆取名，他说就叫一桌吧。钟岚嫌其庸俗，李白说，那就别致些，取单个字的名，叫岚吧。钟岚说这个字不好，正中一个大叉，代表着倒霉。李白想起他喜欢过一个叫赵爽的姑娘，名字里大大小小五个叉，是个欢快无忧的人，最后还是跟别的文学青年跑了。钟岚让他不要走神，说单名蛮好，借你名字用用，就叫白，麻烦你提毛笔给我写个白字，我好去做块匾。白字单拆出来十分难看，亦无甚趣味可言，读白字，吃白食，拆白党，一穷二白，李白找了纸笔，边写边嘀咕，只怕你生意不会好。

"就开一桌，你管我生意好不好呢。"

"白"试营业期间，钟岚请李白去体验一下什么叫势利。提前预订，没有菜单，每晚就这一桌，不翻台。这类馆子李白只是听说过。吴里盛产河鲜，钟岚擅烹鱼，问李白一道烤青鱼该取何名，李白说《刺客列传》写专诸献上炙鱼，即从中拔出鱼肠剑，将王僚扎了个透心凉，至今苏州仍有专诸巷，剑是短刃，炙字多半是烤的意思，司马迁却没讲清是什么鱼，就叫专诸鱼如何。钟岚听了不胜感慨，说我当年差点就在曾小然面前捅了你，只是你不知道。又说，现烤的鱼才好吃，哪有烤了送上门的。

她的敢爱敢恨被李白写进了《太子巷往事》，高潮部分是她的老爸钟高强。钟副局长受贿腐化落马，举报人之一即是钟岚，不仅判了十五年，还没收了部分家产。痛快的是，她让老钟的三个情妇鸡飞蛋打，其中一个刚从农村调进环保局的姑娘（只比她大两岁）旋即被送回了乡下，短期内是不可能翻身了。老钟已经在吴里市监狱蹲到第五年，据说是模范犯人，有望减刑，也在食堂干活。

"你和钟高强一样不是个东西。"她曾经说，"但你没贪国家的钱，我也没权力把你送进监狱。"

"我很佩服把爸爸送进监狱的人。"

爸爸是不能背叛她的，而李白可以，因为李白背叛了所有人。在长达二十多年的交情中，她唯一不能释怀的是曾小然的出现，后者取代了她青梅竹马的位置，差不多在六岁那年她就失恋了。其后在二十岁时，他又一次让她失恋，他的背叛是无穷的。

"白"开张后，生意好极，除了春天的河豚必须请大师傅来做，余者皆钟岚亲自下厨。名菜有青鱼秃肺、刀鱼馄饨、田螺塞黑毛猪肉、鲃肺汤、蒸白鱼，又有一种太湖小杂鱼，煎干后拌虾籽腌渍当酱菜用，是李白的最爱，可以当零食吃到口角发炎。店内仅雇一个小妹，名叫爱玲，是钟岚的远房表妹，马台镇人，十分伶俐。小店名声渐传渐远，苏沪两城皆有食客来访。李白想到另一个叫爱玲的女子引用过的名言：食道通往男人的心。后半句不提了，尽管后半句才是重点。

李白行走江湖多年,交了一群讲不清道不明的朋友,皆为眼高于顶的文青,口袋里没几个镚子儿,扒拉一份盒饭就能动笔写小说的。或有结伴来吴里探访他,就带至"白"去吃一顿,钟岚在天井里安排一个小桌,三五人喝酒小叙不成问题,不收李白的饭钱。来的次数多了,钟岚便总结,你那些扒盒饭的朋友都很有意思,不像有钱人那么挑剔无由。李白说你都免收饭钱了,他们自然也不能说坏话。钟岚说,非也,你曾带来一个朋友早年是做厨子的,后来写诗,他也夸我手艺好,农民出身的必能吃出水产是否新鲜,学者型的则注重菜品,总之不枉我费心,没给你丢人。又说,还有人喊我嫂子。李白本想夸她,立即哼哼唧唧,转而谈谈中国作家的士农工商性质。

非典期间饭馆基本停业,也无人来拜访李白,约有三个月不见,电话里钟岚的语调阴郁,他本以为是生意差,要亏本。进门见她在天井里坐着,地上有一个砸碎的碗,并不值钱。"看来不是什么大事,否则以你的性格应该砸了店里最贵的碗。"李白揶揄。钟岚回答道:"这是曲冰的饭碗。"

"谁是曲冰?"

"去年你带来的那个眼镜。"

当李白说他不记得某个人时,多半是想说,此人不值得他记起。曲冰就是这样一个人。戴金丝边眼镜,作风浮夸,有一说三,他的缺点当然也是李白的缺点,所以在李白看来,那是格外地不能忍受。他们之间没有交情,曲冰是跟着另外两个上海朋友来吴里的,吃了一顿饭,聊了几句随后平淡散去。我和他之间就像逗号和句号一样不可能肩并肩。李白提醒钟岚,"眼镜"这种绰号已经过时了,满大街都是戴眼镜的人,它不再是呆头呆脑的知识分子的专利。再说了，无论哪个年代，金丝边眼镜都不能被喊成"眼镜"。

"我不要再听你讲屁话了。"钟岚说，"北方人叫'有的没的'。"

"我想知道这个跟着我来混了一顿饭的家伙，他怎么会有一个饭碗在你店里？"

"你也有一个，专用的。"

由钟岚来讲述曲冰，基本上可以浓缩为以下几点：他和你一样，也写点小说（没发表过）；他和你一样，也没工作（但比你会花钱）；他和你一样，让人动心（嗓音比你有磁性）。"我以为没有男人能像我一样让你动心。"李白继续不着调。

"女人是要哄的，哄哄就动心了。"钟岚说，"是主动的哄，不是你那种被动的、像死鱼一样的哄。"

"我只在另一种场景下形容异性为死鱼，非常不正确，具有侮辱性。这个比喻我已经不用了。"

日常生活的伸缩性就像小说，一个女人上了当，可以是一部完整的中篇小说，可以是连载长篇，也可以减缩为一句话。钟岚犯了糊涂，动了心。事情要是摊开了讲，李白可能会把自己搭进去。总之，饭局之后，曲冰像猎人一样隔三差五来到吴里，他很快赢得了钟岚的芳心，有几晚留宿在她家，并且不多不少借了她五千块钱，而这一切李白全都不知道。他冲出去看了看店招，还是叫"白"，没有改叫"冰"，松了口气。最终的结局是钟岚发现曲冰不仅猎获了一头母鹿，还顺便打了个兔子，这一天她撞见他在厨房里和爱玲亲嘴。这个有着《三言二拍》气质的故事，现在换了女主人公。曲冰带着爱玲回上海了。李白想了半天，只能告诉钟岚："又被骗钱，又被骗身，你应该早点告诉我。以不教民战，是谓弃之，我会提醒你曲冰是个渣滓。"

"曲冰和你很像。"

"你还意犹未尽了?"李白大怒,"像我的全是渣滓。"

女人经济独立以后该怎么办,是娜拉出走以后的问题的反面。李白望着钟岚,这事儿你只能认栽了,我不能替你出面。难道让曲冰把你表妹退还回来,再把你带走?"你手上有什么曲冰的把柄,我可以让他去坐牢,至少身败名裂,混不了文学青年的圈子。"

"你安慰一下我吧,晚上饭馆还要开张。"钟岚坐在小板凳上,拨弄着地上的瓷器碎片。李白束手无策,只能胡乱撸一撸钟岚的脑袋,仿佛沮丧的足球教练在更衣室鼓励更沮丧的队员。上半场已经被人打了个三比〇,红牌还罚下一个,该死的下半场你仍然得硬着头皮出来。李白替她收拾干净小规模的狼藉现场,又去厨房看了看,一切安然。他找到了自己的吃饭家伙,一个仿汝窑的天青色莲花盏,居然是薄胎,颜色和叩声都不对路子。这东西价钱高低无定,暗想钟岚不要又被人骗了。

这天晚上李白终究是气不过,找上海朋友要了曲冰的手机号码。朋友告知,曲冰根本不会写小说,也就是在报章上发点不定期的小专栏,关乎饮食男女、花鸟鱼虫,近期在向时评转型,专找政府的茬。李白更气,拨电话过去,开口就问:"你怎么把钟岚搞成这样?"

"这是感情私事,你李白是她什么人,管得着吗?"对方的语气比他更横,嗓音不乏磁性,这让李白也不由得压低了声调。"我本来就是她表哥啊,我当然要管。"他撒了个谎,心想表哥总是有说服力的。曲冰大笑起来:"李白啊李白,你糊涂了。你别忘了我此刻正搂着她的表妹吃饭呢。你不是钟岚的表哥,你是给她破处的男人。"

Fuck You。李白对着一片连绵不绝的挂断音破口大骂。

54

李白与钟岚的短暂恋情要追溯到九十年代。某一天她脸色煞白坐在马路牙子上，落叶在身边打转，头顶上红灯黄灯绿灯反复跳转，李白顶着寒风骑车经过，既帅气又一脸衰相地捏闸，停下。

"我猜你失恋了。"

"我没有失恋。是你最恨的人要坐牢了。"

"他不是我最恨的人……"

"那就是你爸最恨的人。"

老钟的风流韵事早已传遍里巷。三个情妇，他的春节假期显然不太够用，组织上需要给他放个长假。李白拍了拍钟岚的头，我想你一定听说了你爸还有个私生子的故事，听说了你爸古怪的性癖好，例如把阳台当成桑拿房，乃至引起轰动和效仿，拉动了本市铝合金小作坊封阳台的生意。你可能不知道的是，群众在发臭的、被小化工厂污染的河道边散步时，谈论的就是你爸，整个吴里的河流、山川、草木、天空都被你爸傲慢的性高潮所笼罩。去坐牢吧，老钟，把你的女儿交给我。李白安慰道："他要早几年发财的话你不至于去学做厨子。"

"滚你的蛋吧。"钟岚站起来抱住他。

在那个意外寒冷的冬季，钟岚不想回家，跟着他来到太子巷3号住下，并说清两人各睡一间。那确实是她走了衰运的日子，一条蒸鱼全是火油味，李白无所顾忌，大骂环保局长钟高强正事不干天天打炮。钟岚极为胸闷，冒雪出门又买了条鱼，却烧咸了。半夜李白口渴难耐，穿着棉毛裤满屋子找水，从凉水壶到热水瓶一滴也无，亦不见啤酒或可乐，不得不冲进院子，抖抖索索打开水龙头喝生水，发现全都冻住了。李白闯进钟岚睡觉的屋子，一把揭开被子，掏出她脚跟的热水袋，喝了两口。钟岚惨叫起来。"妈的，一股橡胶味。"他嘀咕了一句，继续喝。她发出另一种惨叫。

"李白你是神经病吗你喝热水袋里的水？"

数年之后，当他试图向她解释：我和你之间的情谊，就像热水袋里的水，那是用来取暖的，我却荒唐地喝下了它。钟岚的回答是：你后悔了，你根本不爱我，你一辈子就喜欢那种会写诗的文艺女孩，我只是个厨娘，就连曾小然现在恐怕也只是一个冷冰冰的医生，只可惜文艺的女孩你身边一个也无。好吧，李白说，我不会纠正你对于爱情的任何错误认识，尽管我是那么地喜欢纠正别人，尽管我只对真正的傻逼保持沉默，但你是个例外。

这样的句型完全是在考验钟岚的听力，她搞不清李白说的例外，究竟是指他的沉默还是她的傻逼。李白不得不再解释："我既不想纠正你，也不能无视你，这就是我对你的情谊。"

"借口！"

"你记性好一点的话应该能想起来第二天发生了什么。"

第二天上午李白醒来仍然觉得口渴，钟岚已经买了一个大瓶装的可乐放在床头柜上。他天真地以为她走了，起床发现她正坐在书桌前看稿。那是他用钢笔在四百格稿纸上涂写改划的最后年代，很快将被电脑取代。"这是你写的，你写的钟高强。"她回过头来，甩了甩稿子，就像甩一叠由他制造的假钞。在这段故事末尾，由老钟化身而来的男主人公正赤身裸体站在阳台上，对街上的群众高喊：你们这帮穷逼，回你们的卧室去性交吧。如此荒诞不经的情节就连李白自己也编不下去了，我把老钟写得像个南美洲小国的暴君。钟岚问："你这么瞎编，你心里过得去吗？"李白回答，我还真没瞎编，这段话是你爸讲给我爸听的，李忠诚被醍醐灌顶了，他不能理解在阳台上性交居然是一种特权，但思前想后，好像也有几分道理，他就这么开窍了。

钟岚愤然拍桌。她不能理解李白的注意力全都在老钟身上,也不能理解李白为何从一个书写风花雪月的少年忽然变身为肮脏下流的性事描摹者。性是一切,李白看着自己啪啪作响的稿子,徒劳解释,性是饮食,性是政治,性是娱乐,性是体育竞赛。一支钢笔落在地上摔成两段,笔帽弹到门外,这是曾小然送给他的礼物,已经换过一次笔尖,现在它彻底阵亡。性还是破坏。

"你给我滚出去。"

"这是我家。"

"好,我走。"钟岚穿了鞋往外跑。李白也跟着穿鞋,套羽绒服,并从角落翻出他的背包。在她走后,他关了水电煤,爬上墙头观望。这一次她还真的向远处走去,没蹲在墙根,根据多年了解,不用两个小时她一定会回来找他。未及刷牙洗脸,李白扛着背包狂奔向长途汽车站,有一场远在北方的青年文学笔会正在等着他去参加,尽管他会提前两天到达。

现在回忆起来,易遭遗忘的年代既非童年也非晚年(它们分别被记忆禁锢),而是——用李白的话说——青年时期的某一个季节。它是修辞的空白点。你错误地征用了"荒唐",就像你使用过"困境"这种词,但你知道未必就是。"那支钢笔是你的吃饭家伙,我给砸了,我赔你一个。"钟岚说。

"我已经改用电脑了,钢笔什么的,不用在意。我有好多钢笔,都扔了。"

"我赔你一个吃饭的碗。"

55

冯江的广告公司被吴里市列为著名商标品牌，它的名字叫振鑫。鑫字在某一年代曾经是中国人的最爱，上至集团公司，下至杂货铺五金店。李白向冯江推荐过鑫，是宝的异体字，又说，金是杀伐之气，水才是钱，上古的钱都是贝壳，从水里来的。冯江的解释是广告公司本来就很水，除了两台电脑其他没值钱玩意，不能再水了。又说，钱字是金字旁，贝字旁的那叫贱。

前面说过，振鑫的主要业务是在公路上竖广告牌，行话叫"高炮"，也就是说，从陆路来到吴里，你首先看到的必然是冯江的手笔，部分不太引人注目的广告语是李白写的。后来，业务拓展至街道，主做灯箱、路牌、路灯杆子上的吊旗。非典结束后，开发区迁入大量居民，社区成型，新型商业广场开幕，振鑫又包下了两块楼顶广告牌，每年光是租金就得支付三四百万，员工多至十二人。当时行情，房地产客户是大鱼，药品保健品客户是中鱼，小鱼则有家具、电缆、大闸蟹、旅游等等。李国兴觉得冯江是个人才，想与他合伙包下有线电视台的广告时段，冯江极感兴趣，可惜资金短缺。没过几天，国兴闯了个大祸，被发配去看车库了。

这家公司现在的总管是冯虎。九十年代下岗以后，冯虎在商场干过一阵，主管保安，每日逡巡，勇擒扒手数名，闲时亦不懈怠，带着队员们勤练消防演习。这伙兄弟都是做一休一的低薪外来工，十六小时轮班工作制，本是糊口的活计，在冯队长手下每日除站岗以外还要拎着灭火器跑上跑下进行消防演习，累脱了一层皮，苦不堪言。当然，老冯生理上也衰退了，空手打人不那么疼了（商场不许他抄家伙）。有段时间他在研究，该怎么把人轻松地打到疼昏过去，后被一位医生警告：凡是能轻松疼昏过去的部位，都有重伤致残可能，比如眼窝、蛋蛋、肚脐。有一天他终于领受到了人生第一次失败，两名扒手居然向他反击。在六名低薪保安抱着胳膊欣赏之下，老冯眼窝中拳，打倒后蛋蛋上还挨了两脚。他的职业生涯结束了，感到心灰意冷，无处可去，幸好冯江及时地发了财。

振鑫并不需要冯虎来看大门。公司里进进出出尽是些该坐牢的人，索贿受贿的市政官员，索贿受贿的甲方经理，索贿受贿的银行小头目，这些人有一个共同爱好是去夜总会。过了没几天，冯江果然把公司搬到了鑫玉兰夜总会后面。

"老冯现在的业余生活是在上班时走到夜总会后门，看着进进出出的小姐，她们有的穿比基尼，有的穿护士服，还有的打扮成日本女生。老冯从来没见过这个，自从他拳头软了之后，他就意识到自己别的地方该硬。有一天我发现他居然塞了两百块钱给一个保姆打扮的小姐，规劝她不要干这行。"冯江摇头，"他疯了，完全忘记了自己过去有多狠。"

"不要再煎熬你爸了，给点钱让他去夜总会吧。玩几次他就明白了。"

"不，我并不想看到老冯的本我，那对我没有任何意义，也不能报复他曾经鞭打我的仇恨。我在调教他。"冯江问，"你爸爸在哪儿混呢？"

"他……"李白翻眼睛想了想，奇怪，我竟不知道我爸在干什么，他最近很少说话，没有工作，每天拎着个包出门，到自家一大一小两个门面转一圈，劣质火锅店和劣质文具店，然后不知所踪，晚上才回家。他不会麻将，不会跳舞，找人聊天必不欢而散。出于一种小说家的好奇心，李白想，我得弄清李忠诚在搞什么事。

冯李二人走进振鑫，冯虎穿中山装出现，立正喊道："老板好！"冯江示意他可以退下。李白感到十分惊诧。进办公室，冯江说:"这就是我的调教。"

人类是需要调教的动物。这一颇含色情意味的通俗格言被用在自己爸爸身上,冯江坐下后继续解释:"老冯对于身份的认知存在偏差,这使得他多年来都显得像个精神病。我终于让他理解,在这个商品经济时代,我不再是他的儿子,而是老板。他必须讨得我的欢心,而不是掏二百块在一个小姐身上买到尊严,他妈的,二百块。现在有人赐予他权力监督十二个员工迟到早退,还能有比这更具快感的事情吗?他学得很快,一开始连客户经理穿短裙都不满意,后来他知道穿短裙意味着当天要接待男性客户——客户就是利润,利润就是他儿子的财产——他立即把握住了分寸,甚至学会了鼓励员工。"

"你把他调教得像另一种精神病。"

"这是报复,"冯江微微一笑,"看到老冯企图展露本我,我就浑身难受。"

"因此你的办法是,帮助老冯实现自我。"

"一点没错,"冯江拿过杯子,倒上威士忌,"放心,我对你是真心的,对冯溪也是,你们可以犯任何错给我看。"

这让李白想到了半年前的一单活,那时冯江还认为他是一个具有销售天赋的人,至少在女性客户面前,李白展现了一定的魅力(另一部分女客户则像女编辑一样讨厌他)。流传于世纪之交的一则销售神话,说的是乙方请了一位男性话剧演员来讲方案,甲方深受蛊惑,立即通过了。想想看,甲方是多么渴望一副磁性嗓音,一种哈姆雷特或雷雨式的灵魂洗礼,仿佛他们都是些易被催眠的少男少女。冯江认为,李白对频道之内的女性具有催眠功能,一个起着寒风的下午,他将李白拉到振鑫会议室,见一位贵妇型的女老板。李白面露神秘微笑,女方抽烟,隔着雾气看他,而冯江在一边侃侃谈论公路广告牌的价值。后来,在签合同前,李白自作主张给她点烟,她斜过脸来迎接,并且搭住他的手,他手中的劣质一次性打火机因为阀门疏松喷出高达半尺的火苗,立即燎掉了她的半根眉毛……那是一场灾难,断送了李白的广告牌掮客之路。"你欠我三十万,还有两万块汤药费。"事过之后,冯江请走了李白,"再妖娆的人也架不住他身上的衰劲,你就是。"

此刻,李白坐在冯江的办公桌前,手边有一个水晶金字塔状装饰物,高达三十厘米,看来是风水迷信之物。这间公司已经让他产生了心理障碍,无端想到,如果客户不慎绊一跤,前额砸在塔尖上,那铁定就挂了。

"找我来干嘛?"

"谈谈叶曼的事情。"冯江说,"虽然全市生意圈都知道钟岚栽了,你在忙于替她挽回败局,但我还是要请你回忆一下,半年前,你在上海睡了一个姑娘叫叶曼。"

"我都能回忆起她抽你和阿波耳光的样子,那时她还是个天真少女。"李白不免有点得意,"她有男朋友,好像是个挺有钱的建筑设计师。我们迅速结束了感情,留下了很不错的印象。"

"她觉得钱包里放三张女人照片的,是精神病。"冯江说,"但也不妨碍她偶尔喜欢一个精神病。"

"为什么提到她?"

重点来了,也在李白的预料之中。冯江解释,叶曼的公司把专卖店开到了吴里,他凭着交情和口舌让该司理解到,本市 GDP 相当出色,且人傻钱多,二奶遍地,既然有了店铺,再投放一块商场楼顶的广告牌是明智选择。作为负责人,叶曼曾陪同老板来吴里考察,满意度很高,然而非典和李白耽误了业务进展。如今世道又恢复太平,这一必中之单却迟迟签不下合同。

"这块广告牌五十万一年，租金都是银行借钱，我耽误不起。"冯江说，"你帮我搞定这张一百五十万的单子，我就免了你以前的债务。"

"你们也太黑了，拿这么高的回扣？"

"猪都算得出来，我们签的是三年合同。"冯江说，"你他妈的能不能不要到处说回扣的事儿？"

"请问我又是怎么耽误了你的合同？"

"你向她吹嘘过，要到我公司来干活，现在她必须要你带上合同去签。"面对李白吊儿郎当的无情嘴脸，冯江终于沉不住气，"我错了，这事儿是我求你。你把人家眉毛烧掉的事情我也跟她说了，她相当快乐，更想见你。我不知道你俩是一种什么样的性爱关系，或许也烧来烧去的，我只求你去把合同签了。我欠了太多钱，两个月内再没进账我只能让老冯住到你家去了。"

"我考虑一下。"

李白说考虑一下也就意味着他勉为其难地同意了，冯江非常了解，他从未在考虑之后仍表示拒绝，这是他的天性。他所有的决绝都源于大脑中分泌出的某种激素，某种立即显效的近似狂怒的物质，但内分泌总是暂时的，一旦平静，他就变成一个无可无不可的人，既没有理智，也无法依赖直觉。"还有一件事你考虑一下，"冯江说，"我妹妹冯溪，她也被男人骗了，你去看看她吧……"

56

眉毛事件后，李白换了个打火机，是冯溪送的。冯溪经营着一家男士精品屋，各种来路不明的时髦衣服、箱包、配饰，大部分都还能用，除了柜台里的几块手表，那是假得不能再假。这个会发出叮咚一声的纯铜响声打火机，用冯溪的说法，多么悦耳的声音，真正的上等货。李白说家门口收垃圾的也有一个悦耳的铃，单一的音符并不能代表什么。

多年来，冯溪对李白的爱，就像这种悦耳的声音，本质上不是高级或低级的问题。一个曾经听过长笛演奏的男人，在面对打火机或垃圾车反复发出的叮叮声时，他能想到必然是：这家伙手闲，有点无聊。行了，不再展开了，简单来说就是冯溪有点单调，不是我的菜。李白对冯江说。

"钟岚也很单调。"

"进一步说冯溪是你妹，我不想做你妹夫，不想有你和冯海这样的大舅子，老冯这样的岳父。"

是的，你会心疼钟岚，但你真的心疼不了冯溪，尽管生在这样的家庭也有几分可怜，但她赢下了这家所有的男人，根本不用替她操心。"冯溪和叶曼，我只能替你去看其中一个。"李白说，"你自选。"

"那还是叶曼吧。"

"我情愿去看冯溪。"李白说，"我得先去找我爸爸，有一种不祥的预感，会再也见不到他。也许是我挂了，也许是他挂了。"

出于某种情谊，他还是先去了一趟精品屋。一路上他怀疑自己有人格缺陷，我曾经是个决绝的人，至少对冯溪很决绝，怎么混成这样。接着他被一支葬礼队伍拦在了十字路口，当先一张遗像十分眼熟，仔细一想是农机厂的四姑娘，当年他被冯虎暴打的场面早已被李白写成小说换钱。他并不老，四十多岁，工厂关门以后从事什么职业不知道。李白呆呆地看着，直到这支小规模的队伍全部经过，才踏着几枚遗落的纸钱穿过马路。这时他已经想清楚，我没有人格缺陷，我只是不想让冯溪在我的葬礼上朝着我的遗体吐口水，她可能真的干得出来。

在李白遇到的姑娘中，冯溪才是读书最多的那一个，当然，全是地摊书。李白不会歧视地摊书，从有印刷术开始，革命和先锋都是从一堆粗制滥造的纸页上起家的（目前来说他情愿当一个小资产阶级），但冯溪的书未免过于地摊了，大量的言情小说，全是论斤称的货色，重点在于，言情小说并没有把冯溪教育成其中某一个女主人公，相反更为狂野。如果说钟岚只是动手砸几副碗筷的话，冯溪可以用整个灵魂砸烂李白本人。"回头我送你些精装本吧，别再看地摊书了，你这个喜欢高档货的人。"一进店，李白就企图反客为主。

冯溪正蹲在一排西装下面读书，守店生活很无趣，她已经读成了近视眼。"像你这种有阅读障碍的人才需要精装本。"冯溪摘了眼镜说，"大哥，我卖的就是假时髦，你以为我是傻逼呢？"

"溪溪，"每次李白喊她小名，都意味着输给了她，"卖衣服的人总是比厨子透彻些。"

"你来干什么？"

"火石没了。"

"伙食没了找钟岚啊，找我做什么？"

"打火机里的火石……"

趁着冯溪给打火机装火石的时间，李白试了两件西装，都不合身。精品屋装潢成欧洲风格，地板与护墙板俱全，整体为深棕色调，沉稳大方，淡淡的背景音乐是她最爱听的哀怨型台湾流行歌曲。李白的理解是，她过于强硬，需要各种各样的哀怨来中和一下。冯溪继续数落：别再贪恋宽肩膀的西装了，那差不多过时了，我知道你想做一个过时的人，但你不用混在一群傻逼中间装傻逼。李白越听越头大，将西装挂回原处，又查看裤子，皆为修身版，放得进腿放不进蛋的那种，确定近期的时髦货都是给猴穿的。若不是风气如此，冯溪看再多地摊书也休想将这裤子卖出去。

"有一本书上说，从生理角度，男人才应该穿裙子……"

"你十八岁时就给我看过这本书。地摊书！"冯溪将打火机抛还给李白，"可是你后来又说穿裙子对男人来说根本不是解放，而是另一种束缚。"她将"缚"念成了"博"，不过无所谓，能记得住李白的格言就是个好姑娘。

"我收回我的话，看了这样的裤子，我情愿穿裙子。"

"你想说的不是裙子，你想说的是光屁。你为什么不说光屁？"

"好啦好啦，不要再搞我了。"李白瘫坐下来。一名顾客进店，冯溪招呼了过去，等他离去，李白才开口问她到底遇上了什么麻烦，被何等男人骗走了啥。

"冯江已经跟我说过了，你要来看我。事情比他想的简单，有一个叫亮子的男人，前阵子跟我好了，借了我一点钱不肯还。你认识亮子吗？"本地风俗，名字后面带'子'的都是流氓，李白像发抖一样摇头，表示自己不混社会。"后来我找了猛子、黑子、彪子、老鬼子一起上门，打了他一顿，把钱要回来了一半，另一半被他花掉了，写了张年息八分的借条完事。"

"太好了。"

"我比钟岚实在，没那么天真。"

有那么一些短促时间，冯溪也是沉默的、低徊的，像冲锋之后的士兵在战壕里休息，给了李白落荒而逃的机会。他跑到店外抽烟，经冯溪调校，打火机不但出火，响声亦更为清脆动听。李白再次思考关于"高档货的声音"这一命题（某种程度上他是在构思小说）：钢琴，薄胎瓷器的撞击，美声女高音在午后的客厅里随意哼唱，HIFI杂志提到的某一套器材，黑胶唱片。而廉价的呢？少女们在街头小店买的风铃，一声自以为婉转悠扬的口哨，任意年代的叹息或鼓掌……抽完烟，他没有离开，走回店里问冯溪："四姑娘你还记得吗？刚才我看见送葬的队伍走过，他死了。"

"你最近关心钟岚太多了，不知道世界上发生了什么。"冯溪冷笑，"四姑娘——算了，我还是喊他真名吧，毕竟他已经死了。他叫王飞。前两个月他去翡翠花园看房——他在那片开了家房产中介公司，楼上掉下个砧板，正中脑壳，成了植物人。我还以为他能挺个三五年，说不定醒了，可是没有。"

"抓到肇事者了吗？"李白问，"翡翠花园在哪儿？"

"在开发区，二十层楼的小高层，查不到是谁。"

"也许应该让你爸去查查，老侦察兵了，再不济动动刑。"李白开了个不合时宜的玩笑。冯溪瞪了他一眼，李白忙解释："我在写一些关于凶杀案的小说，我向你保证，只要认真审讯，一定能找到凶手。像你爸那样当然也是不对的，他能打到嫌疑人全都招供。"

"他们家在索赔。最终结局，恐怕是二楼以上的住户集体赔钱，有了钱就什么都好说了。"冯溪沉吟道，"奇怪，这案子好像把你爸也牵扯进去了，看来你不知道？"

"他妈的，原来如此。我终于知道他出什么毛病了。"李白恍然大悟。

<h2 style="text-align:center">57</h2>

李忠诚想在翡翠花园买一套二手房，因为四姑娘告诉他，房子会涨。李忠诚跟着四姑娘进了小区，见密密麻麻一片高层，间距极近，大夏天的，三层以下都不怎么能晒到太阳。李忠诚觉得匪夷所思，吴里不是香港，地皮没那么紧张。四姑娘解释说容积率高是开

发商的策略，单价比同等楼盘便宜好几百。来到一栋楼下，四姑娘停了脚步，往口袋里掏钥匙，还在给李忠诚讲周边配套，一块砧板当头落下，直接把人打闷过去。李忠诚正在锁自行车，只听咚的一声，抬头看四姑娘倒卧在地，顺着台阶翻滚下去，没出血，以为他发了心脏病，又拍脸又号脉。人拉到医院，经查发现脑子已经一团浆糊，必是被重物打了。警察扣下了李忠诚，没问出个所以然，到现场勘查，一名老刑警发现一块木制圆形砧板被收垃圾的抱在怀里，正打算溜走，连忙喝止，经审问是在不远处捡的，砧板上留下的全是那个家伙的指纹。这就是事情的经过，上了本地晚报新闻版。

"根据你的描述，北窗都是厨房，想必是把砧板洗干净了架在窗口晒，不慎掉了下去。当然也不排除有人从后面那栋楼的南阳台飞出一块砧板，那就是故意杀人了。"李白分析，"应该立即盘查各家，只要家里没有砧板的、砧板是新的、砧板上的残留食物与住户排泄物吻合的，统统都有重大嫌疑。当然也不排除谁家有两块砧板。我们家就有两块，对吧？"

"我们家一块塑料的，一块木头的。"李忠诚说。

李白摸摸李忠诚的头，似乎是想确定，他没有被砧板砸着。李忠诚有点秃了，囟门位置的头发变得稀薄，像一朵边界模糊的星云。他一生阅尽荒诞，以至于李白经常怀疑自己是不是也意味着荒诞，是上帝送给李忠诚的最大的荒诞。幸好，他已经五十多岁，基本顺利地度过了更年期，男性的，较为暗涌的内分泌失调。只要他表面上不发疯，暗涌就暗涌吧。李白对父亲生出一种难以启齿的同情。"事发之后，我每天都去医院探望四姑娘。"李忠诚说。

"但愿他不是死在你怀里。"李白对逝者毫无尊重之心，他坚信一个人死了就应该遭到恰如其分的诋毁，这表示其人已经身处快乐天堂。李忠诚捶了他一拳。"我要找到凶手。我现在每天都去翡翠小区，看他们扔什么东西下来。"

"我也去。"李白说，"我和你一样，没鸡巴事情可做了。"

得再过两年，李白才会知道翡翠小区的开发商陈量材先生，他赞助的吴里市"陈量材文学奖"，只办了一届，有一万块钱的奖金，当然李白也没拿到奖，钱多钱少不在他的考虑范围内。陈量材先生的楼盘从吴里古城绵延至开发区，翡翠小区是他的得意之作，也是本地首开的高层住宅，据说住高层空气好（那么五楼以下给谁住呢，李白问）。常年生活在破烂平房区的李白是无法理解高空抛物这种生活习惯的，吴里人热爱高空抛物，什么都往下扔，日常是剩饭剩菜、烟头茶水，夫妻吵架时则需要大伙发挥一下想象力了，有一次他去梦梅新村，一位狂怒的主妇失去理智，从六楼抛下了一把菜刀，砍中了邮递员的自行车。现在，他们可以体验一下由五十米高空扔下重物——冷兵器时代直接进化至太空作战的新鲜感。

"确实有一种重力加速度的眩晕。"李白走进了翡翠小区，来到事发那栋楼，坐电梯上到二十层，从楼道窗口试验性地扔下一枚硬币，接着他看见对面楼里有人扔下一包垃圾，它在落地后轰然炸开。"犯罪心理学上认定杀人、虐待、纵火的快感，应该把高空抛物也加进去，否则无以解释他们为啥要这么干。"

就是在这个地方，李忠诚已经站了整整十天，长久仰望导致他低头以后嘴巴都合不太拢。李白建议他搬一张椅子过来，可以不必那么费劲。李忠诚嫌麻烦，未及说话，一张破藤椅从天而降，落在草堆里。

"我想知道他们还扔了什么。"

"白天扔得少，到下班回来，就像轰炸一样。"

"找到扔砧板的了吗？"

"没有，那栋楼里正在打官司赔钱，他们现在只敢往楼下吐痰。"

"你考虑在这里买房吗?"李白说,"考虑一下吧。"

"前阵子有人出价收购我们家的房子,我觉得房子很破,可以换一套新的。现在想法不一样了,我情愿死在我的破房子里,不会有人朝我头顶上扔避孕套,用过的。"

这天夜里回到家,李白看到李忠诚的房间里挂着一枚胸罩,白色,棉质。李白痛骂:"你他妈的活回去了,冯江都不再干这个了。"李忠诚惶然解释:它真的落到了我头上,当然不是故意扔的,是被风吹落的。李白问:"那又怎样?"李忠诚继续解释,落下来的一瞬间他差点吓昏过去,以为是砧板、菜刀,或别的什么致命之物,他的心脏猛烈收缩,血压飙升,更难堪的是小便几乎失禁。他决定把胸罩带回家——就当是留个纪念?

他的行为无法解释,其中必有色情含义。父亲的更年期过于沉寂,没有摔盘砸碗,没有暴躁,没有面部潮红,在李白看来,约等于发育不良的儿童。好吧,那就这样吧,写小说的经验告诉我,不要为某种已遭压抑的心理运动寻找明确的轨迹,不要替李忠诚思考,那种思考最高水平也就和嘀咕差不多。不要嘀嘀咕咕,要等这个致命的胸罩在他心里生根发芽——尽管胸罩的故事已经被讲得太多太多。

我应该去一趟上海,把那份合同签了,我在吴里待得太久了。李白告诉自己。

58

在他与叶曼短暂欢爱的日子里,南方似乎已经变得不可相认。雨水与地铁分别拉扯着这座城市,缓慢与快捷,浪漫或现实,时髦生活及讨口饭吃,仅需将自己纳入一次下班的人潮就能体会到的分裂感，与形形色色的人以同一面貌出现在庞大的交通枢纽，继而为了爱或爱欲走进一条寂静的小街。在这场短途旅行中你一再变身，一个古典的人，一个现代的人，一个属于今夜的情人，一个事后抽烟的没有年代感的人。

"我们这也算爱情吗？"她坐在窗台前嗑瓜子，与其说是询问，不如说是一种感叹。

"你不会问盒饭是不是饭。"

"我这几年的爱情，就像开筵吃饭，端上的尽是凉菜，没有主菜。"

"这是个好比喻，我要用到小说里。"

"不要让你小说里的男人讲这句话，很 low。它专属于女人。"

好的，但愿我是你的零食，而不是菜。另一场可以被简述的爱情故事，她与男友刚刚和平结束了长达一年半的恋爱关系，具体而言，建筑设计师参加了本市某个角落里的小型群交派对，消息走漏了。李白对群交这个词相当敏感（谁不是呢），竖起耳朵想听个究竟，妈的，这年头，捉奸捉双已经不刺激了，捉三捉四才好玩。叶曼却只是淡淡地说，没什么细节可讲的，如果你想知道，就到楼下去买张日本 DVD 吧，任何货色都有。

不，我对这种碟片没有爱好，我宁愿夜深人静看点正常的片子，文艺的，枪战的，我最喜欢的其实是追踪杀人狂的那种，丝毫没有色情含义，如果你看这种片子看勃起了那你的麻烦就大了。总而言之，我不喜欢把自己看勃起了。李白嘟嘟哝哝，完全岔开了话题。叶曼不语，看着他说。渐渐地他又回到了原点：我想听听群交的故事有什么不一样的。

"不讲。我只能说，性质严重，约大于我和你之间的事。"

"半吊子国产精英最擅长的还是盘算事情的性质，不管海归或文青，这说明我们的基础教育做得很扎实，至少是公平的，小学都一个班上出来的嘛。"

"丢你老母，难道看不出我在讽刺你？"

李白叼在嘴里的香烟，此前像唢呐一样昂起（对不起，这里不能使用"勃起"），现在像洞箫一样低垂下来。这代表了他的一种显而易见的情绪，顺便说一句，叼在嘴巴右边代表得意，左边代表拧巴，这不值得多谈。功臣难过太平关，他望着叶曼，像等候发落。现在他们之间可以坦荡地谈论任何问题了。

"我对性关系的认知是从周安娜开始的。"叶曼说。

"请不要再谈论一个久远的、已经消散的名字。"

然而她已经开始讲述。她大学时的男朋友包括一个事业小有成就的装潢设计师、一个性取向正常的拥有团队的造型师，一个些微落拓的流行唱片制作人。很幸运没有大学同学，不然肯定被周安娜办了。她喜欢有工作的男人，在工作中体现某种价值（或者所有的价值），但不包括土了吧唧的上班族。"我理解，都是些跟艺术沾边的，肉边菜。这个无需解释。"李白插嘴。大学毕业以后，情况差不多，建筑设计师，知名刊物编辑，民营出版社小老板。这些人的共同点是，各自拥有独立的世界，可以向她部分打开的世界。另一个共同点是，他们都不太忠贞，或者容易情绪失控。她不确定，这是否属于窥探独立世界的代价，在这座城市里"不太忠贞"和"易怒"只是一种最轻微的错误罢了。有一天她想起周安娜，一个在她少女时代被指认为淫乱的人，从未想要进入谁的世界，相反是向一群逼崽子打开了某个世界。

"这个世界并没有被周安娜轰炸过。"李白伤感地说，"不必让她为难你。"

"重点不在这里。重点在于，我反思了过去的恋爱，我总是被一个男人已经建立的世界所迷惑，我非常幼稚地想要进入其中，这使我的爱情显得廉价。谁知道呢，也许只有很少一点爱情，也许根本不是爱情。这两者没啥区别。"她说，"而你的世界，简单又混乱，没有人经营过，里面尽是些你自己才懂的东西，甚至是不懂装懂。我是个要脸的人，不会因为凉菜太多而为难你来做主菜。"

得是对爱情有多失望的人，才会将其比喻为菜。李白有点伤感，这个雨夜看上去漫漫无边，我喜欢那些馋嘴的、爱吃零食的姑娘，无聊的日子可以安然度过。这是李白第一次真正凝视叶曼，仿佛她退入到黑色雨夜中，雨经过十八楼，还需要五秒钟才能坠落在地。在这个高度上你只能假设听到水滴划过空气的咻咻声。作为交换，李白讲了他的母亲，于是他听到了雨声。

"如果我说你有童年阴影，你会不会生气？"

"会的。"

"那么，需要安慰？"

"你干脆打我一顿吧，"李白将桌上的茶杯划拉到一边，"这个夜晚变得过于忧伤，难道就没有更有意思的事情可做吗，我们谈论爱情的方式像是有一屋子人在群交。"

我没有什么童年阴影，我从未被其规训过，我的忘性很大。在双手被绑之前，李白还是保持这一论调。叶曼换了个灯，变成粉红色，她脸部的对比度变强。李白要求把内裤穿上。"好的，"她发笑说，"按游戏规则，你现在还有两个要求可提，然后就开始了，直到你喊停。"

"没有要求了，只有一个问题要问，"李白说，"这是哪个男人教你的？"

"不讲。"

"好吧我想到两个要求了，第一是不要打我后脑勺，我那儿有疤，第二是我可以和你换一下角色吗？我有点不想挨打了。"

并不是所有要求都会被答应。"你真没劲,我以为你会要求穿上我的内衣。"叶曼让他站在床边,用两根尼龙绳将他的双手分别绑在床架上。李白试了一下,无可挣脱,除非喊救命。"我会被知识分子耻笑的……"他嘟哝道,"那些灵魂的翅膀被长久束缚在架子上的人,他们见不得这个。"

"你怎么知道?你见过还是没见过?"叶曼厉声问。

"我他妈的当然知道。"

"M是不许骂脏话的!"她抡了一皮带在他赤裸的后背,他立刻意识到这是自己的皮带,并联想到冯虎和冯江。第二下打得更重。我妈都没这么打过我,李白摇头。接着是第三下,他发出呻吟。"这就对了,入戏一点。"叶曼说。

"我感觉是你在后入我,简直了。"李白扭过头去试图看见她,"这时间要是火灾地震,我只能扛着床架子往外跑,我会被门框卡住的。"他感到后颈一阵剧痛,叶曼扔了皮带,咬住了他。

"这也是游戏的一部分吗?"

"这不是,"她含混不清地说,"这是我在报复你长久以来的胡言乱语。"

59

告别叶曼后,他在上海了无牵挂地转了一圈,去田林新村看了看他外公外婆。三天后回到吴里,合同已经寄到冯江的案头。冯江给了两千块钱,李白又从振鑫饶了一台九成新的平板显示器,他的球面显示器已经彻底过时,画面抖得厉害,改小说几乎把他改瞎了。一个月后冯江又把他喊了过去,给了一个双肩包。

"不要弄丢,送到叶曼家去。"

"去银行转账吧,今年我不想再见到她了。"

"这种钱怎么能走账?"冯江发笑说,"是叶曼要求你送过去的。"

"何必考验我的人品呢,万一我给她花掉了呢?"

"你干不出这种事,你最多抽一两张出来花花,只要她不介意就行。办成这件事,我再送你一台九成新的笔记本电脑,你就可以像法国电影一样,在马路边的咖啡座上写小说了,记住不要趴着,观感很差。"

"我不喜欢那种挺直腰杆打字的姿势。"李白说,"就像电影里的女上位。"

第二回合天气晴朗,叶曼却搬了家,住到澳门路一间旧屋里,解释是与父母对调了一下房子,现在离公司近。李白暗想终于不用与那台鬼怪式电梯较劲,也不用再见到床架子。那几年上海扒手多,人们习惯将双肩包背在胸口,李白也学这样,挺着肚子来到澳门路,见两位浓妆艳抹的小姐踩踏着谨慎的步伐顺人行道走去,这是一个美好的下午。他停步在一棵梧桐树下,叶曼推开窗,从头顶斜上方发出一声召唤,并摇晃着手里的《××文学》新刊。

"作家,我来给你开门。"

太好了,发表长篇小说确实是件值得庆祝的事,就连我那无情的老娘也会高兴的。有那么一瞬间,李白失魂落魄、悲喜交加。这种感受不会发生在吴里,鬼地方没有文学刊物卖,更直接地说,鬼地方已经不存在"感受",只有一些旧账新账而已。李白跟着叶曼进了一间黑漆漆的房子,往陡峭狭窄的木楼梯爬了十五级,进屋先看到一个公用厨房,两个煤气灶,两个简易洗手间,有点像路边公厕。经过这片混乱区域,踏进她的房间,大约二十平米,光线不太好,两扇沿街的窗户是亮点。"我没把家具搬过来,用我父母的旧家具。"叶曼说。

将其理解为改变态度活着，也是可以的，不过此刻我的双肩包的态度更具有时代意义。李白抚了抚床沿。我还以为会见到电视里上海人家的全套巨型西式家具，像航母舰队一样，实际上，和我外公家也差不多，八十年代流行的大立柜和五斗橱，木料一般，漆水一般，各种物件上都兜着罩布。"很好，很复古。"李白又抚了一张麻将桌。这是仍留有老年人气息的地方，阴暗可疑，非常适合做不法交易。他将双肩包从肚子上摘下来，扔到床上。

"二十万，不多不少。"

"我在看你的小说，写得不错，各种青梅竹马。"

"先数钱。"李白说，"出门之前已经数过一次啦，但是，替人送钱终究是麻烦。"

这是一种全新体验。在做爱之前，不是先吃饭，不是先聊天（更不是谈论我的小说），而是将二十沓人民币摊开在麻将桌上。一笔不大不小的钱，有人一辈子没攒下，有人一夜就能挣到。在面对某一场爱情的时候你也会产生同样的念头。

"也不尽然。爱情是我一个人的，这钱各有各主，不能独吞。"

"不要忘记你的群交前男友。"

"丢你老母。"她说，"他仍然是我的现男友。"

"和好了？"

"是的。你又不常来看我。"

有半个小时，李白在数钱，其间数糊涂了好几回。他开始用吴里方言念叨数字，一种类似蹩脚的上海乡下口音，正是他的母语。"你知道，一个吴里人是没法用方言说'我爱你'的，这三个字的发音非常艰难，像在嘲笑爱情。但他们必须用方言做算术题，一旦用上普通话肯定出错。"

"你酷爱嘲笑自己的故乡。我去过吴里，那地方不错，挺可爱的，我还让冯江带着去太子巷看了一眼呢。"叶曼站了起来，走到李白身后，靠在一台翻盖式缝纫机上，同样罩着深红色绒布，"继续数钱，我看着呢。"李白点头，这个位置相当梦幻，显得这笔钱是咱俩一起挣来的，而不是我递给你的商业贿赂。让我想象一下，你是舞女，你是特工，你会掏出手枪照我后脑来一下，让我死于不明不白的贪欲和情欲。

他将二十沓钱码放在桌上，数字准确，一种轻微的纸醉金迷感正在消散，爱情与人民币合拢又分离。他回头看看叶曼，她还在读文学杂志，夕阳穿过窗户斜照在她身上，安然而神秘。"你见惯了大钱的样子就像我见惯了各种刊物上的无聊文章。"李白试图为他的彷徨找到理由，颓废感意外升起，"天不早了，我要回家了。"

叶曼走到桌前，拿起两沓钱，递给他。"听冯江说你在找出版社，我给你介绍一个书商，两万块能搞定。"

"干我们这行的如果自费出版属于自渎。"李白摇头，"进一步说，用贿赂你的钱给我自己出本书，看上去就像我在文学之路上栽得爬不起来，需要有人用担架来抬我。"

"别想这么多。钱打进我的户头再提出来给你，你就不会有糟糕的感觉了，但事实上没差别。"她说，"抱歉，我曾经梦见过给你一沓钱的场面，这是我的恶趣味，为了在醒来后验证一下我们之间的情分。"

李白打了个寒噤，接过钱。我承认了我的贪欲，这其中当然包含有情欲。我有点糊涂了，分不清钱和爱情，也分不清钱和钱、爱和爱。

"把书出了，回头我再找几个记者来采访你。"

"时尚记者吗？"

"总比你那个吴里有线电视台的叔叔强吧。"叶曼说，"只有嫖娼才会被他拍成新闻。"

"冯江到底给你讲了多少八卦？"

"拜托，大哥，你都写进小说里去了。"

未等天黑就告别，这是个好习惯。夜晚容易使人失去方向，像投身于未知的世界，实际上大部分人也只是回家睡觉。最终结局都是回家睡觉。李白对着叶曼嘟嘟哝哝，侧身爬下楼梯。另外，我会去找书商的，我猜想他是你的前男友（叶曼说，不，他不是），反正我不会把这钱挥霍掉。他们在街道上浅浅地拥抱了一下。

"我想看看你的钱包。"

"不用看了，照片都不在了。"李白说，"我不想在任何人面前显得像个精神病，包括面对自己。"

"在你的钱里有一张我的照片，请你收好。"

"好的。"李白挥挥手，向着较为明亮的方向走去。他忽然想到，那两个去上班的小姐，为何踏着谨慎的步伐，为何不是像她们的职业一样疯癫闪亮。道理上当然容易说通，但就真实感受而言，也可以认为无法解释。

"有空给我写信。"她在身后说，"既然你那么爱写信。"

"写信太累了，我最近犯腱鞘炎，数钱都不利索。"

"丢你老母，有力气自渎没力气写信？"

"拜托，大哥，我是用左手自渎的。"

这天晚上坐在长途汽车上，凑着手机屏幕的光，他从钱里翻出叶曼的照片。是她大学时的派司照，短发，翘鼻子，笑得可爱。对于这段往事，他尚未找到合适的位置摆放。叶曼发来一条短信。她说：无论如何，我不是你路边沾上的野花闲草，等时间过得更久些，你再回忆今天，我也会是你的青梅竹马。接着又发来一条：如果四十岁还没嫁，就嫁给你吧。

我感到一丝后悔，但不知悔意从何而来。李白对自己说，叶曼领会错了，我既不简单也不难懂，在这个陌生年代我只剩下一些无法解释的情绪而已。

60

《太子巷往事》出版于二〇〇四年，封面设计是冯江公司里常年抠图的小姑娘，在极个别情况下她也做一些创意设计，比如面对卖大闸蟹的客户，因此，首版封面有点旅游广告的味道，也实属正常。女编辑照例在QQ上嘲笑了李白，李白随即反击说你们杂志封面倒是富贵大气，设计得就像国产烟盒一样。

一篇署名方薇的评论文章发表在内刊上，辗转至李白手中。他对各种神秘的内刊缺乏认识，只注意到方薇对照的是杂志刊登的删节版《太子巷往事》，寻思应该给她寄一本书。问女编辑是否能联系到此人。女编辑说，这姑娘我见过，很好。又过了几天，给了李白一个手机号，方薇在上海读研究生，她允许李白给她打电话。女编辑又提醒道，你小说写得挺好，但别去跟批评家瞎嘀瑟，记住活儿好不粘人。

不过在此后很长一段时间内，李白忘记了联系方薇，等到他想起来时，女编辑的谆谆教导也早已抛之脑后。他开口就玩梗："你的薇是蔷薇的薇，还是采薇的薇？"方薇大怒，立即反击说："你的白必然是白痴的白。"李白听了很高兴，感觉这回遇到了同道中人。

就格物来说，薇字确实歧义太多。李白曾经像背诵元素周期表一样试图搞清古文中的所有名物，最终他认为这一行动毫无意义，除了让他在小规模神经失常的情况下玩玩文字梗。他请求见面，方薇拒绝，他再次请求，方薇寻思我倒想看看你是个怎样的文字流氓。见面时李白头发蓬乱（刚从旅馆被窝里钻出来），穿一件隐隐含有油渍的黑色派克服，县城小干部的最爱。方薇叹了口气："我就知道你们这种听上去像花花公子的男作家，显形时必然一副土包子样。"

"这件衣服是我父亲的，他挂在了我的椅背上，赶汽车很急，我带错了。"李白开心地说，"平时我不这样。"

"那你也是个土包子的儿子。"方薇白了他一眼。

"这你没说错。"李白说，"为了一个薇字你已经把我祖坟给掘了，满意了吧？"

自此李白跑上海变得勤快，前几次见面谈论的都是文学，像所有行业初出道的小崽子一样，狂妄和惶恐皆不可避免。再后来没啥可谈了，话题从人生道理到衣食住行，也和所有行业的小崽子一样。方薇硕士毕业后连读博士，主攻当代文学。某一天，书商那边的编辑告诉李白，《太子巷往事》超乎预料，已经卖出了一万册。"就新人而言，你已经属于畅销级。"李白将这好消息告诉了方薇，请求她来探望自己，现在他的版税可以招待她吃点好的（不能去"白"）。

暑假最后几天，方薇从苏州来到吴里，李白正穿衣打扮，打算去电视台。一档文化节目等待着他去做嘉宾，主要谈谈本市的民间艺术，剪纸，糖人，乡下民歌。李白假装平静地告诉方薇，他是吴里唯一一个出版小说的作家，自费这事儿已经翻篇了，目前正在紧急加印。方薇摇头说："你不是，吴里还有一个叫莫凡的作家，跟你差不多大，早于你出版了短篇集。他写得比你好。"李白顿时无法平静，表示不以为然，听都没听过，我没听说过的作家基本等于不存在。方薇好奇，跟着一起去了。到电视台只见数位工作人员簇拥着莫凡，如众星捧月，化妆间也是单独的。李白更是气愤，终于问清，莫凡是台长的公子，中央戏剧学院毕业，不仅创作小说，还创作剧本,还会导电视剧,还能做制片人,是个全才。相比之下,李白的职场技能单薄,跟那抠图小妹差不多。莫凡是笔名,绰号吴里第一才子,第二才子是李白。当女主持人这么说的时候,李白立即反击:"我想你应该是吴里第二佳人。"

这天下午他面如土色走出电视台,方薇说想逛逛街,他莫名其妙地说:"没下雨。"

"这跟下雨有什么关系?"

"晴天时这座城市就没啥好逛的。下雨了略有江南水乡的味道,你会产生一点新鲜感。"

"别忘记我是苏州人。"

"那就更没啥好逛了,地震了才会有新鲜感。"

"不要在乎第一第二的名头。"方薇说,"也不要去调笑一个说错了话的女主持人,这很过分。"

"那我应该怎么做?"

"看着天花板,一言不发。"

"好的。"

如果你不想纠正别人,最好连调笑都放弃。面对方薇的指教,李白必须承认,正是她教会了他"当作家",这种教育在多大程度上与"做男人"相当,实在难以量化。她就像路灯,李白形容道,尽管她照亮了所有人,但在我独自走过的黑漆漆的道路上,看上去,她像仅属于我的光明。如果不是因为另一些小规模的神经失常,我会爱上她。

这天下午他们闲逛,方薇玩得开心,想去伽蓝巷看看。李白说那都是小说里写的往事,跟上坟似的,别去看了吧。在工艺品小街上,方薇看中了一顶斗笠,李白可以肯定它不是吴里特产,本地民间文化没有竹编这一项,它极可能来自浙赣一带。方薇大声说:"可是我喜欢。"

"我绝不相信你能在大学里戴着这玩意进进出出。你会像所有女生一样,下雨天拎一把折叠伞,或者没有伞,在雨里狂奔。"

"我还曾经带着你在大学里进进出出呢,未曾觉得自己丢人。"方薇掏钱买了两顶,给李白也戴上。李白觉得脑壳被竹刺扎了一下。走出工艺品街,方薇做了个剑诀,口中念念有词,李白问是什么意思,方薇说,雨咒,念了这个就会有百分之五十的降雨概率。李白正想说你这又是何苦,只见天边一大片乌云压过来,宛如爱情。他心想,戴着斗笠与她在暴雨中四目相对,也不跑,这副傻乎乎的样子可能像初恋。方薇忽然拽住李白的POLO衫,说:"前面那家服装店,橱窗里挂着的和你这件一样。"李白抬头一看,心惊胆战。方薇闹着要进店,李白说:"这种男士精品店都是骗乡下人的……"方薇说:"我给你挑件像样的。不要再穿胸口有一抹横条纹的T恤了,你是怎么想的?远看像抹胸,近看像机器猫里的那个胖子。"李白未及阻拦,她已经闯入店中,冯溪端着一本《太子巷往事》正在门口迎接他们。尽管冯溪已经是近视眼,但李白此刻的脑袋比锅盖还大两圈,不可能不被她注意到。

"她嘴巴真大,皮肤黑黄,不像个苏州女人。"多年后,冯溪这么评价方薇。

"她胸大。"方教授反击。

61

《太子巷往事》在一年内卖到了三万册,虽然未获任何文学奖,但方薇的评论文章却在年底拿到了业内的优秀论文。"小说口碑平平,评论却拿奖了,多么奇怪的事。"

"嫉妒我吧。"方薇说。

初出道即大卖，此后李白又发表了一些短篇小说，方薇都持批评态度，认为陈旧、狗血、瞎鸡巴刻画人物。"这批人物都像是吃了药出来的。"

"哈姆雷特堂吉诃德好兵帅克无一不是神经失常。"

"可你写得就像我身边的熟人忽然发了疯。"

后来，没有后来了。就像人生中一场翻天覆地的大事发生后，接着又发生了一些琐碎、拧巴的小事，以为度过这段拧巴期可以重回巅峰，其实只是临终前的喘息。李白曾经认为会和方薇发生一段震慑灵魂的爱情，结果她嫁给了别人。他呢，也没再写出长篇小说。多少事情都是这样，从曲线来看，跃过一个峰值后跌落，小幅度震荡两下，意思意思，随即歇菜。好在吴里这地方也没诞生新的作家，第二才子的名头一直混到四十岁。我感觉自己再混下去有点不行了，这些年我是靠颜值撑着的。人世间多是辜负，此后时光里，他领会了方薇教的：眼睛看着天花板。后半句一言不发，抱歉，时而能做到，时而不能。这一象征性的姿态就像睡姿一样，经过矫正后成为本能，伴随着无人知晓的梦和梦呓。

出于无聊，他和莫凡结下了友谊。作为吴里本地青年才俊，两人一起入围"陈量材文学奖"，短名单上另外八个他们全都没听说过。吴里是一个两小时就能逛完的城市，简单直白如少男之心，竟然还藏着这么多互无联系的写作者。一段时间内，李莫二人招摇过市，暗暗较劲：一名文学女青年掏出小纸片请李白签了个名然后抱着一摞书奔向莫凡；一位知名作家来到吴里，由莫凡担任对谈嘉宾，李白在台下负责观摩；某不具名的读者写信到《吴里晚报》痛批李白并盛赞莫凡，报社如实刊登，连错别字都没改；几个吴里城市学院的学生会干部邀请莫凡到校讲座（高校！），完全忘记了李白是他们文秘专业的师兄而且卖得比莫凡更好些；连冯溪和钟岚都指出，莫凡那本是精装本，你的书封连膜都掉下来了。作家哪受得了这个？连输五局，李白只想快点去死。

陈量材先生要求，所有的入围者都要印在一张四折页彩色宣传单上，当然也不能少了他的楼盘广告，夹在晚报里送至千家万户。术语叫 DM（倒霉？爹妈？耽美？），有一天李白晃到振鑫，见抠图小妹正在对着自己的照片扫描件一通狂点，原来这单印刷活儿交给冯江做了。李白看了看，每位作者都有头像、简介、作品摘要，做得像模像样。这抠图小妹是个抬杠王，大声问："吴里这地方真有十个作家吗？我觉得这屁大的小城只能容得下一个作家。"李白鼓掌，求她把自己的位置调到莫凡前面。趁这姑娘去上厕所的工夫，李白滑动电脑椅，凑到键盘前面，将莫凡的作品摘要改成了最近刚刚被客户买单的大闸蟹广告语，"南方之美，金秋之味"。姑娘迟迟没回来，他被冯江喊走，忘了这茬。宣传单就这么印出来，莫凡追到公司，大伙傻眼，姑娘摔了鼠标大哭。

"老娘一定是痴呆了，老娘怕是要回乡下种地去了！"

为了挽留这个心灰意冷的姑娘，李白请客吃饭，把莫凡也请来了，不得不当席道歉，承认自己手贱。冯江极为不解："你为什么要干这么无聊的事？"

"不爽而已。"李白终于有点爽了，拍了莫凡一肩膀，"谁能想到，你也没拿到那个鸟毛奖。"

获奖者是一位七十六岁的散文作者，他在耄耋之年出版（同样自费）的一本书，寂寂无声，看来只是砸一把退休金让自己高兴高兴的。李白一生狂妄，却不愿和老人家过不去，他总是在老人和残疾人身上看到自己。莫凡告诉他们，这位是陈量材的中学语文老师，多年爱写，且十分硬气，谢绝了陈老板的出版赞助，散文集印了五百本送送亲友。据说陈老板中学时代是个肥胖、凶恶、孤僻的人，只有这位语文老师对他甚为关爱。"怪物史瑞克时隔多年报恩来了。"莫凡讲话也刻薄。

"我以为你台长的儿子，他会发奖给你。"李白说。

"是我们电视台求着他的，广告费啊。"莫凡说，"地方小台，你真把我当卫视台长的儿子吗？即使我本人也得出卖色相，陪他去喝酒。"

"何必亲自出马。他没看中台里的哪个女主持人？"

"陈老板不是那种人。"冯江解释，"农村出身，仍保持着乡下某种淳朴的风俗，认为女人不应该上酒桌谈生意。"

颁奖那天，李白跟着莫凡一起去看热闹。借了市政府的旧礼堂，场面大得离谱，一种漫无目的的喜庆和庄严，像体育赛事，像政治会议，像表彰劳模，像股市敲钟，所有追着陈量材先生的乙方全都到场。七十六岁的语文老师表现得很有风度，虽不是名家，但在李白看来，自己老了以后若能保持这份谦虚和得体，翻过人生挂历的最后一页，然后卷巴卷巴卖到废品收购站去，也不错。他主要是去看陈量材，果然一条壮汉，衣着朴素，讲话不多，有着农村人发迹后特有的严谨，想从他手里骗广告费不是那么容易的。场面无聊，没啥可写，他和莫凡出去抽烟。过了一会儿见陈量材被人簇拥着出来（天知道获奖者在哪儿），陈老板看来是有急事，态度相当不耐烦了。他咳了一声，李白一听就懂，这是中国男人特有的咳嗽声，令中产阶级心惊胆战的前奏，接下来就会是吐痰，被保罗·索鲁一再写进中国游记里的标志性动作。索鲁先生在李白看来，也是不可理喻，他怎么不爬到床上去看中国男人射精呢？但见陈老板昂起头，没做任何预备动作，向苍天吐出一口浓痰，此物飞过众人，在李白和莫凡的头顶到达最高位，然后下坠，又掠过一辆轿车，稳稳地落在一棵由前前前任县长亲手栽种的桂花树上。

"牛逼。"莫凡和李白一起赞叹，仿佛观摩陈量材先生打高尔夫球。保罗·索鲁也没写过中国男人朝天上吐痰，时代已经不同了。

62

方薇读研究生时来过吴里，住在太子大酒店。这栋曾经像怪物一样崛起在李白眼前的建筑，才十年就已经黯然失色，弥漫着罗曼蒂克的怀旧气息。这里有过吴里最昂贵的爱情和赌局，也曾飘过李白与冯江们的卑贱表情，到二十一世纪初，统统成为传说。即使冯江本人发迹后带着李白入住此楼，特地让他表哥送两卷卫生纸上来，并在眺望窗外景色时不小心用手里的香烟把窗帘烫了个洞——即使如此，也不能解救他们的哀伤感，大部分昂贵和卑贱都已经被刻在时光的碑石上，你不能挽回，也无法抹去。你赚了不少钱，聚拢的只是罗曼蒂克的一地残屑。

方薇说："我对那栋酒店印象太深了，不是因为你写了它，而是……他妈的，我那天深夜看电视，竟然看到你们地方台在播放毛片。对，不是日本电视台，那酒店收不到卫星频道。我确认过，是你们吴里有线台。你生活在一个神奇的地方。"

她确实有这个习惯，无论去哪里出差，住什么规格的酒店，都会看一下地方台在播什么，类似民间考察。李白大笑起来：是不是一本打了码的日本片子，故事也发生在某酒店里？方老师你有福了，你看到的是我堂叔李国兴亲手播送的、由日本北都集团旗下MOODYZ公司出品的正规录像片，它家打的是薄码，培养了著名演员南波杏和纹舞兰，我就等着啥时候发掘一个宫崎薇（奇怪的是日本姑娘名字里很少用"薇"字）。方薇给了他一脚。

那个刮着寒风的夜晚，国兴值守在台里——他已经有点老了，跑新闻抓嫖都略显体能不支，做生意又亏钱，不知道该干啥好，他决定蛰伏一阵子。凌晨一点，有线台已经停止播放节目，国兴无聊，摸出一本片子插进机器，独自看了起来。他接错了一根线。

这种匪夷所思的事情，事实上经常发生，想想有人用导弹误射了民航客机吧，国兴犯的罪不算很大，仅发生过一次的愚行不应受到谴责。当晚整个吴里就没几个人看到这片子，但它毕竟还是被播送了出去，部分群众以为自己家的电视机忽然具备了超常功能，或者是政策又放宽，感到十分欣喜，经常在半夜打开电视，转到本地有线台——那时台里已经接了大量的电视直销广告，专门在深夜播放，引诱着犯了糊涂的观众们。而国兴本人，被发配到车库去看车，那里有一间小屋，台长给了他一台电视机、一台DVD，他在车库里想怎么消磨时间都可以。

李白带着方薇去观赏国兴。在《太子巷往事》中，国兴扮演了一个不太重要、但发噱的角色，他的女朋友们也被改头换面写入故事中，其中有几位，连国兴自己都忘了。一怒之下，国兴决定与李白绝交，什么时候复交由他说了算。方李二人又进了电视台，钻进车库，国兴不在，手机也关了。负责看车库的老爹告诉李白：你叔有够操蛋，上面派他下来和我一起看车库，他在小间里放黄片，自己倒是不看，溜出去玩。这位老爹已经被李国兴搞得春潮泛滥，不停地用眼风扫方薇，又说：你叔现在关机，肯定是去太子大酒店点炮了，昨天有个外单位的女人，就停车那么一会儿工夫已经和你叔勾搭上了。李白发笑，特地钻进小间看了看，里面有一张行军床，挂着蚊帐，靠小吊扇降温，床头垒着一摞毛片。

"国兴不需要靠毛片来解决问题。"对此李白相当有发言权，"他只是有点怀旧。"

"你可能不知道,我平时也写专栏,研究毛片。"方薇满不在乎说,"这个时代真正能留在历史上的大众艺术,就是毛片。其他什么电影和小说都不值一提。"

"高见甚是,黄色评论家。"

两人穿过马路到酒店门口。方薇正打算回房间睡个午觉,见国兴一人坐在大堂咖啡馆里。隔着大玻璃,他像是又回到了青年时代,对于罗曼蒂克,他既是坚决的拥护者,也是彻底的怀疑者,这两种不同的气质在他身上组合成恰到好处的人格分裂。多年未婚看上去是他付出的代价,但也可能是丰厚回报,谁知道呢。李白仍然记得自己念高中时,国兴在一有夫之妇家中被当场抓包,他没有挨砍,绿主是一位文质彬彬的知识分子,像法国人一样礼貌地请国兴滚出公寓,只允许他穿上三角裤和皮鞋。好的,谢谢,我走。国兴叼上一根烟出去后,敲开了对门人家,说楼里着火了,趁着对门一片慌乱,抓了一件风衣裹在身上离去,顺便在煤气炉上点燃了香烟……在这座城市里,只有国兴能够做到这样从容,他的从容仅次于那位没有砍他的绿主。

"点炮以后记得开手机,不然别人会以为你搞了一下午。"李白敲了敲玻璃。国兴听不到他说什么,指指桌上的雪茄。他曾经吹嘘自己能搞到 Trinidad,不过最后到嘴还是一些普通的走私货。李白带着方薇走进去,一路介绍:这位成熟美丽的前台经理是国兴从前的相好,开房能打折,听上去是不是有点过分?方薇说,不过分,等会儿让国兴给我打个折。李白说这会导致某种轻微的误会,不过也无所谓啦,最多误会国兴变成了一个开房由女人掏钱的穷傻逼。

李国兴快五十岁了,就在走向他的片刻时间里,李白忽感恍然。我的风流叔叔,永远不缺女伴的国兴,客观地说,已经过了巅峰期。近年来他不再穿松松垮垮的黑色长裤,而是紧身的、白色的,这意味着他的生理亢奋会变得特别瞩目然而他并不经常亢奋了。他身边的女性朋友似乎也不再年轻,他抛弃了很多女人(也被抛弃过),兜兜转转,又和很多女人修复了感情,那种列车过站式的爱情在他中年以后实际是买了一张返程票。

"他最爱的女人其实是他的大学老师,一个比他大十岁的女人,并且发生过实质性的关系。二十二岁以后,他从未有机会再见到她。他总是在日本 A 片里寻找她的影子,这听起来不可思议,是真的。"李白低声向方薇解释,"她也是苏州女人,也学文学。等会儿你跟他聊天时请不要讲苏州话,如果他忽然疯了,也请保持冷静。"

"淫秽录像意味着一种不可承受的超真实,而回忆中的性爱是凹陷的虚幻。"方薇大赞,卖弄着她的拉康或是波德里亚,"这么好的故事你没写进书里。"

"我不敢写,他会杀了我。"李白耸肩说,"更可怕的是他这辈子连蟑螂都不愿意拍死一个,但他会杀了我。"

63

"我也是学文学的,最后干了扛机器拍片子这行。"

国兴瞟了方薇一眼就断定:她不是李白的女朋友——未来她也不会成为你的女朋友,你的女朋友总有一种想压倒你的气势,她没有,她看不上你。李白说:"我总是爱上那些试图压倒我的姑娘。"国兴摇头:"你不是,你总是在寻找那份喜欢,找到以后你就方寸大乱。一只兔子都能压倒你。"方薇听了,拿过茶壶,给国兴倒了杯茶。

国兴的大腿上放着两本书,一本《太子巷往事》,一本《太后与我》,后者虽然纯属地摊印刷品但装帧质量不比前者差。他心情不错,更可能是刚才开房的欢愉尚未褪去。李白坐下后便四处张望,没看见女的。很操蛋不是吗,在公共场合,你很少有机会能如此明确,与你聊天的是一个刚从高潮中走出来的人,他所有的盛情、慵懒、神经质都与上一场搏斗有关,你要是蒙在鼓里的话还以为是自己身上出了什么毛病。

"你写的是一本熟人故事集,别拿往事做幌子,有本事写点宫廷往事。"国兴用普通话开始讲述,"在这样一本与电视剧差别不大的小说里,我李国兴,充当了一个可有可无的配角。低贱,搞笑,偷欢,名誉扫地。对此,我想说,去你大爷的。"

"你就是我大爷。"李白插嘴,企图结束这场对话。

"为什么不学学这本书?"国兴晃动着手里的《太后与我》。这是李白借给他的,一直没还。学什么?宫廷黄色幻想吗?李白一脸恼火。国兴毫不在乎:"你一定想说我低级,不,你这种在街头巷尾找素材的作家才是低级的。不可否认,你很会刻画人物,把我写得像一个精神病、色情狂,有一度连我自己都恍惚起来。但是他妈的,我毕竟是学中文的,后来扛了机器,而你本来应该去扛机器的,肯定不是摄像机,也许是打印机,最后你成了作家。必须指出,你没有受过什么文学教育,写写身边的熟人,刻画刻画他们,如此而已。"

"叔叔,说得好。"方薇捧哏。

"缺乏洞察力。你就像一个性技巧出众的肌肉男以为能搞定所有的女人,其实只能搞定你家里的。有时候都不是靠鸡巴,是靠拳头。"国兴嗤之以鼻,转头问方薇,"你有没有觉得,他刻画人物是在瞎鸡巴用蛮力?就像拍一个纪录片,从头到尾大特写。"

"从头到尾大特写。哲学上认为,这正是色情凝视的特征。"

"你俩现在就很色情。"李白抓起桌上的雪茄塞进嘴里,不得不忍受国兴的批评，毕竟国兴曾经给他提供过那么多素材，未来还有其他猛料可挖。在一片奚落声中，李白点燃了雪茄，向肺里深深地吸入一口醉人的烟气。一个农民，一个工人，一个抓嫖的记者，是不在乎别人说他低级的，但一个在咖啡厅里抽雪茄的人则必须注意自己的手势。"我写的街头巷尾并不指向这种生活本身，它容易被误读。"

"你的童年阴影根本不是你爹妈！"国兴继续追杀，"要我讲点你都已经不记得的往事吗？"

"想听哎，叔叔。"方薇说，"除了老妈私奔还有啥？"

"老妈私奔只不过是他使用的隐喻技巧，撇下一个暴虐无知的老爸，两人联手摧毁了他的童年。反正只要是个作家都能编出来的故事，他自己是无辜的。"国兴已经得意忘形，"真正的秘密让我来告诉你吧，他小时候有一种尿不尽的毛病，裤裆里经常是湿的，有点像老年人前列腺增生。说起来这也是我们李家的遗传病，男人都会犯，可能先天尿道弯曲，稍稍发育后自愈。我八岁搞定，李忠诚比较晚，十六岁。根据祖训，李家的男人在童年时必须坐着尿尿。是不是很好笑？而李白呢，他五岁就搞定了，他不记得这件事了。"

"你在胡诌什么呢？"李白喊了起来。

"他为此吃了很多苦头，他想学男人一样站着尿尿，但被他老爸强行按了下去。他的裤子散发着尿味，他们像驯狗一样让他闻，然后又按下去。他老妈总是在整点时候想起让他尿尿，因此，台钟敲响，他就自动坐到了一个小痰盂上。中午当当当当敲十二下，你会发现这孩子像疯了一样。这件事深刻地影响了他的人格，是他真正的童年阴影，可他却说不记得了——我有时怀疑他是故意忘记的，一种对于创伤的自动屏蔽。怎么样，我解释得到位吗？不要觉得创伤是你们作家的专利，它早已从文学主题变成一个生活中人人都要学习的常识了。"

"我操你妈啊。"李白站了起来,把雪茄浸灭在国兴的茶杯里。

"他急了。"国兴说,"他也许记起来了。"

"你他妈的从小就在我裤裆里摸一把,然后去赌钱。你很穷的时候,带着女人到我家搞一下午,我得在冯江家里做作业。这就是你欠我的。"李白大骂,"我写写你怎么了?你活该就被我写!"

"他是不是还给你讲了我大学时期的感情生活?他憋不住。"国兴一点没怂,继续问方薇。

"他刚进来的时候才讲……"

"看得出来,他很喜欢你,想跟你谈恋爱。"国兴靠回到椅背,居下临上望着李白,"我来告诉你另一个真相吧,显然你还不知道。这姑娘昨天晚上来开房时,是带着男朋友的,早餐也是跟男朋友一起吃的。现在男朋友在哪儿呢?"

"还在房间里睡觉……"

国兴笑笑,问李白:"你有没有一种想哭着狂奔到雨里的感觉?"又转头对方薇说:"他的爱情总是以这一场景告终,雨停了他就不知道该怎么办了。"方薇掏出本子在记。国兴耸肩撇嘴,又放了个大炮仗:"这种尿不尽的童年阴影使他在遭遇雨和泪水的时候总是情绪崩溃。"

国兴的表情过于熟悉。李白想起自己八岁时叼着一个肉包子去上学,他总是不舍得吃那坨肉馅,把包子皮啃光了才下最后一嘴。有一天肉馅落在了马路上,一群人围着他笑,正好被国兴看见。国兴用同样的语气说:你是不是懊悔得想死?记住先把肉吃了,它即使不掉地上也会被人抢走的。

我爱他摧毁隐秘情感的狂暴怯懦、冷酷乐观、盲目透彻,那个被罗曼蒂克折磨至老年的国兴,他的整个人生就是干完这一票不再想未来。但是，与我一样，与李忠诚一样，他也无法见到一生中最爱的人。我们就是带着童年时的尿道弯曲症，以为自愈，活到了老。

64

李白唯一一次向方薇表达爱意，是在某个冬季的夜晚，他跟跟跄跄走到公用电话亭，拨通了她的手机，首先告知自己刚刚在吴里的迪厅里弄丢了手机，所有人的通讯方式都蒸发了，其次告白，在这沮丧时刻，他混乱的大脑里还能想起来的是她的号。巧的是，方薇在上海的迪厅里，四周很吵，一再要求李白大声点。于是他在深夜的街道上高喊起来，在方薇听来，就像他驾驶着一架行将坠落的飞机，向塔台发出最后的悲鸣。

"我不能为了你结束一场好端端的恋爱。"方薇抱歉地说，"但我们还是朋友。"

在另一次漫游中，李白带方薇来到寿园。她读了吴里地方志，说这一带有座清朝的书院。李白摇头，经历了几个朝代，战争和运动，能剩个房子壳就不错了。实际上，只剩一口井，暴露在街边，因有人骑车不慎在井栏上撞成脑积水（是的，没有栽进井里淹死），后被填平，就像我的爱情。方薇看了他一眼，李白解释：你那井栏式的拒绝使我免于溺毙，但脑袋上还是撞出了包。"这么幽微曲折的修辞，又有几个人能听懂？"方薇呸了他一脸。

寿园仍然安静，它挂上了市级文物保护单位的牌子，沿街的墙刷得雪白。如今再在大门上乱刻乱画，就会被警察捉走，不过在买票进门的一瞬间李白还是犹豫了一下，看了看漆水，确定"白淑珍是婊子"这几个由铅笔刀刻上去的字已经完全遮掩。

我的荒唐童年，远远地，过去了，即使那几棵紫藤是有灵魂的，它们也不会记得我了。因是冬季，园中一片萧条。李白承认，这小园子没法和沧浪亭相比，更不用说留园、拙政园。大凡园子，往往名气很大，实不足观。他去过北京恭王府，觉得那假山堆得都像复合式电脑桌，十分地超越时代。两人在竹林小径上走了走，看见墙根有一大一小两个仙人球，种在花盆里，李白大骂，这美洲植物怎么长到古典园林里来了。方薇半开玩笑说，你这园子是清朝造的，那时与美洲已经有间接贸易了，仙人球不算过分。李白固执地摇头说："我小时候真没有仙人球，我对这里的一草一木都太熟悉了。"

他的伤感语调被方薇注意到了，这是他人格中最显而易见的部分，尽管自以为藏匿得很深。因伤感而引发的愤怒，像是在质问仙人球你们为什么干扰了我的记忆。两个可怜的小家伙，无法回答，好在它们都长着刺。多年后，方教授承认，之所以没有接受李白的爱，正是预感到，自己终有一天会处在仙人球的位置上（多么粗暴的错觉）。

接下来，是寿园的小池塘，近似鞋底形状，有十平方大小，边沿堆着薄薄的一层太湖石。方薇说，园子但凡有水的，都能算中上品，水池在技术上不好处理。李白想起她住在沧浪亭边，他也曾去玩过。"《浮生六记》开篇就说沧浪亭有溺鬼，不知道你可曾遇见。"他问。方薇说，沧浪亭对面就是医院，太平间倒是一墙之隔。李白说，败兴，还是溺鬼有趣。方薇意味深长地说："一个从小与溺鬼比邻而居的人，到哪里都会提防，不要去做了别人的替身。"

寿园茶室仍保持着多年来的旧貌，一堵破烂屏风，六张八仙桌，数量不定的藤椅和板凳，八个热水瓶，墙上挂四张镶框的国画，梅兰竹菊。窗外有一个独立的小院，正中央是一株老桂树，李白围着它绕圈，不免抚今追昔。此时无人，服务员也不在，只有某张桌上一杯茶，静静地冒着热气。两人找了个靠窗的位子，藤椅有点歪了，他换了一张，仍歪，坐到板凳上。方薇说，这茶室倒与沧浪亭有几分相似，人少，若是虎丘和留园的，则游客如云，吵闹不休。李白说，这里实际是时髦场所，经常有已婚的叔叔阿姨来幽会。方薇问国兴来过吗，李白说我们李家的人都不太爱踏进这个园子。

他当然想起多年前，白淑珍坐在那截玻璃柜台后面的样子，有时她也会走出来，在桂树旁散步。现在他意识到，在这场所，时间被岁月替代，时间回归到了如下状态：一杯茶从烫手至凉透，日光照在屋子的哪个角落，桂花开了一次又一次，这固然诗意，却也失去了真实感。是的，白淑珍有点寂寥，然而李忠诚也是寂寥的，寂寥是件麻烦事。窗台上放着几本书，其中有"陈量材文学奖"获奖作家的散文集。李白伸手捞过来翻了翻，开篇就是《寿园茶室》，难怪将这书供在此处。他心头凛然，文章果然谈到一九八〇年代，"茶室倒茶的是一个美丽女子，引来不少男客与她搭讪，后来听说她与人私奔走了。"我日你大爷啊，李白脑袋嗡的一声，老头你到底会不会用词，"男客"是几个意思？记忆已经从流溪变身为浪潮，我就知道那俩仙人球不是什么好兆头。

服务员走了进来，不用猜，是女的。李白闻到一股花露水的芬芳，正诧异，冬天居然也有人往身上喷这个，抬头见一个穿着粉蓝色锦袄的少女，梳两根长辫，手中拎一串钥匙晃荡着。天哪，我简直像回到了八〇年代。李白神思恍惚，少女走过来问他要哪种茶。寿园茶室过去有碧螺春、龙井、毛峰三种，不分级，以碧螺春为佳，价格也贵些。白淑珍当年曾说过，那些喝毛峰的茶客，我是懒得搭理的。她的势利中自有一种妩媚，不是一般女人能学得像。方薇问那少女，有哪些茶。李白昏头昏脑说，碧螺春就好。少女说，现已没有碧螺春，龙井有一级和二级两种，毛峰照旧。他松了口气，终于回到了现实中，忙说：两杯一级龙井。

此后时间，李白喝着茶，目不转睛地看那少女。她是从哪里来的，这小园子工资低微，场景永恒不变，她决定从现在开始就在这里等候岁月坍塌或流逝吗？他想起一本小说里写到，某某女子唯有从习俗的消亡中认识到时光已经过去。在李白看来，称之为"惊觉"更合适，但确实，人不应该将"惊觉"这一类表情刻在脸上，仿佛自己是从动画片里走出来似的。少女在柜台后面沏茶，李白再次失去真实感，并痛苦地认识（惊觉）到，她所有的动作都来自他的梦中，这一场景每隔数年降临一次，有时也会在一周内连续来上两三把。

"其实，我已经不记得我妈是啥样了。"他对方薇说。

"好啦，好啦。"方薇连忙安慰，生恐他情绪崩溃，又打岔问那少女，"在这里工作？"

"不啦，我妈是这里的服务员，生病动手术，我寒假没事来帮她顶一个月。我在念大学。"

"太好了，合情合理。"李白欣慰地说，"你救了我。"

"李白你醒醒。"方薇伸手推他。李白摇头，表示不必担心，他已经醒了，最起码，今日份的操蛋情绪已经用光了。少女不知道发生了什么，略感困惑，走出柜台收拾邻桌的茶杯，并嘀咕道："人呢？"李白再次惊觉，某种小说家的直觉令他脱口发问："什么人？"

"一个爷叔，最近每天都来。什么话也不说，就坐这里喝茶。"

"一个人来？"

"一个人。"

李白起身拿过那杯茶，是毛峰，头道茶，喝了一两口，水还温热。他四下张望，在少女和方薇的注目下，走到墙角，面对那堵屏风。它不是什么值钱货色，木制的，漆水剥落，略具几分沧桑感。

在记忆中，它和捉迷藏之类的游戏有关，无非是来自童年的极为乏味的幻想和冒险。李白叹了口气，搬开屏风，一个同样是略具沧桑感的、漆水剥落的人出现在他眼前。

向你介绍一下，这是我爸爸，李忠诚。

卷四　火车上的桑拿房

65

李一诺生于二〇〇四年，她的亲生父亲曲冰于同年娶得一位台湾女子，拿到宝岛户口，彻底失去联系。值得一提的是，那个叫爱玲的远房表妹，又回到了吴里，经痛哭流涕，与钟岚和解。跑一趟上海还是值得的，她变成熟了，生意头脑也不错，此后帮着钟岚打理生意，在开发区又开了一家社会饭店，流水颇丰，足以养活钟家大大小小的人，包括终有一日会出狱的钟高强。

"最幸运的是爱玲没有怀着曲冰的孩子回乡，她头脑比钟岚清楚。"冯江点评。

"就当借种呗。"

"借种也不能全都借曲冰的嘛。"冯江说，"难道你就不行？"

"我并不想与人发生这么深刻的、即使经历轮回仍会留下痕迹的关系。"李白说。

孩子出生前，就其究竟应该跟谁的姓，多方讨论不定。李白的意见，当然姓钟，可是钟岚并不想替钟高强延续香火（老钟尚有别处存着香火）。若姓曲，则又便宜了曲冰。后来冯江提醒李白，你就别再掺和了，万一她倔劲儿又上来了，让孩子姓了李，你岂不是完蛋？李白顿时醒悟，忙劝钟岚说，不如让孩子随外婆姓吧。钟岚看了他半天说，我妈也姓李。

一诺这名字是钟岚起的。怀胎六个月时，冯江往吴里人民医院放射科塞了个小红包，提前得知是女孩（不知为何，李白松了口气），当场决定叫李一诺。旁边一位女医生很高兴，说我的名字叫程一尘。李白看了看她的胸牌说，厉害，这么潇洒的名字。随后想起还有个叫一璇的麻醉科医生，现在不知在哪里。三个月后，孩子出生，李白与程医生的恋情差不多也走到了尽头。

"你的骨灰中也会留下她的放射性物质，半衰期长达四十亿年——够你很多很多次轮回了。"冯江点评，又提醒道，"恋爱不要短于三个月，传出去很难听，别人会以为你不行。"

"整个医院都认为我是李一诺的爸爸，我怎么会不行？"李白说，"现在他们可以去找程医生求证，我到底行不行。"

有必要讲述一下吴里人民医院，李白出生的地方。多年以前，它由几栋红砖砌成的大楼组成，拥挤，笨拙，内部光线昏暗，从一楼挂号处爬到四楼内科基本上可以要了病人半条命。童年时代的奇幻恐怖印象还残存在李白的记忆中，并且与坏天气相关，雨天，雪天，台风天，总是这样的时刻，他会因扁桃腺发炎导致的高烧而惨遭医生蹂躏，狠心而又漫不经心的护士先朝他手臂上浅浅地打个试验针，然后朝他臀部深度注射青霉素，有一次针头弯了，有一次针头留在了屁股上，还有一次莫名其妙令他全身麻痹。我感觉自己是梅尔维尔小说中的鲸，护士是英勇的捕鲸人，向我扔出她们战功赫赫的标枪。更恐怖的一次，是他目睹烧伤的李忠诚被人们遗忘在走廊长椅上（伤员太多），像一条在甲板上行将断气的大鱼，他不得不替昏迷的父亲惨叫起来。

二〇〇〇年前后，医院重建，红砖楼全部推平，造了两栋现代化大楼，与三条街外的太子大酒店遥遥相望。住院部负一层是产科，负二层是太平间，有一天李白按错了电梯键，到那儿转了一圈，气氛还不错，没有养鸡。他料想，大概率自己终有一天会来到这里。负二层也有一个挺漂亮的女医生，跟他聊了几句，挺投缘，可以替他收尸，不过目前他还是宁愿搭讪放射科的程一尘，为此毫无必要地做了个胸透检查。

"你的肺很健康，比我还健康。"李白总是会回忆起她讲话的语调，医生独有的对于肉体的淡泊感，哪怕在床上，仿佛李白只是一头没太多脂肪的瘦鲸，至少不是她决意要捕的那个大脑袋。但她同时具备着从医者的耐心，专业而轻柔地回答了李白关于放射学的种种疑问，从手机基站到核武大战，并聊到现代影像技术，一颗论文答辩的心在勃勃跳动。有一天她终于被同事告知，这长头发的家伙是从产科遛跶过来的，老婆是卖鱼的。这一回，程医生要求李白回答问题："你结过婚了？"

"难道你不记得有个叫李一诺的胎儿了？"

"有印象，是你的孩子？"

"我也不知道。"

他立即挨了一个耳光。打他的不是医生，是他的情人。

玩笑与耳光之间的界限，我总是控制不好，容易越界。假如说，玩笑开启了一场恋爱冒险的话，耳光则试图将他揍进婚姻的殿堂。次日程医生发来一条短信，我哭了一整夜。李白不敢回复，自此没有了下文。"我压根没想过结婚。"他对着冯江徒劳辩解。

"你今年二十九岁，未婚。你这个年纪的男人，如果不打算结婚，为啥要去招惹别人？"冯江说，"你以为你还是十九岁吗？或者已经四十九岁？纯真爱情你过时了，轧姘头你又嫌太早，谁会陪你一个穷光蛋玩到中年？"

"我真应该留在负二层,我去什么放射科呢?"

李一诺在耳光之后的一星期出生,剖腹产,冯江又塞了个红包,主刀医生答应采用横刀手术。护士告知确为女婴时,李白极为愉悦地在走廊里抽了根烟,被罚五十块钱。冯江十分不解,按吴里当地的风俗,男婴为贵(尽管男婴也不是李白的种)。李白说:"在父子关系中,你是最终赢家。你不大能体会我的心情。"冯江说:"母女关系一样存在赢家输家。"李白不耐烦与他再掰扯下去,性别是人生的第一堂课,这堂课关乎未来,但是当你活到足够老的那天,它就像你初中时学过的解析几何,曾经如此重要,最后忘得精光。你见过有人往墓碑上刻性别的吗?

"总之生女孩就是好。"李白对着产房里三位喜得贵子的父亲大声宣告。

"我们都是顺产。"

"剖腹产就是好,费那么大劲生他干嘛!"

"不要再吵吵了。"冯江将李白拉到走廊,低声说,"你这个名义上的父亲,在名义上的老婆怀孕期间勾搭了女医生,这丑闻很多人都知道。我塞了大大小小十几个红包,替你摆平了从主刀医生到值班护士一系列人,但我真的不能给隔壁病床的家属塞红包,这说不过去。"

"你才是孩子的爹!你他妈的有红包强迫症吗?"李白大怒,拂袖而去。

这天他躺在床上,耳光导致的耳鸣终于褪去,要知道程医生日日在放射间用右手推拉那扇厚重的大门,臂力非同寻常。他当然不会想到,这毛病在他中年以后还会反复发作,那是她留给他的永久纪念(而不是钚或铀)。李白爱她的右手,但此时此刻,爱这个词已不再适合采纳。我见过有人同时下五盘象棋,但没见过能同时下围棋和象棋的,在小孩出生之际厘清另一场感情纠纷,这不是人干的事儿。他告诉自己,别再多想了,最糟糕的事情早在一开始就已经发生,此后你只能胡来,直至不告而别。这样的离去并不是自由,至多只能算自由感,把爱你的人屠戮了以后获得的短暂轻松。

两天后他去接钟岚出院,到病房一看只剩她母女两个,其他床位全都空了。"是我太凶恶了吗?"李白为自己的神经质而抱歉,"我并不会伤害他们的小孩。"

"不,是李一诺哭得太狠,"钟岚伤感地说,"她好像很伤心,哭一整夜,比所有的男孩都吵。他们受不了,出院了。"

"哭一整夜哪。"李白也叹息。抱起孩子的时候,他注意到她眼角有一颗痣,介于泪痣和桃花痣之间。她的命数模棱两可。

66

当年在北方城市游历,李白曾遇到个推卦的师傅,说他命里有轻微的牢狱之灾,猜是拘留或劳教。这一天来临了。

下午他去医院收费口结账,按规定,凭付款单据到婴儿室领孩子,在走廊里遇见冯江、冯海和爱玲三人。冯海是特地请来背产妇的,必须再讲一点有关他的故事,这位冯家的长兄十多年来以健身为乐、以健身为业,他推翻了李白和冯江的理论:男人是一种智力型的动物。不,智力并不能让男人快乐(操蛋的反智主义其实也是一种头脑风暴),肌肉可以。肌肉是无辜的,配上冯海的单线思维、温驯性格——"仿真人时代来临后,满大街跑的都会是他这样的型号。"李白点评。

在冯江看来,冯海是一件牺牲品。他本应继承冯虎的衣钵,成为专政机器上一颗令人胆寒的部件,然而他根本不敢打人,见血就晕。他的第二选择是去从事重型体力劳动,这当然也勉强符合冯家的价值观,可惜他那身肌肉不知道为什么,一旦进入劳动状态就会变得低效、笨拙。再退一个台阶,他无奈地选择了健美,成了一个让大家嘻嘻哈哈的表演者。糟糕的是,就连这也不大成功,干这行赚得实在太少,他不得不成为一件私人藏品——在二十九岁那年,跟了本地一个长相凶恶的富姐,没有名分,领取固定的生活费。这极不体面,但是适合冯海,穷人家的男孩子要找条出路不容易。他脑子再笨也明白这是一种堕落,以为这辈子完蛋了,然而好运气没有忘记他,这一年里,弟弟冯江成为了吴里市排名前三十的富翁。

"他还挺爱那个富姐的,但是作为富翁的哥哥,他没必要再出卖肉体,不得不与她分手了。"冯江点评,"他分不清爱和出卖,搞不懂自己为什么沮丧。真是一场莎士比亚式的悲剧。"

回到正题。这支三人小分队搭上李白,进了婴儿室。冯海仍然没搞懂为什么要他来背产妇。"因为担架很贵,钟岚家在五楼。"冯江没好气地回答,跟着李白满处找孩子。屋里有点混乱,暖气开足,十来个人堵在前面。"这他妈行的是哪门子规矩,绑肉票呢?"李白抖着手中的付款凭据,热得脱了外套,忽然发现李一诺在一件皮夹克下面。

"谁的皮夹克?"

"我的。"一个年轻的父亲回答道,他刚找到自己的孩子。

"你把皮夹克放在我小孩脸上了。"

"哦。"

"我操你妈。"十五岁以后再也没打过架的李白照着那张麻木的狗脸挥出一拳,正中鼻梁。接着,他发现对方人手足够,还有六男三女。混战爆发,爱玲抱着李一诺逃了出去,冯海迅速晕倒,富翁冯江向对方连续扔出三张凳子，当他伸手摸到一个婴儿的时候，某位英勇的护士扑过来照着他的手臂狠狠地咬了下去。"干得漂亮！"李白为她喝彩，他被一群人打到了桌子底下。警察涌了进来，有个女警官手里还捧着鲜花。110没这么快，是警界在搞庆祝活动。一位二杠三星的警督将李白从桌底揪了出来。

很难解释，我为什么这么暴力，也许是我即将踏入斯特林堡式的狂怒中年，十分抱歉。李白徒劳辩白。

"没有小孩受伤算你们运气，一群白痴。"警督骂道。

"我会被拘留多少天？"

"行政拘留最高十五天。"警督说，"放心，能赶得上办满月酒。"

"太好了。"

李白伸出双手，不过，并没有手铐递过来。将会有一段糊火柴盒、睡大通铺的日子在等着他，他忽然想起方薇说的，如果你有机会去牢里住一阵，就能写出中国最屌的小说。这么屌的机会我不能让给其他作家。他摸出口袋里的香烟，上山之前，最后再抽上一根也好。围观的人不少，他瞥见程医生，在人群中呆呆地望着他。这一幕似曾相识，我是行将遭受处决的亡命之徒，你是人潮人海中忧郁的看客，一个充满矛盾和误会的情人。是何年，有人曾写下这样的场景。两人视线交汇，五秒钟后，程医生摇摇头，走了。

"你们局长我认识。"场子另一边，冯江从女警官手上拔出一支红色康乃馨（这个动作让他多拘留了两天），伴着他的金色名片，一并送到了护士面前。"把所有的赔偿账单发给我的律师。你的齿痕将陪伴我度过铁窗中的寂寞夜晚。"冯江诚挚地望着她。护士微微一笑，朝他脚上吐了口唾沫，也走了。

67

李白三十二岁这年,稳健型男子莫凡给他带来了一份活儿,有兴趣试一下电影剧本吗?

电影。当李白念叨这个词的时候,实际飘过脑中的是一些粗糙、天真的电影印刷品,比如海报啊、刊物啊,暴露得恰到好处的性感女星,被镜头凝固的稍稍矫情的眼神,统统过时的发型和装束。时光,它眼眶里浅藏的湿润光芒,它嘴角的微笑,仿佛全世界只有他懂。这是忧郁之物,包括喜剧,他忽然想起多年前与曾小然在旧礼堂看的下午场,一本津产喜剧片,影院里就他们两人,大声模仿着台词,出来以后乐不可支地成为了卫嘴子。"我跟你讲啊,和天津人吵架,谁先生气不算输,谁先笑了才是输。"——这些浅薄的欢乐只能来自十五六岁,此后你只不过是在追忆、模仿那个年纪。

"所以,在你看来世界上只需要有一些……老电影,就行了?"

"不从功能角度考虑,是这样的。"

"难怪有读者说你写得不如陀思妥耶夫斯基。"莫凡忍不住捅了他一句。

"请不要把我和这类精神病相提并论。我指的是读者,不是陀思妥耶夫斯基。"李白说,"抱歉,我有点耳鸣,刚才陷入了廉价的怀旧情绪。"

"写电影剧本吧,或者更赚钱的电视剧,那里面全都是你钟爱的廉价情绪。"

不久前,莫凡的父亲安全退休,现在你可以在城市公园的爱鸟一角看到老台长的身影,四只画眉,一只八哥,一只百灵,共六个笼子围着他,他像一个聆听高保真音响的发烧友一样坐在声场中央,脸上的舒适表情宛如嗑药。李白的解读是:这些尽情歌唱的鸣禽可以使他回忆起已逝的风光岁月。莫凡表示反对阐释：养鸟就是养鸟嘛，就像你爱下棋并不是为了去发动世界大战。李白说，你可能不知道，他给六个鸟起了名字，海蓝，林珊，小旭……都是电视台曾经的女主持人，而这类会叫的鸟，你应该知道，实际上是公的。莫凡听了拱手说，兄弟惭愧，没教好自己的爹，应该多向你学习。

父亲退了，莫凡在吴里也就无事可干，毕竟写小说赚得少，还容易精神萎靡。稳健型男子早已未雨绸缪，几年来，在京沪港布下的人脉足以使他航向广阔远方，底舱再装一个李白不是问题。"千万不要觉得是我赏你饭，咱们兄弟一场，我爱才，你考虑一下。你最擅长的年代题材影视剧，现在很火。"莫凡伸过手来，企图拍李白的大腿，发现他光腿穿着花短裤，犹豫片刻还是拍了下去。

"我没有什么擅长的。"李白横着眼睛，"只有我不想写的，没有我不会写的。"

"把我的小说改成电影剧本，愿不愿意？"莫凡说，"我已经没时间创作了。"

"鬼才愿意帮你倒洗脚水。"

莫凡走后，李白懊恼地想，我竟忘记了开价。不久前他看中了一套位于翡翠花园的二室一厅，因常年无业，银行不给贷款，把这几年来的版税攒起来，又找钟岚借了点，还差十万块。顺便说一句，《太子巷往事》如今已经卖不动一本，网上盗版倒是多如牛毛，李白收不到半毛钱。

他套上长裤，骑自行车去了吴里市政府旧礼堂。对于旧建筑的迷恋之情，如果任由他人解读，可以得出诸多答案：失心疯中年男子的平庸怀旧，半吊子理想主义者（主义？）的矫情功夫，缺乏历史眼界的旧时代遗老遗少，过期文艺青年陈词滥调式的千古咏叹……如果此际还再回忆起曾小然，则必须再搭上一个：因为性事不畅导致的对青梅竹马的变态怀恋。那通常发生在有钱男人身上。不要像有钱人那样怀旧！至于你是不是中年，这不重要。李白提醒自己。

为什么在追忆时还保持着高度自觉呢，因为最近上网太多了吗？李白自嘲地摇摇头。一只黑猫趴在旧礼堂的台阶上，午后的阳光照得它通体金属感。李白素不与动物交往，对猫更是会产生恶魔效应，他绕过这个小型怪物，走上台阶。礼堂正门两个古老的H形把手上缠了一道铁链，他趴在门缝上，只看到里面漆黑一团。这座于八〇年代初落成的建筑已经落满水锈，底部长了一层发黑的苔藓，它借鉴了苏联粗野主义风格，曾经是杏白色的，正面砌出一道道令人目眩的风琴褶子，比例失调的拱形门，在十五米高空竖着八根旗杆，还有一座带喷水池的中式假山因道路拓宽已遭拆除，其中一块石头眼下就在李白家的院子里。在过往年代，它曾经是热烈的、欢愉的，红星闪耀与爱情流转，革命与浪漫，桃花源与希望的田野，幻觉和幻觉尚未分道扬镳。他记得某年某月，曾小然用粉笔在左侧的H形把手下方写上英文字母，HEAVEN，右侧呢，当然是HELL。

他在台阶上坐下，与黑猫保持了一段距离，不时看看它。在这个位置上，应该是一个相爱的人，一个听故事的人，一个重逢的人，重逢后消失了又再重逢。他伸出手想触摸它，不是抚摸，仅仅是礼貌的触摸，但黑猫站起来走掉了。比瞬间更短暂的是你给我的安慰，他与它道别。

莫凡又打了个电话过来。"《太子巷往事》的影视版权卖掉了吗？"

"没有。"李白问，"你出多少价？"

"有个导演要买，跟我去北京见见呗。"莫凡说，"不怎么有钱的、刚出道的女导演。"

68

"你早说嘛。我给你在振鑫挂一个虚职，社保你自己交，不就可以办贷款了吗？"冯江在电话那头笑着嚷道，"给你创意总监怎么样？"

"都行。我在谈买卖。"李白收起手机，回到那家辣味呛人的火锅店。三个年轻姑娘坐在他对面，生于一九八五年之后，刚刚从电影学院毕业出来，她们的名字分别是南、扬、倩。用一个字来称呼她们，像是走进了一篇由中学生写成的先锋言情小说。对方也没含糊，胖乎乎的南给他倒了一杯啤酒："白，喝一杯。"她是编剧。

"听说编剧都很有钱，挣得比作家多十倍。"

"你讲少啦，一百倍。"南说，"不过我还没挣到钱，眼下跟倩导合租一间。"

"地下室？"

"那倒不至于，南锣。"

"我家跟南锣也挺像的，还不闹，没那么多人。"李白继续调笑。

莫凡堵在二环上，短信不断发来，让他们先吃。事实上，没有人等他。一碟牛鞭花下锅，又一碟，这种胶原蛋白十分滋补。李白知道，拍电影的都爱吃火锅，似乎象征着原始人围猎后的共享。不知道我是和她们共享呢，还是根本处于遭围猎的位置。十分钟前，三个姑娘为《太子巷往事》报了价，三万块，电影版权，她们只有这点钱。李白暗自摇头，简直白跑一趟北京，还真不如去上海找叶曼借（他们的"四十岁之约"一年年逼近）。三万块听起来就像是她们每人掏了点零花钱把他买下了。

他痛快地喝了那杯啤酒，贷款问题忽然解决了，感觉手里多了几十万。扬仍在嘀咕：老师，我们是拍独立电影。李白说：等莫凡来了，我与他合计一下，他会投钱。扬摇头说：老师，我们不需要莫凡，他的钱不是好钱。李白问什么意思。扬说，坏钱约等于高利贷。

"好吧，我签给你们。"他又喝下一杯。北京小馆子里的玻璃杯比墨水瓶大不了多少，足够一次次作出豪饮状，姑娘们大喜，玻璃杯叮叮当当碰成一片。扬从包里掏出了一式两份合同，她是制片人。

"我没想到你们随身带这个。"

南递上了签字笔。

李白用短信告诉莫凡，自己已经落笔签约，一起来吃开工饭吧。莫凡打了个电话过来：怎么签的，多少钱，怎么付，是不是全版权，期约多久，是否可以转让，署名权怎么弄。李白回答除了三万块以外，其余条款都没细看。"三万块！"莫凡大喊起来，"那我该收你多少钱代理费合适？一万五吗？"

"人都没来就想对半分？"

"算了，司机，回去吧。"莫凡在电话里最后说了一句，"你好自为之，三个拍电影的姑娘，够把你卖到泰国去做人妖了。"

"他妈的你到底是要投钱还是来跟我分钱？"李白绝望地喊了起来，莫凡已经挂机，发了条短信过来：鬼才愿意帮你倒洗脚水。

制片人，导演，副导演，执行导演，编剧，策划，摄影指导，美术指导，掌镜，灯光，服化道，生活制片，司机组，剧务，场记，外联，发行人，投资人，代理人，经纪人，主创，后期，宣传，男一男二，女一女二，配角，特约，群演……对了，还有你这位原著老师。电影工业的参与人员就像一部庞大纷杂的家族小说，已经超出了李白的记忆限度。现在他只能茫然地问这三个姑娘："你们谁是导演？"他对电影的认识仅到导演为止。

"我。"倩向他伸手。这是一个剪着齐耳短发的漂亮姑娘，在李白的小说中，这种发型被形容为"像斧子一样锋利威猛"。他与她在一锅翻滚的牛鞭和血旺之上握了握手。相较于南和扬，倩显得更有教养，南方口音，讲话慢条斯理，一副土匪头子的模样。

"你拍过什么片子？"李白考她，心想自己是否还有机会抢回合同撕掉。

"毕业拍过一部短片——在西藏。"

"文艺青年的圣地，不去西藏就不会讲故事，对吗？"李白大笑起来。

"我们是去工作。"倩说，"不是每个人都能在海拔四千的地方扛铁的——扛着铁还得跑起来。大叔，说风凉话死得早。"

"我错了。"

这天深夜李白喝得半醉，感觉自己全身冒着啤酒泡沫。他走到街边拦车，瞥见她们跳上一辆三蹦子离去。北方的秋天来得早。我喜欢这里的干燥和无牵无挂，我所有操蛋的、讲不清道不明的感情纠葛都发生在潮湿的南方，或湿热，或湿冷。莫凡又发来一条短信：和三个大学刚毕业的女电影人在一起的感觉很好吧？李白反击：别忘了老台长也有六只鸟。出租车迟迟不见，他沿着道路走了一会儿，行人渐少，四周全是树和围墙，脚下忽然一滑，四仰八叉摔在人行道上。北京并不干燥，他想。

"你摔了。"南追过来扶起了他。

"你们不是已经走了吗？"

"我下车了，送你回酒店。"

"没住酒店，住了个小旅馆。"李白说，"我踩到北京的狗屎了。"

"你没踩狗屎，你踩到了一个柿子。"南举起了另一个柿子，"看，就是它们。"

"这东西要是长在南方，早就被人用竹竿打个精光了，怎么还会等它落在地上?"李白感叹道,"他们连地衣都会铲起来吃掉。"

"这里是使馆区,没人敢举着竹竿乱跑。"

李白站起身向远处望,路灯昏黄,某处酒吧传出音乐,二十米开外,两名士兵正在换岗,一枚柿子在黑暗中簌簌落下。他低头望向近处。

"为什么你穿着胶靴?"李白问南,"下雨吗,北京需要穿高筒胶靴?"

"因为我穷,买不起上等的长筒皮靴。"

"你可以穿帆布鞋,今天是晴天。"

"这是我最喜欢的胶靴。"

"你真是我遇到的最有意思的姑娘。"李白说,"我要给你讲点压箱底的故事。"

69

耆那教尊者筏驮摩那抛弃家产与妻儿,苦行十二年,裸身行走于古印度大地上,任由虫蚁噬咬他的身体。那是圣人屡出的时代,但筏驮摩那尚未获得正觉,世人并不理解他的作为,将他视为乞丐、疯子、传染病人。一日,筏驮摩那经过地狱,诸饿鬼向他伸出手,又发出尖叫,乃因他法力强大,能拯救他们脱离煎熬。筏驮摩那却仍然沉思,浑然不觉,他回到人间,站在一棵沙罗树下,感到脚下有动静,低头观望,竟是一个饿鬼藏在他趾甲的泥垢中,跟着逃出了地狱。此物腹胀如鼓,头大脖子细,双眼凸出,也看不出是男饿鬼还是女饿鬼。这饿鬼说,我饿呀,给我一口吃的。筏驮摩那全身赤裸,连讨饭的碗都扔掉了,没带一口食物。饿鬼说,让我吃你,让我吃你。筏驮摩那想到圣人曾以血肉饲恶虎猛鸷,便答应了饿鬼的要求,他站在沙罗树下又沉思起来,全不在意,世间痛苦对他来说已经不存在,只有那正觉仍未思量明白。饿鬼便跪下,对着筏驮摩那捣鼓了一通,吮完之后,舔舔嘴巴尽兴而去。筏驮摩那十分惊讶,他是有过妻子的人,当然知道这一手,只是感到困扰,也困乏。久久没有答案,他便去问那道行高深的巴湿伐那陀派隐者,究竟是几个意思?隐者听了微笑说,筏驮摩那啊,饿鬼们在地狱中遭轮回惩罚,牙齿全部落光,食道细如棉线,甫一出狱,只能吃点半流质,你修行十二年,竟不知这个常识,饿鬼的遮业正是筏驮摩那你的痴业啊。

讲完后,李白解释说:"这个神圣又恶心的故事,影射的是一个瓶颈期的作家。"

南说:"我以为是个黄段子。"

"以黄段子的形式吧。"

再来一个。

从前,有一个法国小伙子,是处男。战争爆发后,他被征召入伍,就要去马恩河边与德军大战。他想到自己还没有尝过女人的滋味,便走进了巴黎的一家妓院,找到了一位美丽的吉卜赛女郎。那女郎与之云雨后,赞他那话儿是全巴黎最大。又说,假如落在德国人手里,按照普鲁士风俗,只要你那高卢话儿比他们大,就会给你切下来。小伙子大哭起来,他倒是不怕死,只因刚刚做了男人,十分珍惜自己的话儿。吉卜赛女郎又说,我有一法术,可以使你的话儿变成全巴黎最小,这样可保平安,只是要付一大笔钱哟。小伙子思前想后,与其切了那话儿,不如就变小点吧,当即掏腰包。女郎施法,果然灵验。不久,小伙子上了战场,一来二去,不幸被德军活捉。照惯例脱下裤子比了比,真的很小,小得不能再小,小得那伙德军都同情地落下了眼泪。一名德国老兵拍了拍他的肩膀说:孩子,我知道你去了巴黎的吉卜赛女郎那里,她给很多人施了法术,只是没有告诉你们一个常识。小伙子问,什么常识。老兵说:只要你投降就不用切鸡鸡了。

南躺在床上大笑:"听上去是德国人编的段子。"

"这影射的是一个面对批评的作家。"李白说,"仍然以黄段子的形式。"

讲最后一个。

从前,十九世纪末,有一个阔佬,总爱花钱请人给自己画肖像,那些画家模仿拉斐尔的风格,模仿安格尔的风格,模仿德拉克洛瓦的风格。当然,都是些三流画家,风格也很过时。这阔佬听说在法国有一群特立独行的画家,个个牛逼得不行,他就揣着钱去了巴黎。他找到了塞尚,塞尚说,先生,我不怎么会画肖像。他找到德加,德加说,先生,我只会画女子。最后他找到了凡高,凡高说,先生,我缺钱。买卖谈妥,阔佬就坐在了画室里。第一天,凡高画了一张空椅子。第二天,凡高画了一张向日葵。第三天,凡高画了一张星空。阔佬生气,对凡高说,你要是再这么耍我,我就找个比你更穷的画家。凡高说,先生,在巴黎确实还有一个画家比我更穷,他叫高更,我已经把自己的耳朵送给了他,他昨天坐船去塔希提岛了,他决定和野人生活在一起。

"这是黄段子?"

"这是我送给你的段子,编剧姑娘。"李白吻了她一下,"明天我就回乡下了。"

70

人一旦对某事物抱有哪怕最微小的期待,他的下一分钟便要接受考验。怀恋主义者李白踏入火车站,他已将昨夜的欢愉视为旧爱,无所期待,只剩一道甜蜜的迷惘。然而这种永久性的悬置,在尼采看来亦只是一次暂时的疗愈。李白没带任何行李,抄着手在茯苓饼柜台前发呆,不时摸一下裤兜,确定手机和钱包还在。去往上海的通宵列车会将他带入一场移动的梦境。

他接到一条短信,来自电影《太子巷往事》的制片人扬(天知道这本电影最后会叫啥名儿),问他在哪里。他说,火车站,瞎逛,等会儿回家。扬说,我来送送你吧,李白看了看手表,还有三个小时发车。期待与你共进晚餐,李白回复道。这样他就不必独自吃下一整盒茯苓饼了。

不知道为什么,在火车站等待的光景总是让他深感无助。火车一定会来,即使晚点,即使塞满人,它通常不会宣告这一趟老子不跑了。火车的强大意志力迫使你时不时地看一下钟表,然而它又经常拖拖拉拉,在它晚点的时刻中你加倍地看钟表,它的迟到又必到正是嘲讽尽头的安慰,你在爬进车厢的一瞬间将原谅所有,包括你的软弱的原谅。

我不该答应让她来,这样我既等待火车,又等待她。可她又是谁?李白到底还是买了盒茯苓饼,这种车站土特产,往往本地人并不吃,甚至不谈,比如吴里的枣泥麻饼。小时候李忠诚从北京出差回来,欢天喜地,毫无意外,手上拎的必然是茯苓饼,搞得李白以为首都人民天天啃这个,比苏州人更喜爱甜食。他坐在椅子上,拆包装咬了一口,也算是童年的味道,还不坏,至少南方人喜欢。接着无意识地吃掉了第二个,第三个,第四个。两个小时过去,扬没来(又堵在二环),他右下腭一颗没发育完整的智齿不期然疼痛起来。他立即进入心律失常状态。

离发车还有十五分钟,扬出现了(李白更希望她在二环堵到天亮)。三个姑娘中,她比较没有学生味,也不大像文艺女青年,语速最快,穿名牌皮鞋。她挨近了,李白低头看了一眼,还是那双鞋。检票口开始放客。"我们的时间仅够一次告别。"他捂着腮帮子说。

"茯苓饼——"扬惊喜地说,"南方旅客最爱的糕点。"

"你是哪里人?"

"北京人,西城。"

听说西城当官的多,现在,骄傲的北京大妞遇到了李白这头南方沙文猪。他说:"我不得不告诉你,这种两块面皮儿夹一坨馅儿拍扁的饼子,在苏州只能喂猪儿。马路上任何一家卖海棠糕儿的,五毛钱一个,制法都比它精致百倍。"

"直接攻击一个姑娘的家乡,通常别有所图。"扬说,"这句话是您小说里写的。"

能背诵我的小说的姑娘都是好样的,这一原则不变。李白让自己高兴起来,有片刻时间,牙痛果然停止了。"关键是,海棠糕吃两个就饱了,而茯苓饼会让我永无休止地吃下去。您能解释这是为什么吗?"

"就像北京人跟您讲话,永无休止地绕下去。"

"直到我牙疼。"

"直到北京人证明了您有点二。"扬说,"作为一个苏州人,您就不该这么吃饼。"

李白笑了起来,带着她来到检票口。有一种北京式的欢乐,不知你是否有同感——身处世界中心的空虚劲头,再无他处可去的小矫情,游戏打到最后一关时洋溢着的迷狂与了然,火车发车前五分钟才放闸导致的从容镇定与火烧屁股的四手联弹。他伸出手与扬握别,尽量做出愉快的、豁达的表情。一群乘客扑过来,他们像洗衣机里两件甩干的衣服搅和在一起。李白用右手护住她的肩膀,左手被一根旅行袋的背带扯向后方,有一半身体进了检票口。他推了她一把,想助她离开这组短暂发疯的人潮,像革命时代(电影中的)某个经典画面,但她还是被几个硕大的箱子撞进了他的怀抱。李白摸出车票,塞到检票员面前,后者正在应付着一群掏着、捏着、举着、叼着车票急于进站的人,挥手示意他快点滚。

"汹涌的人群永久性地冲散了相爱的人,往往如此,也有例外。"李白说,"好吧,去站台抽根烟然后与我告别。"

"我要跟你谈正经事。"

"谈什么?"

"先去站台抽烟。"

事实上,就在昨夜,南已经告诉李白,这份版权合同签坏了。乙方是李白,甲方是扬注册成立的一家工作室,这看上去合理,然而——倩导与该工作室没有关系。这是扬玩的小小花招,有教养的倩导在三蹦子上看到合同以后差点把车给掀了,瞬间暴露了她的火爆性格,毫不含糊撕了合同。李白声称不懂商业,毕竟也是学文秘出身,他能够理解:就像咱们仨去打猎,把长毛象撂倒以后你忽然说同伴都是你雇佣的,或者干脆是友情舍命。南建议李白:到底是签给制片人还是签给导演,你自己看着办,你总不能同时签给她俩,她俩已经掰了。

"莫凡对我说过,拍电影最是考验友谊,我和他的友谊已经破裂了。你们也没撑过一晚上。"李白踩灭烟头,走进车厢,扬跟了进来。

"补票。"她对列车员说,又问李白,"您去哪儿?"

"去上海,然后搭汽车回吴里。"

"补一张去上海的,卧铺票。"扬说,"上下铺的,我要让您重新回到大学时代,彻夜与我聊小说。你不要觉得倩导是文艺女青年,跟她有得聊。真实情况是，您这本小说是我读完了推荐给她的。我绝不能让这小婊子拿着你的版权到处忽悠。"

71

我的大学是走读，本地二年制野鸡大专，学校近得就像地段幼儿园（幼儿园都是三年制的呢），我从未有过上下铺的学子生涯。重点在后面这句——我从未与人彻夜聊过小说。你问为什么，因为我讨厌分歧，更讨厌共识。不欢而散固然无趣，聊嗨了看上去就像是我要勾引对方上床，而对方可能是个男的——即使是女性，这种感觉也是猥琐的、不礼貌的。后来我发现，各行各业的人都这样，搞金融的人特别容易在办公室点炮，原因恐怕就在于：他们每个小时都需要达成共识，才能存活下去。对共识的渴望会变成一种心理投射。如此一来，等我活到老了，渴望就会变成卖弄（卖弄的孪生兄弟是迎合），到处散播我的随机生成的思想和方法，自命为人生导师，在旁人看来，就像一个诱奸犯声称自己比强奸犯高级。啊，确实是高级一点，但那又怎样呢？

"明白了，您属于活儿好不粘人的那种。"

"我属于人不狠、话也不太多的那种。"

他们站在车厢连接处，一根接一根地抽烟，火车将他们带入黑夜。李白望着这个年轻姑娘，感到一种衰老，或者是衰。他们差了十岁，更重要的是差了整整一代（这比十岁更无解），对着下一代人无休止地阐释自己，这才是死得早的征兆。在这个位置上，夜火车的车厢连接处，永恒邂逅的场所，凭借胆识和运气与姑娘搭讪的浪漫之地，他已渐渐沦为配角。尽管南安慰过他，你才三十多岁，还算青年——"还算"，仅凭这两个字就够他唏嘘老半天了。李白想再开口,智齿又开始疼痛。

"啊,真倒霉!"

他回到车厢,倒在下铺,侧身面壁,右脸压在枕头上,左侧狂跳不休的心脏在上方。扬在对面下铺,这一组六个铺位只有他们两人。他的姿势看上去就像一个关在禁闭室里的精神病人,表达着深入骨髓的痛苦和拒绝。

"三十多岁还能长智齿?"扬小心翼翼地问。

"它已经静悄悄地长了好几年,今天似乎要昭示自己的存在。"李白说,"谢谢你提醒我三十岁了,我到上海第一件事就是找个牙医拔了它。"

"我有一个挺不堪的请求……"

"那份撕了的合同是吗?重签一份。"李白没有回头,"我非常抱歉,这不是外交用语,是我非常抱歉——我已经答应倩导,并且就在今天中午,她往我银行户头上打了一万块定金。"

"那你还让我上车?"

"我们的后悔是相似的。你不该上车,我不该收她钱。"李白对着黑漆漆的隔板说,"你要是坐过通宵火车就会知道,等到车厢挤进一定数量的人,等到他们开始讲话、走动、吃方便面,你的梦境中的旅程就会变得狰狞起来。它不再像所谓的旅程,而是彻头彻尾的生活。生活在规训你,你被迫抱以期待,无权走神,还得忍受一个失望的结局。"

"说到底,您还是喜欢倩导这一路文艺女青年,对她来说这可是个大好结局。您睡过她吗?"

"我睡过中国最漂亮的女演员但没睡过女导演。"李白说,"别问是哪个女演员。"

"我要下车,下一站。"

"太晚了，小站下去也不安全。陪我到上海拔个牙吧。"

"我竟然就这样出局了，您不觉得内疚吗？"

"我非常抱歉，我现在牙疼，心跳就像火车脱轨一样，我已经感觉不到任何内疚或惭愧的情绪了，也感觉不到自己想睡谁。"

扬没有下车，李白的疼痛没有停止。凌晨时分，火车停在某个站头，他听到一些轻微的走动声，翻身望去，扬还坐着，听着耳机，双手捏住手机飞速按键发送短信，时而皱起眉头发出叹息，像一个沉浸在迷局里的谍报工作者。一对年轻男女拎箱子走了进来，像是大学生，裹着凌晨时的倦怠感，女孩爬上了李白一侧的中铺。男孩正要往对面爬，女孩忽然低声说，我想和你睡。男孩温柔地说，好的。火车启动了，李白起身，拿了桌板上的香烟打火机，扬也站了起来。两人同时往中铺看去，见那年轻的男孩女孩和衣相拥而眠，像电影里的画面。

"我忽然感到自己，像失恋了。"在车厢连接处，扬抽着烟，仅对李白说了这么一句话。

72

又是一个凌晨，李白刚睡下去，接到陌生电话，一个姑娘在低声哭泣。这声音在电话里不好辨识但他还是听明白了，他用浑浊的嗓音问话，对方没回答，仍旧是哭。他猜想是哪一位前女友，也可能是并不久远的二十岁年纪在火车上邂逅的某个互留联系方式的姑娘（她可能也三十岁了）。唯求她此刻不是站在楼顶上。他举着手机从被窝直接走到阳台上（是的，他买了房子），夜很黑，远处某扇窗还亮着灯，他望着，等待这姑娘哭完。有一瞬间，早春的寒冷使他感到近距离触摸到了什么。别误会，李白对自己说，不是用直觉，是我光着腿。

后来才搞清，是倩导。他差不多松了口气，正因为有了一纸买卖合同，他们之间也就不存在聆听对方哭泣的契约。"别再哭啦，你这么哭下去我会以为自己和上帝是一伙的。"他抛出了拙劣的幽默，凌晨时的幽默，"是感情受伤还是事业受挫？"

"我和小南散伙了。"

"听上去既有受伤又有受挫，这很锻炼人，用不了三回你就能学会什么是冷酷。"李白说，"抱歉，说风凉话死得早。请不要跳楼。"

"我在被窝里。"

"我在阳台上。"李白打了个喷嚏。

他完全不了解电话那头糅合了单纯、暴躁、伤感的学院派姑娘，你要说她是文艺女青年，她准保飞一个耳光过来。我搞不清她身上的执著到底是事业心，还是理想主义，还是根本自恋？糟糕的是我又想起了我的亲娘，她们身上似乎有着相类的气质，但谁会如此无聊，在和姑娘交往时首先想到的竟然是自己的妈？李白在寒气四袭的阳台上揉搓大腿，别再跟我显摆弗洛伊德，他对自己说：你从小读的就是地摊上买的叔本华。

"对付挫败感最好的办法就是找个兴趣爱好，下下棋，养养鸟。青年导演总不能天天阅片，喜欢什么运动吗？"

"帆船。"

"什么？"

"帆船运动，得去南方，比如深圳。"倩导说。

"好的。"李白遗憾地说，"我倒是有一双帆船鞋，但从来没见过帆船。"忍了一会儿，他终于发问："你为什么要拍一个街头巷尾的过时小说？为什么不拍拍女子帆船运动什么的，比较时髦、励志，很容易卖座，说不定还能拿一个国内大奖。"

"我为什么要先预设一个题材卖座?"倩导说,"你太不了解我了,这是我和他们根本的差异。"

"你是不是找到了很多钱……"李白问道,"我很少问别人的经济状况。"

"我没钱,筹备电影找我爸借了五万块,我爸是个高中数学老师。再多说一句,我干这行不靠男人。"

她的语气又暴躁起来,掐了电话。"你爸得让学生补课补昏过去才能供得起你这么玩。"李白对着挂断音嘟哝。正如南向他介绍的:倩导是一个温文尔雅、政治正确的人,脱离了低级趣味,仿佛活在世界中心——心情不好的时候除外。比较不幸的是她干了一个心情没法好起来的职业。

李白回到床上,一时困惑,打开电视,吴里有线台仍在不眠不休地播放着片子。他看到一个令人恐惧的镜头语言:摄影机深入人类瞳孔,将其放大在荧屏上,他的小小瞳孔被巨大瞳孔吞没,随之进入另一个世界,或另一些记忆。他像一个奇迹的观看者,最终被奇迹带走。

73

"电影根本不存在叙事,它被某种观看的欲望绑架了。"这是李白的偏见,"如果一个人想叙事的话,何必找上百号人扛着几大车器材到处乱跑?"当然,倩导早已反驳过他:要说绑架,你的小说何必写那么长,瞎鸡巴讲个梗概就行了,这么推论下去,你又何必开口讲话,放个屁就够了。好吧我错了,抱这种偏见的报应就是——总有一天,会来一群不大会讲话的人朝我脸上放屁。

电影?莫凡嗤笑道:他们一开始会跟你说,电影是艺术,大家都是冲着艺术追求而来，过了一阵子告诉你，电影是工业，你是工业线上的一个齿轮，最后让你滚蛋的时候，电影是商业，而你已经一文不值。李白回答道："爱情也是这样，到离婚的时候只剩下分财产这一件事。"

我想你真正收获到的既不会是艺术，也不会是工业和商业，那几个刚出道的小丫头干不成什么。莫凡继续讥笑：但你会收获一点儿爱情，你就是奔着这个去的。

在此后长达三年的石沉大海的时光中，他注意到倩导获得了一次青年导演短片比赛的首奖，南编参与的两部电影票房均大卖，扬制片则杳无音讯，至少在互联网上查不到她的任何消息。说实话，李白很怀念扬，作为一个您你不分的南方人，他欠她一次发音准确的道歉。他看了上百本中国青年导演的独立电影，直到自己心情低落，不知道晚饭该吃什么才好，必须用偶像剧来提升一下自己的内啡肽水平。有一天他终于忍不住发短信问倩导：你们会把《太子巷往事》拍成苦大仇深那种类型吗？

"你的小说写得很浪漫，我们是学院派，拍的是院线电影。"这次倩导的回复来得又快又准确。

"上次你们说的是独立电影。"

"情况变了，《太子巷往事》已经属于年代剧。独立电影拍不起年代剧，置景和服化道都太贵。"

时间确实过得太快。又过了一年，李白收到个沉重的包裹，打开一看是十本早已绝版的《太子巷往事》。倩导吩咐他签名，全都要寄给投资人的。李白获知她正在马台镇拍戏，第二天拎着书，打了个车，欢天喜地去探班了。到场发现镇上静悄悄的，沿街鳞次栉比的摩配店和洗头房，阳光耀眼，大部分人都在午睡，并无剧组在干活。李白打电话问，倩导说，我们不是拍戏，是来勘景，已经结束了,现在在吴里。李白叫了一辆摩托车追回吴里,她关机了。这一极其平常的意外使得李白产生了一种在汹涌人潮中追逐她的错觉,此后时间狂打她手机,始终接不通。又过了一天,她打电话回来,快乐地告诉他:"我在上海电影节呢,你来陪我吗?"

李白拎着书去了上海,被春夏之交的暴雨连人带书浇透在街上。"不是我不知道躲雨,是我走到哪儿这雨就跟到哪儿。你见过连绵不绝的暴雨吗?"他抱怨道。

"去我的房间换衣服吧,会生病。"倩导指指街对面的银星假日酒店。影城一带雨伞如云,嘉宾们夹杂其中经过。李白像八卦小报的记者一样快速搜寻着银幕上熟识的脸孔,可惜一个也无,倩导倒还是老样子,斧子头,讲话慢,吃饭抢着结账,至今只付了一万块定金。

就在蹚水过马路的时候,李白看到一男一女从出租车上跳出来,欢笑着奔向酒店。"那是南。"倩导说,"她已经是很有身价的编剧了,而且遇到了一个电影发疯的年代。边上是她男朋友,学导演的,谈六年了,刚刚拍了第一部院线电影。你说是不是很有意思,快分手了,两人忽然都成名,然后感觉又可以在一起了。"倩导站在雨里感叹,"这四年我什么都没干成。"

"为何不去打个招呼?"

"你愿意吗?"倩导瞟了他一眼,"边上是男朋友哎,去比一比?"

"我怎么可能比得过一个男导演?他还比我年轻。"

他在超市买了套内衣,又去服装店买了条沙滩裤。被雨淋湿的戏码不止出现在电影里,根据倩导现场回忆,《太子巷往事》中写到过三次。与四年前不同,李白已经不想听人谈起这本书,背诵他的句子就像是嘲笑他的初恋,目前的底限是与导演(已经付过定金的）聊聊剧本情节。两人在大堂站了一会儿，继续聊南和她的男友，李白发现自己看过后者导的独立电影。等那一男一女彻底消失后，他们坐电梯上楼，倩导说："按小说情节，你去洗个澡吧。"

"洗完以后会发生什么故事呢？"李白说，"按电影戏码。"

"导演总是把雨戏放在最后拍，演员淋湿了容易感冒，然后他们就杀青回家了。"

"我很欣赏你灭绝人性的语调。"

他锁上了浴室的门，爬进浴缸里冲了个热水澡，感觉自己缓过来了，当然，雨带来的亢奋感也消失了。出浴时他滑了一下，内心震动，假如自己赤身裸体撞昏在里面，一切将滑向闹剧的深渊。这类在小说中经常被人诟病的偶然事件，往往主导着现实。他走出房间，发现倩导已经不在，留了条短信给他，说是去开一个创投会，会议期间关机。李白坐下喘了口气，打电话让服务台过来换一下浴巾——他并不打算在这间房里留下任何使用过的痕迹，片刻后听到门铃响，心想服务员也来得太快，打开门一看是南。这是一个电影里的镜头，他告诉自己，就像我摔昏在浴缸里。

"是你，从塔希提岛回到巴黎的高更。倩导在吗？"南上下打量他。

"她出去了。"

"先生我来换浴巾。"一名酒店阿姨走向李白。

"请便。"

南举起手里的两听啤酒，"昨天她告诉我房间号，说要和我叙叙旧，然后我来找她，然后开门的是你，然后你还是这样的。"

"你这句型一听就是个畅销电影的编剧，由我来陪你喝一杯吧。"李白开门放她进来，同样是四年没见，他近距离打量她，瘦了，染了栗色的头发，架起一副近视眼镜。"青涩少女，我快不认识你了，你的高筒雨靴呢？今天可是个下大雨的日子。"

"你说好了每年来看我，但并没有践约。"阿姨一走，南就扑过去反锁了门，四下张望，翻弄抽屉和床铺。

"找啥呢？"

"针孔摄像头，录音笔。"南说，"我对面这位可是最擅长摆机位的才女导演，一号前男朋友是摄影师，二号前男友是录音师。"

"是吗。"李白胆寒，连忙跑浴室里看了看。

安全了。南在外面喊了一句，李白回到房间，她已经斜倚在雪白干净的床上，李白谨慎地坐进沙发，打开啤酒喝了点，抓过手机继续翻看短信。"别走神啊，来，让我考考你——床还没动过，男主角洗干净了，女导演跑了。这是怎么回事？"

"你变犀利了，恭喜你，可能这就是成名带来的自我释放。"李白作了个双向的解释，"我和导演是相对纯粹的工作关系。请务必相信，我非常珍惜工作关系，我这一生没怎么工作过。"

"我仿佛听到有人在吹嘘自己，刀枪不入。"南吃吃地笑了起来。

李白认为，人活到某一阶段即可将自己经历过的人生称为"一生"，这一时间点大约在三十五岁左右。不必过度准确地称其为"前半生"，那是大人物的特权。然而，无论是一生还是前半生，他都没能讲清什么是工作关系，照书本理解是——纯粹的，简单的，不那么矫揉造作的。南向他解释：什么是工作关系呢？就是我给倩导写了三稿剧本，她觉得不满意，最后给不出钱来。"心灰意冷，一别两宽，接了一本很烂的爱情电影，写了五稿，票房大卖。"南感叹道，"我那时候穷得，完全有理由去做鸡了。"

"纯真年代的论调，"李白说，"到我这把年纪只敢说穷得去打劫。"

"去讨饭。"

"去卖肾。"

"去结婚。"

"去做编剧。"

一个柔软的枕头飞到他脸上,李白让她别闹,这是倩导的房间,尽管倩导欠着他们的钱。"我要不把这房间弄乱了还真对不起她。"南抛出第二个枕头,"我们是另开一间房还是在这里?"

"别胡思乱想。我们现在是叙旧,不是剧本头脑风暴。"李白大为头疼,"我也不是种马,拉进棚子就能干的。这是贵圈的风气。"

"本圈很少听说有人拔完牙还能去跟制片人开个房的。"

"好了好了——"

"你把倩导睡了吧,求你了。这四年你都在干嘛,废柴了吗?"

李白站了起来,很快又因沮丧而跌落在沙发里。"我不得不提醒你,你已经是一位知名编剧,犯不着这么羞辱一个过气作家和混不出头的小导演。我看过你男朋友导的独立电影,只有三十分钟的四不像短片,我可以负责地告诉你,非常烂,没有任何才气。你应该及时地换个男友,嫁给没才气的导演那就像嫁给一张桌布,不吃饭还能看看,一吃饭你就得洗他,洗着洗着你就会怀疑人生,为啥不直接擦桌子,为啥不用张一次性桌布。"

"竟敢这么羞辱我。换谁?换你吗?"

"我已经睡过倩导了,只怕日后不好相见。"李白给自己点了根烟,尽管倩导叮嘱过不要在她房间抽烟。"这是谎话,但它会让你很爽,不是吗?"

谈谈镜像效应吧:人类是经不起推敲的,人类往往从他人的目光中看到自己。这是一种心理陷阱,镜像并不静止,镜像迎头扑来。攻讦他人正是李白和南这类人的乐趣所在,种马,废柴,桌布……在尽情的相互诋毁中他们达到了另一种心理效应,可能叫做马蝇效应(一匹马在被叮咬之后总能跑得更快些),也可能是别的。半小时后,南掐了香烟,并确定:"非常爽,像做爱一样,内啡肽爆表了。"

"另开个房间?"经互相叮咬,李白也感到筋疲力尽,现在只能算随口一问。

"这儿早就客满了。"南说,"我得走了,参加一场没才华的导演举办的社交宴会。"

"你那叫给傻瓜助阵。"

两人就此散伙,他日再找机会比划比划,将她送到过道时,她忽然说:"有件事我还是得告诉你。"

"什么?"

"倩导很爱你。"她说,"也不是爱情,也不是仰慕,也不是同情。"

"那是什么?"

"换个女导演还真说不明白,女编剧就可以。我想了很久。"

"到底想到了什么?"

"是王八蛋见得太多以后的某种伤感的爱。"

"好的。既然欠你钱,你又何必替她澄清情感呢?"李白叹了口气。

"因为我对她抱有相似的感情。"南摇头说,"拍电影不是人干的活。"

"不要扔掉你的高筒雨靴,我会来看你的。"他最后对她说。

这天晚饭时,倩导发来短信:我开完会了,你若还没走,大堂见。李白已经朝啤酒罐子里塞了十七八个烟头,房间里烟熏火燎,他扔下那十本淋湿了的书,下楼去找她。人很多,各处都被征用为临时社交会,他像菜市场的税收员顺时针踱了一圈,上下打量每一个人,在一棵盆栽树边见到了倩导。一个戴眼镜、穿汗衫的胖子正在教育她,李白听了几句,明白他和莫凡是同一种型的。倩导向李白眨眼睛,继续仰头聆听。这类善意的胖子往往高估了自己的见解,如果人人都这样，世界倒也和平，不幸的是总有人会伸腿绊他们一跤。李白听得不耐烦，掏出一张五元纸钞扔在胖子脚跟。"朋友，你钱掉了。"趁着胖子弯腰捡钱的工夫，他拐着倩导离开了这个是非之地。"你这可有点过分。"倩导一路大笑。

"不要相信这种胖子，更不要让他驮着你走。等他栽的时候你会摔花脸。"

"看来你已经非常熟悉电影界了。"

"就像喝水不要呛着，我这是普遍的人世经验教训。毕竟比你们大十岁。"

"我们？"

"我必须告诉你，我在你房间里见了她。"李白耸肩说，"没干什么出格的事，抽了几根烟。"

"我讨厌宾馆房间里散不去的烟味。"

"我也讨厌，别人的气息，别人的遗留物。这一切都像我们被迫回忆起的往事，有那么多不痛快的事情，照理都应该忘掉。"

"又是我们？"

"我和你。"

他走在雨后的街道上，南方的黄梅季已经来了，他意识到自己的伤感情绪从未超出一首流行歌曲的高度。这倒无所谓。电视剧早已讲清了人世间的大部分经验教训，电影早已百倍放大了任何一种眼泪和暗示，然而人们并不能从中学到什么，正如流行歌曲式的伤感不可能找到因果，它将会消散在潮湿的夜空里。他望着倩导。这是另一个时代，当我们这么定义时，庞大之物正在显形，奇观正在落成。他没有什么可以帮到她或她们。

"我会把你的小说拍成电影的，也会给你赚到钱。"她低头跨过一摊积水。

"本雅明在《单行道》这本书里一再把作家比喻成妓女,乃至后世的作者都不好意思再这么自我揶揄,以免拾人牙慧。"李白叹息道,"就让我这个没名气的妓女陪着一位穷嫖客逛逛街吧,你若想到什么好玩的事就说给我听,钞票没有,图个开心还是可以的。"

74

李白决定买房子是因为一位唢呐艺人。某天下午他被一阵尖嚣吵醒,冲出去看,这位头发比他更长的北方汉子正在巷口卖艺。李白没好气地说,朋友,这儿没死人。汉子看了他一眼,李白忽然想到在莫言先生的小说里,铜唢呐可以劈开日本鬼子的头颅,不由退了一步。接下来,这汉子每天下午到场,李白卷了卫生纸塞耳朵里,然而世界上没有任何东西可以挡住唢呐的声音。他再次冲出去:朋友,我在睡觉。汉子说,现在是下午。李白大喊起来,下午怎么了,下午就应该在地头干活吗?汉子给了他一串百鸟朝凤。

"南方人也吹唢呐。都是中国人,不要歧视北方。"曾经跑遍全国卖农用机械的李忠诚纠正了李白的偏见。什么时候他居然也变得政治正确了?哦,对的,他一向政治正确。李白气急败坏:"唢呐不是中国本土乐器,从西域传进来的,也叫苏尔奈,我们这儿叫'喇叭',更南边的蛮子发不出卷舌音索性就叫它'嘀嗒',到了朝鲜叫太平箫,泰国叫查乃,越南叫海肯,阿拉伯叫扎姆尔,日本叫茶留米罗。"他爬到书架顶上翻出《东亚乐器考》。

"你想告诉我什么?"

"我他妈的没有歧视北方人,我可能是歧视亚洲人。"李白说,"我要换个安静的地方,即使那吹唢呐的明天就消失,我依然受够了。"

李白在翡翠花园一期买了套房（2/1/1多层4/6楼一梯二户毛坯南北通透），北窗外是一片田野，能望见远处的云气。手面上还剩一点钱，把厨房和卫生间简单装修了一下，买了几样家具电器，即刻入住。搬家那天下雨，他注意到李忠诚神色萎靡，决定安慰一下："住不惯的话，我还会搬回来的。"李忠诚摇头，房顶正在漏水。李白只能说："我的看法，如果寂寞，你出去找个女朋友也是好的。再不济的话，找份临时工，多挣一份钱，毕竟我的房贷每个月要还两千块。"李忠诚望着他。李白不耐烦（事实上李忠诚未发一言），说："一起还房贷也是天经地义的，我死以后你是唯一的继承人。"

"不要被砧板砸死。"

什么他妈的弑父情结，别开玩笑了，成年以后我与父亲比的就是谁讲话更操蛋而已。李白摇摇头，跳上小卡车扬长而去。从今天开始，让我们彼此重新认识世界吧。这天黄昏他坐在阳台上，看着对面楼时不时飞下一个塑料袋。他想打一个电话给谁，聊聊此刻的心情，在这个必须拥有房产的年代，我在自己的家乡拥有了一套商品房，从社会学意义上它几乎和婚姻一样重要，但在文学中，它的神圣感还比不上一座坟墓。他把椅子搬到北窗口，由近至远依次是围墙、变电站、田野、河流、树林、丘陵，视野中没有活人，至多是几头飞鸟。黄昏是一天中的错觉时刻。

他想起二十出头时，有个通信长达两年的姑娘，声称"只要你有一套房子我就嫁给你"，指的当然不是太子巷的破烂平房，而是眼下这种类型的，他迟了十年才拥有的。这个文艺的姑娘很不幸地与一大家子人住在同一屋檐下，缺乏独立空间，甚至没有一扇属于自己的窗。商品房是她的梦。有一天她来信，已经大学毕业，在南京找到工作，并租了一间位于六楼的带阳台的屋子，体会到一种现世的自由感，尽管现世短暂，它依然可贵。为此，他去了南京，在一栋刚刚粉刷过外墙的公寓楼里见到了她。这是首次见面，他们在街上简单地吃了点富含味精的鸭血粉丝汤，又去逛了碟店，决定做爱。他往 CD 机里塞了一张《再见社交会》，两人从卧室做到客厅，从客厅做到厨房。在卫生间的洗衣机上李白提议去阳台，姑娘大笑起来。

"不。"她说，"不。"

"洛丽塔最后回答亨伯特亨伯特时，说的也是这两个字。"李白说，"两个不字，分属于两个宇宙的拒绝。"

"阳台是我的，不想在那里留下任何人的记忆。"姑娘说，"我可以在结束后邀请你一起去那里看星星。"

"高潮以后的星星特别好看。"

假如那一次，他决定住下来，他将得到一个由女方支付租金的阳台，不过在依偎了一整夜看星之后，他还是走了，溜到南大的舞厅里找别人玩，并遇到了一群更漂亮的姑娘。那以后，她的所有地址电话都失效，再也没能联系得上。李白回忆那个夜晚，在青年时代凿凿幼稚的交谈，感到一种冷峻的后悔，一种被时间、容貌、商品房的价格搞晕了的失真感。如果此刻，当年的她仍依偎在他身边，他将不会那么轻易地跑掉。现在他能期望的，是那姑娘也已经买了房子，嫁得好，夜夜看星，不被打扰。

"只要你走出屋子，世界就是一个巨大的窗。"在她苦闷的年龄，李白曾这样安慰她。现在，他不得不用一句相反的话来解释自己：世界能被你看到的，不会大于一扇窗的内容。不知何处有人弹奏钢琴，那首曾经很流行《小草》。他坐在窗前睡了过去。

75

　　李白的外公外婆直到他中年时仍健在，仍住在上海田林新村，那房子变得更破同时也更值钱了，每年秋天老头过生日他都会去拜访一次（顺便见见新旧情人）。白致远退休后并无其余娱乐爱好，主要阅读各类内参文件，偶有学校或媒体请他去谈一谈欧美现状，高兴得很，像个权威。还记得李白的表姐和双胞胎表弟吗？他们都混得不错，表姐已经嫁给香港人，表弟甲混街道办，表弟乙卖二手车。一大家子聚餐时，你会注意到白致远有点苦恼。"他们都是小市民。"有一天他在电话里对李白抱怨，"只有你出了书，成了作家。你才是我的嫡孙。"

　　"大知识分子通常生一堆小市民的子女。"李白安慰道。

　　他搬家后，白致远一直念叨着要来探访，顺便游一游吴里古城。因在街上被一辆飞驰的助动车撞断腿（车主摔死了），休养了两三年，这一年终于拄着拐杖出现在李白面前。李白脸色欠佳，问其故，答曰小区业主正在与物业公司干仗，昨夜观察一群四线城市中产阶级的维权行动，被某种激昂情绪感染后，不免寝食难安。物业公司不是好惹的，清一色十八线外地仔，皆为同乡，讲话也听不太懂。一名业主收到了死亡恐吓信。

　　"为什么不报警？"

　　"收到信的那位已经逃到外地去了。"李白感叹，"在黑帮面前，这些有房有车的人就像赤贫农民一样孱弱。"

　　"你们不适合搞运动。"白致远强调，"乌合之众。"

　　"我以为黑帮才是乌合之众。"

　　"不，你们才是。"

　　李白看了看自己的外公，已经七十多岁，比过去更为矮小，且白发苍苍瘸着腿，但他内在的革命性是不可忽视的，他付出左侧股骨的代价整死了一个开助动车的马路杀手，因为这逼崽子轻视他！走过小区大门时，三个穿制服的保安正在用家乡话聊着什么。李白介绍："就是这帮人，讲话像兔子一样快，而且喜欢押韵。有时能感到他们在骂我们，但不知道骂了个啥。"

"他们说的是今天晚上找人撬几辆助动车，给你们看看颜色，别以为他们好惹，你们只是一群有钱的 loser。"

"我靠，这你都听得懂？"

"我不只懂五国外语。"

李白将外公背上了四楼，回到家立即开电脑，在业主QQ群里放出了这一消息，众人一片哗然。群主叫赵博，负责业委会工作，比李白小两岁，在税务局上班。税务局的爷居然搞不过几个野鸡物业，李白无法理解，根据赵博的描述是对方背景太强大，然而他也什么都没讲明白。白致远在一边翻了翻李白的藏书，喝了口早春的新茶，分析说："无非是黑白两道通吃，和某些腐败分子有着利益关系。唐人街上有这样的团伙，不过，他们并不鱼肉乡民，这说明你们遇到了一群相当 low 逼的捞仔。你市的政法委要认真检讨一下工作。"

"大知识分子讲话果然比小公务员通透。"李白继续赞美，"网络用语也滚瓜烂熟，与时俱进，不俗。"

他向白致远介绍了翡翠小区当前的斗争形势，十分复杂。第一，物业公司管理稀烂，强行收费，业委会要赶他们走。第二，小区一期是多层住宅，一楼和六楼多为农民回迁户，素质堪忧，他们将违章建筑搭在楼顶和院子里，部分人家甚至打算挖鱼塘和防空洞，招致全体业主的投诉，公安局正在拆违。第三，小区北侧一根高压线离李白家仅三十米之遥，上个月刚搭起来，本月所有北侧业主群起抗议，据说强电磁波容易使人得白血病，生出来的小孩是怪胎，更难堪的是沿线至少五百户人家的房价应声下跌百分之三十，众人找电力公司谈判，十五分钟即谈崩，双方动上了手，一支特警队携微冲和防爆盾到现场制服了闹事者，个别人像二十年前的街头小流氓一样挨了电警棍。李白将白致远搀扶到阳台，环望小区，条幅横幅，红色黑色——法律保障业主权利，这是针对物业公司；流氓公司殴打群众，这是针对电力公司；私有财产神圣不可侵犯，这是违章建筑在向公安局示威。

"还能比这更混乱吗？"李白感叹，"一个人人都在为权利呼喊的年代。"

"比这更混乱的我都见过，一九九〇年我在柏林，中国驻东德大使馆。"

"您的意思是，见过柏林墙倒塌？"

"它没有倒塌，倒塌只是一种政治上的比喻。它被手动拆除了。"

"您是……外交部的？"李白有限的政治知识到此已经捉襟见肘。

"不是。"

这天晚饭时，赵博带着几个业委会的人上门拜访，商量怎么在半夜里捉贼，扭送警方以证其罪行，同时把业委会的伤亡降到最低，毕竟偷车贼也可能是携带刀棍的。顺便说一句，大伙都知道李白是吴里著名作家，前两年还上过电视呢。李白想到了冯虎式的圈套（把人反锁在车库里二十四小时），赵博听了，立即指出这是农机厂的传说，原来他也是该厂老职工的后代。两人握了握手。白致远摇头说："捉个偷车贼，哪怕警察到场，也闹不出什么大名堂。"赵博注意到这位神色冷峻傲慢的老人，土豆一样的身材，穿着宽大的西装，拐杖是银把手的（实为镀银），总之像个西西里岛来的教父。白致远说:"有哪位女同志愿意牺牲一下,待在车库里大喊强奸,做得像一点,把衣服撕烂半边,不但警察会来,新闻媒体也会跟进。"

"不瞒您说,这招已经用过了。"赵博摇头,"但不是我们,是造违章建筑那伙人,他们的女人撕烂了自己的衣服扑到民警身上。"

"如此妙招居然没用到电力公司头上,实在可惜。"李白感叹。

"我坚决支持造高压电线。"赵博说,"你们要有大局观。"

"那你滚吧,我也支持在底楼挖防空洞,把骨灰盒埋到楼顶上去。"

"不要内讧,大家都是为了正当权益。"

"在革命成功之前,没有人知道自己的权益是什么。"白致远冷笑,"但你得知道是谁欺负了你。"

赵博决定拼了。李白心想,这个吃皇粮的家伙现在背负着本小区有房有车(含助动车)业主们的尊严。敲掉这帮小逼崽子!李白要求参加晚间的捉贼行动,满屋子找家伙。白致远提醒,不要抄菜刀,你已经进过一次看守所。李白在墙角摸到一根环形锁防身。

"你是作家,并不擅长捉贼。"赵博沉吟道,"是在找写作素材吧?"

"一点没错。"

"你简直像……"

"不要在我面前瞎鸡巴打比方,让我来替你说吧。"李白拍了拍赵博的肩膀,"就像你这个税务官看见了别人口袋里的钱,不刮点料下来对不起自己这份职业。"

"我想说你就像狗看见了骨头。"

失之准确的修辞,典型的税务局思维。李白必须再次纠正:"狗对于骨头的爱是一种天性,而不是职业。出于天性我懒得管你们死活。"

这天深夜他们抄着手在小区里晃荡,一位金发女郎开着助动车经过,她叫蒂娜,乌克兰人,嫁给了本小区一个做生意的男人。众人向她望去,美丽高挑,蓝色瞳孔,可惜不会讲中国话。她是怎样从黑海之滨来到这座无名小城的,她经历了什么,为何不嫁给一个帅气的乌克兰小伙子偏偏跟了一个长得像番茄的中国生意男?赵博感叹道:"如果蒂娜愿意在车库里喊强奸,那可就太好了。"

"警察、媒体、妇联、外交、统战,全都会到场。"

"你俩简直走火入魔了,喊强奸你们自己去呗,鸡奸也是可以的。"业委会一位中年女子实在听不下去,抢白并提醒李白,"要我说,中国最值得写的恰恰就是你们这些作家,你们是比较可笑的一类人。"

"我们正在写自己。"李白回答,"并随时接受你的检验。"

蒂娜走了,小区迎来了一大群黑乎乎的人,他们低声耳语,在道路上缓行,手电筒也不打一个。保安试图阻止他们进入,被几位年长的阿姨喝退。"他们在抗议高压线。"赵博说,"今晚不会有贼来了,我要回去睡觉了。"李白已经迫不及待投身群众运动的洪流。

76

白致远在翡翠花园住到第三天上,李忠诚没来过一次。这天下午李白收到上海发出的快递,打开一看是一堆没有任何说明文字的小电器元件,还带一个耳机,再一看收件人写着白致远的名字。老头不在家,李白出门去找,见他在楼下草坪与蒂娜聊天,用的是俄语。蒂娜,翡翠花园的女精灵,白致远,我的小矮人外公,一树玉兰花正在他们头顶缤纷飘落,我仿佛在看《魔戒》。李白侧身守候,人们好奇,渐渐围拢过来。白致远将银柄拐杖挂在左肘,伸右手与蒂娜握别。

"她的眼珠很美,蓝色的。"李白搀着老头往回走。

"乌克兰人,会一点英语,俄语不错,读过大学,老家在基辅,是个大城市出来的姑娘。"

"哥萨克民族的骄傲。"李白追问,"您在俄国的经历从来也不跟我说啊。"

白致远展开双臂,李白照旧背他上楼。老头这腿,独自下楼绰绰有余,玩够了就会打电话给李白。有时他只是回家去趟厕所,接着又出溜下去。他在上海也这样。

"推倒柏林墙那年是怎么个情况?"

"统一大业永远会让人类欢呼。德国人也不例外。"

"当然,欢呼,谁猜不到他们会欢呼呢?具体讲讲。"李白在三楼喘了口气,继续向上爬。

"等到我们统一的时候,你要'家祭无忘告乃翁'。"

"我们统一的那天您一定还活着,就算我爹死了您也还活着呢。"

两人回到家,李白将快递盒交给白致远,问是什么,老头没回答,拿到自己房间去捣鼓。李白在电脑上聊天,翡翠花园业主群已经连吵三天,这时忽然谈起了蒂娜。有人问那矮老头是谁,李白没接茬。众人有一搭没一搭地谈到了乌克兰。

"东欧的特产是婊子!"一个具名为"K"的业主敲出一行字,群里顿时沉默。

李白喝了口水,开始敲字。

"你可能不知道,吴里在一百多年前盛产的也是妓女。她们往往冒充苏州妓女,原因很简单,苏娼的价格最贵。她们主要在上海经营生意,买卖兴隆到什么程度?时人称吴里是'种花不种稻,养女不养儿'。也就是说在座衮衮诸公,维权的,违建的,围你个鸡巴的,搞不好都是妓女的后代。想明白这一点,妓女也没什么可惭愧的。"

足足五分钟的沉默。"你妈才是婊子。"K回答，又补了两个字："老狗。"

李白并不擅长网络互骂，不，从某种角度来说，他相当擅长，只是自己还没发觉。从今天开始，一种新的语言诞生了，解构式的小说将不会有人再看，反讽将失去主客体，或拥有无限主客体，任何定语都可以轻松嫁接在"婊"、"渣"、"狗"这些词之上。李白摇摇头，这也没什么可怕的，我早已经历过红与黑的时代，我这辈子铁定能看到永生技术成真。

他不再理会电脑，起身找烟，发现白致远又消失了，电视机还开着。他想换频道，近期本地新闻有否报道翡翠花园种种匪夷所思的事端，发现遥控器不管用了，拆开一看电池不翼而飞。这样他又不得不坐回到电脑前，QQ那端，刚刚互加好友的赵博发了一大串话过来，大意是说：像你这样有身份的作家，不值得亲自去跟K这种人互骂。

"他到底是谁？"

"回迁农民的儿子，还在念高中。整一个文盲家庭，房子倒是分到了三套，积习难改，在楼顶种菜的就是他们家。到了夏天全家睡在地板上，男男女女鼾声如雷，震得楼下人家报警。你跟这种人有啥好多说的。"

"操他妈，我还以为他跟卡夫卡有啥亲缘关系。"

赵博随后提到了白致远，问其来历："如今懂俄语的人可不多了，老专家了吧？气度不凡。"

"A研究所退休下来的。"李白随手敲字回答。

"我滴个妈。"

"怎么了？"李白等了一会儿，"别他妈卖关子。"

过了两分钟，赵博回答："那是一个隐形的间谍机构。"又补充道："国际间谍。"李白跳了起来，碰翻了水杯，他已无心再看赵博炫耀自己如何知道各类内幕传闻。手机响了，白致远来电："我在楼下，背我上来。"这一次，李白一言不发，把老头直接背进了自己卧室，蹾在席梦思上。白致远被这一稍显粗暴的动作搞懵了，不过很快镇定下来，李白已经钻到了床底下。

他满头灰尘扒拉出了一摞旧书，从中翻出一本一九八五年的硬面抄。这是在李忠诚扫荡白淑珍残余痕迹的战役中的唯一幸存之物，留下了她的笔迹，菜金数额、借贷款、通讯地址、一些当年流行的歌词，还夹着一张十元面值的港币。最让李白动心的是一句普希金的诗：假如生活欺骗了你。是的，生活欺骗了她，不用假如。这本子在旧物中埋藏了二十五年，直至李白搬家后才现身。他用一种极度复杂的心情简单翻阅了它，白淑珍的习惯与他一样，本子从首尾两端写起，向中间挺进，仿佛正叙和倒叙将会汇合在一个虚无的核心地带，仿佛我们将会相见于白色的南极。在倒叙部分，李白看到了大量英文，少量俄文和法文。一九八五年，白淑珍在学习外语，这件事从未被人知晓。你可以说她上进、时髦、想摆脱乏味生活的束缚，但是请你告诉我，谁会疯到同时学三门外语？

"这句话是什么意思？"李白摊开本子问老头。

Mon père est espion。白致远回答："法语，我的父亲是间谍。"

"下面这句呢？"

"Moi aussi。我也是。"

"你答对了，我在巴黎的法语译者也是这么告诉我的。"李白说，"第三个问题是，你到底是不是间谍？国际间谍，为祖国豁出命的那种。"

"我是一个学者。"白致远伸手将电脑桌上的茶杯扶了起来，"拿块布过来擦一下,你的电脑快炸了,里面的小说稿子和日本电影保不住。"

"居然还偷看我电脑?"

"借来用用,你连设个密码都不懂。"

"白淑珍是不是做间谍去了?"

"她不是,她和人结婚到香港去了。"

"你们父女两代都是间谍?"

"间谍怎么可能传代呢,谁会把自己女儿送到那种战场上去?"

"所以你还是间谍?"

"我不是。"

"你的敌人是谁,克格勃?中情局?007还是他妈的中统军统?告诉我吧!"

"我的敌人是我们所里那个不学无术的副所长。他已经死了。"

"我知道,你们这种人都受过训练,一般的审问是得不到答案的。你还学过挺刑是吗?电刑挺得住吗?"

"不用电刑,我股骨撞断那天把银行卡的密码全都招供给你外婆了。我是一个软弱的知识分子。"

李白感到一阵疲惫,颓然坐进电脑椅,滑轮将他带到墙角。赵博仍在电脑上喋喋不休:我跟你说,八十年代的中国间谍,主要就是在国外图书馆抄资料啦,很多技术都是这么抄来的,他们相当文静,跟你电影上看到的打打杀杀的两码事。白致远拿过香烟,给自己点了一根。"我明白你的心情,很小的时候,你就失去了母亲,外界传闻很不光彩,说她是个婊子。你试图在心理上切断和她的关系,这很难,即使你在某一年龄段上能做到,也不代表你此生就能彻底释然。你可以想象一下她已经死了,而不是去做间谍。"

"她做间谍被杀死了?"

"如果你想象她是间谍，你不但得不到真相，连谎言都不会有半句。"白致远说，"我不是间谍。"

"好的。"李白说，"就这样吧，不要再谈论她了。"

白致远的西装口袋里发出沙沙的讲话声，是耳机音量太大的那种声响。李白驱动电脑椅，滑过去抢他口袋，老头没有反抗。"这是什么？"李白举着那个黑色小电器，把耳机塞到自己耳洞里，他立即听到兔子一样快的讲话声，还带押韵的。"这他妈的是一个窃听器！从你所里寄来的吗？"

"淘宝买的便宜货。"白致远仍然镇定，"耳机质量不大好，说附送的电池也没给我，拆了你的遥控器。"

"他们在说啥？"

"他们说你们要聚众冲击物业办公室，明天他们找人来群殴，带上棍子和安全帽。"

"你在物业办公室装了窃听器，你还说自己不是个间谍？"李白将自己的外公扑倒在床上。

77

一九七四年的事情说起来有点复杂。白致远在 A 研究所资料室无所事事，长女已经在安徽插队落户六年，尽管他时不时会寄送吃用到乡下，但她对这种生活失去了耐心。一个吴里的远房亲戚向他建言，让她嫁到这儿来。原因有三：吴里离上海极近，方便于探亲；吴里的男人比较势利，相当尊重上海女性；吴里稻米水产丰富，至少饿不着。白致远承认，那一年，他对世界也失去了信心，觉得光明不会再来。他同意了。

夏天，李忠诚坐着辆牛车来到安徽无为县某生产队，有一个叫白淑珍的上海女知青将在这里与他见面。然而他并不是那个该来的人，该来的叫朱头三（抱歉，这是绰号），农机厂青年钳工，出身好，念过完整的高中。白致远到吴里见了他一面，觉得尚可入眼，只等白淑珍本人首肯。男女双方通了几次信，勉强谈得来，朱头三还寄了一袋本地的松子糖给她。因白淑珍请不出假，朱头三必须孤身去安徽相亲。根据媒人的介绍：这个女同志相当标致。朱头三想看照片，媒人说：她不肯将照片乱散，你去了就知道，比照片上漂亮。其实媒人也不知道她长什么样。

出发当天，朱头三肚子疼，蹲在墙角起不来。媒人抱怨他没诚意，事实上，朱头三是发作盲肠炎了，他还觉得挺庆幸的，这个女同志的信写得太短，态度冷冰冰，且黑白美丑不明，他担心到了生产队回不来。肚子越来越痛，他都不用再装，临去医院之前把火车票给了媒人，让去退票。时间已经不多，媒人想了想，紧急拉了正在休假的李忠诚，乃因他父母双亡，家中两间平房一个院子，独吃独用，不但拿得出粮票，还能买下朱头三的火车票——吴里这鬼地方，退票必须去上海火车站。最关键的是，李忠诚稀里糊涂，家中没个人可以商量事情，他什么当都愿意上。

根据李忠诚的回忆，这个媒人比较不厚道，她原打算把自己乡下的侄女介绍给他的。出发前他问了一句，白淑珍漂亮吗。媒人心里也没谱，为了降低李忠诚的期望值，就说长得白白净净的。李忠诚知道，白白净净就是不大好看的意思。他先坐汽车到了上海，再从上海转火车，到合肥时他就后悔了，外出兜风的好心情荡然无存，心想我这样上门不是直接被她踢出来吗，白白净净的她毕竟也是上海人啊。

火车掀起热风，紧靠车窗的李忠诚被吹到发晕，他想要一个女人。他想要一个女人简直想疯了，但他并不知道这件事，他更不知道自己想要什么样的女人。媒人曾说过：如果你没那两间房，你连一头母猪都娶不到。我连公猪都娶不到！李忠诚恶狠狠地诅咒自己。那是一列很热很热的火车，多年后，在白淑珍离去的岁月里，他曾经很偶然地向李白讲起——有多热？就像在火车上开了家桑拿房。

经历了一个日夜，他到达了白淑珍所在的生产队，出于各种原因，知青们已经有一半跑路，没有走的人，农活翻倍。大中午的，白淑珍躺在宿舍里，一名凶恶的乡下干部在门口打转，李忠诚塞给他一包烟，他就走了。过了一会儿，白淑珍起身开门，李忠诚见到了她，没有任何曲折，他爱上了她。

"你是谁？"她问。

媒人承诺过他，事先会打电话给她说明情况。这鬼地方哪有电话？他不谙世事，现在才明白对方只是转给了他一张火车票。为此他还搭上了一盒松子糖，一盒枣泥麻饼，及她叮嘱要送到的香皂和蚊香若干，全都是他买单。妈了个蛋，他还是把东西都掏了出来，递到她眼前。

"我是那个顶替朱头三的人。"

"你是替他来送东西的？"

"不，我是顶替他的人。他来不了了，以后也不会来了。"

白淑珍费解地看着他。她有一双笑意盈盈的眼睛，在严厉的时候，她的眼神会变得像承受了巨大的失望。这是李白五岁就明白的事情，李忠诚到了五十岁还是稀里糊涂，他总是将她的严厉误认为失望。她的严厉的消失被曲解为出于某种失望，仿佛她曾经对他抱有希望似的。

"你走吧。"她说。

"我是得走了，这里太远，我的调休不够用了。"

"这里远个屁。我要是在北大荒插队呢？"

"车票一定很贵。"李忠诚说,"朱头三肯定买不起去北大荒的火车票。"

"车票钱是我爸爸出的。"

妈了个蛋,朱头三你赶紧去死吧,你都这样了还想着赚一张车票钱。李忠诚在心里暗骂。白淑珍说:"我明白了。"她坐到椅子上,笑得前仰后合,"哎哟,真是太滑稽了。"李忠诚不知道该说什么好。白淑珍招呼他:"来,你坐我对面,让我好好看看你长什么样。"他还能长什么样?"你像一只螳螂。"她的言语中混合着讥讽和温柔,"平时喂不饱你吗?"

"我父母全死了,没有兄弟姐妹,自己喂自己。"李忠诚羞惭地说,"我在农机厂做铸工,有两间平房,一个院子,离县政府很近。"他想起媒人叮嘱过的,这个条件赶紧抛出来。"不是这种土坯房子,是瓦房。"他踩了踩地面,"屋子里不会长草的那种瓦房。"

"谈过朋友吗?结过婚吗?"

"都没有。"李忠诚说,"我口渴,有水吗?"

白淑珍用自己的茶缸给他倒了一杯水。"以后出远门要记得带好茶缸、饭盒。这水好喝吗?"

"苦的。"

"你说得没错,这水把我的牙齿都喝黄了。"

一名女知青走了进来,白淑珍拆了盒子,招呼她来吃松子糖。李忠诚注意到她隆起的肚子,觉得不可思议。她含着糖躺到床上。白淑珍拉着他出去讲话,走至门外,她说:"她是浙江人,快生了,没有人知道小孩的爹是谁,她也不肯说。这是第二胎了。头胎是个女孩,一出生就被人抱走了。"她望着李忠诚,"是不是很吓人?"李忠诚默然不语,白淑珍说:"你的条件可以在这里找到老婆的,浙江的,江苏的,安徽的,包括上海的,都配得上你。要不要我给你介绍一个？"

"我不要，我就喜欢你。"李忠诚对白淑珍说。

78

李忠诚的眼里闪烁着光芒，他当然看不见自己，他看到的是白淑珍眼中的光芒。你要相信，光芒是神秘的事物，令人不眠不休，相比之下，爱情这个词显得太理性，也太迟缓。以上是李白为他父亲归纳的，李忠诚的原话是：我看见了她，一见钟情，整夜都没睡着，我想明天就娶她。

没有人能解释白淑珍为什么决定嫁给他。一九七四年秋天，她给远在上海的白致远写了封信，谈到同宿舍的女知青生下一个死胎，谈到她十八岁下乡的情景，如今二十四岁，有人托关系顶替了她的名额去念工农兵大学，谈到自己的牙齿，秋天掉头发，一个当地干部的儿子试图接近她，如此等等。她最后严厉地提醒白致远：请不要再指责我落后。

"你妈妈恨我。"白致远向李白解释，"六九年号召下乡，我是积极分子，别人家都躲着藏着，我是主动替她报名的。"

爱就是这样变质的，种种一切使李忠诚产生了错觉，仿佛是他将白淑珍拯救出火坑。人们明示暗示他：你没有救过她，你充其量只是捞了个便宜。他听不懂这种话，他向李白举例：朱头三的老娘一九七七年就瘫在了床上，瘫了十年都没死，你想想看，她如果嫁给朱头三会是什么境遇。这种逻辑让李白十分头疼。求你不要再说蠢话了，白淑珍曾经这么规劝李忠诚：你要永远记住人生有六个字值得拿出来反复念叨，前三个字叫无所谓，后三个字叫两码事。

他们一开始是幸福的，李白说，但在其后的日子里，大历史先于个人命运给出了答案,在一个较好的时代里,他们反而过不下去了,这也是人之常情。我的父亲并不是个坏蛋,他和白淑珍的差距在于,他本质上对于自己侥幸能活下来感到十分满足,而她憎恨这种满足感。

他们的十年婚姻,从二十四岁到三十四岁,差不多就是我过去十年的经验。然而在体感上,我无法代入进去。准确地说,我无法承认他们是幼稚的——就像我一样幼稚。我无法承认自己是一场幼稚婚姻的弃子,无法直视那个曾经神经质的爸和妈实际上才二三十岁。童年期被人喊乌龟的儿子或是婊子的儿子,这是一种创伤感,但它真正造成的恶果是困惑,过早的困惑使我变成了一个既不相信个人命运也不相信大历史的人。

我今年三十五岁了,决定相信一次,命运或历史——白淑珍没有去南方享受荣华富贵,她去做间谍了。仔细想想,这有多么重要(以及多么合理),她被父亲送到乡下,又被丈夫接到县城,无论哪条路都不是她想走的。她终于得以将个人命运和历史分离,然后重组,并作为间谍,秘密战场的一个棋子,将这两个相悖之物统统押上赌台。这些年没有消息,因为她被处决在华盛顿或是列宁格勒,一个电影般的落场,一首诗的谜底般的最末一句,它将弥合我所有的分裂感,仿佛她在某年某天也同样写信给我,温和地指出:请不要再指责我落后。

"这是一个,相当幼稚的幻觉。"白致远说。

"我能指责她的(也包括您),只有一条:为什么不带上我?"李白万分沮丧,"你们把我扔在这个小地方,成了个无名的作家,写了十多年的街头巷尾、苦闷人生,就差去写婆媳大战了。你无法理解,当人们评价你的作品狭窄的时候,他们实际上是把你当一条虫子看待,那不是眼界的问题,是人格问题。我本来应该成为格雷厄姆格林或者约翰勒卡雷的。"

"我都没能成为，何况你。"

"终于承认了。"

"我不是，我刚才只是开个玩笑。"

"你这个年纪的知识分子正常来说是不可能知道勒卡雷的，拜托！"

"我们的谈话无法进行了，我和你一样讨厌审问，讨厌表白。说出真话以后，你可能得到赦免，也可能后脑挨一发子弹。"白致远拄着拐杖站起身，"我要回上海。"

李白订了一辆出租车。这天下午，一些居民堵在小区门口，人在不断聚拢，警车还没到。出租车开不进来，李白不得不扶着白致远多走了二百米。赵博和他们打了个招呼。"注意安全。"白致远用拐杖戳了戳赵博的鞋面。两人穿过人群，在路口找到了车。李白拉开左侧车门，让白致远坐进去，又帮他搬进左腿，将行李放进后备箱，最后递上银柄拐杖。再见了，老间谍，你很酷。

"有一件事我找不到人问，只能问你。"李白说，"我到底是不是李忠诚的亲生儿子？"

"你鼻子长得像你妈，但眼睛是李忠诚的。"

"请正面回答我。"

"实在不放心就去做个DNA检查吧，比我说的管用。"

"这世上哪有儿子拉着老爸去做DNA检查的？"李白气急败坏，"他毕竟还有两间瓦房，两间门面房。难道是我不想要了吗？"

"我的遗产也会有三分之一是你的。"白致远目视前方，向李白弹了弹手指，示意他滚。

"你间接承认了白淑珍的死。"

"В Петрополе прозрачном мы умрем，"白致远说，"我们将在

透明的彼得堡死去。"

"普希金的诗?"

"曼杰施塔姆,最后死在古拉格的那个。"

汽车远去后,李白倚在一棵瘦弱的梧桐树上泪水不休。他想起十五岁那年在李忠诚面前宣称白淑珍是个婊子,李忠诚露出复杂表情,像一个被人踢中了蛋的麦当劳叔叔。我告诉他,我已经不再记得白淑珍。我的真实目的只是为了玩她寄来的那台游戏机,我对现世欢愉的渴望高于对前世的缅怀。这是个长久的借口,因为缅怀。这也是个短暂的事实,因为欢愉。最终我失去了这两者,只剩茫然。我仿佛看到李乌龟的儿子,在这个热衷于骂人是婊子的城市,他童年时的泪水洒遍一棵又一棵行道树。他是如此苍白,全力以赴与这个羞辱他的世界周旋,可悲的是,世界从来不知道这件事。

他听到小区门口发出一阵呐喊,打起来了。中产阶级们,为了列宁,前进吧。他走回去看到赵博一头是血坐在地上打手机报警,有人在喊:他是税务局的干部!小区保安们一字排开拦住李白的去路,人数是平时的十倍。他居然听懂了一个经理用方言喊话:等警察来了你们也躺在地上就行,现在给他们点颜色看看。李白向他走近,踩过一摊黑色的血,像个不想再活下去的人。

"退后!退后!"

"你以为你是谁?"李白问他。一名矮壮的穿着雨衣胶靴的汉子抱着个消防水龙头出现在李白对面。"这是国家暴力机器,你有什么资格使用?"李白再次质问。

"我就是暴力,我就是机器。"汉子朝他微微一笑,水带另一端通往物业办公室的室内消防栓,像一条蛇它忽然鼓胀起来。"别怕,这是减压的,喷不到你四分五裂,但是会有点冷。"汉子继续调笑。李白大怒,抡巴掌拍过去,强有力的水炮就像过去时代所有蒙羞的时间涌向他，将他吞没，令他昏厥。这一天吴里城市论坛上出现一个热帖，标题是：著名作家被流氓物业射到了墙上。

79

冯江认为，一个新时代开启了。无疑，上一个时代也同时结束了，请按自己的心情选择是结束或开始。现在冯江玩弄着一台3G手机，向李白出示一款约炮软件。是的，一夜情这个词在中国已经消失了，因为它过于决绝，过于准确，很不适合一群茫无头绪的人，他们的所有夜晚约等于一个夜晚。"任何社交软件都能约炮，黄页也能。"李白意兴阑珊地抬杠，自从被水炮打过以后他就一直这样，冯江曾在翡翠小区贴了悬赏五千元的告示，捉拿凶手。一年过去了，据说矮壮汉子已经逃到两千公里外的城市——李白不知道他为什么要喷自己，设身处地想想，可能只是为了爽一把。

"这个约炮软件可以让你找到……翡翠花园的寂寞女郎。"冯江继续介绍，"实际上是定位系统在改变世界，而不是约炮。"

"找到那个喷我的逼崽子。"李白说，"我约个炮还在本社区，我是有病吗？"

"近有近的好处，万一遇到是个男人，你可以迅速逃回家。"

"你在寻找情偶时总会先担心对方是男性，听上去不像约炮，是在跟自己开玩笑。"

这不是一个严肃的游戏，就像悬赏告示贴出来以后，冯江的助理接到了上百个诈骗电话（诈骗也是茫无头绪的），如果情爱像悬赏，结果也会是这样。李白是一个在严肃与不严肃的边界游荡的人，不久前他写了个通篇网络用语的小说，长达两万字，被那位认识十五年的女编辑退稿了，理由是：这些词到明天就会像露水一样蒸发。"用你自己的语言写小说，不要去学小逼仔，不要搞诈骗。文学不吃你这一套。"其时远在伦敦游学的方薇提醒他。

"我的朋友们正在用露水一样的网络语言约炮，由此通往他们的最高快感。"李白说，"没有比这更真实的。"

"所有人都在用网络语言说话，但所有人都痛恨用网络语言写成的小说。人们宁愿你像个猴子学点古代白话文、现代翻译体、边远地区传统方言，也不能接受你用短暂而普遍的网络语言冒犯他们的中学作文教育。"方薇最后说，"不要去模拟短暂，不要标榜短暂，这个词以绑架的形式通往永恒。算了，我们不要再谈论抽象的禅宗理论了。"

我们也不要再谈论性了，李白对冯江说，同时也是回应方薇。谈谈强权吧，长久以来，李白都在回忆矮壮汉子，他打开水炮前一刹那的眼神。一九八一或八二年夏季，在农机厂荒凉的野草乐园中，一群孩子忘记了时间，以仅有的两把塑料水枪互相喷射玩着编队追逐的游戏，一名强壮的大孩子进入队列，十二岁就长了抬头纹的霸王龙。李白和冯江，这对难兄难弟，立即俯首帖耳。霸王龙抢过水枪，左右开弓向他们二人身上喷洒，这并无太多乐趣，死样怪气的李白和贱逼抖擞的冯江。在冯江的建议下，三人捉住了一个瘦弱的女孩（余者早已逃散），向她轮番射击，并勒令她不许动弹。李白跑去水龙头上续了水，他同情那女孩，本可以趁这机会连人带枪消失，但失去了勇气，他能帮她的就是续上干净的自来水，而不是别的水。他们尽情地喷着，任由这女孩哭泣。你能明白，这种行为像什么，我就不说出来了。十五分钟后霸王龙忽然感到无聊，给李白肚子上来了一拳，将他打岔了气。"不许欺负女孩！"霸王龙叫喊着跑向工厂暑假班的办公室，一名阿姨挥拳头出来。"就是他俩干的。"霸王龙指着李白（冯江早已逃走），并问女孩："是不是他干的?"女孩抱着胳膊瑟瑟发抖,点头,是的,是他们三个。阿姨没听清,给了李白一个耳光。

"他们的共同点是那种目光。"李白说,"人类在向你施以权力时的兴奋、狡黠、狂妄,还有一种我与他共谋而成的愚蠢。"

"我们就是这么长大的。"冯江显得满不在乎,"你应该感谢我,那次在看守所,要不是我事先打点,你每分钟都会看到这样的眼神,还有实实在在的拳头,让你爽毙。"

"所以你认为旧时代结束了?"

"争这个有什么意思?"冯江摇动着他的手机,"等咱们死了,任何时代都会结束。"

80

冯江三十五岁之前经历的两次婚姻,第一次娶了位留洋归来的女子,她似乎很不喜欢李白,部分原因是夫家全员都被他写进了小说,接下来可能就会轮到她,部分原因是冯溪讨厌她,姑嫂关系极差,连累了李白。几次去冯江新房,李白讪讪地坐着,因她下了禁烟令,不得不去阳台抽烟,有幸观赏过一场晾衣杆上的内衣秀。必须指出,她满足了冯江少年时的情结,且数量多得有点惊人,李白怀疑要么是她一天换五次胸罩,要么是她太懒,一次洗一周的存货。总之,礼貌起见,他没提这事儿。婚后一年,冯溪给她的富翁哥哥递了张纸条:麻烦你平时跟踪一下你老婆。冯江会意,某日跟进了太子大酒店,看到一个身材比冯海不差的男青年陪她进了电梯,什么都别说了,离婚吧。

他的第二任妻子接踵而来。饱受情伤的冯江,无人相信他会脆弱,他竟如此脆弱。那抠图小妹有一天深夜加班,冯江进公司,长吁短叹，小妹给他冲了杯咖啡，冯江哭倒在她怀里，打翻了咖啡。喜报传来，李白还挺高兴，抠图小妹常年对着电脑屏幕哀嚎的样子早已令他心碎，这姑娘长得不美，性格却好，有点像北方女子，能把她交到冯江手里，李白很多情地感到一块石头落了地。婚后一年，她在太子大酒店门口堵住了冯江，并一位近五十岁的中年美妇，足以登上本地八卦周刊（可惜没有）的故事。最终结果是冯太拿了一套房子和百万现金远走，公司里抠图的换成了小弟。李白倒也觉得满意，如果让他选，他也情愿放弃冯江，要点钱算了。

那个五十岁的中年美妇何许人也？当时冯江正值财貌并盛之年，李白对此感到困惑。某天当着冯溪和他的面，冯江追溯了一段往事。

她是农机厂配电站的值班电工，不是那种底层女工，念过中专。配电站你们知道，工厂重地，用围墙拦起，闲人免入，里面干干净净，甚至有空调。一个或两个值班电工在电表前每小时抄写一次数据，剩下的时间，他们呆坐。有一天冯江翻墙进去，作为保卫科长的儿子他有时会产生幻觉，认为自己可以肩负查岗的任务。他高二，没去碰楼下晾晒着的朴素款女性内衣，这早已不在他眼里。他大摇大摆走上楼梯，进了值班室，里面没人，静谧之中，上百个电表和楼下的巨型变压器发出呲呲的电流声，冯江形容道，就像精子和子宫在遥相呼应。李白请他不要做出这种过分的比喻，汽车和车库，书本和图书馆，词和辞典，随便搞一搞都可以是这种关系。十八岁的冯江晃进了女更衣室，看到她半裸上身，背对着他，双手反扣到背后，正在系一枚白色的胸罩。

"这故事讲出来像是我的性幻想，其实是真的。"冯江说，"我从来没告诉过你们，因为在过去现在，我都必须保护她的名声。"

"没关系，我也有这种性幻想。"李白回答，冯溪给了他一脚。

很难想象冯江会产生保护某人的念头,李白回忆他们的少年时代,包括那个已经离去的张幼苹,觉得不可思议,它在人物逻辑上说不通。是哪本小说里写过的,那些少年往往被年长于他们的女子所治愈,如果不使用掠夺这个词的话。他们最初的情欲将融化在一种类似晚秋的凉爽和沉静中,性经验时而被理解为获得,时而被理解为失去。确实,李白领会了冯江的比喻。十万伏高压电经由她的分流变成可以照亮他的灯光、抚慰他的冷气、愉悦他的电视节目,反正怎么样都讲得通。经由她,冯江变得平静而实用,在很长一段时间内,他对时光的期待与李白完全相反:一个念叨着快快长大去寻找成年的她,另一个则祈祷永远停留在她三十岁的某个被撩拨至心脏崩裂的下午。

他们全都没能如愿。

时代从不兑现承诺,下一季来得太快,农机厂关门了,工人星散,音讯杳无。此后岁月,他考上大学,在上海工作了一段时间,曾经暗暗打听她的下落,其后开公司发了财,这块心病没治好,索性花大钱请农机厂的老职工吃了顿忆甜思苦饭,又拉去K歌房用假酒将众人灌了个大醉,一群上了年纪的叔叔阿姨们在包厢里跳舞,唱草原之夜北国之春广岛之恋。冯江的配电站之爱在心头狂舞,方始壮胆问起她的去处,有个阿姨说,嗐,她就在隔壁西餐厅做经理啊,这些年不容易。阿姨打电话叫她过来。一小时后,她出现了。他看到了另一个她,四十多岁,不再穿着直筒形的工作服,而是深蓝色西装套裙,梳了个严谨的抓髻,妆容整齐,自强不息,跨越了一个时代仍然风情摇曳地召唤他去兑现承诺的形象。

"你倒是挺会治愈自己的,"冯溪嘲笑,"为什么不娶她?"

"她丈夫瞎了。"

"他瞎了你就更应该上去啊,嫌她老?"李白问。

"我他妈的不是在打比方。"冯江不耐烦,"她丈夫真的瞎了,两只眼睛看不见,她不想抛弃他。"

"你他妈的欺负盲人,"冯溪为李白撑腰,全然不顾哥哥的面子,"进酒店开房反正别人也看不见你俩,太损了。"

"我给了她很多钱!"冯江跳了起来。

我们的冯江才是真正的情种,甚至超过阿波,他对旧恋、新情以及婚姻同时保持的无度狂热使李白哆嗦了一下,幸好写了多年的小说,我知道有些怪物就是这样不可理喻。此刻的冯江摇动着手机,这一动作超乎情色,在反讽与自嘲之间构成了他的人格。李白知道,他不仅会秉持这一态度去爱,也会如此这般去死。

81

李一诺念幼儿园这年,李白惊讶地发现,孩子的外婆也就是钟岚的妈妈李翠芬女士,秉承吴里的传统风俗,爱骂人是婊子。超乎传统的是,李翠芬无论亲疏远近,只要不爽,自己外孙女也小婊子一个。李白追问钟岚,是不是李翠芬在老钟那儿受刺激太深,钟岚回答,这婊子从我小时候就爱骂人婊子,只不过嘀嘀咕咕的,你们听不见。

李一诺天性迟缓,讲话不多,容易受欺负。名字起坏了,李白开玩笑说,人要给出一个诺言总是会迟疑的。钟岚回答,是的,你撒谎比较快。问题是,已经没什么人值得我撒谎了,你活到中年会发现真话更伤人。有一天李白给一诺讲了世界末日的存在——到那时,一切都消失了。一切,这个词让四岁半的孩子愣了一下,随即大哭不休。在安慰她的过程中,李白不免反问自己:我到底是撒了谎,还是讲了真话?

钟岚三十岁以后变得有点苛刻，仿佛李翠芬身上的某种基因忽然显性化，这也在李白的意料之中。她谈过一次男朋友，对方是私营厂的主办会计，长得只有李白十分之一的帅气（冯江点评），开社会饭店的也不需要财务总监，最终无果。自然会有人再次撮合李白和钟岚，用一种世俗观念：看，她单身妈妈够时髦，你呢，穷光蛋一个，事业上没啥出路，彼此知根知底，从了吧。李白表示：你说得没错，我也已经对自己判了死刑，比你更彻底，是死全家那种，极不适合再拉一个垫背的。钟岚亦摇头：别信李白的，他中年花心的好日子还在后面呢，目前只是死样怪气罢了，嫁给他搞不好要跟一堆低龄文艺女青年混战，何苦来哉。

他不是一个好情人，如今努力做一个好父亲，首先制止了李翠芬向四岁的李一诺时不时发射出的"小婊子"信号。阿姨你知不知道，这很贵，花了好多钱给小孩做早教，还报英语班，跟着几个面目可疑的外国人念单词，整整三个月只学会了 red 和 blue，好像中国小孩都是文盲加色盲，你一句小婊子，这些钱全都打了水漂。李翠芬这个女版的李忠诚，讲啥啥不懂，以钱为参照物她立即领悟，自此收敛许多。接着，他通过莫凡搞定了李一诺的幼儿园，吴里著名的太阳花（要知道这种学校有多难进），几乎摘掉了头上顶了二十年的废柴帽子。

钟岚平日管店，李白常开一辆白色助动车接李一诺放学，多半还捎上李翠芬。为了让李翠芬体会一下速度的快感，他将车速提到七十码（没法更快了），于是人们会看到一个高喊着小婊子的老年妇女紧紧抱着李白，踏板上站着的小女孩捂住双眼，而李白长发飘扬，狂笑不止。钟岚知道后大骂，一是为孩子的安全，二是再这么飙下去很可能会让李翠芬爱上他。

钟岚对孩子的教育十分重视，一种八十年代和新世纪〇〇年代的杂交体系，也就是她本人的童年加上各种耳闻目睹的当代教案，李白经常嘲笑她，你这不像教育，像某种中西医结合疗法，专治绝症的。不出意料，她给李一诺报了几乎所有的兴趣班，除了围棋，她讨厌围棋，李白就是那个被围棋象棋耽误终生的人。遗憾的是，这些试验田统统绝收。有一天李白不得不告诉钟岚：你女儿有点没天分，画画，弹琴，舞蹈，游泳，外语，全不大行，每个班总有一半以上的孩子比她更出色，围棋我偷偷教了，也分不清东西南北。钟岚极为沮丧，退了一万步问，孩子有无文学天分。李白心想你女儿连字都不识几个，我怎么可能猜得出来，只能安慰她：文学天分这种天分，在童年时看起来通常像个痴呆，李一诺讲话夹缠不清，句型复杂得她的大脑处理不过来，估计是有文学天分的。钟岚疑惑，说文学我也懂一点，他们说擅长短句才是好文字，清晰简洁明了。李白说你又上当了，句型属于政治学而不是文学，打发叫花子才用短句，但你不能把所有人当作叫花子。

"你忽然变得……睿智了。"钟岚点评李白。

"在伦理哲学层面我有所进步。"

"我听不懂。"

"就是说我越来越讲道德了。"

一个明显的变化是他再也看不得《三毛流浪记》了，这个冷酷而滑稽的故事，它极具文学性，但是当李白像三十年前一样坐在电视机前陪李一诺看着旧上海的富翁殴打一个要饭男孩时，两人嘴里含着零食一起嚎啕大哭。你麻痹你是不是人，他都已经要饭了，为什么还打他。哭完之后，李白沮丧地对李一诺说："我写不出伟大小说了，我以后只能去写电视剧了。"

他当然也会想象，假如李一诺是我的亲生女儿会怎么样，也不错，他伤感地说，她会给我送终。不过立刻想到，有一天她也会死去，那时他已经在棺材里。这是终极的虚无，无法言说的末路之后的末路，镜中之镜，梦中之梦。算了，现在这样就够了，我理解了李一诺对于世界末日的恐惧，我得像亲生老爸那样教育小孩，过好此生，尽管我不太相信这句话。总而言之，我本应沉默的中年必须变得略为叨逼些，似乎我什么都经历过，又仿佛从未经历过。

钟高强出狱了，十五年徒刑一天没减，终于，政府将这个烫手山芋放回人间。他先是在什么地方蛰伏了一阵，让自己的光头稍微长出些头发，吃胖了几斤肉，然后出现在太阳花幼儿园门口，与李翠芬一起牵着孩子的手回家。李白遍寻不着一诺，以为她跑丢，心中抓狂一片，在路口拦住钟高强才意识到他自由了。

"你下回接走孩子能不能先跟我打声招呼？"李白怒气冲冲嚷道。

"关你屁事。"

"钟高强先生，我不得不提醒你，你是一个刚从山上下来的人，政治权利还在剥夺期。"

"那又怎样？十五年官司吃足，我全款买单，明白？"

听说他在牢里温驯胆怯，被教育得像只兔子，这显然是假象。李白气不过，继续教育他："太阳花幼儿园非富即贵，你这劳改犯很不适合在这儿接小孩，有些应该都是你的老同事吧？"

"他们中间早晚会有人坐牢的。"

对话仿佛多年前的李白与钟高强倒了个个儿，可恨的是后者居然没太大变化，十五载劳动与禁欲的生活将他锻炼得不错，既往小说中监狱把人折磨成渣渣的故事似乎不适合再用，而李白，已不是那个少年，生活折磨人的规律一如既往。意识到这一落差，李白再无脸面往下讲。"牛逼，再见，冻龄美人。"他开助动车离去。

老钟当然忏悔过，早已得到李翠芬的谅解，她等了他足足十五年，五千四百个日夜，让李白猜想的话，夫妻俩可能各自在床板上刻了一千多个"正"，自己都数不清了。一个忏悔并获准重生的人，他当然有资格又臭又硬，要不然你以为这会是个好莱坞电影的结尾吗？李白与钟岚说起这件事，她叹息道：我们家，已经十五年没个男人了。言下之意，她也原谅了钟高强。"他出狱后，全家第一次坐一起吃饭，他给我夹了块肉，我就绷不住哭了。他吃饭从来不给人夹菜。"

"他在牢里习惯了，恐怕天天给狱霸夹菜。"

"原来如此。"

一诺的英语班，正如大部分早教机构，除了把孩子当猴一样训练以外，想不出什么好办法。事实证明这一年龄段的孩子跟猴子差别不大，主要靠反复训，集体关一个笼子里更佳。一诺的英文名叫诺拉，同班十来个孩子，每周三和周六晚间上一小时课，学期半年，中外老师轮番上阵糊弄。有一天放学，一诺神色苦闷，李白问发生了什么，一诺的表达力始终有问题，讲了二十分钟才让他明白，班上新来一个叫Ken的小孩，十分坏，Sara不会念英文，他嘲笑Sara是哑巴。李一诺的情绪是：气愤。

"正义感果然是一种天性，我算是明白有人为什么一辈子都教不会正义感了。"李白赞赏，"我讨厌Ken这个名字，他以为他是谁，街霸吗？"下一回上课，李一诺脸上挨了Ken一拳。李白事后才知道，怒气冲冲找到培训班，那位来自多米尼加共和国的英文老师通过中国老师翻译，表示请冷静，Ken不是一个坏孩子，他只是暴躁，我会教育他。你给中国男孩打包票，你可能会栽，李白撂下话。再下回李一诺脸上挨了两拳，多米尼加老师已经跳槽去了另一家培训机构。你能信得过奥斯卡瓦奥的老乡吗？

"自己打回去。"钟岚冷冷地教育李一诺，"只有打回去才能证明你不怕他，你以后长大，也得亲手打回去。"

"她打不过的。"李白嚷嚷。

"Ken 并不强壮，比同龄男孩瘦弱，他只敢打女孩，因为女孩不敢还手。"钟岚焦躁起来，"我把你喂这么壮，管用吗？"

她并不只喂李一诺一个人，李白把钟高强勾了过来。老钟，看你的了，把你吃牢饭学会的阴招损招都拿出来吧。"我不能伤害一个小孩，我是有前科的人，打了立刻判。"钟高强缩了脖子，监狱把他教育得很好。

"你这样就对了，在我面前也请保持同等的自知之明。"

这一回，李白找到了 Ken 的母亲，一位还算体面的中年家庭主妇。她眉宇间显然的焦虑令李白估算，事情可能有点难缠，真希望是她老公出场，我可以教教一个中国男人怎么当父亲。他站在主妇面前，想了很久，然后突兀地说：请管好你的儿子，他要是再敢打我女儿我会亲自还手。这一极具威胁性的恳求竟然没有引起对方的敌意，Ken 的母亲抱头坐在培训班花花绿绿的椅子上，她被生活轻微折磨过的模样丝毫不能引起李白的同情。大姐，我只想解决一个悬浮在日常表面的小 bug，请不要给我一堆死老爸的理由，不要扯皮，不要诉苦，我不擅长搞这套。Ken 的母亲小声地、婉转地说："我没有办法呀，我也不知道为什么生了这么一个儿子，他从小爱打女孩，管不住自己，批评了也没用。如果你真的想教训他一下，你就吓唬吓唬他。"

"你拉倒吧。"李白粗暴地打断了她，随即离开。我从来没学过吓唬男孩，我知道男孩是吓不住的。同样，我也羞于按住一个儿童的肩膀给他讲人生道理，一个道理不够，可能要讲二百个，那使我看上去像个蠢货。

这天放学李白扛着李一诺穿过马路，夜色沉沉，Ken 在后面挥着拳头追他们。我不能在你面前打一个男孩,李白对一诺说,我不想让你看到我残暴的一面。实际上他是在自言自语。"他快要被车撞死了。"李一诺伏在他肩头,担心地嘀咕着。李白悚然回头,但见 Ken 在六车道马路中央蛇形狂奔,他的母亲徒劳地捕捉着他,接着是汽车大灯闪烁,刹车尖叫,乒乒乓乓的追尾声。苍白瘦弱的 Ken,绕过了所有的致命之物,仍然挥着拳头冲向李一诺。我也不知道该拿这个小王八蛋怎么办,即使在我经历过的野蛮年代,也未曾有这样的货色。或许钟高强说得对:每个人成年时都应该在监狱里关个半年,这样他会明白该怎么做人。但 Ken 只有五岁……他抱紧李一诺,继续嘀咕。我唯一能承诺的是不会让你任人宰割,至于 Ken,确实难搞,他不是伤害而是讽刺,一定会在你的小小心中留下阴影,但是不用担心,在狂风吹过的大地上他又算得了什么呢?

82

秋天时李白从北京回来,途中接到钟岚的电话。"我体检初步诊断,淋巴癌。"她说,"现在我是你的韩剧女主角了。"南方正落雨,他湿淋淋回到家,躺在沙发上。他的记忆已经无力回到遥远的童年,只能停在二十岁左右,他们曾经相恋的一段日子。

"你并不爱我,因为我不够漂亮,只会做菜。"当年她总是这么说,"我但愿现在就死,等你三十八岁的时候,会迷恋一个十八岁的爱文学的女孩,她比你更骄傲,她会伤害你,也会爱你。那是我。"

请不要用这种决绝来虐我,李白一根接一根抽烟。时隔多年,死亡对我来说只是一种心理暗示,它从未真正发出邀约。我认知中的死亡是一场无人幸存的战争,是废墟式的场景,约等于衰老和告别,但事实上,它并不一定就是。它的意外性正是它的必然性。

钢琴声传来，他又听到那首熟悉的曲子，斯卡布罗集市，断断续续，不太熟练。他竖起身子，过去几年里，这位未曾谋面的钢琴手弹奏的总是《小草》，没有任何长进。他猜想这是一位女士，现在她换了曲目。他决定卖房子，去掉房款、贷款和借款（除了钟岚还有谁肯挪钱给他），能净得二十多万赚头。他找了中介公司挂牌，又在楼道里贴了售屋启示，网购了十个纸板箱，将屋里的新书旧刊打包。

又是一个落雨的下午，有位女士打他电话，说是本小区的，想上门看房。他说，那就现在吧。五分钟后他看到一个长发女子站在门口，化了淡妆，戴一块浪琴手表。李白诧异，问她从哪里来。

"我就住在你隔壁单元。"

"请进，不用换鞋。"

"是毛坯房。"她讲的是普通话。

"既然住一个小区就不用介绍房子质量了吧，"李白踢开了门口几双旧鞋，"去年北边有根高压线，协调以后也挪了位置，靠西的房子，夏天不会漏雨。"

"其实我也要搬走了，来这里看看您。听说您是作家。"她说，"您总是喜欢放那首'斯卡布罗集市'，开着窗，晚上听得很真切。这些年我一直弹'小草'，忽然想换一首曲子。"

"所以，您就是那位钢琴手？我总是躺在沙发上听您弹琴，并猜测您可能是……我现在所看到的样子。"

"好多书。"

"这不算多。"他去卫生间洗了把脸，开窗散去烟气。

她拿起桌上的书："海明威，《老人与海》。最后一句是老人梦见了狮子。"

"我也经常梦见狮子。"李白说，"你对文学很熟悉。"

"《老人与海》算畅销书。"

"即使是畅销书,仍然只有极少数人能背诵出结尾的句子。"李白笑笑,"就像告别时的互诉衷肠,好听,却记不住。"

"您的话我记住了。"

这时手机响了,是钟岚,李白连忙接听。钟岚说:"弥散性,中晚期,你不用考虑卖房,给我弄点好吃的。"李白无语。钟岚说:"你以前有个女朋友好像也得过癌。"

"好多年前的事了。她是良性肿瘤,在脑子里,后来治好了。"

"现在还有联系吗?"

"我已经和她永久性地告别了,不知道她身处何方。"李白说,"不用担心,有人在照顾她。"

钟岚挂了电话,李白回到客厅。钢琴手并没有离去,挺好奇地看着他。

"朋友得病了,缺钱。"

"那一定是很好的朋友才会让您决定卖房子。"她像是在提醒他,"房子在涨。"

"您决定搬去哪里?我会怀念你的琴声。"

"我弹得不好。"

"对我来说是一种不可言述的心理暗示。"

"我开发区工作,租房子住这里,现在决定换个公司,去浦东。"

"我从未用这种方式与人说再见,很意外,然而也得接受下来。"

83

斯卡布罗集市,当这首音乐响起时,事物正在落幕。李白会想起有生之年听到所有噩耗的瞬间,所有告别时的色调,那些将落日和雨水夹缠在一起的短暂印象,一九七〇年代的有线广播和领袖画像,一九八〇年代的白衬衫和帆布鞋,一九九〇年代的自行车和香烟,二〇〇〇年代的电子乐和旅行箱。一种已经消散的伤感还会聚拢,坏消息就像我亲手寄出了一封名址错误的信件,在这世界上兜兜转转,最终回到我的信箱。年深月久,我曾经不再想起它,但我早已知悉它的内容。

"癌症这种病,就像惩罚。可是它惩罚了谁呢,连猫猫狗狗都会生癌。"李白在日记本上写道,"它让痛苦回到了最纯粹的状态,定义了一个成年人经历过的时光。"

钟岚制止了他卖房子的冲动,她将手里的两家饭馆盘了出去,开发区那家卖了个不错的价钱,"白"无人问津,索性退租了事。"有人告诉我,你和邻居谈上了恋爱。"她躺在病床上说,"就像你小时候一样。"

"我并未恋爱,只是偶尔去听她弹弹钢琴,她已经搬走了。"

"放射科的程医生还没有嫁,我打过交道,她是个很不错的姑娘。"

"我以为你会把我撂给冯溪。"

"我一直在等你的《太子巷往事》拍成电影,好让我看看,是谁来演我。你喜欢的那个女导演在做什么呢?"

"听说在法国拍上纪录片了,已经很久不联系。"

"纪录片讲什么的?"

"没有情节,在塞纳河边搭了好多帐篷,邀请巴黎的男男女女进去做爱。至于她是拍人还是拍帐篷,我也不大清楚。"

"真是羡慕她。"

"不要再替我盘点情史了。"

人民医院建议他们到上海的大医院找找办法,钟岚却执意不肯去。请不要这么早就放弃,我会救你的,李白徒劳地许下诺言。其时吴里已有高铁,他托人约了专家,带着诊断报告跑了一趟上海。在阴暗的立交桥下面,有很长一段时间他竟然迷失了方向,建筑和道路皆尽相类,人们行色匆匆,他像置身于电影中,顶着风很快走入绝境。这一次,他感到死神正在身边盘旋,它确实是阴郁的、无情的、未知的,他站在这个巨大的水泥结构物中向之伸手,试图触摸,滚烫的地狱火或是极寒的地狱冰,试图粉身碎骨,但死神穿过了他,一种对于你所理解之物、你所存在经验的彻底否定。

最终他失望地回到吴里,医生告诉他,钟岚不见了。他想了想,追到太子巷那个大杂院里,见她脖子上扎着白丝巾,坐在一排紫茉莉边发呆,花期将尽。"我要是死了,你可以当是这株花谢了。"她像少女时代那样说出赌气的话。

"那当然会严重得多,像全世界的花谢了。"李白想,我给出的可能是最稀烂的安慰。

"有件事我一直没告诉你,我人生记忆中的第一个印象。先问问你,你的第一个印象是什么?"

"你早就问过,我也早就回答过。似乎是一场暴雨,然后什么地方落下了个球形闪电,在地上打转,其他不记得了。"

"我的第一个印象非常具体,是你在这片紫茉莉边明目张胆地看我小便。当时我们都穿着开裆裤,你趴在地上看我,我爸冲出来赏了你一个耳光。"

"我已经不记得了。"李白望着天说,"不过我现在还想看。"

"滚你的吧。"

她拉着李白去菜场,买了一条鲈鱼及葱姜佐料。"以后我不能再为你做饭了。"她说,"这不是赌气的话。"两人回到太子巷3号,支走了李忠诚,她到厨房忙活,他擦桌子,擦着擦着,觉得气氛不对，到厨房看，钟岚呆望着砧板上已经剖腹仍在翻跳的鱼，一堆内脏捏在她手中。

"它太疼了，天哪，它还在挣扎。"钟岚捂着眼睛大哭起来。

84

钟岚去世时李白人在台北，繁体字出版商将他拉到一家电台做直播，嘉宾向他提问：为什么在你的小说里，十几年前的大陆那么性自由、性开放，会不会是你在胡编？口音曼妙的女主持人插嘴道：那几年我在北京工作，我可以证明，确实是这样的。李白回答：我们就是这样长大的。他感到一丝冒犯，来自遥远的过去，又说：这股风气可能是台商带来的，他们每个人都娶好几房太太，夜总会常客，还普及了各种助长威风的药材。

很多年前，在到处游荡的火车上，我曾经遇到过一个在小城市夜总会陪舞的女孩，我们聊了一路。她告诉我，有人给她介绍了两个台湾男人，一个是养猪的，一个是养鸭的，这两个人她全都没见过，他们需要老婆。她问我到底应该嫁给哪个，我无法回答。后来，她快乐地决定，嫁给养鸭的，理由是鸭子比较有趣。

"我希望你们不会因为这个故事而发笑。"李白结束了这场谈话。

他走出电台，打开手机，随即接到冯江的短信：遗容安详。街道传递着一种他曾经在梦里体验到的热带气息，出版社的编辑陪着他走了一段路，他仍然保持着边吸烟边游荡的坏习惯，令台北街头的民众侧目而视。经编辑提醒，他找了个偏僻的角落，站定抽烟，立即有一位阿公跑过来借火。"我刚才撒谎了，"他醒过神来，对编辑说，"性自由的风气不是台商带到大陆的，他们那种，更像纵欲。"

"您怎么说都行，在台北，商人并不是很受尊重的一类人。"编辑说，"鸭子的故事我也能理解。"

"理解了什么？"

"理解了人是如何将羞辱奉还给这个羞辱了她的世界的。"

"你理解得比我更好，令我不敢轻视宝岛的作家。"李白从口袋里摸出钢笔，找了张纸，用繁体字写下钟岚的死讯，交给编辑，"请为我选一份台湾的报纸，发布这一讣告。"

夜里，他撂下同行的作家，独自走出旅店。账台的台湾妹子拦住他，求他不要再在房间里抽烟，隔壁客人投诉了，照理可以罚他一万台币的（看在他每天都留小费的份上）。李白问隔壁怎么会闻到烟味，妹子说，您抽得太厉害，通风管道传过去的。李白想说隔壁叫床的声音也传到了他耳中，也是通风管道，又记起别人提醒的，不要随便和台妹讲这些，会被告性骚扰，最起码一万台币罚款逃不掉。他走上街头，在骑楼下随意找了家小店吃东西，然后坐着看街景，一些店铺正在打烊，一些至为陌生的人正在用他熟悉的台腔交谈，那是来自过往年代的歌曲和电视剧中的语调，它们并不重要，从未影响过他的人格。在台北，这座既远又近的城市，他没有什么可以等待的人，没有多余的话要讲，没有亏欠和满足。他保持淡漠，又找了家小店，要了杯咖啡，坐在街边整夜抽烟，整夜守着某一颗星。"没有人必须忠于自己的前世——前世，这个词本身就意味着背叛。"他整夜说着这句话，多年前他曾经这么回答钟岚，但他并不能解释清楚何为背叛，何为重生。

他错过了钟岚的葬礼，一如错过了她一生中的所有邀请。他曾想象自己的晚年生活应该是穿一件半新不旧的丝绒睡衣，趿着拖鞋走进她的饭馆，要一份炒饭加一份鱼片。他不再写书，仍然矫情，继续抽烟，用最过时的观念谈谈那个世代的人与事。他将失去睿智，成为糊涂蛋，终有一日在她的看护下挂掉。我被卡在一个虚妄的位置上了，这很要命。李白在松山机场寻找吸烟室，同行的作家告诉他，这里没有。他最终在免税店买了瓶威士忌，现场开封，一路喝上了飞机。

我送你到一万米高的平流层。他坐在舷窗边发出低语，然后睡了过去。

85

做五七那天，李白等人在翡翠花园喝酒。冯江数落他半生薄情，李白则恼怒冯江大殓当天扎了一个穿西装、笑眯眯的纸人，胸口署的竟是自己名字，扔进一堆纸扎中烧了。两人互殴起来，又接着再喝，直至大醉。冯江无法开车，冯溪叫了辆出租车送他回去，单留下来照顾李白。第二天第三天，冯江的奔驰一直停在翡翠花园，李白怕他喝死，打电话过去，冯江不接，即刻挂断。李白又找冯溪，冯溪在电话里像死老爸一样说，出大事了。当晚冯江先是被司机扔到了离家几百米远的地方，然后走反了方向，一直走到了城乡接合部。在那里，一个花坛深处，大半夜的，他猥亵了一名妇女，然后睡着了。

"被抓了？"

"保出来了，花钱解决吧。"冯溪说，"他没脸声张，让我出面去谈。"

对法律知识相当匮乏的李白以为冯江又偷了件内衣，没当回事，倒是对冯溪的未来牵肠挂肚。冯溪三十多岁了，一直没个着落，这天喝酒时说起，不久前去杭州进货，识得一位当地教师，除了上课还在淘宝摆摊卖童装。两人谈上了恋爱，她在杭州买了套房，打算去民政局登记。李白闻此一阵唏嘘,也就是说,那个永远抬杠、永远反对的冯溪,一年中有三百天都在藐视他的人,现在将要告别。

他睡了一觉,梦见钟岚,梦见冯江在牢里痛哭。醒后听到敲门,冯溪来了,拉着李白去见冯江。

猥亵既遂,这在某些年里无足轻重,某些年里判枪决,某些年里令人身败名裂的罪行。一路上,李白又说起那些往事:向一个女孩喷水枪是不是猥亵,对大学里的女同学讲黄色笑话是不是猥亵,精神猥亵和语言猥亵,眼神的猥亵,弹舌头的猥亵,双手插在牛仔裤兜里,用拇指指向自己生殖器的猥亵,还有,对于一切的猥亵——这才是冯江最爱干的。冯溪沉默地听着,最后打断了他。

"冯江猥亵了一个捡垃圾的妇女,扒光了她的上衣,然后他居然就射在了自己裤子里。"

"天哪。"

他们去看了看现场,离冯江的别墅约一公里,柏油路铺到一半断了头,四周皆为工地,再往前走是吴里市堆埋垃圾的荒地,到了夜晚没有路灯,亦少有行人经过,那花坛里种的也不是观赏植物,是蚕豆。李白发了一会儿愣,见冯江从远处晃过来,也望着花坛,神色凝重。猥亵终于让他变得严肃了。

五万块。冯江用这个数字弥补他的恶行,五万块摆平这件事,随后又不免数落冯溪:怎么能让李白知道这种糗事,他会写进小说里。未及李白发怒,冯溪已指出:你像个真正的富翁那样无耻了。

"难道我身败名裂、吃了官司,就能弥补吗?"冯江叹了口气,"我是一个有自尊心的人,五万不行就十万。"

"无论你出多少钱都是打了折扣的。"李白说,"这个世界归你统治。"

这天下午去取钱,李白顺便看了看冯江价值二百万的新宅,一栋带烟囱的英式别墅，客厅卫生间里有个大吊灯，正指着坐马桶的人的囟门。若是请个风水师父过来，一定会说这格局让主人精虫上脑。冯江仍在嘀咕，那个拾荒女人生活有困难的话，我可以介绍工作给她。冯溪极不耐烦，从沙发上拽过一个名牌运动提包，装了十沓现金，挂在李白脖子上，两人出门。在城乡接合部的窝棚区，一阵风吹来荒烟，李白忽然生出一种将要在此与冯溪离别的感觉。

"我简直是看着你长大的。"他说。

"你在说什么？"

他重复了一遍。

"你并不知道我是在何时长大的。"冯溪说。

"正是这样的迷惘使我感到放心。"

"不要说这些，你总是爱说这些。"

冯溪进了一间黑漆漆的铁皮房子，李白背着包在门口抽烟，听到里面讲话的声音。他望着一堆压扁的包装盒和铝制饮料罐，夕阳的余晖落在其上，一条黄狗走过倾斜的街道，一架台钟在某处敲响半点的钟声。他关闭了自己的思维，让世界自行运转。在冯溪愤怒的时候，他通常会安静下来。半个小时后，她走出来，从他肩上摘下包，钻进窝棚。又过片刻，一个头发凌乱的中年女人送她出来，后面跟着一个七八岁大的女孩，脸是脏的，看来也没处上学。

"我会给你们做主的。"冯溪蹲下，似乎想抱抱那女孩，最终只是摸了摸她的下巴。女人轻声道谢，孩子没有任何反应。两人往回走，冯溪要了李白一根烟。"外地女人，带着她的孩子到这里来谋生，男人半年前在工地上摔断了股骨，送回老家去治了。我先问她三万块够不够赔，她说老板再加点可以吗。"

"然后呢？"

"然后我决定帮她们去谈到二十万。"冯溪说，"谈不下来我花钱给她们请律师。"

"二十万是正义的天花板吗？"

"正义是冯江就不应该投胎生下来。"冯溪摇头，"但是没有这种正义存在。"

"讲得漂亮，像我亲妹妹。"李白按住她肩膀，"你鞋带开了，别动，我来帮你系上。"

他蹲下，从泥土里拾起她的鞋带两端。"每年换季我会给你寄衣服的，"冯溪在他头顶说话，"毕竟我不会那么容易死。"

"寄内裤就够了，你以前给我的那些衣服足够我穿到死了。"他将她的鞋带合拢并打结，站起来又看了看，像是一桩心事落定。

86

李一诺读幼儿园大班时，班上换了个年轻老师。李白曾经错误地喊她们"阿姨"，遭到一片讨伐，既轻视老师也轻视女性。这位年轻老师注意到李一诺进食速度极慢，全班倒数第二，比她更慢的是一个吃饭从头哭到尾的女孩，顿顿如此，无法解释。总之李一诺每个星期的小红花都会因午餐而扣掉五朵。那惨哭的女孩倒是无人敢惹，她能哭到全园孩子睡不了午觉。

有一天晚饭李一诺也大哭不止，钟高强和李翠芬劝不住。李白恰好晃过来蹭饭，问其故，答曰老师告诉她有一个"慢吞吞王国"，吃饭慢的人都会被送到那里去，那里的一切都是慢的。这个故事把一诺吓着了。李翠芬听了大笑，长期服刑的钟高强则默然不语。李白自尊心受挫（竟有人拿童话吓唬我的闺女，简直拔我的旗子），拍筷子大骂。第二天刮干净胡子，喷了点古龙香水，又套上多年未穿的西装，在午睡时间进了幼儿园，找到那位年轻老师。

"请教，什么是慢吞吞王国？"他微笑地看着她因为趴在桌上小寐而压歪了的脸。她张口结舌，没想到有人会为了童话来找她麻烦。李白追问："你就告诉我慢吞吞王国的典故出自哪里，是格林童话还是安徒生童话，是山海经还是镜花缘？"另一年长的老师看他来者不善，紧急跑到园长办公室汇报，片刻后追过来说，园长有请。"我不要见你们园长，何必把事情往上捅？"李白正和那年轻老师社交到兴头上，双方已经约定不再吓唬孩子，争取把吃饭名次提高到倒数第三，小红花一朵不能少。

"园长说，与你是故交。"老师冷冷一笑。

"幼儿园园长……通常是女性，对吗？"

"我园连花匠都是女的。"

他感到莫名其妙，跟着那位老师上楼下楼，左拐右拐，感觉她是在故意绕自己。到园长办公室门口时他已威风全无，活脱像个犯错的小男生，抬眼窥去，见一身材娇小的女子立在窗边俯瞰野景，只有背影。李白踟蹰不前，老师轻抚其背，一掌将他拍进门去。园长转过身来，目若朗星，短发爽利，年纪与他相仿。他在记忆中搜索，小学同学，中学同学。她自我介绍叫廖美琪。李白的脑子还在读盘，眼珠乱转嘀咕道，美琪。"请喊我廖园长。"对方严肃更正他，随后关门，邀请他坐在办公桌对面，隔着两米，隔着一盆兰花，像土匪打量肉票一样上下看他。李白更怂，看她脑后墙上一张三尺宣，四个墨字，守真志满，落款美琪辛卯年书，不框不裱，用图钉按在墙上，字体像苏东坡，知道她不是吃素的。

"李白，吴里著名作家，这些年我一直很关注你，你出的书我看过。"她一直讲着标普。

"感谢捧场。您要再这么看我，我可能会报警。"李白急于把气氛搞活跃，回报以北京腔，"加个QQ吧。"

"先谈正事儿。"

我不想把事情搞得很夸张,我只想让小孩安静地吃下早饭和晚饭,安静地入睡,而不是为了中饭和你的小红花嚎啕大哭,这件事我已经与老师谈妥了,我可以走了吗。李白表述得完整、合理,忍不住又揶揄道:慢吞吞王国是你们幼教师范传统吓唬小孩的段子吗?"当然,我们有各种王国送你去。"廖园长满不在乎。

"您这么说就不大像是在谈工作了。加个QQ吧,好让我想起来你是谁。"

"你可曾记得二十年前幼教师范那个追到你家里讨要扫帚的女生?"廖园长支肘托腮凝视他。

"果然是你!"李白跳了起来,推开椅子,龟缩至门背后。

"你没有忘记我,是的,你怎么能忘记我呢,你把我写进了小说里,虽然只有短短八百零三个字。"

"虚构,小说是虚构的。"

"你把我送进了某个王国。"

"天哪。"

在小地方当作家就是这样,当现实主义作家尤其难,他们被迫书写自己的三亲六故、闾里见闻、情史性史,被迫展现小镇风貌,富的穷的,好的衰的。如果不嵌入几句方言的话,全中国的小镇也都显不出什么区别,如果嵌入方言又会被编辑教训,简直不知道该怎么混饭吃。李白无暇抱怨这个,他变得语无伦次,在饮水机边拿了个一次性纸杯,给自己蓄了二百毫升的凉水,喝了下去。

"我非常抱歉,我那时候太穷了,只想用稿费换口吃的。当然也不是穷得必须写你,而是想写点什么。这种欲望有点像仇恨,让人昏头,所以我招致仇恨也是必然的。如果你恨我,我接受惩罚,但请不要把惩罚加诸于李一诺身上,因为——她根本不是我女儿,没任何血缘关系，你整了她也没啥意思对不对？再说她已经是个孤儿，你胜之不武。"

"坐回来，坐好。我怎么可能把这笔账算在小孩身上？"廖园长说，"我与你的老友莫凡也有交情，孩子是他托我办进园的，我还与他谈到过你。"

"他说我什么了？"

"一直很穷，脾气怪，人挺好，小说写得不错但没什么人赏识，他想帮你，你也不领情。"

"那就好。"李白松了口气，紧跟着又叹气，"我们彼此都不要把对方送到某个王国去，这太可怕了。"

"确实可怕。"

"我可以请你吃晚饭，吃最贵的。刺身怎么样？"

"这个主意还行。"廖园长将一支铅笔含在嘴里，不过很快就吐了出来。

"下班我开助动车载你去。"

"那就不必了。"

他回到座位，廖园长站了起来，绕过办公桌走到他身后，替他掖好后颈的西装领子。"衣服穿成这个鬼样，也敢到我园来惹事。"她轻声叹息。

87

吴里开发区颇有几家寿司馆，不过最好的那家鱼生店开在太子大酒店里边。"那个地方我很熟。"李白说，"你的扫帚搞不好还在我家院子里。"

两人约了六点钟见面。这天放学李白将一诺送到老钟那儿，回家冲了个澡,又找出旧书将那八百零三个字重温一遍,确定没有把她涮成猪头,开助动车回到幼儿园门口,见她挎着个名牌包包在传达室布置工作(该园的保安毕竟是男的),学童家长们皆已散去,等了一会儿,她走了出来,冲他撇嘴。"美琪。"他亲热地喊道。她白了他一眼,径自走到路口喊了辆出租车奔向太子大酒店,李白不得不驱车在后面猛追,美琪放下车窗向他喊道:不要闯红灯!

她不想让晚餐毁于一场车祸,哦不,她只是职业习惯,她们幼儿园的日常教育不就是这些吗?这倒也别有情趣,我甚至不用假装自己是中学生了。日料店没什么客人,它的高消费、它的生食方式暂时还不能让吴里人信服。店里规矩大,进门就得脱鞋子(这对吴里人又是一个考验),李白与她光着脚坐在榻榻米上。"这种桌子叫horigotatsu,有被子的那种叫被炉或暖桌,夏天取走了被子,就不知该叫啥好。可以翻译为堀座桌。"他又贩卖二手知识。

"我经常站在办公室窗口,看你开助动车,穿一双拖鞋来接小孩。"美琪打断他。

"你早就应该来找我。"

"凭什么?人人都知道你是饭馆老板娘的面首,还被你写进了小说里。当然,她去世了,不谈这个了。"

"不谈了。有人知道我写过你吗?莫凡?"

"笑话,连你都不知道你写过我。"

好吧,李白想,我今天只能多喝点了。抬头看到美琪泪水涟涟,拿过餐巾纸伸手替她去擦。是芥末,拜托,她推开了他的手。李白苦笑着摇头:"我三十岁以后变得笨拙了,对任何事情都想做出解释却偏偏经不起质问。这是一种莫大的过错,来自我人格中的缺陷。"美琪摘走了他停在半空的餐巾纸。

李白望着她。你是唯一一撂话说我残忍的人,这句话震撼了我,二十年都没忘。我当然可以将它视为十六岁少女的胡言乱语，我听过的难听话多了去了，不差这一句。通常我会承认，我就是一个×××的人，无可救药，但我不能承认自己残忍，所以它反而不像是胡言乱语，像下咒。这是我记得你的唯一理由。我设想过与你重逢，就像我设想过与大多数告别过的人重逢一样，夹在幼稚的过去和衰秃了顶的未来之间，对此前和此后都做出解释。这种解释必须依靠重逢，而不是别的。重逢，它所具有的深邃性，人得有多么好的运气才能恰如其分地重逢。

李白连说一堆重逢，越说越颓，忽然感觉自己的左脚被她踩住。桌上酒，堀下盟，两人都惊呆了，抬头看对方，她很快把脚挪开。"对不起，我不是故意的。"美琪脸红。

守真志满，逐物意移。半小时后李白拎着打包袋跑到太子大酒店前台，当班经理仍是国兴的旧相好，冲着他连连眨眼。"很久没来开房了。"是啊。"你叔最近在哪儿呢？"我不知道！"你没吃多久嘛。"你管我吃多久呢？"豪华套间今天可以对折给你。"感谢！李白拿了房卡就跑。太子大酒店部分楼面重新装修过，电梯间有一股油漆味，他拉着美琪的手向上升。我怎么才能学得像国兴中年以后的样子呢，那种坦白，那种绽放，那种时光倒流。

"你是我睡过的年纪最大的姑娘。"在浴缸里，他纠正了一下时态，使之更拗口，"将要睡过的。"

"竟敢如此羞辱我？"

"不，我只是陈述一个客观事实，它无关于你，是我陷入了时光的迷局。"

"你在气我！"美琪照着镜子，转身向他扔过来一个牙刷，"如果当年你和我谈恋爱，我可能是你睡过的年纪最小的姑娘。"

"有道理。"

从饭桌到电梯到浴室，他们脱鞋穿鞋又脱鞋，讲述各自的际遇。美琪害羞，不肯开大灯，至衣服全脱光时，两段漫长流离的人生也在昏暗中简述完毕。她的经历，与李白大吵一架后，又读了两年幼师，顺利毕业，分配到一所条件很差的幼儿园做老师。二十六岁结婚，婚后丈夫升至市里当秘书，育有一子。靠着各种关系，工作能力也够出色，三十五岁做到太阳花幼儿园园长职务，与此同时发现丈夫出轨，小三相当粘手，为前途考虑，双方默认这一局势。这不是个浪漫的故事，不值得多讲，浪漫的那部分在于：大吵一架以后她就开始跟踪李白，在她的少女时代，断断续续，目睹他的自行车书包架上载过各色各样的姑娘，目睹他的绝技——在大街上一边骑车一边扭过头去与姑娘接吻（确定他不是个可以托付终身的家伙），目睹他成为作家，在电视上翻白眼，然后有一天她在他的书里看到了自己，一个哭哭啼啼爱赌气的少女，为了根扫帚将男主人公臭骂一顿。她还以为会像日剧一样引出什么浪漫的后续，不料李白这个混账，情节布置全然不讲套路，亦不懂好莱坞十二段落法等等，只会写那种土虐土虐的"散文小说"，她满怀好奇一直读到结尾，读到了版权页，读到了封底，再读回到封面，像转经一样，妈蛋，赌气少女再无音讯。有一天她情难自禁，冒充无辜读者，给李白写了封信（绕了个大圈子寄到出版社再转交作者），希望他能续写《太子巷往事》，并指出赌气少女的故事不该有头无尾、偷工减料。是的，偷工减料的是出版社，那个纸张泛滥的地方，他们根本没将信交给李白。她留了地址电话，等他复信，当然落得一场空，再回首云遮断归路，她的二十岁年纪就这样天真又散漫地逝去了。可笑的是三十五岁以后，她隔着大老远又看见了这个家伙，如她所描述，助动车，夹趾凉拖，一头长发，叼着香烟混在人堆里。

李白躺在一池热水中，这已经是当天第二个澡。如果当年你和我谈恋爱，你可能至今还在幼托班里给小孩喂饭，被人喷一脸，不如就像现在这样吧。"什么喷一脸？"美琪吃吃地笑，也跨进浴缸，往他头上倒了点迷迭香型洗发水，哼着词句不清的儿歌，这显然是故意的。豪华套间的心形浴缸可以容得下四个人同时泡澡，不过此刻，两个人就够了。做爱时他觉得浑身发热，要求暂停，爬到墙边开空调。美琪说她没吃饱，饿了。两人从打包袋里拿出带冰的刺身拼盘，李白说，来个女体盛如何？美琪说还是给你降降温吧，你做得太急了，前戏也不像个样子。遂连冰带菜铺在李白胸腹，也不拿筷子，一边笑，一边低头吃了个干净，因不慎打翻了一碟酱油，李白又不得不跑去冲个第三个凉水澡。

"如果当年，我在家门口吻了你，你会怎么办？"骑乘位时李白问她。

"回到十六岁，我会叫我哥哥来暴打你，然后让你娶我。"她微微伤感地说，"若是我吻了你呢？"

"你那么矮亲不到我。"

"又羞辱我，我让你尝尝矮个子姑娘的厉害。"她俯身向李白胸口咬去。

这天夜里十点，美琪穿上衣服说要回家，儿子在等她，一直不肯睡。李白点头，美琪问他是否要在这里过夜，李白说你我皆已得偿所愿，太子大酒店可不是谈恋爱的风水宝地，不值得留恋，一起走吧。美琪问为什么，李白说，以后告诉你。出了酒店，美琪站定在旋转门口，微微出汗，小模样端庄风流。李白浑身牙印，敞着胸开助动车过来，载她回家。夜风习习，美琪忽然说："我感觉不大好，重逢就上了床，应该下一次才对。"

"我们会有下一次的。"

"你要回过头来亲我，不许停车。"

"会摔死的啦。"

"摔死也要亲。"

"我的腰已经不是十八岁了,这你难道感觉不出来吗?"李白吐了嘴里的香烟,放慢车速,试图回身,几次之后两人大笑起来。

"美琪啊美琪,你还是太矮了!"

卷五　南方饮食

88

曾小然与李白聊了一夜后即失去了消息,无论他在微信上讲什么,皆不作回应。李白心如刀割,回到吴里闲晃一阵,又乘火车去杭州参加一场青年作家笔会,方薇也将到场。李白算了算,已经十年未受文学活动邀约,顿时有重返江湖之感。按照惯例,四十五岁以下的作家都可以被称为"青年作家",这一年他四十三。

方薇访学英国后,丈夫在家就地出轨(就是当初她带到吴里去的那位),未及归国即离婚。此后几年,李白与她常在微信上聊天,却一直没见面。两人电话里对了一下行程,她的火车比他早半天。方薇忽然提到:昨天学生告诉我,你被豆瓣某组评为恶臭蝻作家,好样的,活出息了。

此事李白知道(李一诺发给他看的),与事实略有出入。他解释道,有人把《太子巷往事》从坟堆里挖了出来,摘录其中几段,立了个帖子逐字逐句批判,并把他早年留在网上的几张照片贴了上去。"我写的是一个男人怎样在野蛮世界中长大。不过那几位批判我的年轻人似乎不这么理解,他们更在乎把人揪出来吊打。"李白抱怨,"我也不确定他们是不是年轻人。"

"你的知名度有所提升，那本书现在根本没人知道了，稍作修改，找家出版商再版吧。"

"不必，野蛮世界消失了。"李白说，"批我的那个人，豆瓣账号叫'肛门漩涡'。实在无法理解，一个人给自己取了这样的名字居然还有脸跳出来做卫道士。在我经历过的年代，最低级的流氓尚留有一份自尊。也许这就是当下文明的特点吧。"

车到杭州，两人在宾馆签到处见面，拥抱了一下。方教授有在朋友圈发健身照的爱好，虽说十年未见，李白仍能时不时看到她，低体脂率，小麦肤色，隐隐有腹肌，具体多少块没仔细数。十二月的天气，方薇穿短款皮夹克，长筒靴，扎了个高马尾，李白裹在一件沾了咖啡渍的白色羽绒服里。"你还是像当年那样，爱穿白颜色的衣服。"方薇拨弄了一下他的头发，"短发精神，像个荸荠。"

"白头发多了。有一篇小说里讲，中老年男人如果一头白色长发，在做爱的时候会显得十分诡异。"李白说，"忘了是哪位女作家写的了，给我提了个醒。"

"没秃就好，秃了说啥都是你的错。"

几个人坐电梯上去，经二楼餐厅层时，进来两个中年男女，衣冠楚楚，颈上挂名牌，兀自闲聊。女的说，这里还在办什么作家会议。男的说，我早就不看中国文学了，一群没有灵魂的作家在一起讲点无聊话题而已。方薇看了李白一眼，有放狗咬人之意。"你把笔会想象成奥运会了，应该朴素地看待我们每一次相见的机会。"在他们走出电梯时，李白回了一句。

"他妈的个叉，我知道他们是谁。"负责接待他们的女生说，"这宾馆还在开一个什么医学会议，你说这些吃回扣拿红包的医生有什么资格谈灵魂？"

关于灵魂问题，这是永远争论不清的，就算奥运会最初也只是古希腊男同性恋的秀场,李白说。那些去看脱口秀的人绝不会对脱口秀提出精神价值方面的要求,人们普遍来说是宽容而愉悦的,但至高的圣徒确实独自行走在世间,全身赤裸,连讨饭碗都抛弃了,他们只有精神,并给人以沉默而忧伤的感觉。到底哪一种是真实的,如果两者兼容会不会像个投机犯?偏偏,这个世界的一切道德指责中,最不应该的就是指责他人投机。也就是说,没有人不投机。人是一种投机的物种,物种不投机则会灭绝。

"不要从生物学的立场来思考文学。"方薇微笑着说。

"我和方老师看法一致,我不能容忍傻叉对文学说三道四。"女生接茬。

"你叫什么名字?"

"我叫李媛,还在读研,马上就要去北京工作了。"姑娘报了一个挺有名的民营出版公司,"做原创文学。"

"你很彪。"

"入职了请您赐稿。"

李白到房间,把手机开到静音倒头就睡,醒来已错过晚饭。他感觉自己有点睡懵,发微信找方薇,过了一会儿她喘着气用语音回复:在健身房,来吧。他追过去,见方薇戴着耳机在跑步机上奔走,运动背心已经被汗水浸透。开个会居然还带运动装。李白倚在一台类似刑具的铁架子上,不无欣慰地看着她的背影。多年前,她只是一个学院派文青,一部分温婉才女,一部分怪力少女。她与他,就像一个没有经验的水手驾着艘破船,劈风斩浪,连滚带爬,最后破船被永久性地搁在了海边,水手登岸远去。

这天宵夜,方薇带李白去一家小馆子凑局,在座多为当年同侪,四十岁上下的青年作家们。杯来盏往,李白很快喝多,嚷着要吃折耳根。众人提醒,李白兄,这道菜如今不好找,马兜铃酸,肝癌。李白说，我与方教授初见时吃的就是这道菜。中年男人的怀旧感，你的玛德兰小点心竟是致癌物。李白揪着服务员说，你现在就去菜市场给我买两斤折耳根，我要吃给他们看。这是一种怎样的情操，为往日，再度披肝沥胆。李白的酒精度继续攀升，对方薇说："当年，你来吴里看我，就不该带着你老公入住太子大酒店。"

"为什么？"

"因为那酒店风水差，在吴里人人皆知，开房的男女没好收场。"

"当年为何不提醒我，如今才说？"方教授板着脸问。

"当年我想和你结婚，我才不会告诉你。"

方薇脸上挂不住，起身要走。众人连忙拦住。李白你他妈是疯了吗，讲这种屁话，难道今天的方薇教授就不值得你追求吗。李白知错，跳起来拉她的衣袖。方薇越拦越怒，大骂道："这么多年你心里居然是如此轻视我，今天说实话了。"

"我错了，我给你跪下。"李白双膝着地大哭起来，"你与我有袍泽之谊，这说出来谁能相信？"

"他每次喝醉了都像是在噩梦里找一条出路。"方薇向周围的作家们介绍。

89

次日上午李媛急叩敲李白的房门，喊开会啦。李白披挂整齐冲出去，见她手里拿了件西服。"我男朋友的，昨天您的衣服上沾满菜汤酱油了。"

"昨天晚上你也在？"

"澎湃的记者也在。"

"我这回是脸丢大了。"李白套了西装挂上名牌去开会。

方薇的发言主题是"中国民谣的文学性",略显怪诞。反正到英国之后,她的私人研究兴趣就从 A 片转向了摇滚和民谣(当然不可能获得项目资金),发言认为中国七〇后以降的民谣歌手文学水准都在作家之上,众人也不大好反驳,民谣于大部分学者而言是陌生领域。李白没准备稿子,对当下文学趋势一概不知,信口胡诌说,不知各位有否注意最近流行的脱口秀,比当代小说有意思多了。青年学者们纷纷称是(显然都是综艺爱好者),大谈脱口秀艺术的当代性。中午散场,李白饿得发昏,遍寻不着方薇,发微信她也不回,心想还是吃饭要紧,道歉的事情就暂且搁一下吧。

他在拥挤的自助餐厅端着盘子游荡,饥饿的文学家们将食物扫荡一空,他几次插队,看到的都是类似泔水的糊状残羹,实在太伤自尊,一时饥火攻心。与此同时,一支上百人的医药学术会议代表队涌入餐厅。"李老师,快!那儿有海鲜。"李媛指点他。李白疾驰过去,妈蛋,刺身没了,鱼籽没了,海胆没了,还剩两头青虾的尸体,尚完整。他拿起食品夹,忽见一条被卡地亚 LOVE 金镯缠绕着的丰腴手臂伸出,直接抓走了青虾们,留下一丝幽幽的香水味供他饱腹。"什么鬼?"李白嚷道,转身找贵妇的麻烦。

"我饿了,早饭没吃。"那四十多岁穿正装的美艳女子剥了虾就往嘴里塞。大姐,我也没吃早饭啊。李白眼瞅着她吞下了第二个青虾,注意到她挂着医药会议的名牌。"你好,专家,对一个医生来说,用手抓取食物有损于职业操守。你们不是总提醒病人要注意卫生吗?"李白嘲讽道。

"抱歉,我是麻醉师。"她听明白了他的挑衅,回过头说,"你好,作家,让我看看你的尊姓大名,也许我读过你的大作。"

名牌对名牌,他叫李白,她叫卓一璇,两人都吓了一跳。在过去年月,她的面容早已淹没在一堆悱恻缠绵、焦头烂额的情事中,不过，也不一定，每当李白仰望夜空怀念曾小然时，卓一璇就像月球的背面，偶然从脑海深处浮出，提醒他事物是立体的，事物是神秘的，总之事物不会是扁平而坦白的。"等一等。"李白企图拽住卓一璇，看起来她对食物已经没有欲望，这会儿只想速速开溜。我不能让她跑了，她很可能出门跳上一辆出租车就消失在茫茫人海，我们之间还有旧账未清。李白推开一群端着盘子的专家，人们看到他像跨栏运动员那样连续跳过两排椅子，一名穿金戴银的中年美女踏着高跟鞋在前面跑。

"抓小偷吗，李白兄？"

"遇到初恋了！"他回答。

在拦住她之前的短短时间内，他想起了某年某日的场景，这么容易，又是二十年。停尸房的那个下午，窗帘是深蓝色的，当它合上后，水磨石地坪与其他器物均在一种人造的幽暗中闪光。一只苍蝇绕头飞舞（可能在此前暂停的尸体上舔舐过），它的不规则运行轨迹，被放大了的嗡嗡声，无法预知地停在他的脸颊随即腾空而起，使他陷入停顿的意识又被迫频频抬头。这正是他前半生的一道谜渊，那场睡眠将他的少年期和青年期截然分开，但他不知道为什么。

他记得自己醒来是下午，房间里只剩他一人，那匹巨大的苍蝇也消失了。他下了床，将丧失的记忆重新接续上，拉开窗帘看到远处操场还是同一拨人在打篮球，时间并未过去太久，接着他注意到自己勃起了，摸了摸确定没有梦遗。他回到停尸床上，盘腿坐着抽烟，等待这一常见的男性生理现象褪去，然而直到黄昏，回忆滚滚而来，下体一点没软。他像一个被双重锁链困在刑柱上的人，动弹不得，且百思不得其解。这当口一群戴口罩的人推着具尸体进来，看见他那副失魂落魄的鬼样子还有满地烟头，简直气不打一处来，直接把他轰了出去。

现在，他在宾馆电梯口的一棵龟背竹下堵住了卓一璇，她勉强挤出的笑容仍带着两个梨涡。很好，LOGO还在，岁月如昨，要不然我还真的认不出你。李白变得异常严肃。

"告诉我，二十年前的停尸房，你有没有迷奸过我？"

90

那个黄昏我没有去见曾小然，我离开了医学院，撅着那话儿登上火车，像个怪物一样去了另一座城市。后来呢？后来的经历与此无关，我不想说了。对了，我还去过你的家乡，位于西南高原的小城，它有一座钢铁厂，夏季站在阴影中十分凉爽，人们似乎无事可干，遗憾的是我在那里待的时间太短，无法将它描述得足够熨帖。我也没有去看过你父亲镇守的停尸房。

"你想告诉我什么？"

"你有没有在我的牛奶里放麻药。"

"你神经了，那天你喝的是罐装可乐，我怎么能往易拉罐里下药？"

"你说对了，过于准确。"李白指出，"没有人会记得二十年前仅见面一次的男人喝的是啥，除非你在他的可乐里放过麻药。"

卓一璇继续笑。好了，李白同学，不要再闹了，我和你加起来九十岁，这个年纪的人，如果不是医生和作家，怎么好意思再谈论生理勃起？如果谈论，难道不应该保持一种职业的冷静吗？你在嘲笑我的职业操守，一个麻醉科医生是不会朝无辜群众的杯子里随意投放药片的。就算迷过你，也不可能有后面那个动作，那个动作我可以做到，但我没做。

"毕竟麻翻了我。"

"当时你给我留下的印象就是个轻狂的文学青年，脑子像打了麻药一样不大好。迷奸？说句伤你自尊的话，你不是我喜欢的类型，我年轻时喜欢伟岸豪迈、有着崇高理想的男人。但我也不讨厌你，别忘了，那顿中饭还是我请你吃的。"

"经过二十年，你那些伟岸的男人有哪位超凡入圣了？"

"请不要伤害我的感情。"

"好的。"李白摇头，"你非常贴心地照顾了我，是我不识好歹，而且很快睡着了。这么解释是合理的。"

"我坐在你身边一直到傍晚，后来我去上厕所，再回来时，就像你讲的，你已经走了。我等了很久，你没再出现。我回到寝室，曾小然当时住我对门，她好几天没回来，我告诉她的时候，她没什么反应，那当口她好像失恋的症状很严重。"卓一璇说，"可笑的是似乎只有我一个人担心你的死活，我是你什么人？"

"朋友吧。"

"居然怀疑我迷奸了你。我为你心忧，你却问我何求。"

"就当我是你的病人吧，快要上手术台的、小概率下不来的那种。他们对麻醉师都抱有复杂的感情，可能是母性的。如果说那个动刀子的外科医生是父神的话，母神则让他们失去知觉，回到胎儿状态，在母神手里他们经历重生。你也说不清父神的切除和缝合这一通操作到底是不是拯救，在真正的绝望时刻其实我只需要一针过量吗啡。"李白背诵着他早已写成小说稿子的段落，又添了一句，"反正从那天开始，我就活在另一个世界了。"

"你后来动过什么手术了？"

"喝挂以后做胃镜搞了一次全麻，麻醉师也是一位女性。麻药劲头过去以后，我又勃起了，和那次一模一样。那时候我已经四十岁了，相当难堪。"

"全麻后偶尔会发生这种情况，"卓一璇捧着头说，"睡醒了也会这样，不是吗？"

"虽然你是那么地贴心，我对你有着难以解释的怀恋，但终究忍不住想报这个仇。"李白说，"我根本不相信麻醉师的话，她们总是把所有的可能的结果都告诉你，失忆，成瘾，挂掉，然后让你签字，责任归你，好像是你自己在给自己打麻药。你同意了所有的结局，包括莫名其妙的勃起。他妈的写小说能这么干吗，读者会买账吗？"他横击一掌，酒店咖啡厅里人来人往，感觉劈到了什么人，抬头一看方薇正与两位学者往外走，上了一辆出租车。会还没开完，这个下午他铁定会打瞌睡。

"我们去逛街吧，吹吹冷风。"他问，"能不能像旧情人一样？"

91

"你他妈的到底有没有生理常识，如果当时睡了你，你还能勃起着坐起来？"在西湖边，听完李白追溯往昔，卓一璇连连摇头。

"是你没常识，我当时年纪完全可以做到。"李白哼唧道，"现在也还能。"

"你似乎没感觉自己老了，你这个年纪的男人，照理说，应该喜欢年轻女孩。"卓一璇指向湖边一群穿校服的喧闹少女，"放心，我是医生，不会嘲笑你的猥琐。"

"猥琐是一种精神疾病，我怎么可能这么没底气？我倒是认识一个亨伯特亨伯特式的老男人，小女朋友还在念高二，他日常要干的事情就是帮女孩做数学卷子。中国的学校课业压力太大了。"

他们走进便利店，卓一璇买了避孕套，出来时脸色绯红，比刚才精神了许多。李白早已拆了一盒香烟在街边抽着，并竖起西装领子，冷风吹得他发抖。经提醒，他想起自己当年就是以这一形象出现在她面前。别担心，等会儿我暖和过来就会恢复原状。他挽着卓一璇的胳膊往宾馆走。她张开塑料袋给他看，四听罐装咖啡（罐装已经成为他们之间的老梗），两盒避孕套。"我用不了这么多。"李白嘀咕。

"普通装的一盒，延迟型的一盒。你有得选。"

"你还是那么贴心。延迟型的是给棒小伙子用的，在我这个年纪，固然不需要助燃型的，但延迟有点高看我了。"李白说，"泥手赠来，尽我所能，请多担待。"

"姐是麻醉师，知道给你下多大剂量的药。"卓一璇说，"啊，开个玩笑，我从来没有麻翻过你，相信我。"

下午的会，两人都不再参加。快到宾馆门时，天色更阴沉，飘下几片雪花。卓一璇分外高兴，说自己在南方不怎么能看到落雪。两人站在原地，看了一会儿天空，雪并未下大。几名开会的医生走过身边，打招呼喊她"圈儿姐"。李白大乐，也跟着喊。"看来你江湖地位很高。"

"深圳某三甲医院麻醉科副主任，麻翻过省级干部、亿万富翁、流量小生、知名作家，经手过无数人的灵魂和记忆。"

"圈儿姐，你太撩了。"李白扔了烟头，"比划比划。"

应该承认，气候影响着我的情绪，比如在下雪的阴天，总是感到惆怅，（这词操蛋吧？但这情绪不算操蛋。）那时做爱就像某位女作家在书里写的：非常寂寞。不，卓一璇答道，下雪让我兴奋。好的，圈儿姐，我感到自己已经听到了恰恰舞曲，在夏威夷海滩上喝了适量龙舌兰酒的效果，虽然我从来也没去过夏威夷。李白在她的房间里转了一圈，面积比他的大一倍，且是观景房，能看到落雪的西湖。不得不说，医学界比文学界有钱，如果有一张停尸床就更完美了。卓一璇仅戴一枚手镯进了浴室（卡地亚，卸不下来），掩上门。李白玩弄着叮当作响的波西米亚式项链，用牙啃了一下确定不是纯金的，又摸了摸她的大耳环，但没好意思碰她的婚戒。"圈儿姐，你打扮得就像1985年在费城肯尼迪体育场唱《Holiday》的Madonna。"他走到浴室门口，隔着门与她聊天。

"我的耳环是一把尺。"

"怎么讲？"

"套你那儿试试，如果能套上去，就说明你不够大。"

"神奇，"李白试了一下，"哇塞，简直就是照我的尺寸打的。"

"吹什么牛，我又不是没见过你。"

"圈儿姐，我感觉你也不大像良家妇女。"

"对，你的曾小然是良家妇女。"

李白从青年时代起便恪守的准则，不要在上床时将姑娘同从前的某个谁进行比较。这一准则仅用以约束自己，不足为外人道。当然，姑娘有权进行这种比较，毕竟雄性动物的天性就是比来比去，反正他们不在床上比，也会去球场比。中年以后，他修正了这一观点，正如方薇所说，不要从生物学的角度去讨论文学，或讨论人生，或讨论别的。至于阶级论、性别论、进化论，也不适合。让我们回到诗学，不要比较，不要比较一个人在不同时间维度上的差异，最重要的是，不要大惊小怪。"我对她的认识仅到十七岁为止，此后再也没见过她，直到一周前。这不是指我怀旧，而是说，我对一个诗学现象的横向比较结果缄口不言，纵向判断则基本上是胡抡，缺乏依据，我也不信任一切既定因果关系的阐释。这么说略为费解。"李白推开门，"要我帮你搓背吗？"

"你会吗？"

"我离开你以后四处游荡就是靠在澡堂搓背挣钱的，你以为写小说能糊口吗？"李白拿过毛巾拧干，裹在右手拍了拍，发出砰砰的声音，抬肘为她擦干后背。

"我是不是胖了？"

"正合适。好男一身毛，好女一身膘。"李白上手，嘴里一截带火星的烟灰落在她的背上，招致一声提早到来的呻吟。"抱歉，正规澡堂的师傅都叼着烟给客人搓背的。"他掐了烟头，"爽吗？"

"放屁，你把我烫伤了。"卓一璇说，"去把套子戴上。"

"在浴缸里？"

"你不会不会吧？"

"好好好。"李白从命，生恐她再讲出这种可怕的句子。

她的高潮来得太快，李白将它称为首潮（以及次潮、次次潮，乃至 N 次潮）。这看上去不是我厉害，是你比较厉害，李白嘀咕。卓一璇堵了他的嘴："话多！"两人湿淋淋来到房间，她拉开窗帘，湖与大雪被他们同时看到。李白忽然想起一位浙江女作家告诉他的：在遥远的九十年代，杭州大学生们最重要的恋爱仪式是男生骑自行车载着女生在凌晨飞驰过苏堤白堤，那一座座桥……当然也有怪力少女驮男生的。是何时，往事成心事，流年似他年。卓一璇将窗推开一道缝，冷气袭入，她又伸手出去揽雪。"圈儿姐，我们俩这算野合。"李白提醒道，"进来吧，给学生看见了不好。"

换骑乘位时，李白感到她的床比自己的更柔软，今晚上不用回房间了。"这是我最擅长的体位。"他介绍道。"有个导演跟我说过，骑乘位适合用来拍爱情电影，它在视觉上比较优雅，传教士位不行。"

"典型的男性视角。这可不是个好词。"

"所有的体位都是操蛋的男性视角。"

李白平躺在床上，胡乱抓过一只枕头垫在脖子下面，伸手去拿烟。"你敢,"卓一璇大笑,拍开他的手,"抽烟做爱,你是在看 A 片吗?"李白递给她一根,对不起,我忘了,你是医生。他要求暂停,有什么东西硌在腰下了。"圈儿姐,刚才一阵心慌颠倒,我用错了。"李白将避孕套盒子展示给她看,"现在你体内是延迟型的。"

"难怪你话多。"卓一璇解释,"苯佐卡因只对你那侧起作用,别担心我。"

"我感觉自己是在打大 boss。"李白提议,"可以把项链戴上吗,还有戒指耳环。"

"想看我浑身叮当作响的样子?"

"略为不上台面的情趣,请谅解。"

说到戒指,卓一璇摊开李白的手,看他左手无名指的卡地亚宽版玫瑰金男戒。"你的婚戒和我的倒是同系列。"她的语气带有一丝迷惘。不不,李白斩断她的某种情思,解释道:这玩意儿是地摊货,假的,戴着玩玩,我的履历表上至今未婚。

"什么?"

"我没有结过婚。"李白把戒指套到了右手上,"看,它很骚气,不是吗?"

"我从不与未婚男子交往。"她愣了一会儿说。

"这也是麻醉师的职业守则?"李白发笑,但没再继续问下去。是未婚男子比较难缠吗,还是已婚男子比较可靠?都不一定。有时候守则只是我们反对自己的理由,自己的无知,自己的任性,自己的过度冒险,鬼知道呢。重逢是神秘的,但你不用全都表达出来。在他看着天花板并从低角度凝视她的时间里,是的,还包括一同侧过头去看雪的瞬间,他像是正式抵达了中年——一种并不纯粹的通达。"你在咂摸什么呢?"卓一璇问。

"我喜欢你脸上如做一道难题的表情,"李白说,"圈儿姐,你似乎又领了两次盒饭。"

"三次。"卓一璇喘了一声，扑倒在李白胸口，"你不说还好，姐做不动了，你的盒饭你自己去领吧。"

她下了李白，抓过罐装咖啡喝了点，又找他要了根烟。"这不健康。"李白说，但他并非指抽烟。

"麻醉师偶尔也抽烟，我告诉你，那些上外科手术台的医生，尤其心脏科和脑科，他们对人生的理解往往不同。他们不惜代价地追求一种稳定性，这听起来像是悖论。"

不难理解，李白点头，就像某些人狂热地追求永恒，也不难理解，我就是你的代价，你就是我的狂热。至于终极事物是否存在，这是禅宗讨论了一两千年的问题，我这么解释是否合理？窗外的雪落大了，他也开了一听咖啡。没有风，雪片垂直落下，世界变得异常冷静，仿佛无可表述。卓一璇打了个电话，让把晚上的机票改成动车。

"今晚就走？"

"是啦。"

"圈儿姐，我们都四十多岁了，你不能把我当傻小子那样扔下，"李白无耻地摊手摊脚，"你看，它现在还是这样的。"

"给你吹一个。你就算是个石佛，姐三分钟也能让你去领盒饭。"她撸下李白的套子，扔向墙角。他感到一阵刻骨铭心，圈儿姐，这么好的活，轻舟直过万重山，何必留在最后玩。我想说咱们把事情做颠倒了，这不重要，重要的是我下回见你什么时候。"我可以肯定，你麻翻过我。"李白仍然嘀咕，卓一璇摆摆手。"好吧圈儿姐，我不会再追究这件事，也不再问为什么。"卓一璇将李白吐了出来，奔向浴室。"圈儿姐你怎么了圈儿姐？"他大惊小怪追了过去。

"苯佐卡因……"她对着镜子漱口，艰难地发声，"不许再叫我圈儿姐。"

"圈儿姐，你是一个麻醉师。你怎么能犯这种技术错误？"李白目瞪口呆，忍不住偷笑起来。

92

曾小然就住在这间宾馆。

在圈儿姐向李白抛出这一惊人消息的片刻里，他糊涂了。一点不戏剧化，小然如今在一家制药外企做 marketing，这种学术会议，她过来会会老同学和旧同事们，实属正常。圈儿姐恢复口齿后轻描淡写地说："昨天晚上我们还去唱歌了，不过她并没有说起过你。"

"你应该喊上我，"李白几乎是敷衍地调笑，"一起去唱。"

"你心神不宁了，我和你今天中午才重逢。当然，此刻要告别了。"圈儿姐讲话，总是意味深长，李白刚刚学着领会，尽管他奔向曾小然的心都有，仍对眼前的人流露出一丝不舍之意。他替她拎箱子，送到宾馆门口，一辆蒙着雪的出租车正在等候她。天空中一片寂冷，雪已经停了。

"小然的情况，比你认为的要复杂。"圈儿姐拉过李白到角落里抽了根告别烟，"她妈妈去世对她打击很大，一度患有抑郁症，这两年已经停药了，情况还算稳定。有过一次短暂的婚姻，大约十年前离了，没有孩子，现有个关系一般的男朋友。她赚得挺多，年薪税前七八十万，也不用靠男人，只是工作很累，不大会照顾自己。这是我能告诉你的，相信你自己也能问到。"

"还是你告诉我比较好。"

"带她去堆个雪人什么的吧，别提往事。你太喜欢怀旧。"

"我不怀旧，我只是没有更多的话题想讲，比如现在和未来。"

李白自嘲道。

一根烟抽完，圈儿姐递给他一张名片，是曾小然的，上面有她的手机号。"背面写着她的房间号，自己上去找她吧。"她为他整了整西装领子，"我终于可以把你还给曾小然了，这是我刚刚意识到的，也许有点夸张。"

"我同意你的说法。"李白说，"我想我还会来找你，仿佛我和你之间有着长久的友谊，从二十年前到现在，没有变过。"

"人不可能两次跨过同一条河流，何况第三次。"

"换一个说法，我们跨过的所有河流都可以视之为——同一条河流。"

她坐进了出租车，最后提醒李白："不要忘记你过去的承诺，把尸体捐给我。麻醉师当然更喜欢活体，不过像你这样一个人，应该为整体的人类幸福做点小小贡献。"

"由我这样一个不幸的人吗？"李白朝着汽车尾灯挥挥手，帮她圆回了这个梗。

我的人格必须靠我死后捐出器官才能完善了，这不是讽刺，是事实。他并没有急于去找曾小然，裹着衣服向西湖方向走去。亮灯工程下，一辆扫雪车隆隆开过，李白无端地想，那开夜车的人是否会认为自己在做一件浪漫的事，还是一件有益于人类幸福的事，或根本只是赚个加班费？他为司机的精神世界操了一会儿心。南方的乔木尚未落尽叶子，如果此刻去踹那些树，会有许多雪兜头落下，但他没这么做。

踩雪的声音让他想起多年前的一个早晨，天还没亮，地上的雪有脚踝那么深。路灯黯淡，下夜班的职工连人带车摔倒在街上传来响声。太子巷3号的大门敞开着，他父亲李忠诚蹲在门口抽了好多烟，将烟蒂一一码齐在门槛上。就是那时，俞莞之和曾小然提着行李向长途汽车站走去，她们踩在雪上，窸窣潜行。李白有如神启，从被窝里爬起，套上棉毛裤，套上毛线裤，套上长裤，然后披了一件棉袄跑出去。李忠诚正与俞莞之交涉，他想送一送她，然而被她拒绝。曾小然裹着围巾冲李白扮了个鬼脸，李白强作潇洒，也吐舌头，现在想起来，这应该是世界上最凄凉的鬼脸。

她们离开小巷，旋即右拐。李忠诚站在雪地里发愣（这是他们最后一次看见俞莞之），过了一会儿，他提着一支手电筒，步履蹒跚跟了上去。我亲爱的爸爸，你想怎样。李白心头千疮百孔同时幸灾乐祸，也追了上去，他穿着棉拖鞋，低头望去，李忠诚好不到哪儿去，穿着塑料拖鞋——这就是一个男人养一个男孩的下场。曾家母女并没有停步，也没有回头看一眼，李忠诚手里发射出的光照着她们前方一米的地方。

"那天妈妈低声喝止了我回头，她从未就此作过解释。"曾小然在微信里这么告诉他。

后来，李忠诚在某个地方停下脚步，李白也停下，并看着他。我不知道他心里在想什么，我所困惑的是，他所在的位置既非拐角，也非十字路口，没有桥，没有灯，没有岗亭，总而言之，无以标注。他赤裸裸地失去了追随的勇气，像一个小孩回忆不起自己在何处搞丢了心爱的纪念品。这一呆立于雪中的形象曾经被李白视为一个男人的终极失败，然而现在，他也投身于近似的境遇，经过二十多年，他可以判定，那不是失败，但那确实是终极的某物。回到这个比喻的开始，那可能就是一种终极的呆立。

93

李一诺如今念九年级，刚进 IB 班，她已经度过了所谓的"中二"——变得更难搞了。"我是一个作家,但你让我显得很狼狈,仿佛我这辈子没学过讲人话。"李白告诉她,"我这一年讲得最多的一句话就是,不要打电子游戏。你以为我爱说这个吗?"

是的,我没有经历过革命年代,我少年时候既没有扛过枪也没有扛过旗,我和你一样,是在电子游戏熏陶下长大的。这才是最要命的事。我深知电子游戏的吸引力,连我爸爸李忠诚和你外公钟高强都在手机上玩游戏,他们从未进过街机房,从未在一枚游戏硬币上寄托长达半小时的快乐,他们要么充值做人民币玩家,要么在无数免费小游戏上颠倒余生。就这样向享乐主义投降了,你说我气不气?

"你在说什么鬼话?"李一诺继续玩手机,"我玩的是大厂的游戏,单机版都有防沉迷的,一天不超过九十分钟。"

"一年就是五六百个小时。"

钟岚去世前,将属于李一诺的那份钱交予李白管理(还有一位穿得脏兮兮的本地律师),证明了他是她唯一能信得过的人,亦证明了情谊永恒(她单独给李白留了五万块)。遗嘱托付,孩子要留学国外,毕业后继承这笔钱。李白既不能买房亦不懂投资,钱在银行里增值无望,粗算一下,若要留学国外,他得把房子卖了才够,若不幸考上牛剑哈,只怕钟高强的棺材本也得垫进去。"我们或可寄希望于老钟在哪个地窖里埋了一笔赃款。"李白安慰孩子。

李一诺初中即念了吴里一所半真不假的国际中学。说它真,因为老师多为外国人,说它假,学生只有一个是"第一世界来的纯白种人"——这不仅仅是人种歧视,还有地域歧视和阶级歧视,以及生殖学方面的歧视。该校学费不菲,每年暑假的欧美旅行还得再折腾掉一笔钱。照朋友们推荐的办法,小孩到高中再转国际学校不迟,初中读个体制内重点中学,省钱,基础扎实,不容易学坏,当然也有罹患抑郁症的可能。问题出在李一诺的小学最后一年。

一诺在地段小学时,年年优秀,年年获奖,日常作业不用李白操心,属于优等生。班主任在他们还只有八岁时,就已经往每个人脑袋上敲了"好生"与"差生"的图章,二十年翻不过身的鉴定书。一开始小孩不懂这个,不幸的是,人会长大,而且不需要多久就能长大。到他们十二岁时,一名男性差生在李一诺面前脱下了自己的裤子,并且撸了两下。

李一诺被吓到神经失常,尖叫一声,一溜烟逃回了家。像多年前一样,李白又怒气冲冲冲进了学校(据说这个成语不能和这个动词连用),几乎被保安用不锈钢大圆叉捅在墙上。他找到了班主任(这次没可能有艳遇了),请她管教一下那位太早破茧而出的露阴癖。即使在我经历过的野蛮时代,也没有男孩敢这么干,相信我,咱俩都是过来人,这么干会社死的。她可怜巴巴地向他摊手。

"你为什么这么谦卑?你平时都那么横。"李白望着她,其实艳遇也不是没可能,只可惜孩子快毕业了。

"刘××今天在不同场合脱下了裤子,做了那个淫秽动作,已经有五个女生跟我汇报过了。"她说,"我首先要平息的是你的怒气,为我学生的安全考虑,请你不要再冲进学校。"

"你以为我会干什么?"

"你以为学校门口配了六个保安举着叉子盾牌辣椒水是为了什么?"

真是一位尽职尽责的教育工作者,如果平时不那么狠就更好了,但不那么狠的话孩子们就考不上好学校,难道不是吗?如此简单的道理还需要重复吗?李白拉她到外面喝咖啡:我研究过变态,没有一个露阴癖会在学校里连续脱裤子给女生看,这小男生身上到底发生了什么。班主任说:已经盘问过,你的判断没错,这是一个长期自卑的差生,即使横遭同学殴打也不懂还手的怂包(差生之中的渣渣），这一天他忽然发现，脱下裤子可以让人害怕——他就这么干了，他想知道让人害怕是什么感觉。李白愤然说：这个白痴，他掏家伙自撸的行径将会被人们永远记住，直到他的葬礼，太可悲了，让家长好好管管，实在不行就转学吧。班主任摇头：他父母已离婚多年，母亲去了上海，父亲再婚生了个女儿经查是自闭症，哪有心思再管这个小孩。

"饶了他吧，"她喝下最后一滴咖啡说，"他不会再犯这个错了，他不是露阴癖。"

"这是我今天听到的最悲惨的故事。"

他回家后将同样的话讲给李一诺听，请她忘记这件事（冷不丁看到男性的器官会对未成年女孩造成什么样的伤害，他在思量）。李一诺说，叔，你不懂女孩，我脑子里记住的不是他的器官，而是姿势，太可怕。李白愣了一下。"我不要再念体制内学校了，"李一诺阴沉地说，"他们把学生教成了疯子。"

"也不全是吧？"李白意识到她已长大，顿感胆寒。

"让我念国际中学，不然我划手。"

"好吧你赢了。"

M国际中学位于吴里开发区，过去它们被称为"贵族学校"，如今这一恶名已经淡化，其消费水准在中产阶级家庭的承受范围内。更大一部分原因，李白分析，中国人从来不相信有钱就能当贵族，凯子还差不多。经考察，该校走读制，双语教学，风气自由，伙食好，老师来自五洲四海。李白不敢拍板，问钟高强，老钟极力反对。

"就照你的意思办。"李白说，"反着办。"

"我是李一诺的法定监护人。"钟高强强调。

"你都不一定能打得过她，何必呢？"

在这所学校里，李一诺再次使用了她的英文名字，诺拉，诺拉李。她的同学包括乔安娜，伊安，约翰，彼得，苏珊，苏珊娜等等，没有凯文和托尼，有一个迪克。李白发笑，后来知道迪克是美琪的儿子，几乎笑昏过去。

美琪的傻儿子啊！身高一米七五，两条象腿，耐克鞋的忠实拥趸，电竞奥运金牌的潜在获得者，他老妈曾经花了大钱教他弹钢琴，最终他学会的是在黑暗中熟练地使用光轴键盘。他同时也是一个篮球爱好者，梦想自己有着流川枫式的眼神，如果你连打五个小时的电竞，再跑去篮球场，你的确就是这种眼神。他当然还有一些小秘密，连美琪都不知道，但一诺知道。"他的女朋友比他大一岁，是个富姐，送了他一双限量版篮球鞋。"难道美琪买不起吗？李白思量。

"有没有注意到你儿子的篮球鞋是限量版的？"某日在太子大酒店的房间里，他穷极无聊，拿美琪开涮。

"他有很多球鞋，你说的是哪一双？"

"美琪，你是一位非常优秀的……幼教工作者。"李白决定什么都不告诉她。

李一诺周末常来找李白。当年在病床上，钟岚曾与他长谈过，希望他能做孩子的父亲。女孩在一定年纪上需要父亲，这是常识，李白慨然答应。钟岚说，你一生中所有的承诺都打了折扣，这次你要像像样样答应我，因我对你别无所求了，你不能做个免费老爸。"不要再打电子游戏了。"李白继续嘀咕。李一诺缩在阳台的躺椅里不予回答。"你要是考不上个好学校，我就只能在你妈坟前自杀谢罪。"

"那好啊，我再挖个坑把你埋她边上。"一诺曼声回击，听李白没有动静，便从躺椅里探出头来看。他并没有哭晕，他只是点着烟陷入了沉思。"叔，你是几岁时和我妈发生关系的？"

"我的天哪。"李白猛烈抽烟，"你知道这个有什么用吗？"

"没什么用,只是我最近在和迪克讨论这个问题。"

"你为什么要和迪克讨论?"李白警惕起来。

"他和那富姐分手了,主要是富姐的老爸做生意亏大了,现在也没啥零花钱。他好像对我有点意思。"一诺追过来问,"你当年喜欢姑娘是挑脸呢还是挑性格?"

"挑她有没有零花钱。"

"你们都很聪明,只有钟高强是个凯子。"

"回到正题,我认为你这个年纪的女孩,和闺蜜讨论一下这种事情也就罢了,何必找迪克呢?他看上去傻了吧唧的,真没想到还能傍上富姐。"

"再说一次,他们已经分手了,迪克说他俩不适合,现在他都记不清富姐长啥样。"

"不要相信这种鬼话。一个人要结束感情,首先会强调理性,其次会强调忘性。但那都是说辞,他只是在感性层面不喜欢那一趴而已。"李白冷笑,没告诉一诺,男的通常不会爱上适合自己的女孩。

李一诺跑去开门(李白中年后听力下降,一般女性的敲门声已经听不大清了),迪克进来,胳膊里夹了个篮球,蹲在门口等一诺收拾东西。这小子傻归傻,很懂礼貌,是美琪和富姐联手调教出来的。李白注意到他又长高了,嘴唇上的汗毛剃得干净,对一个男人来说,从此它就可以被称为胡子了。李白发了他一根香烟,搭讪道:"有一米七八了吧?"

"一米七七,"迪克摆摆手,"我妈说了,你要是再递香烟给我,就打断我的腿。"

你妈其实是要打断我的腿。经迪克提醒,李白想起中午还有个局。回首往日,孩子们像蘑菇一样快速长大,他和美琪之间品质优良的友谊就像二十年陈的酒基制成的上等白酒又窖藏了十年，没有比这更好的地下情了。"替我问廖园长好。"李白故作清白，有些事情说出来会吓着你们年轻人的。等一诺换了鞋子抱着篮球与迪克跑远，他给美琪发了一条微信，约吃午饭。

94

李一诺七岁时，李白带她去商场，一诺含着自己的辫子在角落里玩，被两名老阿姨喝止："小姑娘不可以吃头发。"李白看了看她们，极普通的、没有受过高等教育的本地劳动妇女。他去问钟岚，她在病床上答道，吃头发是一种女子的贱相。又说，孩子长大后你要多多留意，不可让她沾染恶习，也不可露出贱相，让人撇嘴。李白说，撇嘴也是贱相。

中年以后，他对这话题感兴趣，收集了一下，并回忆。抖腿是贱相，斜眼看人是贱相，吃东西嘬手指是贱相，嚼东西吧唧嘴是贱相，站在门槛上是贱相，抛媚眼是贱相，爱叹气是贱相，吟诵婉约词是贱相，蛇行鼠步是贱相，走路无声也是贱相。曾小然的嘴唇是贱相，周安娜的三白眼是贱相，钟岚爱甩头发是贱相，张幼苹和叶曼那就不用说了，美琪有个小小的风流动作是拎起衬衫门襟给自己扇风，冯溪爱叉腿坐着，小时候会撩起裙子往脸上扇风，卓一璇喝咖啡常不经意地用舌尖舔过上唇，至于方薇教授，外表倒是完美，但她写批评时攻击性太强。

从容貌到精神，从习惯到无意识的小动作，一切皆可诟病。李白发微信给方薇，这些贱相意味着什么？方教授回答得干脆：男性视角和阶级歧视，意味着老地主在巡视家里的丫鬟，贾政甚至觉得袭人这名字比正常的丫鬟更贱。

扩展到男子呢？李白问，抒情算不算贱相？

如果他们想说你贱，他们就会说你的抒情是贱相。方薇答道，一切皆可定性，一切皆可双标。

95

美琪如今担任 M 国际中学的家委会负责人，除本职工作，还要为一群中国家长义务打工。半年前，一个女性精神病人在午休时强闯太阳花幼儿园，两名年老力衰的保安未能拦住，美琪在办公室见状直扑下来，脸上被挠十五道杠。那以后她不再见他，只用微信联系。李白去看现场，见幼儿园围墙加高两尺，前有电网，后有铁丝网，保安加配至四个，白天有巡逻警车停在门口，完全如堡垒相仿。美琪脸上缠满纱布上了本地新闻，并被幼教师范收录为优秀校友，一战成名。

李白爱她浪漫风流，也爱她的勇，那泪眼汪汪弃他而去的少女自然已经不再，她仿佛肩负全人类的和平使命同时还捎带上李白本人。"这半年我过得神魂颠倒，"他用日式筷子戳住一个寿司，"像某一本科幻片，你去星际旅行，我在地球上天天吃麦当劳。"美琪摘了墨镜，他吓一跳，脸上的伤口已经痊愈，左眉留了道伤疤。"断眉。"她说。

"迪克说你恢复如常。"

"是我教他说的。"

"你这样会造成年轻人的猜想，他们可敏感了。"

"随便吧，我准备打离婚了。有人劝我等孩子高考以后再离，可是迪克不需要参加高考。"

她凝视着他。这个小有名气的本地浪荡子，不婚主义者，连救济金都拿不到的失业中年人。若是活在人潮汹涌的大城市里，他的情调恐怕更接近一个 loser 而不是诗人，她将不会与他重逢，日日错失在地铁里——哦不，他根本不用坐地铁。美琪恍惚了一下。"像你这样一个习惯在沙滩上散步的人，我是不会把你拖到深水区的。"她叹息道，"财产分割问题比眉毛更难办，且得打个两三年官司，你尽可放心——但是，请不要做出松了一口气的样子。"

这不至于，我还停留在某种心疼你的简单情绪里，我以为在婚姻问题上你会藐视我，现在看来也不至于。"我们要做的是打破太子大酒店的分手诅咒。"李白毫无心理负担，吞下寿司，"顺着你的比喻往下讲，我和你之间就像一首 MV，后来变成了电影，现在变成国产电视剧也在情理之中。"他凑着灯光看她的脸，"你这眉型叫作远山长，眉尾入鬓显脸小，极难画好，你却天生长成这样，最好是化妆补一下。留了疤就像苏东坡写的——远山长，云山乱。"

"你有两种状态。"美琪高兴，"一种是别人爱听什么你就说什么，一种正相反。"

"很高兴你没有指责我胡言乱语。"

这天下午两人先是在市区一座旧公园散步聊天，说到 M 国际中学。美琪说，校风浮夸，课间不禁手机，女生到十年级竟允许染发化妆。李白说，若你认为化妆是女性的天赋人权，那么她们所享受的就不是自由，而是平等。何谓平等？李白说，你想想，中外学生同校同班，你不能只允许那些韩国人、日本人、新加坡人、印度人，及我国港澳台的孩子化妆，却偏偏限制一个吴里的姑娘，此谓之种族歧视——我们自己歧视自己。

他聊到过去。"三十年前，我念初一时，同桌是一个成绩不太好的女生，有一天她把自己的眉毛修了。她没有画眉毛，仅仅是拔掉了一些，让它显得更细。然而我校那位合不拢腿的教导主任像雷达一样发现了她,猜猜后来发生了什么?她把我同桌的一根眉毛剃掉了。"

"一根?哦,坏人。"

"那些女孩们偷偷摸摸卷头发,擦口红,涂指甲油,戴手镯,打耳洞,修眉毛,穿半高跟的皮鞋,我全都见过。面对惩罚,欢乐是潦草的。度过青春期以后,我对所有的欢乐都不太信任,这是坏的一面。好的一面是我避免了和一大群人共同庆祝,庆祝这个,庆祝那个。"

美琪并没有仔细听他说话,旧公园的冬天是萧条的,夏日又会显得杂乱而平庸。很多年前,这里是小流氓出没的场所,李白绝不敢带着任何一个女孩到这里来,至于现在,他看了看,周围好几个探头,也在看着他。听说美琪的老公在市信息中心做官,不知道他此刻有否在监视器里看见自己老婆。美琪找了一张儿童秋千坐下,李白轻推一把。这一动作中饱含着对于往日的怀念,任谁都无法逃脱,但人们并不能讲清往日为何物。李白触碰到她的黑色羊绒大衣,带有时光的遥远和善意,似乎已经对他的背叛作出宽容姿态,而实际上,往日的他并没有领略过这种手感。

"听说过 M 中学的卡尔吗?"美琪荡着,聊到了一个无关乎他们的人。

当然,我还看到了,李白笑了起来。有一天他去接一诺放学,见一位戴鸭舌帽的不是很黑的黑人兄弟站在校门口,上身衬衫敞开三粒扣,下身穿一条白色紧身裤,唉,你不得不承认黑人兄弟(或者是卡尔本人吧)的器官有点醒目,枪在左边,蛋在右边,李白不知道他是怎么做到的。一诺介绍,这就是我们新来的班主任卡尔,我们同学说,你会很羡慕他。我羡慕他个鸡巴,李白当场爆粗口,但卡尔确实会让虚伪的中产阶级家长焦虑,他们的焦虑甚至都有点虚伪。

"家委会担心卡尔是个色情狂。我发邮件给教务主任,她告诉我说这是卡尔的权利,她只能负责友情提示一下。"美琪发笑。

"我认为卡尔确实有权利穿紧身裤。"李白继续抬杠,保持政治正确,"他甚至有权利穿裙子,否则的话,你就得告诉他穿什么样的裤子才是合法的,裆有多宽,腰有多低。然后你就得带他去商场里买裤子。"

"废话,你会穿成这样去开作家大会吗?"

"我不会,我没这个本钱,百分之九十九的男人都没这个本钱。"李白坦言,"真没想到我四十四岁了还要去跟外国人比大小,这是全球化的福利吗?"

"你放弃了这个权利。"美琪大笑起来。哎呀呀,卡尔,怎么办,怎么能让这骚唧唧的家伙明白这是在中国。"你会不会感到自卑?卡尔可是学哲学的。"

她无意中问了一个难以回答的问题。这个世界在不断地塑造人们的自卑(而不是自卑感),使之成为歧视的凝视物——脸,肤色,性别,爹妈,学历,经历,户口,年龄,还有生殖器。最后一项很少被提及,因为我们总不至于互相嘲笑生殖器,但本质上我们就是在互相嘲笑生殖器罢了。李白心想,我应该给那个羞辱我是乡下作家的豆瓣青年批评者写一封信,澄清一个重要问题:即使作为敌人,我们彼此最好尽量望向对方头顶(如果不能越过的话),而不是生殖器。见面就向下瞄的习惯真是非常糟糕,连累我看起来也像是个逛鸭店的。

美琪下了秋千。李白又贩卖冷僻二手知识,说在东欧某些民族的迷信中,从秋千上掉下来摔死会变成吸血鬼。美琪白了他一眼,对于他这种平均一小时发作一次的间歇式社交失能症状,她领教得已经成为习惯。两人向小土丘上走，穿过一片正在开花的腊梅树，丘顶一座中式凉亭，几名中学生在里面。他看背影立即认出，这是迪克和一诺，正肩并肩站着。他想开溜，又见两人对面有一对穿实验中学校服的孩子正在壁咚，女生僵直身体靠在柱子上，男生同样抖抖索索，歪过头贴住她的嘴。"这年头的孩子，"李白向美琪摊手，"我总感觉中国的小说电影都没讲真话，要么过于纯洁，要么过于冷酷。"

"王顿！"美琪喊出迪克的中文名，冲了上去。迪克见状三步起跳，拔腿就跑，一诺也跟着跑了，没注意到缩在腊梅树后面的李白。迪克你惨了，你老妈发起飙来敢和精神病对打，不发飙也敢给你取名叫迪克，李白幸灾乐祸。美琪追了几步，没抓到运动型的儿子，气急败坏返身按住了那对少男少女。

"干什么呢？你俩实验中学的，跟王顿、李一诺什么关系？"

那瘦弱的男生给自己戴上了眼镜。"小学同学。"他有点紧张，"阿姨你放开我，这是王顿的主意。"

"王顿什么主意？"

"他觉得我俩……可以这样。"

"他觉得？这哪门子的逻辑？他跟李一诺也这样过吗？"

"那我不知道。"

瘦归瘦，没出卖迪克，也算是条汉子。李白在一边赞赏。美琪转脸问女孩："你乐意吗？你要是不乐意，我现在就把这小子和王顿都送到派出所去。"女孩立即哭泣。李白看不下去，走上前劝美琪撒手，两个孩子一溜烟跑了。他提醒道："别这样，有点法西斯了。"美琪仍然不爽，或者也有三分懊恼，往栏杆上一坐，大声说："实验中学的，好好应付考试就行了，学什么国际中学的坏风气。"又问李白："我法西斯吗？"

迪克的日子看来不好过。一阵冷风吹来，旧公园又恢复了寂静。李白改口："不，你只是像个技校出来的女流氓，纯粹是为了占这块地儿，把四个初中生吓跑了。"

96

美琪一直好奇一件事：李白，你小说里这么编派你父亲，他就不曾生气吗？李白回答：不看书的人，就算是亲儿子写的，他都不会看。但我认为这是一种节操，人不要随随便便去看别人写的书。亲儿子也是他者。

"我也想写小说，"美琪说，"我正在写，半年写了好几篇。"

"这么多年过去我终于又遇见文学青年了。"李白悲喜交加，人也不要随随便便写书给别人看。

两人往太子大酒店走，美琪戴上墨镜。"你不提出看看我的小说？"李白正在走神，摇头说你又没带稿子。美琪递上手机，李白方始从一连串回忆中抬起头来，是的，手稿时代，打印稿时代，电脑文件传输时代，全都过去了，现在用手机就能看小说，有些软件还能把稿子读出来。他在手机上划拉，美琪捂着胸口说："哎呀，好忐忑，激动。"李白说："你这态度内行，但是不要每次都说出来。"美琪拍了他一掌。

人人都能写小说，这是一种无意义的说辞，正如安迪沃霍指出人人都能成名十五分钟，但事实并不如此。"人人可以去爱，也不一定。"李白卖弄观点，"甚至人人都会死也不一定。死是一种客观事实，有的人失踪了，没人能确定他死不死，过了两百年人们只是按普遍经验推论他已经死了。"

"你想说什么？"美琪发问，"我不配写小说吗？"

"你已经写了,这是一个客观事实。"

"他妈的。"

这天进了酒店,美琪不悦,李白十分懊恼。来到房间,美琪终于发飙,提了另一个问题:你曾经嘲笑我的婚姻稀烂,现在离婚,你娶我吗。李白更是无语,一个人在浴缸里泡着,话再说下去就伤人了。尽管你的丈夫不太忠贞、面相庸俗,但他仍比我靠得住。问题是,在四十多年的人生中,我从未想过去承担一种替人修改婚姻的责任,就像替人代笔写小说——这个比喻可能也是稀烂的。过了一会儿美琪走进浴室,嘟着嘴说:"不要再谈这些了,半年没见了。"

"小说写得很好。"李白说,"实际上我要说的是,我非常珍惜你。"

"不,你是在嘲弄我,我要换个男朋友。"

"不要愤然变心,so young。"

这天做爱美琪一直骑乘在李白身上,比之三十多岁时,她更瘦了些,李白胖了十斤,尚且说得过去。美琪忽然停下说:"你是不是有其他妹子了,要不然这半年怎么过来的?"

"靠吃维生素过来的。"

美琪将床头灯拉近,伸手在他胸口扒拉。看着她染成豆绿色的指甲,李白心想,这对利爪曾经在我身上挠出五六十道杠子,怎么输给了精神病人,真不可理解。"你有一根白色的胸毛不见了。"美琪厉声问,"去哪里了?"

"我何曾有过白色的胸毛?"李白给自己脖子后面加了个枕头。

"有,胸口偏左一点有一根去年就白了。你别看,在你的视线死角上。既然不是你自己拔掉的,那么是送给哪个妖艳小骚货了?"

"这东西也能送人吗?"李白胆战心惊,"我对毛发没啥癖好,如果秃顶了我会很伤心。"

"你骗不过我,我是幼儿园老师。"

"不,你是女作家。"李白大笑,"不要写言情小说了,改悬疑路线吧。我理解了你的幽默。"

深夜时李白起身穿衣,空调把屋子里吹得很热,美琪懒洋洋,说她想在酒店过夜。他推开窗,散掉些烟气。南方冬季最深沉的某段时间正停滞在眼前,如同酷暑和雨季,如同另一些无法比喻的日子,它们在缅怀中逐渐沉落。他从玻璃的反射中看到房间里,他的情人正在灯下摸索着烟盒,作为一个幼儿园园长,她不该抽烟。十年前他当然不会想到这段情可以延续到今天,但他做到了,他感到时光就像一个不苟言笑的发牌官,只是凭着运气派发给了他一个任意的十年,他拿到了一副顺子,至于何时打光这一手牌,他仍然看着玻璃中的美琪,她的美丽、宽容、故作凶恶,以及在他背过身去的短暂时间里流露出的倦怠。

"你从来都在听我讲着无意义的笑话,我呢,坚持讲着无意义的笑话。"李白说,"似乎这样就不会失去你。"

"你在嘀咕什么?"她摇灭一根火柴。

"不,我只是在猜测。"

97

曾小然发微信过来,问到吴里实验小学(也就是李白的母校),一位向姓校长的近况。李白对此人有印象,但不记得他姓向,打电话问冯江,冯江说自己当年是农民小学出来的,不如问问莫凡吧,这些台长校长之间有着完整的县城上层关系网,搞不好还联姻呢。然而莫凡没有回答。最后是美琪告诉他,向姓校长二〇〇九年病故于外省,子女早已离开吴里。

"这人名声不大好。"美琪微信上叮嘱,"你不要多问了,牵涉到一些还在世的人。"

李白的好奇心生成,夜里与小然闲聊,她发了一张图过来,年代久远泛黄的纸上写的日记,是她父亲曾先生的手笔,行文克制,似乎早已料到数十年后会被他们所读到。其中写到:今日经过校长室,见向某体罚学生,令其褪下裤子予以观赏,此行为属于何种性质?旁又批注一条:不可声张。小然解释说,这是她整理俞莞之遗物时发现的,曾先生写日志不标年月,从上下文推断应该是一九八三年的事情。

这还能是什么性质?耍流氓呗,人都死了十年,就不知道有没有更进一步的动作,也不知道受害的女孩有几多。两人回忆实验小学的校长室,一九八三年,刚刚造起三层高的教学楼,此前他们都在红砖砌成的坡顶平房里上课,而校长室似乎一直没有搬迁。小然说,那里常年挂着天蓝色的窗帘,李白已经全忘了。

"我记得自己还进去过一次,印象极为深刻。"他说,"因为,那天下午有个老师冲进来告诉我说,我爸爸可能被烧死了。"

她二十五岁以后没再回过吴里,对这座平凡的县级市留有的印象是:出城即为农村,街道普遍肮脏不堪,晴天晒在小巷里的咸菜干和煤饼,某一片区令人感到舒心的石库门房子和梧桐树,另一片区杂乱无章的商业门面,当然还有他们曾经流连的蓝莲咖啡馆。她的记忆实际上已经跨了前后十年,但在她的讲述中,似乎又是同一年代同一场景。

"我从来没有把吴里当作自己的故乡,我去过的地方太多,也不写日记,吃了几年药,事情都记得七零八落的。"

"你十七岁时写日记。"

"后来不写了。"

正是那些混淆的记忆使我们让步于时光，不再先于它发出感慨。小然道了晚安去睡，李白不知她此刻身在何处，他在黑暗中看着闪亮的手机屏幕，无端想到，世界从哪一天开始以这种方式相遇：你面对的不再是某一张脸、某一段风景，而是可以被握在掌中的随身电器，你低头倾诉的姿态与地铁上疲倦而无聊的人们极为相似，谁又能断定他们不是在叹息，或者不是在做出攻击性的举措？一个关键性的表情包该怎样被写进小说，而人们的真实表情是否已经变成无法描述之物？

这当口李一诺发了一条豆瓣链接过来：叔，你的书又有个傻叉来打了个一星。

我已经厌倦了这个用五颗星来表述的世界，所有人都像在批改作业，而其中至少有四颗星是没有什么意义的。

你这是二元论，我们老师说的，要么就是虚无主义？一诺回复。

就像你的名字，一诺，不是〇诺也不是五诺。李白打了个呵欠，告诉自己这不值得多想，早在爱迪生发明电报那天起，世界就已经奔向一行行缩写字母了，至于爱迪生以前（或者说以外）的时空里，你受得了宗教裁判所无休止的审问和伴随而来的拷打吗？一诺反驳道："你确定电报是爱迪生发明的吗？"

冬季尾巴上的吴里古城，在某一短暂时间里会尤其平静。开发区的白领蓝领们搭乘交通工具返回祖国各地欢度春节，吴里本地的中产阶级们举家奔向旅游景点欢度春节，禁止放鞭炮的新条例要求人们文明欢度春节，大批游客和网红尚未来得及到达吴里欢度春节。像一部推理小说，一系列要素组合，古城区空荡荡。李白清晨醒来，开助动车到李忠诚家喝了杯咖啡。这一片区如今是网红街。太子巷3号，他过去的房间破墙开了间小咖啡店（是的，李忠诚现在有三间门面房），而曾小然和钟岚曾经住过的大杂院，已经装修，成为民宿。

李白用手机拍了几张照,传给小然。"大格局没变。"他介绍道,"再过两天就会有几百个举着自拍杆的少女出现了。"

"就你那狗窝吗?"曾小然用语音回复。

"你曾经的闺房如今上下层打通,变成一夜千元的炮房,全都是又丑又老的男人带小姑娘进去打卡。"李白说到这里打了个寒噤,想起楼下是钟岚家。这座炮房简直是我中年时的心理奇观,一种对于青梅竹马似水流年的彻底批判。

"怀念吗?有没有带小姑娘去开过房?"

"没有。"李白诚实回答,并收起手机,止步于民宿门口。与你所看到的相反,这是荒凉景象,像巨鲸终于决定踊入大海,废弃四肢,变作鱼态潜入深寒的海底,若干世代过去,它又回到岸边,它将搁浅在这里,它将不明晓何为前程,何为返程。

"你猜错了。"美琪发来一条微信,"向校长猥亵的不是女生。"

98

李白见到了莫凡,他从北京回来过春节。经历了影视界热钱横流的好时光,他变得更为稳健,体重达到两百斤,李白终于赢了他一回。美琪组局,冯江没来(美琪讨厌他,而他也没有辜负这份讨厌),三人坐在网红街的一家烤串店,傍晚时分,看了一会儿往来游客。现在李白可以辨识清楚,那些拖着拉杆箱的少女们都是网红,箱子里是她们的行头,她们沿路换衣服,化妆,自拍,上传,然后赚钱。你能提款的场所就是现实存在,相反的是,眼前飘满异装少女的实体世界成为了幻境,这是他青年时代未曾有过的新型寓言,那么究竟什么是我们目睹过的、业已消逝的标志性场面?三个怀旧中年人讨论了一下，莫凡认为是《泰坦尼克号》散场后哭泣着走出电影院的女孩们，美琪认为是拥挤的人才市场抱着简历惴惴不安的女性应届毕业生，李白则说，南方某大城市五星酒店门口广场上数以百计等待客人领走的风尘女子们。

在回忆中，这些场景也是庄严的，也是欢快的，也是悲恸的。时代对人们提出的要求总是既苛刻又短暂，此后，你将分不清什么是情结，什么是情怀，什么是情绪（更严重的症状是分不清钱和爱情），这一讽刺意义上的人生多多少少也混淆了李白的真实感。

"听说你要写这个恋童癖的传说，"莫凡说，"既然美琪说到了，我不妨具以告之，毕竟那也过去三十多年了。"

"果然。"李白看了莫凡一眼，"台长的儿子也会有这种遭遇吗？"

"一九八三年我父亲只是县广播台一个唯唯诺诺的小干部。"

"你继续讲。"

他没有性侵过我。莫凡说，有一天他把我喊进校长室，关上门，让我褪下裤子，褪到脚踝，并且撩起外套，他对着我看。那时我只有九岁，你知道在吴里这个鬼地方有"摸一把"的风俗，我还以为他也要摸一把，但他并没有上手，他看着我的下体。那个时间是停顿的，因此我记不清他看了多久，也许十分钟，也许一节课，然后他就让我穿上裤子走了。

"没有威胁过你？不许告诉家长什么的？"

"没有。"

"这只能算是一种怪异的癖好吧？"

"这种癖好未免有点过于广泛，"莫凡说，"凡是长得清秀的男孩全都被他叫去看过，我们甚至交流了一下，有个小胖子没有被看，他还挺不高兴的，觉得校长不喜欢他。这他妈的就是我们当时的性教育水平，完全没有意识到怪物的存在。"

"你被看过几次?"

"一次。似乎每个人他都只看一次,但你也不能确定,这中间有没有人被他性侵。"

这不是一个好素材,李白摇头,准确地说,不是一个能够完成的素材,除非我瞎鸡巴乱编。美琪插嘴说:"我初中时也被物理老师摸过大腿。"那是两码事!莫凡拍桌子。美琪不服:"我话才开了个头,怎么就两码事了?"

因为,我甚至没有意识到被伤害了,这么一群男孩,在此后很多年仍然对这一事件蒙头蒙脑,直至新闻报道告诉他们这是一种侵犯,他们恍然大悟,然后沉默,然后验伤。他们的记忆是残缺的,无法拼凑,也没有上下文因果关系。有人记得校长是坐着看,有人记得校长是蹲着看,他的猥琐被误认为是一种权力的尊严。更可怕的是,当我回忆起他的目光,我都搞不清自己当时有没有穿着裤子,仿佛我是一直没穿裤子在人们眼前站着。

"天哪。"李白嘀咕。

"所以,保护好你的儿子吧。"莫凡对美琪说,"在他成为男人之前,不要随随便便被人处决掉。"

"给他改个英文名字吧。"李白附议,"比如 Moby,而不是 Dick。"

"迪克这个名字我给他起的时候社会上还没有拿迪克说事,我有什么办法?"美琪白了他一眼,"国际学校的英文名都是注册进档案的,想改都不行。"

三个人又喝了一会儿,莫凡轻松许多。老友们,不必为我的童年阴影担忧,我已经足够强大,没有任何神经症状,我很庆幸自己成长为一个正常人,更庆幸那老家伙已经死了,要不然我可能真的会找新闻媒体来曝光,这是一件麻烦事,让无数人不得安宁。美琪说:"摸我大腿的物理老师还活着,但我似乎对此已经释然。"

"请准确地解释一下什么是释然。"

"就是——它已经死了。"

"我欣赏你们的真实感。"李白说,"我做不到。"

"话说,你比我低一届,小时候长得也很清秀,你怎么就没有被喊去呢?"莫凡搭住李白的肩膀,斜眼估量。李白抽了口烟。莫凡确实强大了,尽管强大这个词用在中年男人身上有点无耻,但看在他小时候被玩弄过的份上吧,他需要提醒自己强大。

"现在看来是我运气好。我被喊去了,在里面坐了一会儿,校长在干啥我忘了。后来有个老师敲门喊我,说我爸被工厂大火烧死了,救火太积极,这回我可能要做烈士的儿子。我当即大哭,跟着走了。"

"你不是靠运气,你爸救了火也救了你。"莫凡说,"包括此后,校长是不敢碰一个英模的儿子的。"

"我操。"李白抱着酒杯明白过来。

99

二〇一七年时,李忠诚在吴里城市花园广场上遭一名跳舞妇女敲诈,款额高达七千五百元。一张收回的手写欠条压在玻璃台板下,并他被打青的左眼,吸引了李白的注意力。欠条称李忠诚的借贷项目是"跳舞教学费",老师叫王梅枝,日期已经是两周前。李白深感疑惑,他希望父亲能学点娱乐,麻将啦,广场舞啦,以支撑过晚年的煎熬,但七千五百元的学费终不免让他发问,难道你和李一诺上的是同一个培训班吗?

"跳一个给我看看,你最拿手的。"

李忠诚惶恐地站了起来,他的胯部在新闻联播之后的天气预报音乐中扭动起来，是拉丁舞，李白看懂了。你像是被打断了腿，你不会真的被打断腿了吧？李白发问。不，李忠诚的回答是，我只是被打了头。

"谁打的？王梅枝吗？"

"一个男的。"

他讲不清这男人的长相，他能讲清的是，王梅枝在广场上结识了他，然后把他拉到梦梅新村一间黑咕隆咚的屋子里教了一星期的舞蹈，是的，一对一教学。他以为可以带着她在幻觉丛生的黄昏与某个穿白皮鞋的老克勒斗斗舞，结果是她在第八天告知他，学费七千五。他没带现金，手机不具备支付功能，想趁机溜走，一个男人从洗手间冲出来按住了他，王梅枝适时地关掉了灯，导致他什么都看不见。头上挨了几下之后，他立即屈服，王梅枝立即开灯，一张早已写好的欠条放在他面前，签字后她陪着他去了ATM机上，七千五到手，将身份证和欠条还给了他。然后呢？然后她一溜烟跑了。

"你这么做是对的。"李白说，"如果你不屈服，她可以告你猥亵，那就是七万五了。"他的手腕被李忠诚拍了两下，显然带有安慰性质，但搞不懂是他觉得安慰呢，还是想安慰李白。这个问题无需多问，因为他表达不清。李白想了一会儿，"告诉我，这样的欠条还有几张？"

"就这一张。钱能要得回来吗？"

"我不是为你伸张正义的人，我是来替你管银行卡的。"李白不无悲哀地望着父亲，他已经糊涂得不适合拥有钱财了，某种程度上，我没收了他的自我。我在事物的讲述层面上破解并摧毁了他，但却永远无法带领他到达本质。

我要会会王梅枝，不就是社会下九流吗，我很擅长与他们打交道，且相当愉悦。他自信过度，开着助动车往广场去，心想就算抓不住她把柄也能抓点素材。到那儿一看昏天黑地，树木闪烁着密密麻麻的灯光，仅止于照亮它们自己，有三队人马在各自的音乐中组团起舞，另有一个黑漆漆的露天交谊舞场子，一些穿闪光旱冰鞋的孩子穿梭其中。人数上千的夜晚大派对使他产生了奇异的迷失感，并且意识到李忠诚可能也迷失了。王梅枝魅力何在，一个会拉丁舞的半老（或已老）徐娘，即使是我本人也会在这幻觉般的夜色中多看几眼吧。他四处询问，最后在交谊舞场子里找到一个黑乎乎的老年女性（看不清脸），她声称认识王梅枝但似乎不想搭理李白，他不得不扣上敞开的衬衫领子，将下摆束进裤腰带，邀请她跳了个华尔兹。

"拖鞋，你穿着拖鞋。"她表示不满。

"我光脚都能跳华尔兹，来吧姐姐。"

"王梅枝。"终于，她搭住他的肩膀，一边旋转一边在他耳边说，"那是一个斜眼很厉害的外地女人，我们不许她来了，形迹可疑，我们怀疑她是个婊子，给老头子搞的那种，传播艾滋病，哎呀呀。"

"你竟然被一个斜眼很厉害的外地女人给敲诈了，亏你还是个做过销售的！"李白对着夜空长啸，黑暗中的华尔兹就像是把他扔进了洗衣机滚筒。

一个月后，他带李忠诚去医院做了套比全面更全面的体检，从早上到下午，兜底看了一遍。是的，他现在根本不相信七千五仅止于跳舞，他能讲出至少二十个当代老年人触目惊心的性生活的故事，写成小说没有一篇能完整发表的。体检过程中，李忠诚表现得相当愉快，甚至稚气地提醒了李白一句：你也最好做个检查，你有点耳背。李白全无心思，也不敢与他共餐，只跟护士小姐聊天。拿到了报告后，心电图和脑部核磁共振没问题，这不重要，HIV 试纸和 RPR 血检亦都正常，他松了口气。医生把他叫了过去，谈到了阿兹海默症和退行性前列腺病变。

"如果患上了前列腺癌，那么老年痴呆也就不重要了，不是吗？"李白仍不忘炫耀一下自己的医学知识。

"恐怕你没那么幸运，他患的是前列腺增生。至于阿兹海默，还需要观察确诊，可能会在二到五年内使他丧失记忆。"

这些李白全都知道，阿兹海默症的知识点已经普及，成为常见故事题材（他最为熟悉的是丧尸题材），不止失忆，患者还会打砸抢，且无药可治。李白打断他，问了个冷僻的："现在福利院多少钱一个月？"

"贵点的上万，差的两千。我建议还是去贵一点的。据说在两千块的福利院里，老人很多都是噎死的。"未等李白问原因，他便微笑着给了一个听上去更像谣言的素材，"护工来不及喂饭，塞满一嘴，他们就死了。"

这一天李白顶风开车，载李忠诚回家。小便困难吗？他问。李忠诚抱着他的腰点头。还记得我是谁吗？你是李白，我儿子。还记得前妻叫什么名字？记得，她已经走了四十年。没那么久吧？李忠诚不语。好吧，有那么久了，三十年四十年对你来说差别不大，李白叹了口气，吸进大风带来的尘土。你曾爱过的人就在天上，她或她们，严厉或温柔，望向你或仍然扭过头去。你应该在死去那天想起她们，但也有一种可能是：你提前将灵魂交还给了她们，仅仅带着肉身，走进南极。这与圣人之道恰相反，然而你也说不出它是什么道。

"多年父子如兄弟。"李白停了车，转身看李忠诚，"现在起，我就是你哥。"

"好的。"

他的病既没有缓解也没有恶化，在其后两年中，他对广场舞和黑暗有一种轻微恐惧，这也在情理之中。他应该有一个女人，帮他缓解一下。李白带他相亲，就像他年轻时那样，给出的条件是两间瓦房一个院子，瓦房是不长草的那种。李忠诚默默地听着。李白总会在事后单独找对方谈一下，我父亲似乎也许有老年痴呆的迹象，我不想隐瞒你，免得你到时候后悔。大部分老太太都摇头，拔腿就走，只有一个开出租车的女司机代表她的母亲回答：若两间瓦房归我，我妈就归你。李白回家与李忠诚商量，他倒也还没完全糊涂，答道："房子给了她们，她们会弄死我。"

那就多锻炼锻炼身体吧。傍晚，李白极为烦闷地坐在翡翠花园健身区看落日，看李忠诚在单杠上脚不离地拉动自己的身体，他一直没有告诉李忠诚，俞莞之已经过世。在李白的经验中，爱并不与死亡相伴相生，但它们确乎有着共同的结局。面对爱与死（它们堆砌在一起又是多么俗气），他渐渐成为观察者，一个愈来愈远，一个愈来愈近。他的听力在丧失，这可能是源于年轻时频繁使用劣质耳机，挨了几个过于接近耳蜗的巴掌。假定将它与记忆的丧失相类比，他不免会猜测，我最后听到的声音是什么？天黑了，他招呼李忠诚往家走，落日早已隐没，他等了很久的曾小然的微信并没有答复。

100

与其他错误相比，幼稚遭到的惩罚未必严重，但更为多样。中年以后，李白的急性幼稚病转发为慢性，在外人看来，这像是一种成熟。他自己清楚，过往与今天的差别无非是惩罚变得单一、无趣、好猜。

某天李一诺又与他说起 M 国际中学的八卦，"隔壁班的菲比在上课时自慰。"李白心头一凉，问她，谁告诉你的。"一个男生。"一诺犹豫了片刻回答道。

"是个还蛮刺激的素材，但我仍然需要提醒你，从伦理角度来说，这种事情除非你亲眼所见，否则不可信任传言，尤其是轻率幼稚的男人。"李白说，"那会造成不必要的伤害。"

"叔，你变正经了，还很讲逻辑。"一诺同意，"什么样的男人是轻率幼稚的？"

"我这样的。"

"讲点更让你胆寒的，当代文学不会告诉你的，"一诺说，"现在的女中学生，最时髦的既不是上课自慰也不是回家划手，更不是找个有钱老男人傍着。"

"是什么请讲。"

"第一是搞百合，第二是去精神病医院开具一张抑郁症诊断书，双向情障加严重躁郁，不吃药暴跳如雷，吃了药什么都无所谓，比任何通行证都管用。"

"我已经不太懂这些了，我是一个从旧时代走过来的人。"

夏天时迪克过了生日，与一诺一起升入高中部。美琪办了一场升学宴会，请来亲朋好友，李白自然是没去，收到现场照片后发了条微信涮美琪：看上去是你给儿子和诺拉办了个订婚宴，这像话吗？美琪回复：你这个幼稚的猪，为什么不来？李白答：我不想看见你那个猪一样的老公。

第二天早上，一诺满脸阴沉来找李白。他正在看新小说的校样，站在厨房满头是汗，面对一壶沸腾的热水将结尾的标点符号修正完毕，仿佛一次漫长倾诉后的告别，所有的词句正在蒸发。这部关于青年时代远游至西藏的小说很快就可以下厂印刷了，李媛发微信过来，商量去哪家地面店签售，北京的小规模首发式是否可以请方薇教授来做一场对谈。姑娘是春天入职的，李白将稿子交付给她时，原不抱什么希望，毕竟她只是初级的实习编辑，不过姑娘告诉他，主管的责编曾经是他的读者，多年来一直还记得他，愿意给他出新书。他遇到了好运，此刻，旧时光正向他投来最后一瞥，很快它将收回其深情与眷顾。"我已经不知道这世界是什么样了，你定吧，方教授由我来约。"他回复李媛，接着听到客厅里的玻璃杯乒乓作响。

"昨天有人与我说到，你和我妈的往事。"一诺气鼓鼓地坐在沙发上，低着头没看手机，这说明她真的不高兴。

"谁在讲？"

"你曾经抛弃了她，和你小说里写得不一样，不是感情不合，事实是你移情别恋，爱上了别的女孩。你让她落在了骗子手里。"

她摔摔打打的样子倒是和钟岚很像。李白将稿子装进大信封，放在桌上，并拿走水杯，防着它飞到自己头上。"恋爱与失恋，在任意年代都是平常的事，即令决绝也很平常。你还太小，我的解释在你听来会更像狡辩，狡辩是庸俗的，而我也不是一本官方出版的青少年恋爱指南。如果你一定要我讲清，只能说，当人们停留在密林中，任何行走都会成为途径，任何途径也都是错误的。这不是移情别恋，而是轻率，但是对失去方向的人来说轻率又算得了什么呢？"他从书桌上拿回了信封，对自己的演说方式感到生气，"她是与我情谊最深的人，我们告别于终点。"

"好吧，我原谅了你。"李一诺说，"我觉得你回答得很好。"

"不，我讲得丝毫不能信服，我只是尽力在讲。"李白坐到她身边。向下一代人解释一场二三十年前的恋爱，差不多就像博物馆讲解员介绍一个四千年前的陶器，是什么家什人人都知道，但你总得讲出点不一样的地方，下回必须得编一套可靠的说辞啊。

"对她的死，你感到遗憾吗？"李一诺问。

"如果你爱过足够多的人，她们之中总有一些会在很年轻时离开。"

"这听起来又不大像是人话。"

"我在宽慰自己。"

"叔，你描写的告别都太美好了，难道就没有人背叛过你，让你不堪回首？"

"没有，我只经历过一些寻常的告别。"李白耸肩说，"要听刺激的故事你可以去找我的爸爸李忠诚，趁早，他很快会忘记光。"

李一诺离开后，他走进浴室给自己冲了个澡，无疑，他撒谎了。是的，令他鼻青脸肿的那些姑娘们，像夏日飓风狂暴登陆，把情敌、友人、饭票，及各路不知所谓的男人们掀起在半空旋转，他像是风雨晦暝中三心二意履行着职守的气象观测员，讲述，追踪，精神涣散，时而爱着，时而被大雨和密云裹挟，直至她们谜一样地消散在内陆深处。她们曾经存在，他想，比存在更具体的是她们曾与他结下情谊，有一些背叛了，有一些相互背叛了。

101

每一年秋天，李白到北京看柿子，这是一趟豁达的伤感之旅。将两个相互抵触的形容词堆砌在一起甚至比弃绝形容词更容易，它们之间达成的平衡契约正如深秋的某一短暂时间，渐渐倾斜，滑向冬季。他先到出版公司签了几十本书，跟着李嫒到附近宾馆登记入住，莫凡来见他，说这里住的藏民较多。李白尚记得二十年前到拉萨旅游学过的几句藏语，接着，李一诺发语音过来："你的新书在豆瓣被骂成狗了。"

"怎么骂的？"他一边对着摄像头扫脸一边问，总台姑娘请他闭嘴。

"他们认为小说结尾在西藏十分烂俗，跟畅销书女作家一样。"

"要这么说起来，死亡最烂俗，它在故事结尾的出现率高于其他一切，当然，开篇也是。"李白不以为意，又补了一句，"妈的，实际上也是。"

"我还没看过呢，到底烂俗成了啥样？"莫凡翻着他的书，"西藏，你这是在拿豆瓣文青最熟悉的东西骗他们，找死呢吧。知道他们有多恨自己人吗？"

"我不知道。连我爸爸用了列侬的头像都可以去豆瓣冒充文青。"

"固执，你不知道的是今年二〇一九年。"

午饭吃得不开心，莫凡的奚落似乎预示着这本书的签售不会顺利，或者，过于顺利——两人同时对李媛讲到十几年前吴里新华书店的一场活动：他们站在长桌后面，连把椅子都没有，桌上放着两摞书，两支签字笔。莫凡与李白，当时年轻，体态俊秀，站着也好看，一个喷了点香水，另一个穿着价值三百块的T恤。买教辅的顾客们带着儿女鱼贯走过，没有人停步，没有人翻一下书，至多惊讶地瞟他们一眼，意思是你俩站着想干嘛。他们昂首，看着这群素材，并将自己投身于素材。像不像说相声的，不，像算命的，两个年轻的作家互相揶揄。"你曾经卖得不错，后来与我一样寂寂无名，现在能有人骂也是好事。"此刻，莫凡安慰李白。

傻逼你可能是小时候真的被校长办过。李白暗骂，下午独自遛出去约会，能让他心情好起来的柿子们正在秋光中摇曳，水果就像爱情，是风土与阳光的产物，也被时间所限定，无人能预料它们何时落在头顶，而掉落究竟意味着什么，怕是也难以说清。他在路边买了一瓶无味的气泡水，隔着绿色的玻璃瓶看街道的景色，这一属于十五岁时的动作过滤了另外两个十五年。四十八岁死于边境的本雅明先生，让我们坐下谈谈吧，谈这个注定不可能完整的世界，或一枚寄托了过多伤感意义的水果。

他看到乔南从街道对面走来，十年前她叫南，她已经从编剧转向成为小说作者，使用一个南辕北辙的笔名，书卖得不好也不坏，没有编剧挣得多，但每一本都能顺利地影视转化。她带来的一个坏消息是李白的新书——影视公司的九〇后策划看不懂。尽管他一再声称自己并非先锋作家，小说比通俗文学略为艰涩一丢丢而已，但看不懂就是看不懂（即使是个老手也受不了他那高速公路上开倒车似的倒叙手法）。"我真是不明白，这年头除了投稿给杂志社和出版社，还得投给影视公司，落在二十岁的小姑娘手里。"李白感叹，"最荒唐的是夏天我去上海谈影视版权，那位女士对我的小说完全没有兴趣，她只想让我陪她去游泳。"

"你有福了。是九〇后？"

"七〇后，和我同岁，职位不低。"李白嘀咕道，"你把我当什么人了嘛。"

"干我们这行的现在叫'内容提供者'，属于供应链的一个环节。"

岂止，我搞不好还要做身体提供者，李白心想。可怜我这完全不会游泳的身板，想象一下，当我拙劣地抱着一块泡沫塑料在水里漂着，看到那位七〇后女子劈波斩浪，她的身材没得挑，令我感到相当懊悔，我大口吞着泳池里的水向她靠近。像小说里写的那样（更像梦里），期待着她的小腿抽筋，如此一来我就可以替她按摩，这我很拿手，但真正发生的可能是我自己抽筋呛水，狼狈上岸，像喝醉的黄鼠狼那样极其猥琐地倒在地上，这一形象才是广大网友对我这年纪男人的终极想象。"所以我没去游泳，很孤独地回家了。"他顺着自己的思路讲道。

"你去会老情儿了,上海的。"

"用遥远的事物覆盖近处吗?"李白摇头,"我真的回家了。"

他们沿着街道散步,远处的柿子簌簌掉落。在过去的十年里,乔南为他们的每一次见面营造了一种游乐场的氛围,那总是在深秋,北京的十月,南方仍然时不时升温的时节。她是个不耐烦吃饭却乐意在秋日的街道上徘徊良久的人,因而他们的单独约会总是草草啃几口披萨,各自灌下一听啤酒,然后手拿饮料直奔主题。当然不是上床,是徘徊,对于李白这么一个擅长于徘徊的人,中年后的每一个深秋,他总要被她透支一回。他徘徊在北京的景点和胡同,有一些年份,她坚持走在他左边,另一些年份则是右边,这一位置的调整(二选一)似乎意味着人世的所有变幻。他不再询问她的婚恋状况,她的没才华的导演男友早已沉入江湖(李白也好不到哪儿去),余下的那些更不在讨论范围内。这种坦白的不确定性令他感到一丝安慰,那是他在一部漫长且无聊的以刻画人物、狗血情节为主的电视剧片尾听到的旋律。仅仅是旋律,你可以哼出来,但难以复述的事物。出于理智,他牵住她的手,一种被爱情释放的友谊,一种业已交代掉的伤感。"我对你的情谊似乎已经写进了我的遗书。"他望着远处,"如果在五十年前,我会把抽屉里所有的全国粮票都留给你,如今我只能说一声,我曾经爱过你。"

"迟到的表白竟也能这么突然。"

他没有接下这句话,正如她用轻描淡写的语气闪过了他的话。北京,或者说是北方,它的秋天是如此庞大,当他坐上火车到达这里时,秋天并不是渐渐显形,而是突然将他围绕。他从不在意这座城市的变迁,那与他没有关系,相同的,他也忽略了乔南的变化。每年见一次,这种稳定性是致命的,最终,它以徘徊的方式形成了时钟的刻度。

"你仿佛和以前不一样,我说不上来。"李白说。

"我怀孕啦,预产期明年三月。"她说,"于是我结婚了。"

"多好啊,你会生一个双鱼座的小孩。"

"你分明很困惑。"

"让我想一想,"他犹豫着说,"是的,我很困惑,但我想答案不会拖延到下一个秋天了。"

102

第二天上午李一诺又发来微信,吵醒了李白(他正在一场关于失恋的梦中颤抖)。"迪克这个傻逼说女人都是神经病。"

"他没说错,男人都是变态。"李白回复,"好啦我只是开个玩笑。你告诉迪克,这个念头只会发生在歇斯底里的男人头脑里,请他理智点,如果做不到像个成年人,那也不要去扮演成年的精神病。"

"他只不过是富姐玩剩的渣渣。"

公正地说,迪克的底子还算干净,他的情感污点只不过是一双限量版球鞋,等你们玩到四十岁才会知道什么叫没脸见人。李白本想从政治正确的角度纠正,"玩剩的渣渣"带有沙文主义性质,且词句平庸,不堪反驳,不过他还是扔下手机睡了个回笼觉。就让年轻人去恶搞吧,尤其国际中学的,经常教育他们会产生自我怀疑,我比他们的有钱爹妈更愚蠢吗?我比卡尔如何?会不会连校门口的保安都不如?他们都在微笑,毫无怨言,靠,而我曾经是个那么擅长微笑的人。

他再次醒来是中午,李媛发微信提醒他拍一个简短视频,又告知方薇教授上午已落地首都机场,傍晚时会过来。最后还是李一诺发来的链接:叔,又有人在豆瓣骂你傻逼了,你好像得罪过这个人,二万粉的大V哎,还是个女的,稀有动物,地位相当于正局级。有完没完?李白头大如斗,转过去一看,对方一大清早在短评里召唤他——"还他妈318国道,还他妈西藏,想告诉作者,你是个傻逼。"李白登录自己账号,回了一条:听说你在找我,我想告诉你,西藏不是你家后院,没啥不能写的。没当回事,他起床刷牙。

李白是最早注册豆瓣的一批用户,过去年代,仅把它当成是个BBS。起初用一张荒木经惟的裸女作头像,某天收到一封站内短信:约炮吗,我二十五岁,很强壮。李白大乐,回了一封:我三十岁,也很强壮。两天后由于头像涉黄被直接封了号,怀疑是被约炮者给举报了,不得不重新注册。

他在豆瓣上并不活跃,有一千多友邻,皆为十几年前的朋友和读者。令他最怀念的是远在成都的一个兄弟,豆瓣上《太子巷往事》最初的一篇书评是他写的,两人同岁,从未见过面,逢年过节用站内短信问候一句,也曾约了喝酒,始终未能如愿。二〇一八年这个朋友喝得实在太多,猝死在重庆。

他这个年代的作家(以及其后出生的)大多拥有豆瓣账号,他们部分很红,部分隐身,部分不予承认。这一读书观影谈八卦的网站,方薇曾经提醒过:作家与读者近距离交流是充满危险的。然而方教授本人也有豆瓣账号(以及微博、公号、ins),五千多粉,权重极高。过了些年,方薇开始研究豆瓣作者的小说,评价是良莠不齐,和严肃文学没大区别,然而不同的是:读者与作者之间的界限正在大面积融化,短视频在替代电影,段子在替代小说,短评在替代批评。短——这一在左翼思想家(诸如本雅明、鲁迅)看来需要为之正名的弱势形式,世界的碎片表达,如今已经改天换日——如果你有一百万粉,你再短也是个神。

李白坐在手机前,拍了一段六十秒视频,回答了几个简短问题。

写文章是不是应该简洁明了？是的，从营销角度来说，人们会吃这套。你怎么看待批评自由的问题？我从小接受的教育是创作多元、批评独立。小说结束在西藏是为了照顾文艺青年的感受吗？抱歉，我已经不是青年了，青年与青年之间缺乏沟通维度这是我早已知道的事，他们需要热忱或冷酷些，但没有人可以指导（以及预测）他们何时热忱、何时冷酷。

他起身去门外抽烟，见李媛忧心忡忡。"您的书已经跌进6分了，"她也给自己点了根烟，"我们同事都在笑话我。"

"在潜入深海的某一时段你确实会感到浑身刺痛。"他开玩笑说，"放心，首印五千本一定会卖光的，然后我们的任务就完成了。"

"李老师，您惹了一个两万粉的豆瓣大V，您自己看看，他的粉丝正怼着你骂呢，每个人都跑上来给你打了二星，包括你十几年前的旧书。"

"这么恨我为什么不打一星？"

"因为一星太多会锁分。"李媛说，"这些人都是老手。"

"那两万V一定是个很漂亮的姑娘。"李白叹息道，"她们通常会任性一些。"

"您这么判断女性可不大好。就算她不是女生，您的说法也是对女性的一种轻微歧视。"

"是的，感谢提醒。我也曾用荒木经惟的照片去骗过人呢。"李白说，"其实漂亮的男人更是这副操性，任性是无性别、无边界的。"

他回到房间，打开电脑，再次登录网站。这本书还没开始做首发式就已经砸了，想想编辑有多惨吧，一个存在主义式的开始，一个仰慕着莫尔索的人遇到了二万零一个莫尔索。他脑袋里思考着艺术家与庸众的关系，在这关头他能讲出来的全是些气话，同样任性，无一可以服众。他当不了哲学家，无法在纯粹的思想中找到标的物。他试图回复,发现二万V已经拉黑了他,自顾在广播里一条条大骂:傻逼,没风度的作家,当代文学的败类。后面的跟骂已经达到四位数,有两百个人转了。李白打电话给李媛,借我个账号使使。

"您想干什么?"李媛疑惑地问,"您是想报复,还是想炒自己?"

"我想看看网暴到底是怎么回事。"

"您去×××作家的主页看看就行了,他比您红,今年被网暴过三次了,比轮奸还惨,他居然还反抗,新书被二百个人打了一星。还有被骂得注销账号的译者,发作抑郁症的女编辑,这是目前的普遍现状。"李媛说,"您真的不必亲自下场,不用跟这些庸众一般见识。"

"我不觉得他们是庸众,他们看的书比我还多。"

过了一会儿李媛敲门进来,掏出手机,给了他十个豆瓣账号。李白诧异,她解释说:"如今的年轻编辑在豆瓣都有一打小号,有时用来损同行,有时用来灌水,有时用来网暴别的出版社的作家。至于大号,通常发点情怀类的文字吸粉,交各路朋友。您看,我也有两千粉,比您多。"

"你学坏了,看上去不像个读书人,像个黑社会。"

"至少我可以保护您。"

"女作家才需要保护。妈的,我这说法又涉嫌歧视。"

"您确定这么干吗?这不是BBS,是一个大平台。"

"我确定豆瓣的服务器不会因为我而瘫痪,怕个啥。"李白整了整手腕,面向电脑,扎入一片语言的浪涛中。

103

干死这个傻逼作家——答复：现在的消费主义新一代脸上为啥都会有革命者的表情，我也是奇了怪了。

居然连短评都回复，这作家可谓没有风度——答复：我经历过的年代各种各样，标语泛滥的，信息泛滥的，内容泛滥的，观点泛滥的，现在是短评泛滥。我为什么不能择优或择劣而回复？

作家，要八风不动——答复：根据弗雷泽的《金枝》解释，最初的国王们确实被当做神圣偶像，每天坐在王座上连头都不许晃一下，否则就意味着灾难和战争。不过后来，他们只是用王冠替代了脑袋，那玩意儿放在座位上不动就行了，他们自己到处搞女人。

无病呻吟的小说——答复：是的，无病呻吟。你很强壮，篇篇都是无痛人流，哦抱歉这太性别歧视了，这么说吧，无痛割包皮，你满意了吗？

讨厌这种不干不净的写法，讨厌肮脏的东西——答复：知识分子的虚伪是一种内在修养，但它极不适合用以自我表白。

对书评人这么嚣张的作家是吃错了药吗——答复：这位小姐是这样一种书评人：一手端着《纽约客》的香槟，一手捧着二万V的盒饭，关键是她并不想享受这两者。她想干的是把香槟浇在自己喜欢的作家头上，或把盒饭砸在自己讨厌的作家脸上。究竟是谁吃错了药？

批评自由——答复：打星，这是你此生能触摸到的自由的天花板，祝你快乐。

不做厨子就不能评价你的菜是好是坏吗——答复：你的道理是对的，但请容我强词夺理一下，哪道菜谱是你发明的？

结构不行，冗长，结尾崩了——答复：创意写作班的手淫式方案论，它们甚至没搞清电影和小说的结尾差别在哪里。

百分之十弃，不值一读，浪费钱——答复：真奇怪你还挺愿意花好几百看一场话剧，我看看剧本就够了，很少有喝倒彩或退场的经验，但无数次扔掉了手里的烂书。一本书看不下去，扔掉，也值得说吗？是你在凛然退场吗？

人物没刻画，看起来都差不多——答复：有这时间，你为什么不去玩一个RPG游戏？

出来卖就是要挨骂的——答复：你个傻逼！我这么骂只是想让你理解，不出来卖的也一样会挨骂。

这个傻逼身上全是文艺青年的劣根性——答复：你是傻逼吗，文艺青年的劣根性指的是一个人床品极差，你对此体会很深吗？

"李老师您别再骂了，天哪，"李媛哭丧着脸，"我养这些号不容易。"

"又来一个，你看，这回还是有名有姓的。"李白凑到电脑前看，"说我的小说没有任何价值，这算什么批评？什么故事是有价值的，龟兔赛跑吗？"

"您别接他，这人是个豆瓣作家，正在上升期，快到二线了。他可能是个小gay。"

"那就算了，我从来都受gay的欢迎，而且没发生过什么。要是伤了他的心，别人还不定怎么想我呢。"

这当口房门敲响，李媛去开门，方薇兴冲冲走了进来。"他妈的，半个文坛都看着你在豆瓣跟人互骂呢，你算是给纯文学作家丢尽了脸面。"她收起手机，"明天首发式我得请几个保镖，防着你被人泼一脸啤酒。"李白请方薇坐，得意溢于言表。庸众，正是这个词使他想起了某句名言，大意是真正的思想家警惕的不是权力，而是大多数人的暴力。方薇冷笑，伸手指戳住电脑屏幕上那个二万V

的名字:"别以为她装疯卖傻的就是庸众,她是某社科院文学研究所的。"

"什么?"

"我师兄的学生。"方薇给自己点了根烟,"你继续骂,我喜欢看这个。"

"她一个搞学术的为啥要在豆瓣上搞我?"

"奇怪,就许你与民同乐,我们搞学术的不行?多好玩,传出去也是美谈,你跟读者互骂,读者粉丝比你多,学历比你高,讲话比你还刻薄。她成全了你想要的后现代感。"方教授向他脸上喷烟,"我中立,你想干嘛就干嘛。说实话,我在豆瓣上也干不过她,这位那可是师兄疼师弟爱的,他们每人还再带几千个粉过来,你就天下闻名了。"

我觉得累了。李白合上了电脑,搞半天我还是跟一群传统知识分子的变体在斗,有意思吗?我不小心磕了你们的学术花瓶,这么做连我自己都感到惭愧。"你们这帮人,又像黑社会,又不够彻底。"李白数落方薇,"出来打架不亮身份,斩落了你们还觉得冤屈。"

"这个想法太古典了,你轻易地背叛了自己的后现代性。"方薇仍然不打算安慰他,"这是你身上的根本矛盾。"

"李老师你上鹅组了!"未及他解释,李媛举起手机尖叫。

"什么是鹅组?"

"你他娘的这是要红啊。"方薇也尖叫。

托尔斯泰写得了一场战争,写不了一场网络口水战。李白意兴阑珊,又收到李一诺的微信:叔,我看见你在豆瓣跟人互骂了,你咋这么多小号?我来替你报仇。李白警告:不许胡来,对方不是傻逼,社科院的,科班!一诺答:怕什么,我再过三年就考斯坦福大学文学专业了,天天跟人骂战,正好拿社科院的练练手。片刻工夫，二万 V 的页面上出现了上百条英文留言，李白全看不懂。一诺解释：我们同学全上了，还有我校头号精神病菲比，卡尔也在帮你，我发现啊，这帮搞学术的，英文不行——

那你是没遇到外文所的，各位，搞吧，我要注销我的账号，李白失望至极，这一切是多么形而下，多么像个寓言而寓言早被玩弄得脏兮兮的，沾满不同年代的蠢货们的指纹。"我操你妈。"李媛又发出尖叫。李白血压飙高，凑过去看她手机，见一条留言：一个作家居然为自己辩护，这是多么可笑，多么虚弱。李媛一脸痛苦。"这算什么，我年轻时就听过这种话，"李白故作潇洒，"我们的一生就是在为自己辩护，在这场绞肉机式的漫长战役中你只不过是守住了一个散兵坑，无论你有没有朝对面放一枪。"

"这人是我的同事。"

"你的，公司的，同事？"李白发呆，"姑娘你的职场之路有点艰辛啊，你得罪了谁？"

"和我关系很好一女的，我帮过她很多忙，她还在我家里睡过觉！小婊子为什么要这么骂我的作者？"李媛语无伦次，坐在地上大哭起来。

104

他回到了南方。秋天倒退步伐，又再变得反复无常。我把我的爱人和敌人都留在北方了，他不无自嘲地想，更可能的是他们根本也都不存在。

此时他又翻腾出一个年轻时常用的词，性伴侣，其书面化恰恰隐含着揶揄意味。它可能还是个法律名词，也就是说，与纠纷有关。当他放下一切离开时，只能说自己失去了爱人，不能说失去了性伴侣。易逝的爱人，在一个急转弯后将李白抛进怀念的臂弯。对他来说，失去，恰好是一道屏障，一个经历了失去的人多多少少是值得敬畏的——自己敬畏自己，这种廉价情绪至少可以短暂地提醒他，不要为琐事狂怒，不要在中年以后踢翻沿街的垃圾桶，不要过度探究错误的根源。

他在一个下小雨的日子里听到楼道里传来猫叫，循声而去，一只橘色母猫在角落里站着，还很年轻，眼神清澈天真。李白蹲下，与它对望半天，确定它不是什么名种，回家拿了两片鱼干喂它，猫似乎理解了他的意图，跟着他直至门口。待伸手去摸时，它终于缩了一下脑袋。好吧，你是一只流浪猫，给你取名叫小橘吧。他不知道，取名这一轻率行为的后果，那是要为之翻山越岭的。

他没让猫进门，回家躺着，无端想到：一只动物是难以刻画的，它们无灵魂，它们有灵魂，是人在接受这矛盾的说辞。它们可能经历出生、监禁、豢养、流浪或宰杀，其一生是破碎的，其灵魂是分裂的，它们的平常命运在人类看来属于完完全全的、厄运。睡着后，他梦见了那头老狮子，眼神浑浊，隔着动物园的网状铁笼与他对望，曾经被咬碎喉咙的年轻饲养员没有出现。他试图搞清在其后的近三十年里，老狮子意味着什么，假如它从未真实存在，那么弗洛伊德先生或可做出完美解释（周公解梦也行），而实际上，他已经与它对望了太久。

此后几天，他在小区的各个地方发现了猫，经勘查，小橘就住在他家楼下的地洞里。"谁养过猫？"他在微信朋友圈里发问，第一个举手的居然是曾小然。

"你已经沉默很久了。"

"我动了个手术，刚恢复。"她说，"家养两只大公猫，一只长毛，一只短毛。"

"什么手术？"

"面谈。过阵子我要到吴里来给爸爸迁坟，他应该和妈妈葬在一起。"

第二天李白照小然说的，煮了一份猪肝去找小橘，见一名烫发的中年妇女双手抄在口袋里，看着她的狗子在洞口狂吠。他们之间冷静与兴奋的反差感招致李白狂怒，他分不清土狗和柴犬，上去给了妇女一脚，她尖叫着逃走了，狗子比她更机灵些，见第二脚过来，立即追着她跑远。李白趴在洞口喊小橘，半天无动静，他确定它在里面，但它蜷缩在暗处，并不想被他看到。

他把猪肝留在了洞口，回家上了个厕所，又再下楼，中年妇女也回来了，狗子正在吃猪肝。李白真是气疯，抄了根棍子上前，这一回，人比狗机灵，即刻跑到五十米外喊小宝快逃。他目睹着小宝吃完了所有的猪肝，挨到他脚跟嗅了嗅，作为一条不牵绳的家养狗，它并不理解棍子的意义。

"小宝是我们小区的霸王，它喜欢追野猫。"一名保安走过来与李白调笑，"不过看起来你很快就要取代它的地位了。"

"让那女的离小橘远点。"李白森然自语，将棍子抛向天空。

小然指导李白，避开遛狗的人，最好是深夜，那会儿野猫也都出来了，深秋了，给它们吃壮点好过冬。他将自己的睡眠时间从零点推迟到了两点，不久收到了小然快递过来的一大包猫粮。在接下来的半个月里，他结识了四橘三狸三黑二白一花总计十三只猫，取名字太费劲了，他终于理解了老台长的难处。其中那三只纯黑的猫，可能连它们自己也分不清谁是谁。另外他还结识了两个同样在半夜喂猫的女孩。"它们不太爱吃你寄来的猫粮，都吃那俩女孩的。"他向曾小然抱怨。两天后他收到了几箱猫粮罐头，金枪鱼，三文鱼，鲭鱼，鸡肉，牛肉，羊肉，鹿肉，鸵鸟肉，袋鼠肉……李白意识到,这回遇到了狂热分子。

"都好吃,我给自己做了顿饺子。"他回复小然。

"真吃了?"

"开个玩笑,我一个南方人怎么会包饺子?"

"我在青岛出差呢。"又过了两天他收到了小然寄来的一箱冰冻鲅鱼饺子,还有一个全新的手提式猫笼。

假如,假如在过去年月里就有快递和微信,我将不会让她走得无影无踪。那样的告别不是社交式的,它带有预言性质,仿佛我们不会相见而我们确实没有相见,得依靠命运的巧合才能触摸到重逢这个词。然而,另一种假如,假如我们拥有了一切即时的联系方式,最终仍可能出于某种原因而决裂,永不再见。此后年代,没有命运安排的失散,只剩你想要的决裂,这将是李一诺他们面对的世界。

他继续徘徊于深夜,一手夹烟,一手提着他的猫粮罐头。小橘已经可以听出他的脚步声,他也能听出小橘的叫声,现在他们彼此可以触摸。某个夜晚,当他蹲下,猫跳上了他的膝盖。按照曾小然的指导,他给它戴了一条驱虱项圈,天蓝色。自此,它就算是有主人的猫了。

"为什么不带回家去养?"有一天赵博经过,凑近问他。

"我从来没想过这件事。"

"给你搞个名种猫,银渐层怎么样?"

"那倒也不必。"

"这个猫爱上你了,看它的眼神,"赵博说,"它迷惑地看着你。"

"你总是喜欢在我面前瞎鸡巴打比方,"李白扔了烟头往家走,"它的眼神更像是个被你送进监狱的女明星。"

曾小然到吴里前一天,李白正在小区里满世界寻猫。无由的失散，这一刚刚被他否定了的主题曲又再奏响，小橘不见了，它的地洞被人浇了一坨水泥进去，李白雇了两个工人撬开地缝，又深挖一米，把房子的地基都差点掘了，里面一无所有。他被保安拖走了。当晚端着小橘最爱吃的三文鱼罐头在小区里兜兜转转，不但它没出现，大部分猫也都失踪。两个喂猫的姑娘告诉他，翡翠花园业主群刚刚通过决议：抓流浪猫绝育。

"有个神经病女人在指挥，她好像很热衷搞这个，还让大伙凑钱。但她找的兽医太便宜，我们不放心。"一个姑娘说，"公猫还好啦，母猫绝育是大手术。"

"她应该先把自己老公的蛋给割了。"李白额头冒火，打开手机进业主群一看，以赵博为首的一群男人正在讨论人类永生的可能性。据说到二〇二五年，人类的平均寿命可以达到一百五十岁，部分高端人群可以达到二百岁。赵博强调，这不是谣言！

"我操他妈。"李白在手机上划拉字，不骂不足以引起重视，"我的猫被谁捉走了？脖子上有项圈那个橘猫。"他又贴了张照片。

"老狗，找猫要谦虚点，"具名K的人回答，"这小区里的猫，不牵绳的狗，都应该处死。"

"小逼仔，我知道你是谁，明天就去举报你家群租房。"李白回答，"我要亲手把你爸爸的骨灰从楼顶花坛里挖出来，撒进你家抽水马桶里。"

要获得一本自然主义小说的素材，如今来说何其简单，在业主群里点个炮就行了，你甚至不用自己写。李白看着手机屏，先是三五个人争论，迅速发展到几十个人站队互骂，五百户人家在围观，不断有人加入战团，而他提出的问题并没有人回答。喂猫的姑娘赞叹："叔叔你够劲爆，那辆特斯拉就是神经病女人的。你认准了车，她跑不掉。"李白点头，小橘找不回来，我会给她的车也做个绝育手术，忽然手机屏幕一晃，万物回到平静状态，归位于现实。

炸群了。

105

关于这个世界，它的敌意也正是它的善意，它总是用恨贿赂爱，或相反。第二天中午李白一脸没睡醒，开着已经发黑的白色助动车往墓区去，秋雨零星，道路湿滑，他见到曾小然穿着风衣，举一柄黑色长伞站在墓园门口，一辆苏Ａ牌照的银灰色轿车停在不远处。

"男朋友在车里？"

"那是我雇的车。男朋友在南京。"

"他应该陪你来。"

他们到墓园办公室登记，两名举着铁钎和铲子的工人已经在一边等候，四个人向山上走去，墓碑渐旧，柏树渐高。我们在向一个很深的往昔返回，路途无比陌生，像奥德修斯之旅，但我们略过了种种神话、种种奇迹。"你相不相信，很多已逝的人，他们灵魂和面容，就藏在天上的云里？"小然问道。

"我相信每一种人世以外的解释。"

这是他们少年时的讲话方式，一种类近半梦半醒的交谈，隐藏着爱欲却无所适从，像云或浪中的光线反射。记忆中的修辞句正在涌来，然而记忆本身也在凝固为一个修辞。李白为小然打伞，她的身高停在了离别那年，一米六五，而他此后长高了多少公分则记不清了。

曾先生的墓碑只有半米高，单穴坟堆，用水泥裹住，因年深日久已经像蛋壳一样开裂。小然不点香烛，只跪下磕了三个头，低声说：父亲，我来接你。工人抡锤敲开水泥，小然提醒他们下手轻点，白色的瓷坛露出，穴中尚有一堆八十年代的五分硬币，已经发黑。她仍然跪着，从包里掏出一块正方形大红布，用袖子擦净瓷坛，双手端住放在红布中央，四角合拢，扎了两个结。秋雨停了，冷风在山腰回旋，小然抱着瓷坛没能站起来，李白接了她一把，觉得她浑身颤抖。"我像大梦初醒。"她说。

他骑着助动车开道，小然的轿车在后面跟。现在顶风，秋天快过去了，每一年的这个时候他都会期待冬季早些到来，像一场奔袭，不要拖延，让秋雨一夜之间成为冬雨，涤荡他所在城市的日常庸碌感。某些人在此时醒来，某些人一如既往。从丘陵地带向前，树木渐渐稀少，随之是农舍，郊区工厂，开发区，古城区，网红景点，这些暴露在细雨中的截然分明的画面像一部官方纪录片那样让他犯困。而我们之间的叙旧，关于爱情和告别，彼此空白的二三十年，若以一种可怕的导游式的方式进入，他想，该怎么形容？像车祸吗？

小然果然将住处订在太子巷 8 号，那间民宿。李白替她抱着骨灰坛。她去前台登记。"我订了最贵的那间，本来我应该直接回南京的。"

"让爸爸回家看看吗？"

"这么说怪吓人的。"

他们进入一条挂满画的走廊，接着是天井，厢房，客堂。客房的门在钟岚的屋子，已经换了个方向，进去后有一道楼梯，通往小然的屋子。这个装潢设计师可能已经被雷劈死了。小然把骨灰坛放入衣柜。

"等会儿我要去你家看看，你爸还好吗？"

"他的阿兹海默症暂时还没什么进展，他给自己找到了一份休闲式的零工，骑着自行车给咖啡店做外送。偶尔会送错地方，但并不代表他失智，他年轻的时候也这样。骑车对他的前列腺不太好，有时候送到半路他会去上个洗手间，然后再把咖啡拎到顾客家门口。我也不知道那些人是怎么想的，喝个咖啡为什么就不愿意出来走一趟。"

"没去福利院打听一下？"

"我去过一家，五千元一个月，离你爸的坟挺近的。条件还不错，也没有把老人绑在床上，相当人道主义。我进去参观，推开一扇门，里面五个耄耋老人在看A片，流媒体投屏。你受得了吗？"

小然打了他一下："还是像以前那样，动不动开黄腔。"

"我困了，我们应该立即找地方吃个饭，然后，呃，我回家睡觉。"

"啊，你真是一点都没变，一犯困就撑不住三分钟。"她说，"我还想和你聊到明天早晨呢，我是一个失眠症患者。"

"话说，你动了什么手术，能说吗？"

"子宫肌瘤。我把属于女人的那部分全部切除了。"小然遗憾地摇头，"妈妈得的是差不多的病，所以我害怕了。我已经四十六岁，过着一种挺混乱的生活，远不像看上去这么整齐。"

"我几乎猜到了。"李白伸手抚摸她鬓边的头发，"如果时光可以倒退，可以抽象地发誓，我想说我一定会救你。"

"但这是一句非常没有意思的话。"

106

爱情就是我会陪着你把一手烂牌打到底。多年前，李白对她说过这句话。那是他们在暑假报名参加的游泳训练班上（实际上，是他陪她），她摘了眼镜后变得像另一个人。一个没有泳帽和泳镜的年代，她在深水区练习自由泳，他瑟瑟发抖站在池边看她。一名游泳教练走来，问他为何不下水，他说，我不会。教练一脚把他踹进深水区，然后这个混蛋走掉了，走掉了！他在水中挣扎，起初他相信自己不会淹死在一个人工水池里，但水立刻教育了他，他迷失方向，惶然下沉，肺里的氧气迅速耗尽。是曾小然把他推到了浅水区。他一辈子都没学会游泳。

不，十七岁的曾小然反驳，你说的那种陪伴是义气。不，他固执地解释，一手牌的时间是短暂的，这就是爱情。他无法自圆其说，他是一个在雨水和雾气中看到永久的人，但那实际上是短暂。不，他继续无望地解释，只差一分钟我就淹死了，还有什么比这更短暂又更重要的？

"不，现在我怀疑了，那确实不能称之为爱情。"李白想，爱情和广场舞同样短暂，同样忘我，同样经不起考验，通过比喻，它们也可以划上等号。如果你把一个故事的结尾引向喜马拉雅山，你也就此被他人引向另一本烂俗的小说——你听都没听说过的鬼东西。你终于发现与人共享着爱情、怀旧、徘徊、失去、背叛，这些词，这些名义。世界对你的训诫正是这样，不断混淆，时时修改你的意义。

"你又在自言自语。"

"我曾经像个蛮子一样去认识爱情，说来惭愧。"李白说，"把这个三十年前的比喻拽回地面，只能说：我应该陪着你把一手烂牌打到底，并且永远不去讨论它意味着什么。"

107

这天夜里，小然居然困了，至凌晨一点时睡了下去。李白坐在楼梯台阶上抽烟。她钻进被窝又说睡不着。

"妈妈一直没有落葬,因我和继父起了纠纷。妈妈生病时他没怎么照顾过她,但我的继父,他认为自己享有与她合葬的权利,他买了一块墓地,碑上刻了他和妈妈的名字。这件事惹怒了我,我把妈妈的骨灰转移走了。这是我的执念。"

"妈妈临终前怎么交代的?"

"什么都没说,但她喊了我爸爸的名字。"

"她有喊我爸爸的名字吗——好吧就当我什么都没说。"李白叹息道,"你可以代表妈妈的意志,我同意。"

"我的继父,还有他的儿子,很愤怒,找了人来堵我,还声称要和我打官司。"

"这种事情解决起来很容易,给他再找个老伴,他就不会闹了。他将来总不能和所有女人葬在一起。至于他的儿子,撒点钱或是让你男朋友打他一顿呗。"

"我就是这么干的,我的继父现在生活得很幸福。"

"干得漂亮。"

"我的男朋友是个牙医,他并不会打架。我最后是给了一笔钱。"

"他省点力气多种几颗烤瓷牙就行了。"

"我花的是自己的钱。"

"抱歉我又轻视了你。"

"哎哟,我的妈妈呀——"小然在床上打了个滚,李白抬手关灯。

她入睡后,他一直清醒,间隔十五分钟走出房间抽烟。有一段时间他感到空虚,但也只是空虚而已。他掏出手机给乔南发微信:

我并不想从生活中获得什么力量,尽管这看起来是个治愈我的好办法。你想要去生活,我不想。如果我再年轻些,我会回答,我想要去做梦。这是一个多么矫情而烂俗的说法,仿佛我除了做梦以外想不出更好的比喻。我们之间的差别就像,一个正在醒来的人和一个坠入睡眠的人,都可以用半梦半醒来形容,而实际差别之大——你可以看到同样挚爱文学的人为一本书发起的争论,有人一星,有人五星,有人犹豫或是厌倦地给了个三星并特地予以说明是三星半哟,好吧,没有比这更废话的废话了。我们彼此阅读过对方,随后背道而驰,这并不可怕,因为我们终将背离,留有一丝谅解,对后会无期这一结局保持乐观。

过了一会儿他又拿出手机,仔细读这段话,消息已经没法撤回。发错人了,他补了一句。他没有收到任何回复。

第二天上午李白摊手摊脚睡在地毯上,被小然踢醒。"你总是睡得像被人一枪击毙的样子。"

"我梦见了行刑队。"

"我要退房回南京了。"

"不再玩几天吗?"

"我抱着骨灰坛呐。玩个什么鬼。"

李白起身洗漱,五分钟后与她一同出门,车在巷口等着,秋雨又再落下。我曾经送别过她。他正为此神伤,小然问:"忠诚叔叔在家吗?"李白提着箱子走到咖啡店账台,店员是个新来的年轻小伙子,告诉他李忠诚送咖啡去了。

"好吧我信了,房东送咖啡……"小然笑了起来。

"他们总是这样,"小伙子自感幽默,对小然抛了个媚眼,"我家那边好几个农村拆二代在给小区做保安呢。他们似乎想不起来有钱了该干什么。"

"等他们有一天忘记关煤气了,把房子和你一起炸上天,你就会知道事情没这么好笑。"李白撂了句话。两人走至巷口,他将行李塞进后备箱,为小然打开车门。"我会到南京来找你。"他说。

"什么时候?下一个时代吗?"她的眼中仍然饱含天真与揶揄,

仿佛他的每一句话都不太可信,又被提前原谅。

"也许就是明天。我得先找到我的猫。"他关上车门,又再打开,将她被夹住的风衣一角放回座位上。尽管这一动作显得拖沓,且含有哀愁,但它确乎必要。每一个告别都应该被允许再延宕一秒。"再见。"他说出了不可反悔的话。

108

特斯拉女车主告诉李白,由于吴里城管队开始扑杀流浪猫狗,小橘等猫又无人领养,她的团队最终将其放归到了动物园隔壁的园子里,也就是他年轻时划船的地方,那里至少有吃的。"我去你大爷的团队吧。"李白看着被砸烂的车灯,一分钱都不想赔给她。

他带上了猫笼和猫罐头,开助动车去动物园,出小区就遇见美琪。"全城都知道你疯了似的找猫呢,是不是戴蓝色项圈那个橘猫?"

"你见着了?"

"昨天带孩子们去动物园秋游看见一个,很亲人。"

"你他妈也不帮我捉回来。"他跳下助动车,在大街上吻了美琪一下,"感谢你有心,我去找猫了,替我把后面那辆特斯拉的车灯赔了,不要让那女的报警。"

他最后一次去吴里动物园是李一诺五岁时,去今也已十年。城市扩展后,一圈楼房将它包围其中,他拎着猫笼进去,发现这里没有任何改变。"天哪,简直像文物保护单位。"他转了一圈,园里就他一个游客,他得以在回忆面前稍稍表达一下自己的伤感情绪。骆驼仍然在嚼干草,狐狸作为一种要活剥毛皮的经济型动物可能不再会憎恨动物园的牢笼,成群的麻雀在空地上蹦跶,他走到空荡荡的狮笼前面发了会儿呆,仅剩的一头母狮已于数年前去世。接着他看到了一头山羊，两头驴，还有一只个头很大的罗威纳犬。

"你在干什么？"一名年轻的饲养员走过来，警惕地看着他手里的猫笼。

"你们把动物园搞成了农场。怎么还有狗？"

"前两天城管队打野狗，它似乎有点明白，自己跑进了动物园。我一开笼门它就钻进去了。"小伙子说，"我认出你了，你是码字儿的。"

"我也认识你，很多年前你被狮子咬死了，现在又活过来了？"

"不愧是写小说的，有点博尔赫斯的味道了。"

"我小看你了。"李白放下猫笼，掏出手机翻照片，"我在找这只橘猫，母的，有人把它扔到了动物园。"

"它跑进熊山了，我带你去。"

李白大喜，跟着饲养员到熊山前。那不是山，而是在小山包上挖了一个圆形大坑，砌上水泥，深约两米五，一头毛色极不健康的黑熊在角落里睡觉。"你没告诉我这里有熊。"李白说。

"很老了，本园仅剩的最后一头大型食肉类哺乳动物。"

李白找到了小橘，它贴边蜷缩在距离熊最远的地方，一丛草挡住了它。他绕过去，趴在栏杆上喊了一声，猫没有任何反应，看起来是吓呆了。"他妈的，这头熊会醒吗？"

"醒了你的猫就没了。"饲养员说，"它毕竟是一头熊，常年关在笼子里，精神有点不正常。"

"到底有几头熊？"

"一头。"

李白翻过栏杆，拎着猫笼跳了下去，听见饲养员嘀咕了一声：我操，这样我会被扣奖金的。他感到膝盖痛了一下，我这年纪已经不适合从两米五的高度往下跳了。他蹲下拍了拍小橘的头，它立即跳上他的膝盖。他打开猫笼，又开个罐头塞进去，猫钻进笼子一半身子，试图往后退，他把它整个塞了进去，锁上。猫开始叫。他抬头看了一眼，熊在打呵欠。

"先把猫笼给我接住。"他招呼饲养员，"然后嘛……"他看了看垂直于地面的水泥壁，"去找把梯子。"

"你疯了。"

"妈的，真希望是一个我讨厌的家伙跳了下来，但我讨厌谁呢？"他给自己点了根烟，就地坐下，熊还在睡。班，你好，不要讨论那些猎熊的小说了，这不友好，我们是从梦幻年代走出来的人和熊。据说人类在近距离面对猛兽时会颤抖，如果你杀死我，你会被抽干胆汁然后枪决，这个破园就只剩下一头胆怯的罗威纳犬还能称之为食肉动物了。请不要像我一样轻率。熊翻了个身，李白开始颤抖。"妈的，我真的快吓尿了。"

一把竹梯伸了下来，他抬头，逆光看到七八个脑袋，还有一片云。"李老师，我是园长，你要静悄悄地爬上来。"其中一个脑袋向他低语，"保持镇定，如果熊攻击你，我们会用石头砸它。"

"好的，请不要砸中我。"他站起来爬上梯子，这当口手机响了，熊又打了个呵欠，前爪扑了一下。"抱歉我接一下电话，否则会吵醒它。"他从口袋里掏出手机，不是美琪，是方薇。

"你小说的评论我写好了，想看看吗？这可是我二十年后又一次分析你的人格。"

"我像是掉进了熊山，面对一头正在醒来的，熊。"李白温柔地问她，"想听听我的心跳吗？"

"不伦不类的比喻。"

"不伦吗？"李白发笑。

"不要玩梗，你不是詹姆斯·乔伊斯，你也不是脱口秀演员。"

"好的，你早已说服了我。"

图书在版编目（CIP）数据

关于告别的一切 / 路内著. -- 上海：上海文艺出版社，2022
ISBN 978-7-5321-8256-5
Ⅰ.①关… Ⅱ.①路… Ⅲ.①长篇小说－中国－当代
Ⅳ.①I247.5
中国版本图书馆CIP数据核字(2022)第029624号

本书为上海文化发展基金会2021年度第二期重大文艺创作项目

发 行 人：毕　胜
责任编辑：张诗扬
封面设计：陈威伸
内文制作：艺　美

书　　名：	关于告别的一切
作　　者：	路　内
出　　版：	上海世纪出版集团　　上海文艺出版社
地　　址：	上海市闵行区号景路159弄A座2楼　201101
发　　行：	上海文艺出版社发行中心
	上海市闵行区号景路159弄A座2楼206室　201101　www.ewen.co
印　　刷：	上海盛通时代印刷有限公司
开　　本：	889×1240　1/32
印　　张：	12.25
插　　页：	5
字　　数：	290,000
印　　次：	2022年4月第1版　2022年4月第1次印刷
I S B N：	978-7-5321-8256-5/I.6522
定　　价：	78.00元
告 读 者：	如发现本书有质量问题请与印刷厂质量科联系　T:021-37910000